文学の万華鏡

英米文学とその周辺

山本長一・川成洋・吉岡栄一 編

British and American Litterature,
Linguistics, Stylistics, English Teaching

れんが書房新社

はしがき

本書はイギリス文学、アメリカ文学、文体論、言語学、英語教育などに関する諸論文から成っている。論文の配列はブロンテの小説『嵐が丘』をめぐる刺激的な映画論と演劇論からはじまり、フィールディング、コンラッド、グリーン、マードック、C・S・ルイスらの小説がさまざまな角度から論じられている。小説論につづいて古典的な韻文作品、マロリー、リリー、ドライデン、ブレイクなどの諸作品が多彩な視座のもとに論述されている。

これらの論文が集められている「イギリス文学編」のなかで出色なのは、伊澤東一氏による「シェイクスピアの売り込み、というか、『名前がどうだって言うんだ』」という翻訳であろう。この翻訳は二〇〇九年、シェイクスピア学者のチャールズ・モウズリー氏が、ケンブリッジ大学で行ったサマー・スクールでの講演をもとにしている。当時、ケンブリッジ大学に留学中だった伊澤氏がこの講義を聴講し、その講義録をもとに訳出したのが表題の翻訳である。

「アメリカ文学編」ではソロー、フォークナー、モリスンなどの諸作品が精緻な解読のもとに多面的に論じられている。ほかにも現代アメリカ演劇の代表的作家のひとりである、シェパードの公演作品が分析的な手法をもちいて論じられている。「文体論、言語学、英語教育編」には、チョーサーの作品の言語分析を手はじめに、ハーディとヘミングウェイの作品についての文体分析、学習者の年齢が外国語の習得に影響をおよぼすとされる、学校の英語教育における臨界期をめぐる論考などが収められている。

本書に寄稿している人たちの多くは、『構築』という英米文学を中心とする研究同人誌のメンバーか、その友人か知人の研究者たちである。『構築』の創刊号は一九八四年九月に刊行され、フリー同人制というかたちで、中心となる同人の留学期間を例外として、だいたい年に一回のペースで発行を重ねてきた。『構築』という雑誌はもともと川成洋氏が創刊したものであり、一九九二年以降、同氏から編集作業を引きついだのが山本長一氏と私である。

『構築』の創刊号が発刊されてから四半世紀あまり、その足跡を再確認する意味もあって、記念論文集として上梓されたのが本書である。『文学の万華鏡』という表題にもあるように、本書にはさまざまな論文が収められているが、英米文学とその周辺の滋味を少しでも堪能していただけたなら、編者としてこれにまさる喜びはない。

締めくくりにあたって、本書の意義を理解され、煩雑な編集業務を引き受けていただいた、れんが書房新社の鈴木誠氏には、この場をかりてあらためて感謝の気持ちを記しておきたい。

二〇一〇年九月

吉岡栄一

文学の万華鏡＊目次

I　イギリス文学編

Ⅱ　アメリカ文学編

Ⅲ 文体論、言語学、英語教育

文学の万華鏡

——英米文学とその周辺

I　イギリス文学編

第1章　なぜヒースクリフはキャシーの墓を暴くのか
――小説から映画『嵐が丘』へ

清水純子

一　小説：なぜキャサリンとヒースクリフは結ばれないのか

エミリー・ブロンテの小説『嵐が丘』は、現代の読者にとって大きな謎を持つ。それは「なぜ、キャサリンがヒースクリフと結婚しなかったのか？　駆け落ちしなかったのか？　作家のブロンテがあれほど愛し合った二人の肉体がこの世において、結ばれない結末をとらせたのか？」という疑問である。キャサリンは、「私はヒースクリフなの」（Ⅸ）と言い切り、「ヒースクリフは（中略）私以上にほんとうの私だから愛している。（中略）彼と私は同じ魂を持っている」（Ⅳ）、「私が生きているかぎり、別れることはない。（中略）私はヒースクリフを捨てることはできない」（Ⅸ）と言っておきながら、良家の御曹司、エドガー・リントンの元に嫁ぐ。キャサリンの裏切りに深く傷ついて「嵐が丘」を去った後、権力と財力を蓄えて戻ってきたヒースクリフは、死の床にあるキャサリンに、その不実を激しく責める――「キャシー、なぜあなたは自分の本当の心を偽ったのだ？　僕は一言の慰めを言う気にもなれない。報いを受けて当然なのだ。あなたは自分自身を殺してしまったのだから」（Ⅸ）。現代の読者はヒースクリフのこの言葉に賛成するはずだ。

この謎の糸口は、『嵐が丘』の時代設定、つまりヴィクトリア朝の英国にある。現代とは異なる価値体系を背景にして構築されたロマンスだという事実からたぐれる。ヴィクトリア朝の英国では、高貴な身分の子女が自分よりも下の階級の、それも純粋な白人でない男性と結婚することは、社会的墜落を意味する自殺行為だった。ヴィクトリア朝の大多数の女性は自活の手段を持たず、結婚して男性の庇護下で生計を立てる以外に道はなかったからである。一八八七年まで、結婚した女性には財産所有権が認められず、実家から相続するはずの財産も彼女を飛び越えて、彼女の夫のものになる仕組みになっていた。女性自身も男たちの数ある家財のうちの一つとみなされた。結婚した上流女性にとってのジェンダー・ロールは、多くの子供を生み育て、夫の代理人として着飾ったドレスに身を包んで、洗練されたエチケットをもって社交に励み、余暇には読書、編み物をして、手紙を書き、召使いの管理を始めとする家事に心を配ることとされていた。彼女ら「家庭の天使」の理想的特質は、夫に従順で、無垢であり、徳が高く、義務感にあふれ、知的話題には興味を示さず、肉体的にはデリケートで虚弱であることだった（トーマス）。

ヒースクリフは、主人の死後、アーンショー家の下男の地位に格下げされ、無一文で、ジプシーを思わせるダークな容貌をした素性のわからない孤児であったから、身分制度を厳守したヴィクトリア朝の英国で、地主の一人娘であるキャサリンと結婚はできなかった。キャサリンの「今、ヒースクリフと結婚したら、私は落ちぶれてしまう」（Ⅸ）という言葉は、恋するヒースクリフに突然の出奔を決行させる残酷な一撃である。「もし私がヒースクリフと結婚したら、二人とも乞食になってしまう。そのかわりに、もしリントンと結婚すれば、ヒースクリフを兄のもとから救い出して、出世させてあげることもできる」(Ⅳ)というキャサリンの一見甘くみえる考えは、地位も財産もない異人種のヒースクリフとの結婚よりは理性的で現実的な解決法だ。最愛のキャサリンですら、階級、人種、ジェンダーの罠に囚われて、自分を「他者」とみなすことを知ったヒースクリフは、キャサリンの属する社会から排除された鬱憤を晴らすべく、復讐鬼に変身する。

外観はりっぱになったが、心は悪魔と化したヒースクリフとの再会に狂喜するキャサリンは、この時もヒースクリフに対して何もアクションを起こさない。大富豪ヒースクリフとの駆け落ちも考えずに、キャサリンは心を乱すだけで、上流の夫エドガーとの生活から抜け出そうとしない。キャサリンは最愛のヒースクリフと恋愛関係を持つことはなかった。キャサリンは、ヒースクリフへの激しい恋心と、自分の属する階級、人種、ジェンダーの掟の間に挟まれて、無力な悲劇のヒロインとしてもだえ死にする。死に瀕したキャサリンに向かって吐くヒースクリフの言葉――「惨めな思いも、零落も、死も、神や悪魔が与えうるどんな罰も、僕たちを分かつことができなかったはずなのに、あなたが自分の意志で僕らの絆を断ち切ったのだ。僕があなたの心を踏みにじったのではない。あなたが自分自分の心を踏みにじったのだ。そしてあなたは自分の心を傷つけたことによって、僕の心も傷つけたのだ。悪いことに、僕は強靭な体をもっている。あなたなしに僕が生きたいと思うか? いったいどんな生き様が僕に残されているというのか。墓の中の魂と共に生きたがる人間がいると思うか?」(XV)は、キャサリンの煮え切らなさとエゴイズムを率直に指摘する。リントン夫人になってからのキャサリンの生き方は、不可解なまでに受身で、時代遅れで芝居がかったマゾヒストに見える。ラファイエット夫人による十七世紀のフランスの小説『クレーヴの奥方』を思わせる歯がゆさである。道徳観念ゆえの真実の愛の拒絶、騎士道精神に端を発する女性主導型で進められた、高貴な女性に対する男性からの一途な恋慕は、現実の世界における愛のはかなさを逆手にとるための仕掛けであるが、現代の観客には違和感がある。『クレーヴの奥方』も『嵐が丘』も作品が生まれた時代背景、慣習、モラル、タブーの観念を前提にしなければ理解しがたい。『嵐が丘』が書かれたのは、ヴィクトリア朝（一八三七〜一九〇一）の一八四七年であるが、小説の時代背景はそれよりもさらにさかのぼって、一七六五年から一八〇二年に設定されるので、これらの小説の主人公たちの言動がもどかしいのは、時代の制約上やむをえない。

『嵐が丘』は、当時としては自由奔放な感受性と幻想性に満ちた斬新な小説であり、ジェーン・オースティンなどの伝統的でリアルな英国の小説とは異質だとされてきた。しかし、『嵐が丘』は、意外なまでに当時のモラルに忠実であり、社会的タブーを犯すことにはきわめて慎重である。なぜならば小説のキャサリンは、熱愛にもかかわらず、階級の違う、異人種の男性であるヒースクリフと性的関係を持つことはなく、終始良家の夫人のジェンダー・ロールにふさわしく振舞うからである。エドガー・リントンとの出会い以来、キャサリンの野性児としての特性は薄められ、レディーに変身する。ブロンテは、ヒースクリフにリントンの妹イザベラを誘惑させ、リントン・ヒースクリフを生ませ、キャサリンの遺児キャサリンと結婚させているが、二人の間に子供は作らせていないので、形だけの結婚ともとれる描き方である。リントン・ヒースクリフに次いで、ヒースクリフ自身の死後、キャサリン二世とヘアトン（ヒンドリー・アーンショーの息子）を結婚させて終わらせるので、リントンとアーンショーの両家は結ばれる。つまり、ヒースクリフの血筋は絶える。作者のブロンテは、人種と階級の違う、素性のわからない男を両家の将来の繁栄に加わらせることなく、最初から最後まで締め出していることを見落としてはならない。ブロンテは、身分違いの恋人たちのプラトニック・ラブを歌い上げるが、二人の血が混じることを許さない。ヒースクリフは、この世において結ばれることを禁止されたので、あの世でキャサリンを追いかける。ヒースクリフがキャサリンの墓をあばく究極のタブーを犯すのは、この世で結ばれることを拒否されたからである。現世において愛欲を遂げなかったヒースクリフは、せめて死後のキャサリンの姿を覗き見したいという屈折した所有欲を表わしたのである。キャサリンがヴィクトリア朝の定めた階級、人種、ジェンダーにおけるタブーを現世で超越できなかったことに対するヒースクリフの恨めしい思いが、墓を暴くという究極のタブー侵犯を招いたのだ。ブロンテは、良家の令嬢、キャサリンが抜け出せなかったヴィクトリア朝の宗教、道徳による抑圧、リスペクタビリティ（世間体、体面）への憤りを、他者であるヒースクリフに宗教的タブーを犯させることによって、補償する。ヒースクリフの常軌を逸した行為は、真の愛を引き裂いたヴィクトリア朝のモラルへの挑戦と復讐を意味する。墓破りによって禁じられた、報われない愛は昇華される。

ヒースクリフの墓破りは、リントン家の客間に忍び込み、安置されたキャサリンの遺体の首にかかっていたロケットを奪い取り、中身を捨てて、代わりに自分の黒い巻き毛を入れて戻すことから始まる（XVI）。キャサリンが埋葬された晩に、ヒースクリフはもう一度キャサリンを腕の中に抱こうとして鋤《すき》で棺を力いっぱい掘り起こし、蓋を開けようとする。しかし、墓の上からため息が聞こえ、それがキャシーのものだと確信したヒースクリフは、姿は見えないがキャシーはまだこの世に自分といるのを感じて、墓を掘り起こすのを中止する（XXIV）。さらに、キャサリン死亡の十八年後、エドガー・リントンの埋葬の直後、ヒースクリフはキャサリンの棺の蓋を開けて、その顔を覗き、「生きている時と同じ顔をしていた」と満足する。埋葬後十八年も経って「生きている時と変わらないキャサリンの顔」は、この作品にさまざまな解釈を与える。第一の解釈は、狂気の恋に陥っていたヒースクリフは、心の眼でキャサリンを眺めたので、彼の眼には現実のキャサリンの肉体はそのまま映らなかったと考えられる。第二は、ヒースクリフは見たままを言ったにすぎないという解釈である。キャサリンは、十八年前に埋葬された時と同じ状態で横たわっていた、つまりキャサリンが死後、人間以外の何者かに生まれ変わっていたことを暗示する。死んだはずのキャサリンの姿をヒースクリフをはじめとする人々が見た、感じたと言っているので、ありえないことではない。

ヒースクリフの恋慕した女の遺体への執着ぶりにはネクロフィリア（屍愛）的要素があり、『嵐が丘』がゴシック小説の影響下にあることを示す。ヒースクリフは墓を暴いた時に、キャサリンの棺の一方を寺男にはずさせる。これは、ヒースクリフが死後、エドガーの遺体をどかして、そこに自分の遺体を寝かせ、棺の一方を同じようにはずして、キャサリンの遺体と自分の遺体が区別できないほど一体になることを希望したための手配である（XXIV）。ネリーはヒースクリフを「狂人」、「悪魔」、「食屍鬼（グゥル）」、「吸血鬼」と呼び、「鋭く凶暴な眼」と「鋭い白い歯」を持ち、「皮膚が破れているのに血が一滴も流れていない」（XXXIV）と描写していることから、この男はゴシック小説における悪漢、あるいはホラー小説のモンスターの役割を負うとみなせる。ヒースクリフは、ネリーから見れば、「悪魔」であり、「モンスター」であるのだが、キャサリンやイザベラのような若い女性にとっては、危険で、悪魔的魅力を持つレディ・キラーであり、「悪魔の美しさ」を持つ野性的な男であり、バイロン風の世をすねた反逆児の魅力を備えた男である。危険な悪の魅力をたたえた男ヒースクリフに死後までつきまとわれ、骨まで愛されたキャサリンは、女冥利につきるヒロインである。

夭折した恋人の死を悼んでその墓を暴くという病的でグロテスクな発想は、ブロンテの専売特許ではない。ブロンテより少し前にアメリカで活躍したエドガー・アラン・ポーは「ベレニス」（一八三五）、「アッシャー家の崩壊」（一八三九）の短編小説で、愛しい女性の墓を暴く、あるいは可愛さあまって生きた美女を埋葬する物語を書いた。「アッシャー家の崩壊」の男女の双子である兄のローデリックと妹マデラインの愛憎関係は、作品の設定やニュアンスの違いをこえて、ヒースクリフとキャサリンの関係と相似形をなす。代々伝わる、呪われた血のため、心身の健康を害している兄ローデリックによって、妹マデライン姫は、理由を明かされないままに生きながら埋葬される。「早すぎた埋葬」によって切り裂かれた相思相愛の兄妹の絆を取り戻そうとするかのように、血まみれになって棺を破って蘇るマデライン姫は、兄に対する復讐のように倒れ掛かり、二人は一体となって家もろとも朽ち果てる。

『嵐が丘』の一年後の一八四八年にフランスで発表されたデュマ・フィスの『椿姫』においても、娼婦マルグリットの死をあきらめきれない恋人のアルマンが、墓掘人夫に命じてその棺を掘り起こさせる。しかし、ヒースクリフと違って、アルマンの目には経帷子《きようかたびら》をほどかれて腐乱したマルグリットの遺体のおそろしい形相が映る。「眼はもう二つの孔にしかすぎず、口びるはあとかたもなくなり、そして白い上下の歯は固く食いしばっていた。黒くてばさばさした長い髪の毛はこめかみにへばりついて、両方の緑色のくぼみに少しばかりかぶさっていた」（五八～五九）。アルマンはその凄惨な光景に身じろぎできず、歯の震えは止まらず、両手は冷たくなり、激しい神経の興奮のあまり発狂寸前になる。『嵐が丘』よりは『椿姫』の方が現実に近い描写である。

次に、作者エミリー・ブロンテが小説で設定したタブー、つまり二人の恋人を引き裂いたものがどのように映画の世界において表現されうるか、あるいは隠されているかを五つの映画を例にあげて比較検討する。

二　映画『嵐が丘』

1　一九三九年アメリカ、一〇四分、モノクロ

監督：ウィリアム・ワイラー
製作：サミュエル・ゴールドウィン
脚色：ベン・ヘクト、チャールズ・マッカーサー
音楽：アルフレッド・ニューマン
出演：ローレンス・オリヴィエ、マール・オベロン、デヴィッド・ニーヴン

ウィリアム・ワイラー監督による『嵐が丘』は、小説『嵐が丘』の恋愛ロマンスの要素に焦点をあてて万人受けする、心打つドラマとして完成させた点では、群を抜く出来栄えを見せる。名優の誉れ高いローレンス・オリヴィエのヒースクリフ役は堂々として見事であるが、マール・オベロンのキャサリン役が秀逸である。オベロンのキャシーは、華奢な身体に、夢見がちで情熱的な大きな瞳の中に、激しさと憂いを宿す。妖精のように奔放に、軽やかに、野性味にあふれて野原を駆け回るかと思えば、令嬢の気品と傲慢さを見せる。ヒースの生い茂るペニストンの岩を城にみたて、ヒースクリフと戯れる幼い日々に、「ヒースクリフ、あなたが中国皇帝とインドの女王の子供だと想像してごらんなさい」と語る幸福だった時代のキャサリンの瞳は、幻想的でロマンチックな光をたたえる。独特な光と輝きを見せたキャサリンの瞳は、ヒースクリフを失った失意の後、我を失って狂気を示すことになる

不幸なキャサリンへの変化を暗示する。出世したヒースクリフとの再会後、病いと恋の熱で死の床に伏せるキャサリンの狂おしい煩悩を、あわれに、はかなく、狂気の光を宿す瞳で巧みに表現できるのはオベロンしかいない。オベロンは娘時代の快活、聡明、驕慢で、華やかなキャサリン、憂鬱、癇癪持ちで、狂える、あわれな「囚われ人」となったリントン夫人としてのキャサリンの二面性を自然でみずみずしい演技によって実物大の女性性としてスクリーンに投影する。オベロンのキャサリン像に対する理解力の卓越している点は、ぼろをまとって泥だらけの野生児となってヒースクリフと共に野原を駆け回っているキャサリンの方が、洗練された衣装をまとう、気取った貴婦人のキャサリンよりもはるかに魅力的に、生き生きと演じている点である。ヒースクリフから見て魅力的なキャサリン像こそ、ブロンテが意図したキャサリン独自の個性と魅力なので、オベロンのキャサリンは原作の意図を損なうことなく映像化している。

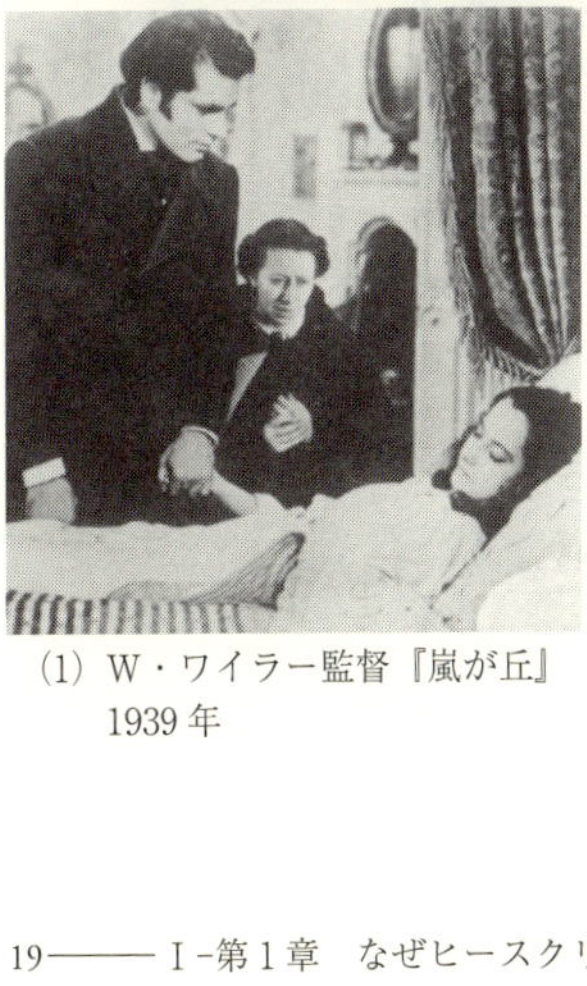

(1) W・ワイラー監督『嵐が丘』1939年

見事なオベロンのキャサリン役に比べて、ローレンス・オリヴィエのヒースクリフには不満が残る。役者オリヴィエのすばらしさは明らかだが、ヒースクリフにはもっと野性的で、不遜で、エキゾチックな魅力が必要である。オリヴィエのヒースクリフは、ジプシーと差別されていた異人種には見えず、特権的支配階級に属する白人にしか見えない。エリート風の泰然自若とした若者が、激しい憎悪を燃やして、復讐ゆえに富を蓄えて、キャサリンを奪い返しにくるほどの執念と、悪辣な手段を隠し持つ「悪魔」には見えない。オリヴィエのヒースクリフは、たとえ汚い姿をしても、女の子があこがれる「白馬に乗った王子」を連想させる正統派のヒーローである。世の中から見捨てられ、さげすまれる異端児のヒースクリフにオリヴィエの正統派の風格と美男ぶりはふさわしくない。

オリヴィエのヒースクリフは、死んだ恋人の墓を暴くタブーで手を汚すような男には見えない。墓破りのグロテスクな要素を切り捨てて、小説の前半だけで終わらせ、典型的ハリウッド調のロマンスにしたてあげての映画化は正しい。日本版『嵐が丘』を監督した吉田喜重は「当たり障りのない物語的な部分を、抽出して描いただけで、その背後に伏せられている禁忌的なものについては、一切触れていない。（中略）ワイラーの作品は、いい意味でも悪い意味でも、ハリウッド映画のモラルが禁じていることがよく読み取れる」（吉田喜重、一一二）と指摘する。ヒースクリフの墓を暴く場面の映画化は、大衆受けを狙った当時のハリウッドの伝統にはそぐわなかった。オリヴィエが恋人の墓を暴くような悪行をしでかす男に見えないというだけの理由で、墓破りの場面を見せなかっただけではない。当時の良識あるアメリカの観客が「墓を暴く」というキリスト教のモラルに反したタブー侵犯を嫌ったからである。観客の趣味に合わない映画は受け入れられず、興行成績上も望ましくない。さらに、墓を暴くグロテスクな場面の映像化は、美しいはずの恋愛映画をホラー映画にする危険性もある。ワイラー版の『嵐が丘』は、原作にちりばめられたゴシック性を、幼児期のキャサリンの亡霊が風雨と共に窓を突き破って家の中に入り込もうとする場面にとどめる。ワイラー版は、二人の純愛を阻んだ当時の社会的通念にふれることなく、二人の恋人は亡霊となって結ばれるという原作の意図の一部を踏襲して終わる。幻想的で、美しい映像、出演俳優たちの巧みさゆえに自然に見える演技は、この非現実的な結末を違和感なく受け入れられるものにしている。

2　一九五三年メキシコ、八六分、モノクロ

監督：ルイス・ブニュエル
製作：オスカル・ダンシヘルス、アベラルド・L・ロドリゲス、TEPEYAC（メキシコ）
脚本：ルイス・ブニュエル、フリオ・アレハンドロ、アルドゥイノ・マイウリ
音楽：ラウル・ラビスタ、ワーグナーの「トリスタンとイゾルデ」
出演：イラセマ・ディリアン、ホルヘ・ミストラル、リリア・プラド、エルネスト・アロンソ

ルイス・ブニュエル監督の『嵐が丘』は、アレハンドロ（ヒースクリフ）が、カタリナ（キャサリン）の墓を暴く場面の映像化によって、ワイラー版ハリウッド映画に挑戦する。カタリナの死を知り、絶望で憔悴しきったアレハンドロは、カタリナが埋葬されている墳墓の鎖をはずし、鍵をこじ開けて、中に入ろうとするが、アレハンドロの後をつけてきたリカルド（ヒンドレー）の銃で片腕をうたれ、負傷する。それでも、アレハンドロはかまわず、よろめきながら地下納骨所の階段を降り、カタリナの棺をみつける。棺の蓋をあけて、レースにくるまれたカタリナの手を愛撫した後、アレハンドロは土を払ってカタリナに覆いかぶさり、接吻する。するとカタリナが婚礼衣装とも死に装束とも見える

⑵ ルイス・ブニュエル監督『嵐が丘』1953年

白いドレスに身を包んで階段の上に立ち、アレハンドロを手招きする。アレハンドロが歓喜に満ちた視線をカタリナの亡霊に向けた瞬間、その顔はリカルドに変わり、アレハンドロはリカルドの銃に倒れ、棺の上のカタリナの遺体の上に折り重なる。何者かの手（おそらくリカルドの手）が、地下納骨所の入り口を閉じる。

　五〇年代製作の映画が墓破りの場面を披露したことは、当時としては大胆な試みである。しかし、棺の中のカタリナの手と服の一部が見えるのみで、カタリナの死に顔は画面に現れない。ブニュエル版は、モノクロの地味な映画にしか見えず、俳優陣も特に印象に残る演技を見せることはない。舞台をイギリスのヨークシャーではなく、メキシコに移し、登場人物の名前もメキシコ風に変えているところは個性的である。墓を暴く場面を避けて、逆に作品のクライマックスにするという前代未聞のブニュエルのアイディアは、後の映画に大きな影響を与えている。レースにくるまれたキャサリンの遺体、それに狂おしく接吻するヒースクリフの姿、亡霊となったキャサリンが白いドレスを着て、ヒースクリフを死の国へ誘う場面を九〇年代のコズミンスキーは踏襲する。リカルド（ヒンドレー）とイザベル（イザベラ）が共謀して、アレハンドロ殺しを企て、リカルドがアレハンドロを銃殺することによって、アレハンドロとカタリーナの霊魂があの世で結ばれることを暗示するところは、ロバート・フュースト版に受け継がれる。

クレジット・タイトルに出てくる文章――「主人公は本能と感情のなすがままに生き、そこに社会通念はまったく存在しない。アレハンドロとカタリーナの激しい恋は死によってのみ成就する」――はブニュエル版のテーマを凝縮して述べる。この部分はブニュエルと違う作品解釈を誘発する。キャサリンとヒースクリフの激しい恋愛感情の表出は本能のなすままだが、行動に関しては理性や計算が働いている。特にキャサリンのエドガーとの結婚は、当時の社会通念に従っている。ブニュエルの解釈とは反対に、キャサリンが本能と感情のなすがままに生きようとして生きられなかったこと、見かけによらず冷静で理知的なキャサリンが当時の社会通念を無視できなかったことが、二人の恋の最大の障害だった。キャサリンの計算と社会通念への従順さがヒースクリフを退け、エドガーを選ばせた。その結果、恋人たちはこの世では結ばれず、死によってしか恋を成就できなくなったという見方が成立する。

3　一九七〇年アメリカ、一〇四分、カラー

監督：ロバート・フュースト
製作：サミュエル・Z・アーコフ、ジェームズ・H・ニコルソン
脚色：パトリック・ティリー
音楽：ミッシェル・ルグラン
出演：アンナ・カルダー・マーシャル、ティモシー・ダルトン、イアン・オーギルビー

ロバート・フュースト監督版は、ヒロインのキャサリンの葬儀の場面から始まる。地中深く掘られた墓穴に下ろされていくキャサリンの木製の棺。それを見守る夫のエドガー・リントンは、良家の子息らしく、品のいい、華奢な体格で金髪である。ヒースクリフは、キャサリンの葬儀の様子を丘の上から、馬に乗ったまま、じっと険しい目つきで見守る。エドガーと対照的な黒髪、狼のような野性味を漂わせた威風堂々たるミステリアスなヒースクリフは、葬式に加わることを許されない疎外された立場にある。この葬儀の場面の最中に映画のクレジット・タイトルが画面上に流れる。場面はヒースクリフが嵐が丘に連れてこられた夜に戻り、物語は進行して、キャサリンの死後の、最初の葬儀のシーンへとつながる。葬儀の晩に、ヒースクリフは、キャサリンの墓の上で一人号泣し、手で土を掘り返そうとするが、キャサリンの亡霊をみつけ、墓を暴くことを中止する。嵐が丘のアーンショー家へと手招きするキャサリンの亡霊を追っていったヒースクリフは、室内で待ち伏せしていたヒンドリーの銃で撃たれ、丘の上に逃れて息絶える。キャサリンとヒースクリフの幻が手をつないで楽しげに荒野を駆け巡る姿がスクリーンに現れ、エンディングを迎える。

フュースト版も小説の後半を省き、埋葬から十八年後、ヒースクリフが寺男を使ってキャサリンの

墓を暴く場面をカットしているため、ワイラー版同様に墓破りのタブーを犯す危険を免れている。しかし、再会したヒースクリフとキャサリンを野原で抱き合わせるシーンを設け、二人の間のセクシュアルな関係の暗示によって、原作の時代感覚にそぐわない不自然な恋愛様式を是正する。キャシーの子供の父親が、ヒースクリフである可能性を匂わす点が斬新である。原作と異なる現代的恋愛様式は、吉田喜重版に引き継がれる。

キャサリン役のアンナ・カルダー・マーシャルは、残念ながら適役とはいえない。マーシャルは若いのに、中年女性のような人生への倦怠とすれた感じを漂わせる。裕福で社会的地位のあるエドガーと、社会的には不釣合いだが魅力的なヒースクリフという二種類の男性の間で揺れて苦しむ女心を演じるべきなのに、マーシャルは、二人のいい男を得ようと、てぐすねひく年増女のしたたかさを連想させる。キャサリンの小悪魔的で、妖精のように軽やかで、つかみどころのない奔放さ、それとは正

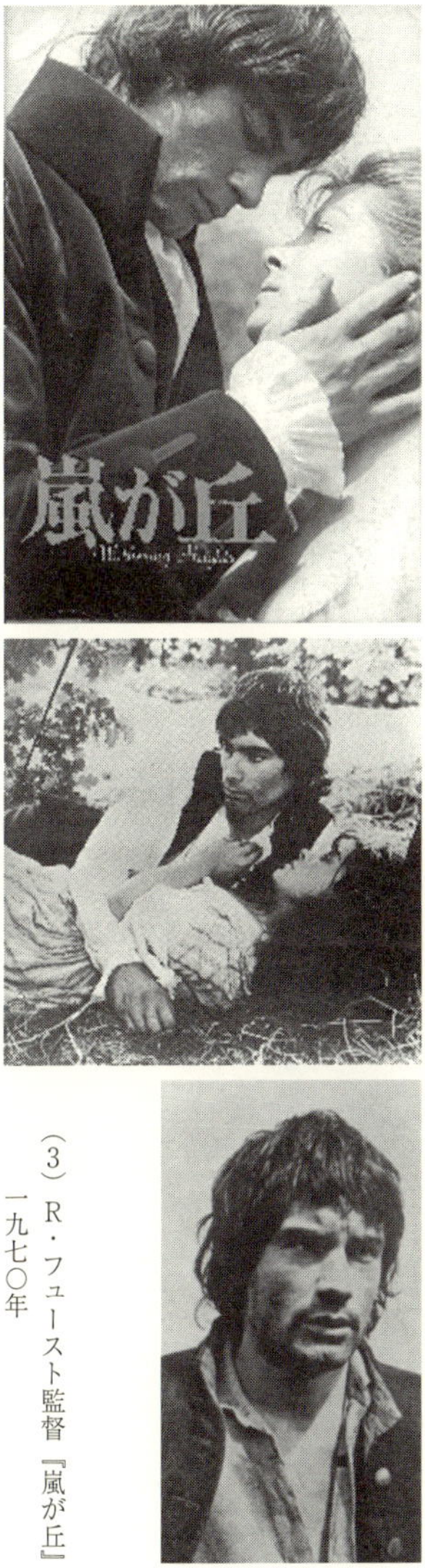

(3) R・フュースト監督『嵐が丘』一九七〇年

反対に理知的で、傲慢で、気品のある令嬢性の複雑な二面性が観客に伝わらない。アーンショー家の人物たちは、動物的田舎地主の雰囲気で、ワイラー版の役者たちに比べて魅力がない。この映画の最大の魅力は、ティモシー・ダルトンが演じるヒースクリフである。ダルトンのヒースクリフは、長身の美しい容姿を持ち、悪魔のような黒髪、髭をそった後が青く残るそげた頬、シベリアン・ハスキー犬の危険な野生味を漂わせるブルー・グリーンの瞳は、冷たく相手を突き放すかと思うと、傷を一人でなめる孤独な狩人のわびしさと翳りを宿す。冷徹な悪魔の美しさを持って、令嬢イザベラを誘惑した後、残酷に捨てる氷のような冷たさを持つ男が、キャサリンの死に際して慟哭のあまり火のように燃えたぎる。ダルトンのヒースクリフは、火と氷、野生味と不屈の精神の気高さ、傲慢と純粋、愛情と復讐心という矛盾する性質を備えた男の複雑な内面を説得力と魅力をもってスクリーンにぶつける。ダルトン・ヒースクリフをしのぐ役者はいないと思わせる熱演である。時空を超えたキャスティングが可能ならば、ワイラー版のマール・オベロンのキャサリンとティモシー・ダルトンのヒースクリフを組み合わせた映画を実現させたい。

4　一九九二年イギリス、一〇五分、カラー

監督：ピーター・コズミンスキー
製作：メリー・セルウェイ
脚本：アン・デブリン
音楽：坂本龍一
出演：ジュリエット・ビノッシュ、レイフ・ファインズ、サイモン・シェパード

コズミンスキー版は、原作に忠実に作られている。欧米の映画版は、キャサリン二世が登場する小説の後半を省く傾向があるが、コズミンスキー版は、原作の意図を尊重したうえで、手際よく効果的に描くことに成功している。日本の坂本龍一の音楽も作品の雰囲気作りに貢献する。

原作者のエミリー・ブロンテが、語り手として登場する点が目新しい。蒼いマントをまとった美貌のブロンテは、ムーア（荒野）を歩いて廃墟になった「嵐が丘」へと案内し、過去の物語を語る。キャサリン役のジュリエット・ビノッシュは、令嬢の気品を持つが、のびやかでコケティッシュであり、小悪魔的な娘時代のキャサリンを表現して申し分ない。ビノッシュは、数ヶ月に及ぶ何百人ものリストから選ばれた（映画パンフレット『嵐が丘』「プロダクション・ノート」）だけのことはある。レイフ・ファインズのヒースクリフもジプシーと蔑まれるのにふさわしく浅黒い肌を持ち、無口、陰険、幻想家、悪辣な策士を表現する。欲を言うと、ファインズのヒースクリフは内省的なので、野心満々な感じ、

(4) P・コズミンスキー監督『嵐が丘』1992年

ムーア（荒野）に向かって吠え叫ぶ狼のような野生味と線の太さがほしい。

ファインズの内向性の演技が抑制をとかれ、情熱を爆発させるのはキャサリンの遺体を前にした瞬間である。白い、美しいベールに包まれて、棺に眠るキャサリンの教会堂に安置された遺体に、夫のエドガーがエレガントでしめやかな別れを告げて去った後、ヒースクリフが教会の窓ガラスを叩き割り、血まみれになった手でドアノブを回し、乱入する。やつれきったヒースクリフは、棺の中で人形のように眠る美しいキャサリンの手からロケットを引きちぎった後、その体を抱き上げ、汗と涙と血と汚れでどろどろになった自分の顔をキャサリンの顔に押しつけ、キャサリンの髪の毛に自分の歯を押し当てて、体を震わせて泣きながら、むさぼるように抱きしめる。ヒースクリフの死体を愛撫する姿は、花嫁衣裳を着た新婚の花嫁を情熱的に抱く花婿のように見えるが、キャサリンの髪に歯を押し当てる姿は、吸血鬼ドラキュラが美しい処女の生き血を吸う姿とだぶる。この場面は、愛の禁制をとかれた恋人にふさわしいエロスを発散する。しかし、ヒースクリフが情熱をぶつける相手は、冷たい死体である。それも夫が消えた後、こそ泥のように忍びこんで冷たい体に触れる。映画はヒースクリフの愛がネクロフィリアに転落せざるをえない事情、当時の階級社会の障壁が二人の愛をタブーにした末のゆがんだ形を映しだす。

コズミンスキー版は、原作の墓破りの場面を映しだすところが他の欧米映画版と異なる。キャシー埋葬の直後に、ヒースクリフは死に顔を見たくなり、墓の蓋の上の土を自分の手で払って、蓋を開ける。棺の中のキャシーはさすがに画面に映されないが、ヒースクリフは、ネリーに「キャシーの墓を掘り起こして、私の心は静まった。キャシーは昔のままの顔をしていた」と語る。ヒースクリフがキャシーの死後二十年の苦悶の後旅立つのは、亡霊となったキャシーの手引きによる。嵐の晩に宿を借りた旅人のロックウッドが、幼少時代のキャシーの幽霊に手をつかまれて悲鳴をあげた「キャシーの部屋」で、キャサリンは、死に装束とも花嫁衣裳とも見える白いドレスをまとってヒースクリフを死の国へ誘う。二人は、白い別世界に変わったムーア（荒野）で抱き合い、接吻する。キャサリンの墓は真ん中に陣取り、エドガーとヒースクリフの墓を左右に従える。

　埋葬されたキャサリンが姿を現すということは、彼女が成仏せずに死後二十年間、この世をさまよっていたことを暗示する。キャサリンは、ヒースクリフに影響されてキリスト教の神を拒絶したため、正統派のクリスチャンから逸脱していた。ヒースクリフは、無神論者であり、悪魔か、吸血鬼か、食屍鬼（グウル）と噂され、キャサリン恋しさにその墓を暴くことも厭わない男だから、天国とは無縁である。原作に忠実なコズミンスキー版では、ヒースクリフは両眼を見開いたまま息絶える。ルーマニアの吸血鬼伝承によれば、「吸血鬼の遺体の左眼あるいは両眼はじっと開いたままである」とされる（吉田八岑、一八六）。キリスト教の呪われたネガである吸血鬼伝説では、「ほとんどの死者は臨終、通夜、入棺など死者が安らかに眠りの世界に入るための、様々な死者儀礼をへて埋葬され、一定期間喪に服したのち祖霊となる。しかし生者にとって心配なのは、死者が祖霊になるまでに、亡霊、死霊となって再びこの世をさまようことになるのではないかという恐怖である」（吉田八岑、一五〇）。現世で報われなかった思いに執着した死者の霊が怨霊になるので、社会的差別に阻まれてこの世でキャシーを得られなかったヒースクリフの霊とヒースクリフに未練を持つキャシーの霊魂はさまよう。ヒースクリフは、浅黒い顔の捨て子だったのでジプシーと蔑まれるが、吸血鬼文学では、ジプシーはドラキュラの手足となって仕えたとされる。各国を放浪するジプシーは、吸血鬼伝説を受け入れ、各地に伝えた民として知られる（吉田八岑、一七四）。『嵐が丘』のヒースクリフには、当時の英国に潜んでいた異教徒、異人種への偏見と憎悪がイメージ化されている。キャシーは悪魔とされていた異教徒のヒースクリフと肉体的に交わることはなかったが、霊的に深く交わり、精神的に一体化したので、正統派のキリスト教徒が死後迎えられるはずの天国には入れない。

この世でその愛を成就できなかった二人の恋人たちは、現世に未練があるうえに宗教的タブーを犯してしまったので、亡霊として永遠にさまよう。この世からも、神の国からも拒絶された二人には罰あたり人の定めが下る。しかし、永遠の放浪は、二人にとっては嵐が丘で過ごした子供時代の幸福へ戻ることを意味する。ヒースクリフとキャサリンが、この世と神の掟から自由になり、自然児に戻って愛し合えるのは亡霊の姿でしか許されないのだ。

5　一九八八年日本、一三一分、カラー

監督：吉田喜重
製作：山口一信、F・ヴォン・ビュレン
脚本：吉田喜重
音楽：武満徹
出演：松田優作、田中裕子、名高達郎、石田えり、萩原流行、三国連太郎

吉田喜重版は、大胆に翻案された『嵐が丘』の映画化である。時代背景は中世（鎌倉、室町時代）の日本に設定され、登場人物の名前もヒースクリフは鬼丸、キャサリンは絹、エドガーは光彦と日本風に改名される。登場人物の衣装は鎌倉、室町時代の日本の絵巻物の色と文様からヒントをえて製作した（『嵐が丘』映画パンフレット「衣装」）。アーンショー家は「荒神獄」と呼ばれる火山のふもとで火の

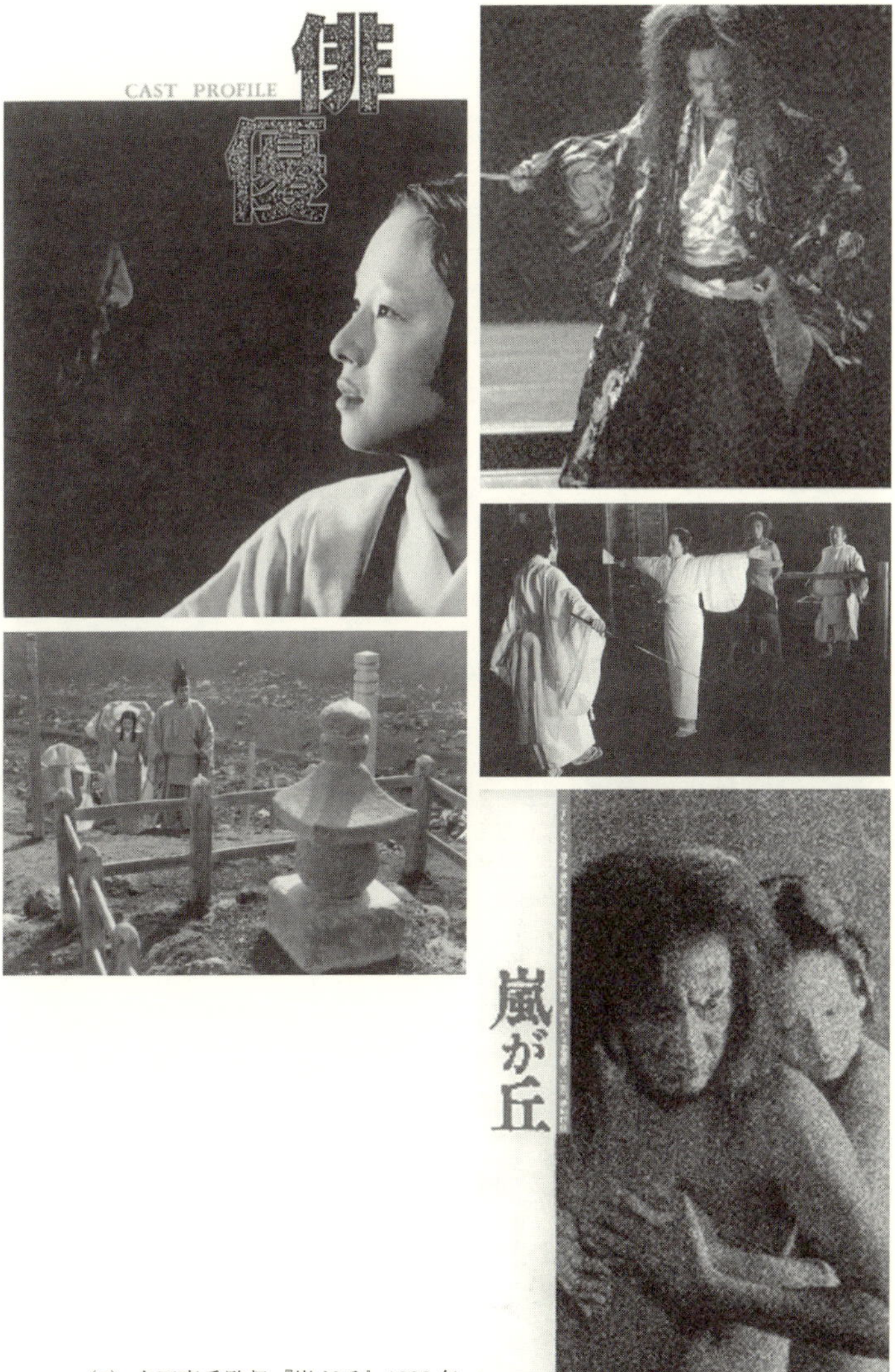

(5) 吉田喜重監督『嵐が丘』1988 年

神を祭り、下界とは隔絶した神事を営む「東の荘」の一族に、リントン家は犬猿の仲である分家の「西の荘」に変更される。

鬼丸は映画では「下人」と呼ばれるが、脚本と監督を担当した吉田喜重は、「鬼丸を都から連れ帰った被差別民の孤児とした」ことによって、鬼丸を「不浄のもの」、山部一族の娘の絹を「聖なるもの」にした。この位置づけにより、「禁忌と侵犯、善と悪の無境界性、そしてバタイユのいう一卵双生児的な、二人の関係がリアルに浮かび上がり、その旋律が増幅される。それは差別されるがゆえに聖なるものに昇華され、聖なるがゆえに底辺に差別される。そのしるしづけられた二人による性の歓喜には、死のイメージが重なるはず」（吉田喜重、一一九）であり、「『嵐が丘』のもっとも魅惑的な部分、禁忌の境界が危うくなるような状況（中略）は日本の中世がもっともふさわしい時代に思えたのです。それは下克上による変革期ですし、宗教における混在の時期でもある」と吉田は語る（吉田喜重、一一八〜一一九）。吉田による大幅な翻案化と個性化は、原作の『嵐が丘』とはイメージの異なる作品を生み出したが、吉田は「あれほどまでに愛しあった恋人がなぜ結ばれなかったのか」という理由を、社会的構造において、どの映画化よりも強い説得力をもって呈示する。絹と鬼丸の間に横たわる社会的階層の溝、差別するものと差別されるものという社会的差別コードの存在を躊躇なく打ち出したことにより、欧米の映画ばかりでなく、原作者ブロンテですら避けていた問題に吉田は大胆に迫る。この社会的差別の問題こそが、グローバルな視点から力を入れて取り組むべき事柄である。吉田の提起した「社会的禁忌と侵犯」は、欧米社会の「階級、ジェンダー、人種」の問題として置き換えられる。

あらゆる文化と宗教が普遍的に禁じられているはずの最大のタブー、墓破りをヒースクリフが犯すのは、狂った恋のためである。しかし、この行動はヒースクリフの異教性ゆえに成り立つ。欧米では、ヒースクリフのグロテスクな墓破りは悪魔、吸血鬼、屍食鬼に等しい異人種のアンチ・キリストの行いという暗黙の承認を得る。一方、吉田版は、絹を失った後の鬼丸の狂気に加えて、鬼丸の行動様式や生活感覚が絹の属する階級の人々とは違うことを暗示する。鬼丸は野鳥を串焼きにして食べる。「におう。いやなにおいじゃ。みやまでの殺生はならぬというに、また鳥を食べておったのか」という絹に向かって鬼丸は「食ってみろ。うまいぞ」とすすめ、絹が顔をそむける場面からもそれはわかる。鬼丸の絹の墓破りの場面は、おそろしくリアルである。絹を失って半狂乱になった鬼丸は、絹の墓を暴くが、絹の遺体は腐敗が始まり、蛆虫が這い出す。鬼丸もむごい現実を前にして、異様に目を大きく見開き、「うわああ」とうめいてのけぞり、へたりこむ。しかし、それにも懲りず、権力者としてすべてを意のままにする鬼丸は、絹の棺を自分の部屋へ運び、以後ずっと、白骨化した絹と逢瀬を重ねる。成長した絹の娘は、鬼丸の家に下女として住み込むが、鬼丸のネクロフィリアを見透かして、娘の絹は白無垢を着て棺の中に横たわり、いつものように母の絹のなきがらを見ようと蓋を開けた鬼丸を揶揄する。「どこへやった、絹のなきがらを。言え、言わぬか」と狼狽して取り乱す鬼丸に、娘の絹は「母様は産小屋《うぶ》じゃ」と花嫁衣裳の着物を着て座る白骨を示す。吉田は他の映画が避け、ぼかしているタブーを暴きだし、原作の背後に隠されている社会的な差別を浮き彫りにする。

吉田版は、エロスの問題にも尻込みしない強い姿勢を示す。ヴィクトリア朝の若い女性作家ブロンテが描いた原作のキャサリンとヒースクリフの間に性的関係はないが、吉田版では絹と鬼丸が肉体的に結ばれる場面を見せる。絹は嫁入りの前の晩に、鬼丸を開かずの間に呼び出し、「今宵、この部屋におまえを呼びいれたわけはもうおわかりじゃろ。鬼丸、見せてくれ、お前の裸を。絹とてこの白無垢の下は裸」と言って自ら白い裸身を差し出す。鬼丸もそれにこたえて、白い着物を脱ぎ、浅黒い肌にきりりと締めた真っ白なふんどし姿を表して絹の前にすくと立つ。この後生まれたのが娘の絹なので、父は鬼丸かもしれない。娘の絹はそれを知らずに、憎しみから鬼丸を誘惑するのだから、吉田版は大胆に近親相姦のタブーも呈示する。吉田は、原作がぼかしている禁断の箇所を現代的な視点で浮き彫りにして、あいまいな点、盲点に疑問を投げかけ、挑戦する。吉田は、現代の観客を挑発し、啓発し、この古典への新しい読みの可能性を示唆する。

吉田の『嵐が丘』は、八八年のカンヌ映画祭コンペ部門参加作品として出品され、日本国内のみならず、フランスでもその様式美、大胆さ、普遍的芸術性で絶賛された作品である。吉田は脚本家、監督として才気を発揮するが、俳優陣も名優揃いである。特に松田優作の鬼気迫る鬼丸の野性味と狂気にいたる悲劇性、下賤な生まれゆえに愛する女人と結ばれない無念さ、二人を阻む社会的差別、身分制度への憤怒と復讐心に対する卓越した表現力は、日本のヒースクリフとして誇るに足る出来ばえを示し、海外の名優をしのぐ。絹の田中裕子は、松田優作とは対照的に抑えた演技で、中世のしっとりとした日本女性の美しさとはかなさを表現する。

原作が触れている、あるいはほのめかすタブーについて、五つの映画の対処法を述べた。映画は生きた人と物を映像に記録するので、活字よりも具体的でリアルである。映像は活字よりも受け手に、より直接的なインパクトを与え、現実的に迫る媒体であるために、その表現に関しては慎重にならざるをえない。映画は、子供を含む一般大衆が観客になるので保守的になりがちである。エロスや死に関するタブー（禁忌）を描く際には、映像上どこまで表現が許されるかについて作り手は神経をとがらす。活字で表された墓破りの場面を映像化するのはその意味でむずかしい作業である。宗教的規制が厳しかった欧米の映画では、この場面を避けるか、たとえ描いても画面には死者の姿を等身大で映さないような配慮がされる。それに反して、日本の吉田喜重はリアルを通り越して、グロテスクな姿の死体を映像化する。絹の生前の美しい姿と対照的な死後の恐怖を呼び起こす姿を見せることによって、タブーを犯すおぞましさをより強烈に訴えるための映像戦略である。映像は活字よりも視覚上より直接的に訴えるので、タブー事項の表現に関しては慎重になるが、巧みな表現は逆にアピール度を高める。

三　文学と映画

偉大な文学作品の映画化で原作をしのいだものは稀である。文学は、活字の世界で時間的制限がないのに対して、映画は、観客の体力と営業上の回転率を考慮に入れなければならないため、長さは二、三時間以内の厳しい時間的制約がある。紙とペンがあればいつでもどこでも誕生する小説と違って、映画は綿密な撮影計画、大規模なセットとロケ、作品にふさわしい俳優やスタッフをかり集める手間と暇、必要な資金がそろった時に撮影に入り、その撮影終了時にはじめて産声をあげる媒体である。小説は、作者と読者がいく枚かの紙を通して、一直線でつながることのできる世界である。一方、映画は、原作を削ったところにあらたな要素を付け加えて台本を作り、その台本に沿って役者が自分の肉体と声を裏方の協力を得たうえで映像化して記録させ、その映像が編集作業を経て映画館において観客に商品として享受される。その製作に多数の人手と工程の共同作業を必要とする映画は、作者と観客がいくつもの複線で複雑に結ばれる媒体である。そのために、すぐれた製作者たちによる映画化は、原作が隠し持っていた謎に正面から挑み、解き明かすこともある。『嵐が丘』の吉田版の映画化がその好例である。吉田はブロンテがぼかして書かない問題、つまり階級、人種、ジェンダーによる差別問題の社会構造が二人の結婚を妨げる本当の原因であることを暴いた。鬼丸（ヒースクリフ）が、墓破りをするのは、下賎の出ゆえに、最愛の女性をこの世で得られなかった無念のあまりに正気を逸したためである。さらに、絹（キャサリン）は優遇される階級と人種に属すが、女性としてのジェンダーが彼女を社会的に無力な立場に追いやる。階級、人種、ジェンダーにおいて、冷遇される二人の恋人は、これらの社会的差別がかせとなってこの世では一緒になれない。鬼丸の反社会的で、グロテスクな墓破りの現実性と妥当性を彼の狂気のみならず、その階級と人種に暗に結びつける偏見が社会的慣習や通念から自由だとされてきた原作に潜んでいることを暴く。映画は原作をひとたび脱構築して、その要素の中から取捨選択を行ったうえで、製作する人々が自分たちの表現をより的確できわだったものにするために、新たな要素を付け加えることができる。映画制作のたどるこの作業の過程こそが、小説である原作が言いよどんでいること、あるいは隠し持っている謎に光をあてて暴き出すことを可能にする。

映画の圧倒的な魅力と強みは、映像という形で保存できることである。小説のように活字だけの世界は、読者の想像力によって頭の中でそれぞれの絵を描きながら読みすすんでいくが、映画は目の前に人間と風景を映像として表せるので消化が楽である。映画は、観客が頭の中で絵を描かずに映像を咀嚼できる便利で心地良い媒体であるために、大衆性を獲得し、生みの親である小説をおびやかす産業へと成長した。映画は観客を映画館に動員するまでの作業は複雑だが、ひとたび取り込めば客を特急で終点まで運ぶ。映画は動画であるために記憶に残りにくいという難点があるが、映画作品がVHSやDVDに変換されて販売されるので、個人で所有して好きなところだけを好きな時に繰り返して見られる。映画は、手軽にどこでも見られる文庫本なみのメリットを獲得した。

映画が小説に比べて優位を誇る一つにサウンド（音）がある。映画は出演俳優の肉声のみならず、周囲の様々な音を記録できる。また映画におけるサウンドは、自然の音だけでなく、音楽などの人工的な音がピッチ、ヴォリューム、テンポなどの音響効果として、その場面を盛り上げたり、説明したり、また場面の展開に合わせて観客の心理を誘導するために効果的に使われる。

映画の決定的な強みと魅力は、時間によって風化し、変化する生き物である人間、自然をはじめとする事物の二度とない瞬間をリアルな映像とサウンドで記録する点である。名演技を披露したマール・オベロンもローレンス・オリヴィエも、そして日本男児の魅力を披露した松田優作もすでにこの世の人ではない。また存命である役者の若い頃の姿をそのまま見ることも、特徴ある声をそのまま聞くことも後になってはできない。しかし、映像と音声の記録により、役者たちの姿と声、監督や技術者の技は、伝説にとどまらず、時と場所を越えて検証され続け、新たな観客とファンを獲得し続ける。映像化された後は、いつ、どこへでも入り込み、観客を獲得することのできる時空を越えた変幻自在のメリットをフルに活用して映画は映像時代の王者として君臨し、世界中を制覇し、その勢いはとどまるところを知らない。

しかし、文学も映画も記録することができず、共通に欠けているものが一つ存在する。それは「におい」である。『嵐が丘』の墓を暴く場面を勇気をもって描いたブニュエル、コズミンスキー、吉田喜重は、キャシーの遺体の露出度の視覚的限界をそれぞれの判断と作品に対する解釈によって決定する。しかし、一番大胆な描き方をした吉田ですら、墓を暴いた時の匂いまでは観客に伝えられない。視覚的なショックは、腐乱の始まった遺体、白骨化した遺体を画面に映し出すことによって、そしてその遺体を見た鬼丸の表情によって、観客に十分すぎるほど真に迫った伝え方をすることができる。しかし、その腐乱した「におい」は観客席に漂わない。鬼丸もいとしい絹の遺体に対面できて鼻をつまむのを忘れているので、観客をはじめとする第三者にはすさまじいはずの「臭い」を伝えていない。リアルな媒体である映画もフィクションにすぎず、現実を装う偽物である。しかしそれだからこそ、受容者は疑似体験の満足を得たうえで映画を安心して楽しく見られる。その点では映画と文学は同じ位置づけにある。

四　ヒースクリフ役者の演技力

映画『嵐が丘』では、主演男優の舞台で鍛えた演技力と発声法が大きな力になっている。通常のロマンス映画向きの微妙な、細かい表情の違いによる演技だけでは、このスケールの大きな狂気にいたる愛のドラマは表現しきれない。特にヒースクリフには、大ぶりの全身を使う表現力と大仰なせりふが要求されるので、映画『嵐が丘』の主演男優たちの出発点が舞台にあるのは偶然ではない。

映画版で成功の演技の鍵を握るのは、キャサリン役の女優よりもヒースクリフ役の男優である。ブロンテは、ヒースクリフを異性として魅力的に描いたので、女心をときめかせる男優なしに映画化は成立しない。『嵐が丘』の悲劇性は、身分違いで結婚を許されない男が、途方もなく魅力的であったことが原因なので、観客を納得させるような魅力ある男優がいなければ、『嵐が丘』の前提は崩れる。

四本の欧米映画（吉田版を除く）では、死の床に臥すキャサリンとヒースクリフのラブ・シーンがクライマックスになる。「神も悪魔も離すことのできなかった二人の仲を裂いたのはキャシー自身だ」という芝居じみて聞こえかねないせりふを滑稽でなく、真に迫って演じられる男優のみがヒースクリフを演じきれる。ローレンス・オリヴィエはシェイクスピア劇の名優であり、『007』ジェームズ・ボンド役で有名なティモシー・ダルトンはロンドンの王立演劇学校卒業の後、ロイヤル・シェイクスピア・カンパニーに、レイフ・ファインズも王立演劇学校卒業の後、ロイヤル・シェイクスピア・カンパニーに在籍した。日本の松田優作は、映画界入りの前は文学座に席を置いた。『嵐ケ丘』の常軌を逸した、時空を超えた恋愛には、舞台で鍛えた正統派の演技力に加えて、カメラ向きの繊細で変化に富んだ表現が可能なヒースクリフ役者が不可欠である。

（ことわりがない本文中の和訳は、筆者訳）

【英文文献】

Brontë, Emily. *Wuthering Heights: The 1847 Text Backgrounds and Contexts Criticism. A Norton Critical Edition.* Ed. Richard J. Dunn. New York : Norton, 2003.

Poe, Edgar Allan Poe. "Berenice." The Borzoi Poe: *The Complete Poems and Stories of Edgar Allan Poe.* Vol. 2. New York: Alfred A. Knopf, 1946. "The Fall of the House of Usher." *The Borzoi Poe.* Vol. 2.

【邦文文献】

エミリー・ブロンテ／田中西二郎訳『嵐が丘』新潮文庫、一九八八年。

デュマ・フィス／吉村正一郎訳『椿姫』岩波文庫、一九三四年。

吉田喜重「映画『嵐が丘』をめぐって」『ユリイカ』九月号（特集ブロンテ姉妹――荒野の文学）、青土社、二〇〇二年。

吉田八岑、遠藤紀勝『ドラキュラ学入門』現代教養文庫一四一八、社会思想社、一九九二年。

ラファイエット夫人／生島遼一訳『クレーヴの奥方』岩波文庫、一九八一年。

【オンライン・データベース】

Thomas, Pauline Weston. *A Woman's Place in C19th Victorian History*. Fashion-Era.http://www.fashion-era.com/a_womans_place.htm. 11 July 2004.

【『嵐が丘』映画パンフレット】（本文中に掲載）

（1）ウィリアム・ワイラー監督版『嵐が丘』日本ヘラルド映画提供、東宝、一九八一年。

（2）ルイス・ブニュエル監督版『メキシコ時代のルイス・ブニュエル』ヘラルド・エース、一九八七年。

（3）ロバート・フュースト監督版『嵐が丘』東宝東和、一九七六年。

（4）ピーター・コズミンスキー監督版『嵐が丘』東宝、一九九三年。

（5）吉田喜重監督版『嵐が丘』西友・西友セゾングループ、一九八八年。

【『嵐が丘』のＶＨＳおよびＤＶＤ】

Wuthering Heights

（1） Dir. William Wyler. Perf. Merle Oberon, Laurence Olivier, and David Niven. Prod. Samuel Goldwyn. 1939. Videodisc. IVC, 2002.

（2） *Abismos de Pasion.* Dir. Luis Bunuel. Perf. Irasema Dilian, Jorge Mistral, Lilia Prado, and Luis Aceves. Prod. Oscar Dancigers, Abelardo L. Rodriguez. 1953. Videocassette. Pony Canyon, 1978.

（3） Dir. Robert Fuest. Perf. Anna Calder Marshall, Timothy Dalton. Prod. Samuel A. Arkoff. 1970. Videodisc. MGM DVD. 2001.

（4） Dir. Peter Kosminsky. Perf. Juliette Binoche, Ralph Fiennes, Simon Shepherd. Prod. Mary Selway, 1992. Videodisc. Victor Entertainment, 2004.

（5） 監督：吉田喜重、出演：松田優作、田中裕子、名高達郎、石田えり、萩原流行、三国連太郎、製作：山口一信、F・ヴォン・ビュレン、一九八八年、ビデオカセット、ポニーキャニオン、一九八八年。

第2章　ヒースの丘にこだまする地霊

――チャールズ・ヴァンス脚色『嵐が丘』（舞台版）の考察

三瓶眞弘

はじめに

人生は謎に満ちている。しかし、生きるに値しない人生はない。小説や劇の形を借りた物語もエニグマに満ちているが、紡がれる必然があって登場人物は作品のなかを生きる。今から十八年前の八月、夏の盛りでも暖炉が焚かれているハワースの丘陵を見渡せる坂道を歩きながら、私は頭の中でそんなことを反芻していた。

坂道を登り詰めた墓地に隣接したところに、ブロンテ姉妹の父親がかつて牧師を勤めていたハワースの教会はある。昔のままの様子を呈している牧師館の裏手に、エミリー・ブロンテが『嵐が丘』（一八四七年）の作品内で描いた荒野は広がっていた。ハワース探訪は、主人公二人の幻影を見たような思いを私にさせてくれた。この小論は、その折に芽生えた不思議な思いを精査してみたいと思いたって書き始めたものだ。

一

イギリスのヨークシャー地方は、南北に一五〇キロにわたって縦横するなだらかな起伏のペナイン山脈を背骨に抱えた、基層部が石灰岩から成る高原地帯である。土地の標高は高いところでもせいぜい八〇〇メートルぐらいだが、一五〇〇ミリという年間雨量と烈しい風の強さを特徴とする。「風が吹き荒ぶ高原」という意味を持つ「ワザリング・ハイツ（Wuthering Heights）」をタイトルとする小説の舞台となるのは、その荒涼としたウェスト・ヨークシャーの丘陵地帯である。〝人は土地なり〟という諺があるが、不毛な風土や景観は、この地方の人たちに「不屈」「強情」「無口」「ぶっきらぼう」、そして容易に他人を信用することのない「打ち解けにくい」独自の気質を付与した。

ハワースでは十二月から四月の開花期にヒースの花が生い茂る。地面を這うように咲き広がる薄紫色の小さな花「ヒース」は、南アフリカおよび地中海沿岸を原産地とする。丈の高さが二〇センチから三〇センチの針状ツツジ科の植物で、一般的にはエリカという名前で知られている。ヒースの花言葉は、「博愛」と「裏切り」、そして「孤独」である。エミリー・ブロンテの主人公たちが展開する『嵐が丘』の愛の葛藤は、そのままヒースの花ことばを象徴したものとなっている。

ゴート語と古代英語の「原野」を意味する「ヒース」と、異教徒を意味する古代英語の「ヒースン」、そして崖や絶壁を表す「クリフ」。「強情」で「ぶっきらぼう」で「打ち解けにくい」ヒースクリフの性格はヨークシャーの人々の気質そのままであり、「残酷さ」「非情さ」「悪魔性」を漂わせた彼の姿には、ヴィクトリア朝期のモラルからすれば不快以外の何ものとも映らない雰囲気が喚起される。この地方独自の花の名を取り込まれた主人公の姿には、壮絶な愛の想いを抱えながら「孤独」と「絶望」の淵に追い込まれて荒野にひとり立ち、死を賭けて復讐を誓う男の姿が浮かんでくる。

　牧師を父とし、宗教を皮膚感覚で諳知していたはずのエミリー・ブロンテの書いた作品からは、キリスト教の香りが少しも漂ってこない。また、ヒースクリフとキャサリンの恋愛は肉体的なものをまるで連想させない。自分の信じる愛の形だけが「生きるに値する価値」として悲愴な宿命を背負って果てる主人公二人の、ヒースに象徴される作品の異教的な雰囲気と不毛性は、わずか三十歳で人生を閉じたエミリー・ブロンテのストイックともいえる生をとおして織りなされた物語である。

　エミリー・ブロンテの父パトリックはアイルランド出身だった。エキセントリックなケルト気質を持ち、超自然的な出来事や話を巧みに話して聞かせてくれるストーリーテラーだった。『嵐が丘』のモチーフとなった話は、ブロンテ家の誰もが知っていた実話だったという。パトリックから繰り返し聞かされて育ったのだ。ブロンテ姉妹の祖父にあたるヒュー・ブランティにまつわるつぎのような物語である。

　一七一〇年頃、北アイルランドのダウン州で農場を経営していたヒュー・ブランティは、家畜を売りに出かけたリヴァプールから、ボロ服をまとった浅黒い少年を連れて家に帰ってきた。リヴァプール＝ウォーレンポイント間の定期船が港を発ったあと、船内で発見された捨て子だった。少年はウェルシュと名づけられ、ヒューの家族とともに農場で暮らすことになる。ウェルシュは長じるにしたがって家畜の売買に驚くような能力を発揮するようになる。そんな彼をヒューは息子たち以上に可愛がった。ウェルシュよりも年長のヒューの息子たちはそれを面白く思わなかった。彼らはことあるごとにウェルシュをいじめ、最後には金を盗んだといいがかりをつけて家から追い出してしまう。ウェルシュは一家への復讐を決心した。つねづね彼を遠巻きに眺めていた娘のメアリーをいいくるめて結婚し、農場を我が物にしてしまうのである。ウェルシュとメアリー夫婦には子供ができなかった。のちのち二人はメアリーの弟の子を養子にする。これがブロンテ姉妹の祖父にあたるヒュー・ブランティだった。養い親と同じ名前を持ったこの養子を、ウェルシュは作男同然の扱いしかしなかった。そんなことで、ヒューは十六歳のときに養家を飛び出してしまう。マクネイルという町の石灰工場で働き、同僚の妹アリス・マックローリィーと所帯をもった。この夫妻を両親にして十人兄弟の長男に生まれたのがパトリックだった。(藤野、一九〜二三)

ブロンテ家に仕えた寡婦の召し使いタビサ・エイクロイド(通称タビー)もまた、土着の人間だが、その荒っぽい口のききかたで昔ながらの生き方を貫くヨークシャーの山の人々の話をつねづね姉妹たちに語り聞かせていたという(藤野、七六)。母を幼くして亡くしたブロンテ姉妹は、やもめとなった父と家庭を持たなかった伯母を監督者として育った。エミリーは寄宿舎学校で学んだり、ベルギーに留学してハワースを離れたこともあったが、彼女の人生の指針はいつもハワースの荒野にあった。土地の地霊は彼女のインスピレーションの源泉であり友であった。『嵐が丘』の作品は、ヨークシャー地方独特の価値観に強い影響を受けて育ったエミリーの精神《こころ》と彼女の血が書かせた物語だったのである。

二

劇作家が書く作品にはまず舞台装置が構想され、テーマを成立させるために必要な登場人物が用意される。シェイクスピアやテネシー・ウィリアムズ、アーサー・ミラー等の作品からは、多数の極端な個性を持ったキャラクターが創造された。エミリー・ブロンテが生涯でたった一つ残した小説『嵐が丘』にも強烈な個性を放つ登場人物が登場する。

一九七二年に、『嵐が丘』の小説を劇作家・演出家のチャールズ・ヴァンス[1]が翻案した[2]。ヴァンスはこの長大な小説を、大胆な省略をほどこして情念の有機的作品に仕上げた。それは英語圏の各地で今も公演が持たれている。『嵐が丘』はこれまで何度も映画化され、舞台にもかけられている[3]。日本でもいくつかの公演をもっているが[4]、残念ながら筆者はその舞台を観ていないのでここで比較することはできない。本稿の目的はあくまでも、叙事的な長さを持つエミリー・ブロンテの小説世界をチャールズ・ヴァンスがいかにして二時間半の劇作品にまとめあげていったか、戯曲の構成をスケッチふうに説明しながら探ることにある。

二世代二十年間にわたる愛憎の物語の重要な背景を成す荒野を、映画ではイメジェリーの限りを尽くして見せることができる。しかし時間と空間の制約を受ける舞台では、そうしたヴィジョンを作り出すことは困難である。その代わりに、劇の観客は生身の俳優が舞台に織り成す「情念」を直接的に味わうことができる。背景となる土地や習俗をその身体に滲ませた俳優が織りなす演技で、舞台は有機的な生命を獲得するのである。

男性六人、女性四人が登場する劇には、相対立する人物配置や舞台設定がいくつもみられる。まず語り部が二人いる。物語の展開もヨークシャーの二家族をめぐって起こる。ヒースクリフとエドガーが鮮明な対称を為して造形されているほか、キャサリンとイザベラの関係も、ヒースクリフをめぐって火花を散らす対立的な姿に描かれている。

家具と小道具のリスト

3つの主要な場所（嵐が丘邸の台所、スラッシュクロス屋敷の一室、エレン・デーンのコーナー）から成る合成的な舞台。それらの場所の間はどことも定義されない暗い空間。

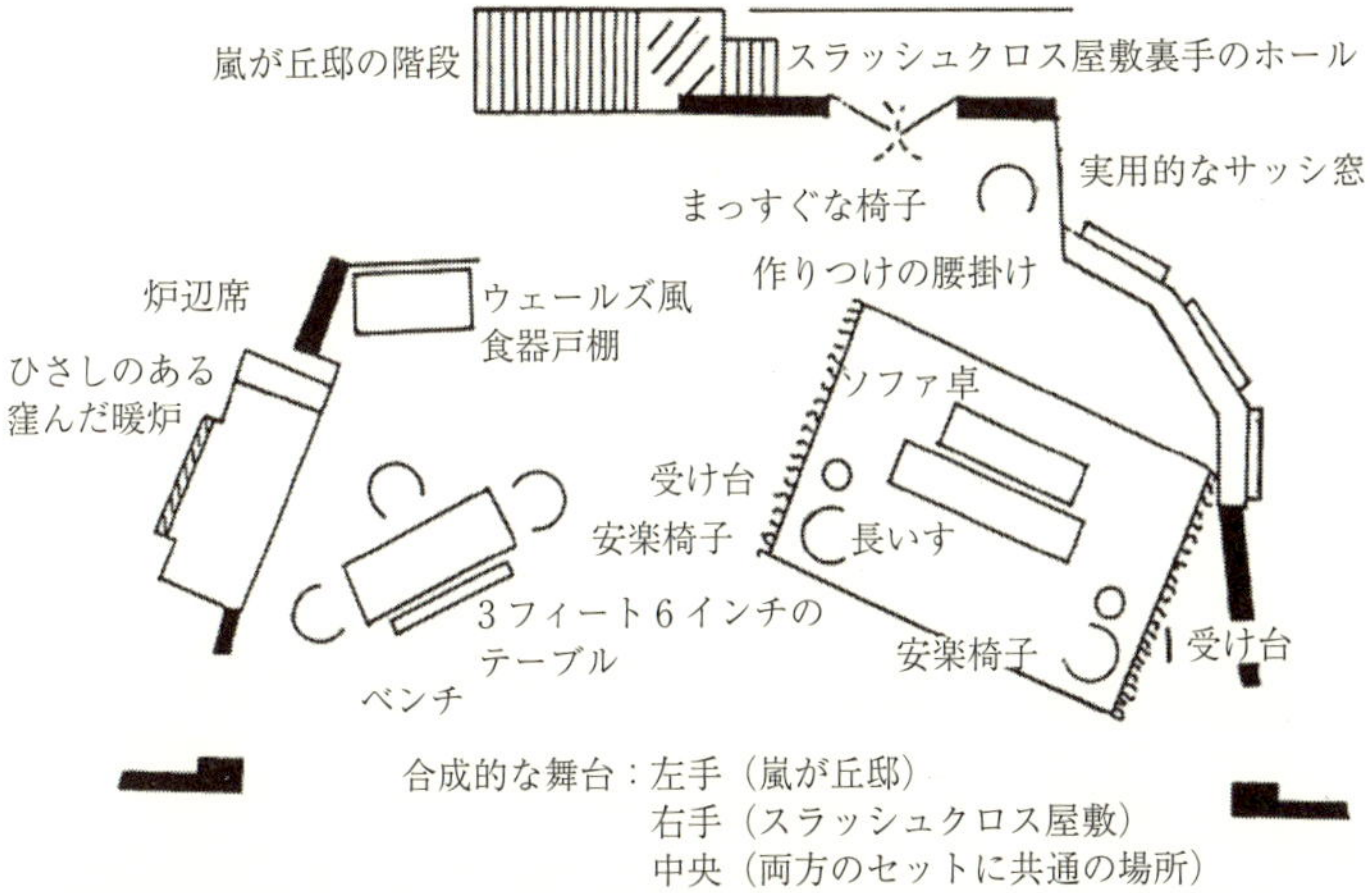

作品はまた、不思議にも同じ名前の登場人物が似たような状況を展開して進展していく。ヒースクリフという名前はアーンショー夫妻の幼くして亡くなった息子の名前であるし、キャサリンという名前は、エドガーとキャサリン夫妻の間にできた娘（劇中では一貫してキャシーと呼ばれる）にもつけられる。ヒースクリフの元を去ってロンドンで一人産み育てた息子の名前に、イザベラは旧姓のリントンと名づける。ヒースクリフが憎んでも憎み足りなかったヒンドリーの息子の名前はヘアトンである。ヒンドリーによって作男の身分に規定されたヒースクリフは、ヘアトンをやはり作男としてしか扱わない。そもそも、嵐が丘邸の暖炉にも「一五〇〇年、ヘアトン・アーンショー」と彫琢されていなかったか（四二）。ヒースクリフとキャサリンの実らなかった愛は、ヘアトンとキャシーに引き継がれる。

嵐が丘邸のドラマは、ヘアトンに始まってヘアトンで終わるのである。

前頁の図で示すように、[5]劇は三つの主要な部分から成る合成的な舞台装置で展開される。観客席側から見て左手には「嵐が丘」邸のキッチンが、右側には「スラッシュクロス」屋敷の一室が配置され、その背後には語り部であるネリー・エレン・ディーンのコーナーが設定されている。舞台の中央部分は両屋敷のどこととも定義されないほかの空間となっている。

一幕

〔情景一〕小説でも劇でも、語り部の投入は大幅な時間の節約を可能とする。「ナレーション」という手段をつかって、時間軸を自由に行き来できる仕掛けを約束してくれるからだ。小説の『嵐が丘』は、ネリー・エレン・ディーンという家政婦が、二つの館の人々の話をロックウッドなる訪問者に語り聞かせるという形で進行する。語り部という触媒を使って間接的に物語を聞くという小説の構造は戯曲でも踏襲されている。観客は映画的手法である「フラッシュバック」を使って舞台に展開していく物語を観ていくことになる。作品全体の九割ほどはエレンによって語られる。ロックウッドの役割はエレンの聞き役としての立場である。だが、彼が語る部分もある。ネリー・エレン・ディーンを第一の語り手とすれば、ロックウッドは第二の語り手である。舞台が暗転するのは語り部が「現在」という時間に降り立ったときで、物語は語り部が過去を思い出し振り返るという視点で語られる。

劇はエレンが直接に目撃したか、あるいは間接的に見聞きした情報を基にして展開していくが、エレンが語る物語は単なる傍観者としてのそれでもない。作品はエレンの「無意識」が生み出す災厄の物語ともなっている。観客は主人公たちの悲恋に同情しながら、ふとそれを煽りたてているエレンの存在に気がつくのだ。エレンは出来事の進展に深く関わり、結果的に二家族の人間関係を決定づけてしまう当事者である。二家族に起こった悲劇や災いは、彼女の発言や策知が招き起こしたものという印象を与えている。

小説と同じように、劇はスラッシュクロス屋敷の賃借人となったロックウッドが雪の吹雪くなか嵐が丘を訪問するところから始まる。幕が上がると真っ暗な舞台にうなるように強い風が吹きわたり、一人舞台に立つロックウッドにピンスポットが当たる。


ロックウッド　冬のある日、たった一人旅をしていて、道に迷ったと想像してくれ。

迷うのは北国の荒涼とした丘、荒地で知られる田舎。

岩の上高く築かれた一軒の家にトボトボと向かっている。

夕暮れ時で、前方にチカチカと灯る明かりが見える。

きっと一夜の宿にあずかれる所があるに違いない。

哀しげな眺めだ！

暗い夜が早くもやってきて
空と丘が、息をも止めてしまうような吹雪に混ざり合って苦々しい渦となる。

行き着く先は、何処と知っていたら、きびすを返して引き返したかもしれない場所！

そこの敷居をまたごうとするよりは
鼻をつまみたくなるようなキツネの住処だって
いや、オオカミたちが住む岩穴だったとしても、有難かっただろう！

だがそんな場所とは露知らずに急《せ》くばかりの心
花崗岩の小道を門に向って歩を進めると
彼方から聞こえてくる犬たちの遠吠えさえも招いているように思えてくる！
庭を横切り大戸にかかった古色蒼然とした鐘を鳴らす。
命がけの訪問をして死者を起こすことはないのに
ここは落ち着かぬ死人たちや生きている者どもが自由に交わる処《ところ》
此処に晒されるのはとてつもない風と大あらし。
この館に住むには鎮まらない精霊たち
嵐が丘！（二）

劇の導入部分で、観客はスラッシュクロス屋敷の賃借人となったロックウッドが、屋敷のオーナーであるヒースクリフに会いに向かっていることを知る。彼はその行程の途中で吹雪にあう。難儀を伝える右の台詞は詩のような響きをもって語られる。

〔情景二〕　嵐が丘の陰鬱な台所。暖炉の前でキャシーがうずくまっている。ベルが鳴り、犬たちが騒ぎだす。作男のジョセフがドアを開け、ロックウッドは中に通される。彼はキャシーに言葉をかけるが、彼女の態度はそっけない。そこにやってきたヘアトンは、態度の端々に横柄さがみられるものの、炉棚の上のキャニスターに手が届かないキャシーに手をさしのべる優しさもある。キャシーはそれをにべもなく拒絶する。

ヒースクリフが背後の階段を降りてくる。雪で身動きが取れなくなったロックウッドは一夜の宿を求める。ヒースクリフの態度はそっけない。住人の関係をうまく推測できないロックウッドの前で、ヘアトン、ジョセフ、キャシーの実体が徐々に解明される。

ヒースクリフの命令でヘアトンがロックウッドを二階に案内していく。家の外で風が低いうなりを上げるなか、一人居間に残ったヒースクリフは、独り言を繰りながら物思いに耽る。

ヒースクリフ　俺の人生と同じく、ここでは時はなんの意味も持たない。

俺には、聴き耳をたてて人の気配を待ちながら家の中を歩きまわれる真夜中のこの時間以外、生きるに値する時間はない。

誰もが眠りをむさぼる一番静かなこの時間……、起きているのは俺以外にはいない！

家がきしむ音が聞こえる。

まだ人が起きてくる時間ではない。

ああ……キャシー！　キャシー！（八）

そこへ突然、恐怖に駆られた叫び声がして、二階からロックウッドがあわてふためいて下りてくる。彼の睡眠を破り、「二十年の間さすらい続けたの」（九）と口説いたという亡霊の正体は誰なのか？問いかけられてもヒースクリフは答えない。

不思議な雰囲気の古い館、亡霊、得体の知れない人物群……陰鬱で超自然的な雰囲気がいっぱい詰まった作品の背景と、主人公の残酷な性格や烈しい情熱を前面に押し出した小説は十九世紀中葉に流行したゴシック作品の様相を呈している。が、リアリスティックなイメージを駆使して繰り広げられる舞台は、観客に悪夢を見ているような錯覚を起こさせるかもしれない。夜明けまで二階のヒースクリフの部屋で休むようにと言われたロックウッドは、再び階上に上がって行く。

〔**情景三**〕　翌朝。スラッシュクロス屋敷。正午過ぎに目を覚ましたロックウッドに、縫い物をしながら、エレンは彼が帰宅したときの様子を聞かせる。ロックウッドは、十八年間スラッシュクロス家で仕えてきたというエレンに両家の過去の経緯を聞くことになる。

劇は「起承転結」の形を持つ。劇の序章である前景で物語の登場人物たちの現在の姿を観た観客は、彼らの関係はどうなっているのかを知りたいと思う。この情景から劇はエレンが繰りだす話のなかに入っていく。ヒースクリフを含めた人物はすべて物語の中の登場人物となる。「フラッシュバック」方式を使って舞台に展開する物語はすべて過去の事象である。エレンはその物語に登場する人物であると同時に、現在の視点でそれを伝える語り手としての役割もある。舞台は現在と過去が入れ子式になって動いていく。

嵐が丘の主人アーンショー氏は、所用で出かけたリヴァプールで生き倒れになりかけていた浮浪児に出会い我が家に連れ帰った。年のころ六歳のその子はヒースクリフと名付けられ、アーンショー氏に実子同然に可愛がられ同家で育てられることとなる。

作品はヒースクリフの素性にはまったく触れていない。彼の身元の手掛かりとなるのは唯一リヴァプールの町だけである。海に面し、世界に通じる海路を持つリヴァプール。一二〇七年にジョン王によって建設されたこの町は、古くはアイルランドと結ぶ港町だった。十七世紀にはアメリカ大陸や西インド諸島などとの貿易港として栄え、十八世紀には「奴隷貿易」の中継港となった。リヴァプールはブロンテ姉妹が小説の執筆を始めた頃から、工業都市の顔も持つようになる。ジプシーにしか見えない色黒の孤児は、インド系か黒人の血を引いた少年かもしれないことを作品は匂わしている。町には都市生活の悪意が雑駁に同居していただろう。実の親にも見捨てられた孤児が独りリヴァプールで生き抜いていくには、どんなに過酷で非情な日々を過ごさなければならなかったか、そしてその体験は彼の精神基盤に深く刻まれたであろうことを観客は想像させられる。

ところで、liver には「放蕩児」という意味もある。「放蕩児の溜まり場」という隠喩的な意味を持つ都市で拾われた孤児——ヒースクリフが体現する身分にスペクトルをあてて作品を読むと、『嵐が丘』の登場人物が配置された理由は俄然分かりやすいものになってくる。辺境の片田舎と世界の玄関口にして未来の工業都市リヴァプール、二つの土地はまるで接点の持ちようがない異質な空間なのである。

エレンはヒースクリフを「郭公」という言葉を使って説明しようとする（二一）。郭公とはほかの鳥の巣に卵を産んで、自分では育てないことから愛の侵入者になぞらえるホトトギス科の鳥類のことである。親も分からなければ名前ももたない出自不明の野生児は、アーンショー氏に拾われて嵐が丘の養い子となった。夫妻の亡くなった子供の名前を与えられ、主人の我が子をもしのぐほどの愛情を受けて育つ。そんなヒースクリフに嫉妬して彼を憎むヒンドリーとは対照的に、キャサリンは年齢が近いということもあってかすぐに親密な関係を築いて、ヒースクリフのそばから片時も離れようとしなくなる。

エレン　……毎日毎日、幼い動物みたいに荒野を走りまわって二人は夕方まで家に帰ってこなかったわ。彼らがますます無鉄砲に育っていくのを眺めて私は心の中で悲鳴をあげた。ジョセフがヒースクリフの腕が痛むほど鞭打つかもしれないもの！　でも二人は一緒になるとすぐさま何もかも忘れてしまうの。（一一）

『嵐が丘』の物語の魅力は作品の背景を成す自然と不可分に結び付けられている。マーク・トウェインの『ハックルベリー・フィンの冒険』におけるミシシッピー川や、『緑の切り妻屋根のアン』にみる赤い土のプリンス・エドワード島を持ち出すまでもなく、ヒースの荒野を遊び場として過ごした捨て子のヒースクリフとキャサリンの少年時代を描くことなくして、作品が成立しなかったことはいうまでもない。キャサリンはもともと野性的な情熱を秘めた少女だったのであろう。その性格はヒースクリフと自由に荒野を駆けめぐることでなお一層助長された。ヒースクリフもキャサリンと共にいるときは、浮浪児だった時代の屈折した気分から解放された。ヒースの荒野は幼い二人に生きていくエネルギーを惜しみなく与え、互いの存在こそが生きていく理由だと教えてくれる場所になった。彼らは荒野の地霊と同化した存在になっていく。

荒野を媒介にしてゆるぎない愛と信頼を結んでいた彼らが切り離されていくのは、スラッシュクロス屋敷に足を踏み入れリントン家の人間と関わるようになってからである。つぎの情景では、キャサリンがどのようにしてリントンに求愛されるようになったのか、小説のようにその途中経過を詳述することなく、ヒースクリフ出奔の原因となる経緯を伝えるくだりとなる。

〔情景四〕　嵐が丘の館。エドガーがキャサリンを訪ねてくる日のこと。着替え中のキャサリンがエレンにあれこれとうるさく指示をだしている。彼女の口ぶりからリントン家のイザベラに対抗心を燃やしているのが察せられる。そこにヒースクリフが入ってくる。ヒンドリーとジョセフがいないのを幸いにヒースクリフは野良仕事をさぼったのだ。彼はキャサリンと一緒にいたいと口にするが、彼女に邪険にされる。

敷石舗道に馬のひづめの音を響かせてエドガーがキャサリンに会いにやってくる。エドガーの面前で精一杯お嬢様らしいところを見せようとするキャサリン。はたきがけをしているエレンを部屋から追い払おうとして押し問答しているうちに、キャサリンはエドガーの頬をたたいてしまう。傷ついた気持になったエドガーは家に帰ろうとする。それを引きとめようとして大泣きを始めるキャサリン。エドガーが必死になって慰める。原作と同じこの情景を暗がりの中で眺めているロックウッドに、語り部のエレンがキャサリンとエドガーの性格について注釈をする。

作品の内容がどの時代を背景にしているにせよ、作品が書かれた時代の価値観が物語に影を落とさないことはない。『嵐が丘』が発表された十九世紀中葉は、新たな産業社会が形成されようとしていた時期だった。一八二五年のジョージ・スティーブンソンによる蒸気機関車の実用化は、イギリスに産業革命の波をもたらした。一八三〇年にはリヴァプールとマンチェスター間に最初の本格的旅客輸送鉄道が開通している。国内の鉄道網を完成させたイギリスは、他国にも輸出して世界経済を支配しようとする勢いにあった。一八三七年に、ヴィクトリア女王（一八一九〜一九〇一、在位一八三七〜一九〇一）が十八歳で即位。六十四年に及ぶ彼女の治世は「ヴィクトリア朝時代」と呼ばれた。二大政党制が発展し、国外に植民地を広げ、大英帝国の黄金時代が築かれようとしていた。

時代は確実に近代世界へと駒を進めていたが、『嵐が丘』が背景としている時代には、未だ地主階級が特権を享受する封建主義的な雰囲気がふんぷんと残っていた。エドガーとヒースクリフは、異なる階級を象徴する対比的な人物造形となっている。『嵐が丘』は、リントン家に代表されるヴィクトリア朝期の優雅な田舎貴族と、産業革命を境として勃興してくる労働階級の対比を描いてもいる。純粋培養の恵まれた環境に守られて、都市文明の悪意など入り込む余地などなかった貴族社会に育った兄と妹。「リントン」という姓に隠喩的解釈をほどこすと、スラッシュクロス屋敷で「リント（リンネルの柔らかい布）を着せられて」ぬくぬくと育ってきたエドガーとイザベラの兄妹が、ヒースクリフとは宿命的に相容れない関係に置かれる必然性が透けてみえてくる。乳母日傘《おんば》の環境で養育されてきた兄妹には、ヒースクリフが生き抜いてきた半生は想像することもできない。

〔情景五〕　エドガーが帰った後の嵐が丘の館。暖炉の前にゆりかごを置き、エレンがヘアトンをあやしていると、ヒースクリフがやってきてひとしきりエドガーに対する憤慨をぶちまける。人を口汚くののしるヒースクリフに、エレンはキャサリンの気持をひきつけるには卑しい言葉づかいやマナーを矯正しなければならないと説教する。それを聞いて素直に従おうとするヒースクリフ。エレンは「自分の出自を卑下するよりも、自分を律する気高い理想を掲げて生きていけ」（一六）と説く。ここでのエレンの助言は、館を飛び出しやがて上級紳士然として戻ってくるヒースクリフの、空白の三年間を説明する大きな伏線となっている。

さて、ヒンドリーによって自負心を打ち砕かれたヒースクリフの心中には、すでにたぎるような復讐心が芽生えている。

ヒースクリフ　どんなふうにしてヒンドリーに仕返しをしてやろうかと考えて俺は自分の心を鎮めているんだ。それを考えている時は、痛みを感じない――最後に見世物食わせてやれるのだったら、どんなに待つことになっても構わない。願っているのは、それを実行する前にあいつが死なないことだ。（一七）

アーンショー氏に過度に甘やかされたことがかえって仇《あだ》となり自負心を植え付けられて成長したヒースクリフは、氏亡き後は、以前から彼に敵意をむきだしにしていたヒンドリーに虐げられて使用人以下のあつかいを受けてきた。分裂した彼の心のバランスをかろうじて支えているのはキャサリンの存在だけだったのである。

そうこうしているうちに酔っ払ったヒンドリーが大きな物音をたてて帰宅してくる。ヒースクリフが居間にいるのを見咎めてヒンドリーは辛くあたる。エレンがヒースクリフのかばいたてをするので、なお一層ヒンドリーの機嫌をそこねる。ヒンドリーが酔いからさめて自室に引き下がるのは、ヘアトンをめぐってエレンともみあっているうちに、彼が我が子を階段から落としてしまったあとである。ヘアトンは階段の下にいたヒースクリフに偶然受けとめられて事なきを得る。

情景三ではエレンがヒースクリフを説明するのに「郭公」に喩えて評したが、この情景のやりとりはヒースクリフの別の側面を象徴的に示している。というのは、郭公は他の鳥の巣を奪いその卵を突き落としてでも自分の子を孵す習性を持つが、階段から突き落とされたヘアトンを受け止め抱きかかえるのは他でもないヒースクリフだからである。物語の終幕に向かって、憎んで当然であるヒースクリフに憎悪の感情を抱かず、その死に際してヘアトンが哀れみさえ覚えるのは、必ずしも郭公とは言い切れなかったヒースクリフと彼の関係を暗に示唆している。

このあとキャサリンが居間に入ってくるのを見たヒースクリフは、台所の暗がりに引っ込む。彼がそこにいるとも知らないキャサリンは、エレンにエドガーの求婚を受け入れたことを話し、自分の胸の内に秘めておけない秘密を打ち明ける。

キャサリン　（頭と胸を叩きながら）ここ！　そして、ここ！　私の魂と心がどちらにあるにしても、知っているわ。私がやろうとしていることは、間違っているってことを！

エレン　なんてまあおかしなこと。

キャサリン　それが私の秘密、あんたの耳にささやきたかったことよ！　ネリー、私は天国にいっても、ものすごく惨めに思うはずだわ。エドガー・リントンと結婚するのは、私が天国にいくのと同じぐらいおかしなことだわ。ヒンドリーがあんなにもヒースクリフを貶めなかったら、私もこんなことは思いつかなかったはずよ。でも、今のヒースクリフと結婚するのは私自身を侮辱することなの。……（二一）

ヒースクリフはキャサリンのこの言葉を聞いてしまう。二人に気づかれないまま、彼はその場を離れる。

キャサリン　……私が彼のことをどんなに愛しているか彼が知ることは決してないわ――彼がハンサムだからとかいうんじゃなくて、ネリー、彼は私が私である以上に私だからなのよ。魂が何でできていようと、彼と私の魂は同じもの。リントンの魂とは、稲光と月光ぐらい、あるいは火と霜ぐらい違ったものでできているわ。（一二）

キャサリンの計画を聞いたエレンは、そこにまだヒースクリフがいるのではと察して、彼女から遠ざけられたヒースクリフの気持を忖度してみたことがあるかと詰め寄る。

キャサリン　……ヒースクリフと私が離れ離れになるですって？　そんなこと、私が生きているかぎりありっこないわ。……ネリー、ヒースクリフと私が結婚したら、私たちは乞食になってしまうってことが分からないの？　でもリントンと結婚したら、ヒースクリフが身を立てられるようにしてやれる。ヒンドリーの圧力から解放してあげられるわ。私がこの世で一番悲惨に思うのは、ヒースクリフがずっと惨めだったということ。リントンに対する私の愛は、森をいろどる葉っぱのようなものなの。冬が木々を変えていくように、彼への気持ちは時とともに変わっていくのだってことが、よぉーく分かっているわ。でも、ヒースクリフに対する愛は、その下にあって永遠に動くことのない岩に似たものだわ――喜びをもたらすものではないかもしれないけど、必要なものなの。ネリー、わたしがヒースクリフなのよ――あの人はいつも、いつでもわたしの心の中にいるわ。（一二一～三）

「ヒースクリフはわたしなの」と言い切るキャサリンの言葉に、この作品の神髄が詰まっている。魂を分け合うまでに自分との同一性をヒースクリフに認めようとするキャサリン。彼女のこの台詞以上に他者に対する深遠な愛を雄弁にもの語る装置などあり得ようか？

雷鳴が鳴るなか「悪魔の拍子木に追いかけられるようにして荒野の方に向かって走って行く」（二三）ヒースクリフを見かけたと言うジョセフの言葉を聞いて、エレンはキャサリンに、先ほどの自分たちの会話を彼が聞いていたかもしれないと話す。キャサリンは嵐の中に飛び出してヒースクリフを捜しまわる。ずぶ濡れになった彼女は、この後何ヶ月もあとを引く熱をだして病床に伏す身となる。

小説のクライマックス部分ともいえるこの情景は、劇でも観客の感情移入を誘う一幕のハイライト・シーンとなっている。舞台上の登場人物の立ち位置、明度を分けて彼らにあてられる照明、そして登場人物たちの微妙な心理の綾を示すアクションや目の動き。セノグラフィーに関わるすべては、読者の想像力にのみ頼る小説より劇作品のほうが、観客にははるかに説得力を持って訴えてくる。

〔情景六〕　ヒースクリフの失踪はキャサリンの心に癒えない傷を残した。キャサリンの人生の希望はただただヒースクリフが幸せになることにあったからだ。医者は、以後彼女の神経を昂《たかぶ》らせるようなことは決してしないようにと厳命する。熱にうなされていたキャサリンを親身になって看護してくれたリントン夫妻が相次いで亡くなった後、リントンとキャサリンは婚約する。リントン氏の遺言で、同家の財産はエドガーとイザベラいずれか男子の相続人を生んだ者の手に譲り渡されることがエドガーの口からヒンドリーに伝えられる。結婚にあたり、キャサリンはエレンをリントン家に連れていくことを提案する。ヘアトンの行く末を案じるエレンは渋るが、ヒンドリーに命じられ嵐が丘の館を去ることとなる。

キャサリンはエドガーと結婚するが、それは肉体的な結合だけのことで、前景でみたように、彼女は命を張ってヒースクリフを守ろうとする。聖書の「ヨハネ伝」に、「人その友のために己の命を棄つる。之より大いなる愛はなし」(第十五章第十三節)という言葉がある。男女の愛も純粋になればなるほど肉体的なものからかけ離れ精神的なものとなる。ヨハネの言葉が示すように、究極的な愛とは命を賭してでも守るべき類のものである。キャサリンとヒースクリフの愛は、結婚などという形式ではくくりきれない、根源的なところで結びついたものであったことを作品は提示している。

二幕

〔情景一〕 夏の終わりの、夕陽が沈み銀色の靄が谷全体を覆おうとしている九月のある夕方。キャサリンとエドガーの幸せな生活は突然終わりを告げることとなる。三年ぶりに嵐が丘に戻ってきたヒースクリフがスラッシュクロス屋敷を訪ねてきたのだ。キャサリンは狂喜し、お茶にヒースクリフを招じ入れようとする。しかし、彼のことを嵐が丘邸の馬引きぐらいにしか思っていなかったエドガーはそれを諫めようとする。
しかし、ヒースクリフを見たエドガーは、軍人のような威厳を備え、貴族のように立派な服装・言葉づかい・マナーを身につけたヒースクリフの変身ぶりに驚く。嵐が丘を飛び出したあと、ヒースクリフはキャサリンのことを考えて苦難をしのんできたと語る。ある計画をもって舞い戻ったが、彼女が結婚したと知ってその計画を変更せざるを得ないとも言う(三一)。三年の間にキャサリンが結婚してしまうとは、ヒースクリフも思っていなかったかもしれない。彼女の本心を立ち聞きしてしまった彼がしなければならないことは、彼女にふさわしい男となることだった。彼女を自分に振り向かせる道はそれしかないと固く心に決めていたのだ。

キャサリンと結ばれることだけを願って、あるいは彼女の認識を変えるような存在になれるよう自分を磨き上げることに邁進してきたヒースクリフの三年間を、小説は一切明らかにしていない。エミリーは多くを説明することでメロドラマに堕する危険をおかすよりも、語らないことではるかにヒースクリフの真意を説明している。劇を観る観客も、舞台上のヒースクリフの変身ぶりを見て、出奔後に何があったかを想像するだけである。

ヒースクリフが帰ったあと、キャサリンはヒースクリフを慇懃無礼にあしらった夫に対して怒りを隠さない。人間を外見だけで判断しようとしないキャサリンには、夫が決して理解しようとしないヒースクリフを、正しい心でみようとする理性が備わっている。これまでエドガーの愛を疑うこともせずに信頼してきたキャサリンは、彼をひっぱたいてもヒースクリフに対する自分の愛情に慣れさせようと決意する。キャサリンはいっぽう、ヒースクリフがなぜ嵐が丘に寄宿しようとしているのかをいぶかる。

〔情景二〕　リントン家の居間。あふれる陽射しを浴びてイザベラが幸せそうにハミングしている。前の情景で出産に備えるキャサリンの産着縫いの手伝いをしていたイザベラは、ここでは恋の予感に胸をときめかす乙女に変身している。小説中ではページを割いて描写されるくだりが、劇では暗転だけで時間の経過が示される。

ヒースクリフがイザベラに会いに来ると聞いたキャサリンは、彼との付き合いをやめるよう話す。

だが、それを嫉妬としか受け止めないイザベラは猛然と敵意をむき出しにする。キャサリンはイザベラに、つぎのような言葉をつかってヒースクリフの正体を分からせようとする。

キャサリン　ヒースクリフは矯正できない生きものよ。烈しくて、非情で、オオカミのよう。彼はあなたを雀の卵みたいに押しつぶすことよ。彼なんかにかかずりあわないで神様に任せなさい！　ヒースクリフがリントン家の人間を愛するなんてことは絶対にありえないのだから。（三五）

そこにエレンに案内されてヒースクリフがやってくる。キャサリンのからかいにいたたまれなくなったイザベラは爪を立ててその場を逃れる。イザベラと入れ替わりにエドガーが登場する。嵐が丘を合法的にのっとろうとしているという真意を聞かされたエドガーは、ヒースクリフが立ち去った後、彼に向ける不信の念を隠さない。それを耳にしたキャサリンは烈火のごとく怒り出す。エドガーは妻の激情に返す言葉もなく黙って部屋を出ていく。みかねたエレンがキャサリンに、庭でイザベラとキスを交わしているヒースクリフを指差し忠言するので、事態はますますややこしくなる。戻ってきたヒースクリフにキャサリンは、義妹との交際をすぐにもやめるよう強く迫る。それにヒースクリフが耳を貸そうとしないことから激論となる。

ヒースクリフ　もう黙ってなんかいないぞ。君は俺を地獄に突き落したんだ！　俺に煉獄の苦しみを与えた――煉獄にいるような苦しみをだ！　聞いているのか？　俺が君のちょっとした甘い

言葉でだまされるなんて思うなよ――俺が復讐もせずに苦しんでいるなどともな！（三七）

騒ぎを聞きつけ戻ってきたエドガーとヒースクリフの間に応酬がある。夫が部屋の外に待機させている召使たちを中に入れまいとして、キャサリンは施錠した鍵を窓の外に放り投げる。妻になじられたままのエドガーを尻目に、ヒースクリフは悠然と窓から出ていく。ヒースクリフとの交際をつづける気なのかと詰め寄られたキャサリンは、夫の冷たい血を変えられないと知って狂乱する。激昂する感情に身を任せたキャサリン。それを見て産気づいたのではないかと気遣うエドガー。その夫の手を払いのけてしまうほど、キャサリンは徹底的にエドガーが近寄ることを拒む。

キャサリン　ああ、ネリー、ネリー、気が狂いそうよ！　頭の中で千人の鍛冶屋がガンガンやっているみたいだわ――私にはかまわず、一人にして。イザベラにも私に近寄らないよう言ってちょうだい。この騒ぎはみんな彼女のせいなのよ――私はしたいようにさせてもらうわ！（四〇）

ヒースクリフの突然の出現と義妹との仲、そして夫に対する信頼を失って、キャサリンの神経は狂気じみたところまで追いつめられる。希望を捨てた彼女の心は生きた屍《しかばね》も同じだ。エレンが暗がりのなかにいるロックウッドに向かって、キャサリンはその後何日も食事を拒否し、谷間の向こうを凝視したまま、夜の冷えた空気に身をさらして死を迎え入れようとしていたと語る。

〔情景三〕　嵐が丘邸。旅装姿のイザベラが不安そうな表情をして居間に立ちつくしている。エドガーとキャサリンの忠告を無視して、彼女はヒースクリフと一緒になるべく家を飛び出してしまった。ジョセフに夫の部屋に案内してくれと頼むが、けんもほろろのあしらいを受ける。二階からヒンドリーが降りてくる。イザベラに両刃の飛び出しナイフがついた銃を見せ、ヒースクリフの隙をうかがっているのだと洩らす。やっと姿を見せたヒースクリフの態度は邸に着いた途端に豹変し、イザベラの恋の幻想は無残にも打ち砕かれたものとなる。イザベラの目の前で、ヒンドリーとヒースクリフの凄絶な殴り合いが始まるのだ。

駆け落ちをしてまで自分の恋情を貫こうとしたイザベラと、前景で夫との間に横たわる溝の深さを思い知らされ愕然とするキャサリン。二組の愛のもつれは好一対の葛藤を成して進行していく。

ラトガース大学のヘレン・フィッシャー教授によれば、恋愛とは脳内の化学反応に過ぎず、その状態は「平均して四年しか続かない」ものだという。この主張が正しければ、結婚とは生物学的には不自然な制度ということになる。長らく人間を束縛し畏怖させてきた神が、ますます遠い存在になりつつある現代においては、宗教が教導してきた価値観は、前時代の形見ともいうべきところまで形骸化してしまっている。現代人が神秘性を感じられるものは、もはや宇宙空間ぐらいしか残っていないのだ。二十一世紀の結婚は法や宗教を介在しない形式のものになっていくかもしれない。

〔情景四〕　スラッシュクロス屋敷。髪の毛を乱した夜着姿のキャサリンが、枕から鳥の羽毛を取り出しながら歩き回っている。彼女は嵐が丘邸での少女時代を思い出し、荒野から吹いてくる空気を吸いたいと懇願する。エドガーが妻の様子を見に現れるが、今のキャサリンは彼に指一本触れられるのも嫌う。ベッドに入れられ一人になったキャサリンの部屋に、窓からヒースクリフが侵入してくる。

驚喜して彼を迎えたキャサリンに、ヒースクリフはなぜ自分の本心を裏切ってエドガーを選んだのかと責める。

キャサリン　ヒースクリフ、あなたには私以上の苦しみを味あわせたくない――ただ二人が離れ離れにされないことだけを願っているわ。

ヒースクリフ　絶対そんなふうにはされないよ。（彼らは一瞬体を離したあと、固く抱きあう）君の残酷さの真意が分からない。キャシー、君はどうして俺を嫌ったんだ？　どうして自分の心を裏切ったんだ？

キャサリン　（泣きながら）聞かないで。

ヒースクリフ　俺は君の心を砕いたりはしていない――自分でそうしたんじゃないのか――そして、そうしながら君は俺の心をもメチャメチャにした。（四六）

エレンはエドガーがやってくると言って二人を引き離そうとするが、キャサリンはヒースクリフにしがみついて離そうとせず、やがて彼の腕の中で気を失ってしまう。部屋に入るなり飛びかかってきたエドガーにキャサリンを預け、ヒースクリフは悠然と立ち去る。

語り部であるエレンが、暗がりのなかにいるロックウッドに向かって、子供を産んで二時間後にキャサリンは息を引き取ったと語る。

キャサリンの死後、再び戻ってきたヒースクリフは、誰の目をもはばからずその激烈な苦悶をしぼるようにして吐き出す。

ヒースクリフ　どこにいるんだ？
あの世ではない！　天国なんかではない！
死んだのではないなら――どこにいるのだ？
君は俺が苦しむのが気になってしようがないと言った！
だから俺が唱える祈りはたったひとつ――
それを俺は舌が硬直するまで繰り返す
キャサリン・アーンショー
俺が生きているかぎり、君の魂が安らぐことがないように！
俺が君を殺したというのなら
俺にとり憑いてくれ！
いつも俺といっしょに居てくれ。
どんな形ででも
俺の気をふれさせてでも！
だけど、俺を置き去りにはしないでくれ
君を見つけられないこの暗闇のなかには！（四七）

〔情景五〕　嵐が丘の館。権利書や遺言書に署名せよと迫られたヒンドリーは、ヒースクリフにピストルを向け、夫に愛想つかしをして館を去っていったイザベラの最後の言葉を伝える。結婚指輪を火にくべ、彼女はロンドンに向かった。生まれてきた男の子はリントンと名付けられる。その子が父ヒースクリフの顔を見るのは、イザベラが死んだのちのことである。結婚を餌にイザベラに近づいたヒースクリフは、妻にも、生まれてくる我が子にもかけらほどの愛情を抱くこともなく、あらゆる人間関係を使って復讐を実行していく冷酷無情の男だ。この後ヒースクリフはスラッシュクロス屋敷をのっとるために我が子をさえも利用する。病弱なリントンをキャシーに近づけ、無理やり結婚させてしまうのである。

語り部として登場したエレンは、スラッシュクロス屋敷も自分のものにしたヒースクリフは、実のところ財産などにはかけらほどの関心もなかったと語る。ヒースクリフがどんな手段を講じても嵐丘の館とスラッシュクロス屋敷を所有しようとしたのは、彼の唯一の生存目的であり理由であったキャサリンとの愛をひき裂いたのが、この二つの屋敷に象徴される出自だったからである。

エレン　……二つの屋敷は、彼が征服したという表面的な象徴に過ぎなかった。彼はまさしく嵐が丘の主人に収まったわ。そして、このあたりで一番の紳士になるべきヘアトンは、父親の敵のお情けに縋らなければならない身分に落とされてしまった。彼は単純で無知だから、何もかも奪われ、不当な扱いを受けてもそれを正すこともせず、あてがわれた奉公人の部屋に寝起きして暮らしているの。（四九）

結婚は書類上の手続きだけで、人間の本性である愛を量る物差しにはならない。財産を奪うというやりかたで実行されたヒースクリフの復讐は、人間そのものというよりは、時代の価値観を拘束するシステムに向けられていたと言っていい。自分を虐げたヒンドリーを憎み復讐を誓ったヒースクリフが、どんなことをしてでもぶち壊したかったもの、それは、彼を奴隷のような存在に縛り拘束した人間であり、法という制度に守られて搾取を続ける地主制度だったのではないのか？　人が縋るべきは組織や制度などではない。「愛」であるべきだろう。愛だけが魂の根源を成すべきものだからである。古典ともいうべき作品である『嵐が丘』は、時代のはるか先を越えて「精神至上主義」の概念に到達しなければならないわれわれの未来の価値観を提示しているのだ。

エレンの話を聞き終えたロックウッドは、劇の冒頭でそうしたように観客に向かって語り始める。小説内で描かれるキャシーと嵐が丘のかかわりをいっさい説明することなく、劇はいきなり一幕序章から時が経過した現在へと戻ってくる。

ロックウッド　……ディーンさんからことづかったキャシーへの手紙を持って嵐が丘に行った私は、スラッシュクロス屋敷の賃借人を探すようにとヒースクリフ氏に伝えた。もうひと冬そこで過ごす気持ちは私にはなかった。（向きを変え――それからまた振り向いて）次の年の九月、北部の友人を訪ねようとしていた途中、ギマトンに一五マイルという近くまで来ていることに気づいた私は、ふと衝動に駆られて嵐が丘邸を訪ねてみた。誰か賃借人が見つかったか聞いて、大家ときっぱりカタをつけようと思いたったのだ。……（五〇）

〔情景六〕　ロックウッドが再訪した嵐が丘の館は、ドアも格子も開け放たれ、自由の空気がみなぎる場所に変わっていた。台所には心を通い合わせるようになったヘアトンに本を読むレッスンをつけているキャシーの姿があり、その傍らには、縫い物をしながら二人を満足げに眺めているエレンの姿があった。嵐が丘の正統な相続人であるヘアトンは、生来の単純さと無知から、財産などにはつゆほどの関心ももたなかったが、彼の純真な魂に触れキャシーは徐々に彼に心を開くようになっていったのである。

知らせもよこさずにいきなり訪ねてきたロックウッドに驚いたエレンだったが、なぜ再び嵐が丘で働くようになったかを話した彼女は、たった今ロックウッドが目にした光景にいたるまでの経緯をも打ち明けてくれる。小説では長いページを要して描写されているくだりが、劇では二人の語り手の会話に凝縮されて説明される。

キャサリンの没後、その墓を暴いてまでも彼女とともにいたかったヒースクリフは、若い二人が仲良くなっていくのと前後するように、次第に寝食も忘れて荒野をさまようようになり、やがてキャサリンの亡霊に導かれるようにして息をひきとった。

ヒースクリフとキャサリンが遊んだヒースの荒野は、どんな出自も関係ない純粋無垢で過ごせた自由世界だった。荒野は生の心地よさと自由を満喫させてくれ、生きていくエネルギーを与えてくれる、二人だけが理解できる楽園だった。ヒースクリフの願いはただ一つ、手の届かないところに去ろうとしていた楽園を取り戻すことだった。生きていくエネルギーの根源を失ったヒースクリフに、手にした財産など何ほどの価値も持たない。キャサリンただ一人に向けたヒースクリフの愛は、エドガー、ヒンドリー、イザベラ、リントン等の人生を巻き込み破壊してしまうほどに壮絶な負のエネルギーに満ちたものであった。作品のなかで放出されたそのエネルギーの凄まじさのゆえに、人はその愛の純粋さに心を揺さぶられるのでもある。

ロックウッドとともに、エレンが語るヒースクリフの愛と憎しみの二十年間の物語の中に入っていった観客は、幕が下りた後、ヒースクリフの憎しみは氷解して物語が閉じたと思うだろうか？　「是非」を問われれば、私の解釈は「是」である。なぜなれば、キャサリンとヒースクリフはヒースの荒野を飛翔する地霊となり、この世で結ばれることのなかった彼らの肉体は、キャシーとヘアトンに結ばれる愛の形を借りて物語が終わるからだ。

【注】

（1）Charles Vance（1929–）――北アイルランドはベルファースト出身の戯曲家で、シェイクスピア作品からアメリカ現代劇まで演出家として幅広い実績を持つ。アイルランド的な雰囲気が濃密なブロンテ姉妹の作品は共鳴し易いのか、シャーロット・ブロンテの小説『ジェーン・エア』の翻案も手がけ舞台化している。

（2）作品は一九八八年に改定されている。

（3）Robert Johanson が Wayside Theater に書きおろしたものを含めマイナーな作品がいくつかある。Cliff Richard と Helen Hobson 主演のミュージカル舞台もある。

（4）一九七〇年八月に日生劇場で、劇団「欅」が福田恒存演出・南原宏治＋藤田みどりの主演による公演をもち、二〇〇二年一月には岩松了脚本・演出で松たか子と岡本健一によるキャステングの公演を持っている。

（5）Charles Vance, Wuthering Heights 舞台設計図（pp. 54–55）に依る。

【テキスト】

Vance Charles, *Wuthering Heights*（adaptation）. New York: Samuel French, 1990.

【参考文献】

Emily Bronte.. *Wuthering Heights*. London : Penguin Classics, 2002.

Fisher, E. Helen. *Anatomy of Love*. New York: Norton and Company, 1992.

藤野幸雄『ブロンテ家の物語』勉誠出版、二〇〇〇年。

丹生谷貴志「幽霊的な閃光」青土社『ユリイカ』（9）、二〇〇二年、八〇～九一。

澤野雅樹「修羅の作り方」青土社『ユリイカ』（9）、二〇〇二年、九二～一〇二。

谷昌親「『嵐が丘』という名の反復強迫」青土社『ユリイカ』（9）、二〇〇二年、一四一～四五。

中岡洋『ブロンテ姉妹』日本放送出版協会、二〇〇八年。

エミリー・ブロンテ／河島弘美訳『嵐が丘（上下）』岩波文庫、二〇〇四年。

『口語　新約聖書』日本聖書協会、二〇〇五年。

【参照映画】

Wuthering Heights. Dir.William Wyler. HBO Home Video and Home Vision Cinema, 1939.
Wuthering Heights. Dir. Robert Fuest. Congress Entertainment, Karol Video, 1970.
Wuthering Heights. Dir. Peter Kosminsky. Paramount Pictures, 1992.
Heathcliff. Book by Cliff Richard &（Dir.）Frank Dunlop. Balladeer, 1997.
『嵐が丘』吉田喜重監督、セゾン・グループ、一九八八年。

第3章　蓋然性のリアリズム

――『トム・ジョウンズ』における小説と事故の不親和

白鳥義博

ヘンリー・フィールディングの代表作とされる一七四九年の小説『トム・ジョウンズ』は、これまでに二度映画化されている。最初は、トニー・リチャードソンの監督、主人公のトム役としてアルバート・フィニーという内容で作られた、一九六三年の劇場映画である。もうひとつは、メーティン・フセイン監督で作られた一九九七年のテレビ映画（BBC）だ。[1]これら二つの映像化された『トム・ジョウンズ』は、原作の世界をかなり忠実に再現しているといえる。しかし、いくつかの場面で、二つの映画は原作のナラティヴに大きな変更を加えている。その改変を手掛かりとして、小説『トム・ジョウンズ』において作者が本来追い求めたリアリズムの実像を明らかにしてみたい。

映画と小説の違いを詳しく説明する前に、物語のあらすじを簡単に復習してみよう。舞台はイギリス・サマーセットシャー、そこに住む大地主のオールワージがある晩に寝室のベッドで一人の捨て子を発見する場面から、物語は始まる。捨て子にはトムという名が与えられ、オールワージはトムをわが子のように愛育する。というのも、オールワージには、妹のブリジット以外に、家族がいなかったからだ。やがて、ブリジットはブリフィルという名の軍人と結婚し、捨て子のトムとともに、オールワージの屋敷で同居生活を始めるが、このブリフィルという男はとんだ悪人だった。妻のブリジットとの間に男子が誕生するや否や、彼はオールワージの膨大な財産を独り占めしようと策略を練るようになる。ある日ブリフィルは急死するが、成長した彼の息子が父親に匹敵する悪党になっていた。自分がオールワージの財産を独り占めする上でトムの存在が邪魔になると信じた彼は、さまざまな陰険な悪巧みを仕掛け、最終的にトムを勘当へと追い込む。ここまでが物語の前半部であり、後半部では住むべき家を失ったトムが世の中のあらゆる辛酸を舐めながら人間的に成長してゆく姿が描かれている。

このような小説前半部のエピソードに関して、一九九七年のBBC版『トム・ジョウンズ』はいくつかの大きな改変を加えている。たとえば、軍人のブリフィルの死に方が、テレビ映画では原作とは全く違っている。義理の兄であるオールワージの財産を我が物にすることを望んで、ブリフィルはブリジットと結婚したのだが、結婚のその日から、この軍人はオールワージの死を秘かに希望し、オールワージの死後に自分の手元に転がり込む財産の計算に明け暮れるようになる。小説の本文で、作者フィールディングは次のようにその呆れた有様を書いている。冷血なブリフィルは、人間の寿命を研究して、オールワージが数年以内に死ぬ確率を五〇パーセントと算出した。死後の相続を念頭に置いて、ブリフィルはオールワージの全財産を正確に計算した。さらに建築学と造園学を勉強して、彼は屋敷と庭を自分好みに改装するプランを練った。

しかしながら、大変皮肉なことに、ある出来事によってブリフィルの腹黒い計画は水の泡と消えてしまう。その出来事が、小説とテレビ映画とでは、まったく違っている。まず、小説を見てみよう。ブリフィルの野望を断った出来事について、フィールディングの語り手は次のように説明する。

大尉〔ブリフィル〕がある日、この種の深い思索に忙しかったとき、彼の身に世にも不幸な、またおよそ時宜を得ない一事件が生じた。意地の悪い運命の女神も、これほど残酷でこれほど時を失した、これほど完全に彼の計画をぶち壊す事件を考案することは出来なかっただろう。読者に長く気をもますのをやめて手短に話せば、ブリフィル大尉がオールワージ氏の死によって自分のものにできるであろう幸福を瞑想して有頂天になっていたその折も折、大尉本人が卒中で死んだのである。

卒中は不幸にも大尉がただ一人夕方の散歩をしていたときに襲ったから、誰一人援助の手を差し伸べるものも居合わせなかった。援助の手があったら命が助かったかどうかは別であるが。されば彼は、いまや彼の今後の使用に適切となっただけの地面の広さを身をもって測量しつつ、死体となって地上に横たわった。[2]（二〇一）

一方、一九九七年のテレビ映画では、ブリフィルが死ぬことに変わりはないのだが、しかし死に方がまったく違っている。小説では卒中による突然の病死がブリフィルに与えられるが、映画のブリフィルの死に方はこうだ。ブリフィルの妻ブリジット、そしてその子供たちが、オールワージの屋敷の広大な敷地で遊んでいる。夫のブリフィルも一緒に庭に出てきているが、家族のことなど全くかまっていない。ブリフィルは家族とはどんどん離れて、庭の外れのほうへと進んでゆく。本を読みながら歩いているので、その先に海へと落ち込む断崖絶壁があることに、彼は気づかない。絶望的な悲鳴をあげながら、ブリフィルは崖から落ちてゆく。

卒中による病死と、不注意による事故死。これら二つは、意味がまったく違う死に方ではないだろうか。確かに、どちらもある種の罰として、ブリフィルに死が与えられているということは出来るだろう。そしてその皮肉な死に方が喜劇的であることも共通しているだろう。しかし、同じ死ぬのでも、病気と事故とでは意味が大きく異なっているのではないだろうか。言い換えれば、小説の作者であるフィールディングだって、崖からの転落死という結末を用意することは出来たはずなのだが、そうではなくて病死を用意したのは、一体どういうわけなのだろうか。

筆者は、小説において、フィールディングが転落死ではなく病死を用意したのは、単なる偶然や気まぐれなどではなく、はっきりした理由があると考えている。『トム・ジョウンズ』の饒舌な語り手が、物語の進行にいわゆるメタ・フィクション的な解説をしばしば加えていることは、よく知られている。この語り手は、ブリフィルの死については、何もメタ的な解釈は加えていない。しかしながら、他の場面で語り手が述べている小説の作法や物語の理論を敷衍させれば、ここが事故死ではなく病死でなくてはならない理由は明白だと思われる。たとえば、物語の第八巻の冒頭で、作者は小説のリアリズムとはいかにあるべきかを論じている。フィールディングによれば、文学作品は、人間を題材とする限り、「可能性の範囲を超えないよう」に注意しなければならない（三五二）。さらに、「私生活の諸場面」（三五五）を主題とする小説の物語は、「可能性というだけでは十分と言えない。同時に蓋然性の埒が守られなければならない」とフィールディングは書く（三五四）。すなわち、ある場面におけるある人物の動きが、単にありうるという以前に、いかにもありそうな振る舞いでなくてはならないというのだ。例えば、低俗な喜劇ならば、大悪党が終幕になって大した理由もなく突然立派な紳士になるという「驚くべき変化撞着」も許されようが、小説では「その行動をする本人自身がいかにも行いそうな行動でなければならぬ」とフィールディングは厳命する（三五七）。しかし、小説家がそれだけ厳しいリアリズムの掟を順守しなければならないのは、一体なぜなのだろうか。その理由を、フィールディングは次のように説明する。小説家のように、

私人を題材とし、およそ人の知らぬすみずみまで探し回って探しまわって、世界の津々浦々から善悪の標本を見つけてこようとするものは、やや危険な位置に置かれている。名も売れておらず、傍証もなく、その言説を支持裏書きしてくれる何らの記録ももたない我々は、どうしても可能性のみでなくまた蓋然性の限度内にとどまる必要がある。（三五五）

こうして打ち立てられる峻厳なリアリズムの法則は、フィールディングの作品中のそれこそ「津々浦々」、すべての細部に適用されているようだ。小説の物語は「可能性のみでなくまた蓋然性の限度内にとどまる必要がある」という観点から、ブリフィルが死ぬ場面を見直してみよう。崖から足を滑らせて落ちるという突発的な出来事は、ブリフィルという人間にとって確かにあり得る話ではある。しかし、そうした不注意は、緻密な計算にぬかりのない彼の性格にはそぐわない出来事である。事故はあり得る展開であるが、ありそうな結末ではない。そうした突発的で偶然性の高い出来事は、蓋然性の法則によって、原作では極力排除されている。オールワージの死を切望したブリフィル本人が死ぬという皮肉な結末には、そもそも喜劇的な唐突さがあるが、しかし事故死ではなく病死であれば、「蓋然性の埒」は守られることになるだろう。というのも、複雑な遺産の計算がブリフィルの心身を蝕むのは偶然というより、むしろ必然な成り行きだからである。

ブリフィル急死の場面で、フィールディングは彼の死が決してアクシデンタルなものではないことを明言している。本稿で初めに引用した文中に、「幸福を瞑想して有頂天になっていた」という一節があった。すなわち、ブリフィルは、オールワージが遺す財産の綿密な計算の結果、ある種のエクスタシーに達するような、喜ばしい発見に至った。おそらく、オールワージの遺産に関する不埒な計算の答えが、ブリフィルの想定以上に大きかったということだろう。この望外の喜びが、過度の興奮となってブリフィルの体に大きなショックを与えて、卒中の発作が起きたのではないだろうか。

仙葉豊が論文「トラウマ小説としての『クラリッサ』」で述べているように、フィールディングの時代、すなわち十八世紀中頃のイギリスでは、悲しみや驚き、あるいは喜びなどの強い情念が、あまりにも昂じたときに人体に急速なショックをあたえ、卒中のような悪い結果をもたらす可能性があると考えられていた。小説『トム・ジョウンズ』に興味深いエピソードがある。ブリフィルには兄が一人いたが、この兄はある時腹黒い弟からひどい裏切りの仕打ちを受け、失意のあまり病いを得て急に死んでしまう。そのときフィールディングの語り手は、ブリフィルの兄は弟からの精神的な嫌がらせが原因の傷心のために死んだのだと断定し、「この病気で死ぬ者の数は普通に想像されるよりもはるかに多く、本来なら死亡統計表に相当の地位を占めるべきであるが、そうならぬは他の病気とひとつの点で違う、つまり、医者の治しえない病気だからである」と述べている（七二）。

人間の精神に与えられる急激で強いショックが命取りになりうるという考え方を一方に、また作品内に暗示されているいくつかの手がかりをもう一方に推理してみれば、喜びの大興奮がブリフィルの脳や心臓に負荷を与え、彼が発作を起こしたと考えられないだろうか。だとすると、映画が描いたブリフィルの死は蓋然性の低い、運の悪い偶然であるが、小説における彼の死はそのようにあるべき、必然的な結末といえるだろう。小説全体を通しても、フィールディングは偶発的な出来事を、物語の展開に影響を及ぼす事件として使うことを、注意深く避けているように見える。登場人物をどのようにして舞台から退場させるべきか。リアリズムの制約を「可能性」という緩やかな規制にとどめるのであれば、いくつかの選択肢が当然考えられる。崖から足を滑らせるのも一つのやり方だし、あるいは事故死ならほかにも方法はあるだろう。だが、「蓋然性」というより厳格な制約を設けるならば、選ぶべき選択肢は限られてくる。映画と原作のずれは、『トム・ジョウンズ』においてフィールディングが追い求めたリアリズムのハードルの高さを示唆しているのではないだろうか。

このことを裏付ける例はほかにもある。奇しくも今度も事故と病気が関連している。ブリフィルの妻であり、トム・ジョウンズの実の母親であるブリジットは、ブリフィルの死後しばらくしてから病死する。ある用事でロンドンに出かけてきた彼女は、帰り道に立ち寄った宿場で急に発作を起こし、あえなくこの世を去ったのだ。小説の本文では、彼女の死は息子の口から屋敷へ「帰る途中、頭と胃に痛風がおこり、十二時間で亡くなった」と、いともそっけなく知らされるだけだ（二二一）。しかし、一九六三年にトニー・リチャードソンの監督で作られた映画では、ブリジットは、オールワージの屋敷への帰り道に、不幸にも発生した馬車の事故によって死ぬことになっている。ここでも、病気は事故へと書き換えられてしまっている。(3)

ブリフィルの例と同様に、馬車の転覆による事故死という結末は、あり得ることではある。しかし、それをありそうなこととまで断言できるだろうか。原作でフィールディングが用意した死に方のほうが、より蓋然性が高くはないだろうか。ブリジットが発病し、命を落とした理由は何であろうか。先の引用からもわかるように、死に至った詳細を原作ははっきりと語らない。しかし、精神への強いシヨックが死を招きうるという考え方に従えば、ブリジットの死因にひとつの明確な原因を想定できるだろう。すなわち、癒しようのない深い悲しみを長い間、繰り返し耐えることによって、ブリジットの心と体はぼろぼろになっていたのだ。たとえば、彼女は、サマーとブリフィルという二人のパートナーの突然の死を受け入れなければならなかった。また、彼女は実の子であるトムに対して、わざと冷たく接しなければならなかった。トムの母親であることを隠しぬくというこのストレスは、彼女を激しく苦しめ続けていたに違いない。事実、ブリジットの臨終の場面に居合わせた兄の顧問弁護士によると、最期の瞬間に彼女は「トムは私の子供です。ああ、かわいそうなあの子！」と「断末魔」の叫びをあげたという（八四四）。こうしたブリジットのトラウマは、物語の表面にめったに浮かび上がってこない。だから、彼女が忍び続けたストレスの強さは、見えにくくなっている。しかし、彼女ほど強い精神的な苦痛を味わった人物は、小説の中に他にいない。たとえば、ブリジットの代わりに母親であると名乗り出たジェニーによれば、あってはならない妊娠の事実を彼女に打ち明けた時のブリジットの胸の痛みは、「あとで赤ちゃんをお産みになった時よりもいっそうのお苦しみだったと思います」と証言している（八三六）。

ブリジットの心に長い間、繰り返しつけられた傷が、兄に傷つけられたブリフィルの弟のように、彼女の身体をそれこそ「医者の治しえない」重大な結果へ追いつめたと考えることは、蓋然性の高い推論といえる。馬車の事故ではなくて突然の発作を死因に選んだのは、フィールディングの恣意ではない。事故死はあり得る展開ではあるが、病死のほうがもっとありそうな結末である。活字の世界で実現されたこの蓋然性のリアリズムを、映像はまったく再現していない。可能性のリアリズムに飽きたらずに、より厳しいレベルの本当らしさを追い求めた結果、フィールディングは偶発的な出来事を忌避しつつ、物語を組み立てている。小説と事故とのこの不親和な状態が、原作と映画とのいくつかの重要な食い違いによって明らかになるのである。(4)

＊本稿は日本英語文化学会第百十二回例会（平成二十年十二月十三日）における口頭発表（「文学と災害の親和性を考える——十八世紀イギリス小説を題材として」）の一部を大幅に書き換えたものである。発表内容について様々な助言を頂戴した田中保会長をはじめとする会員の方々に感謝申し上げたい。

【注】

（1）劇場映画版の『トム・ジョウンズ』はアカデミー賞四部門を始め、さまざまな栄誉に輝いた。一方、BBCは一九九〇年代にイギリス小説の古典的名作を数多く映画化した。中でも有名なのは、オースティンの『高慢と偏見』のドラマで、イギリス本国だけではなく日本でもそのテレビ放映は驚異的な視聴率を獲得したといわれている。その影響か、BBC版の『トム・ジョウンズ』は日本でも二〇〇一年の正月にNHKで放送された。両作品とも、DVDで鑑賞することができる

（2）日本語訳は朱牟田夏雄訳（岩波文庫）を参考にさせていただいた。

（3）馬車の事故は十八世紀イギリス小説のひとつのトポスとなっているので、リチャードソン監督はそのことを踏まえてストーリーに手を入れたのかもしれない。たとえば、トバイアス・スモレットの書簡体小説『ハンフリー・クリンカー』にも、馬車の転覆のシーンが描かれている。フィールディング自身でいえば、『トム・ジョウンズ』の次に書かれた小説『アミーリア』には、馬車の転覆事故で顔面に傷を負った女性として、ヒロインのアミーリアが人物造型されている。

（4）映画の原作に対する忠実さを検証する試みはもちろん頻繁になされていて、本論で取り上げた『ト

ム・ジョウンズ』も例外ではない（たとえばCosgroveなど）。しかし、筆者の知る限り、本論で取り上げた食い違いに注目した論文は、これまでに書かれていないようである。

【引用文献】
Henry Fielding, *The History of Tom Jones, a Foundling*. Ed. Thomas Keymer and Alice Wakely. Harmondsworth: Penguin, 2005.
仙葉豊「トラウマ小説としての『クラリッサ』」『未分化の母体』仙葉豊・能口盾彦・干井洋一共編、英宝社、二〇〇七年、三四四～六七。

【参考文献】
Chatman, Seymour. "What Novels Can Do that Films Can't (and Vice Versa)." *On Narrative*. Ed. W. J. T. Mitchell. Chicago: U of Chicago P, 1980. 117-36.
Cobley, Paul. *Narrative*. London: Routledge, 2001.
Cosgrove, Peter. "The Cinema Attractions and the Novel in *Barry Lyndon and Tom Jones*." *Eighteenth-Century Fiction on Screen*. Ed. Robert Mayer. Cambridge:Cambridge UP, 2002. 16-34.
Harvey, John H. *Give Sorrow Words : Perspectives on Loss and Trauma*. Philadelphia: Brunner/Mazel, 2000.
Stevenson, John Allen. *The Real History of Tom Jones*. New York : Palgrave, 2005.

第4章　ドン・キホーテの子孫はいるか

――コンラッド『オールメイヤーの愚行』試論

吉岡栄一

一

『オールメイヤーの愚行』はジョウゼフ・コンラッドの初めての長編小説であり、実質的な処女作と位置づけられている。イギリスでは一八九五年四月にフィシャー・アンウィン社から出版され、アメリカでも同時出版というかたちで、マクミラン社から同年五月に出版されている。コンラッドの作家誕生を告げる、三十八歳のときの記念碑的な小説である。『オールメイヤーの愚行』が「実質的な処女作」といわれるゆえんは、この小説が出版される以前の一八八〇年代の後半に、コンラッドが「黒髪の航海士」という短編を書いて、それをイギリスの大衆週刊誌『ティットビッツ』の「船員特別賞」部門の懸賞小説に応募しているからである。

結局、「黒髪の航海士」は当選作となることなく、応募原稿は書きあらためられて二十二年後に『ロンドン・マガジン』（一九〇八）に掲載されることになった。この「黒髪の航海士」は雑誌発表後にも、作品集には収録されることがなく、ようやく採録されたのはコンラッドの死の翌年、一九二五年に出版された短編集の『噂の物語』においてである。コンラッドの意識のなかでは、「黒髪の航海士」はあくまでも習作という位置づけがなされていて、初めて活字出版された『オールメイヤーの愚行』が自分にとっては、純粋な意味における最初の芸術作品なのだと明言しているからである。[1]『オールメイヤーの愚行』はボルネオ島東北部にある、辺境の入植地を舞台とする植民地小説である。この長編小説が出版されたあとの書評をみると、H・G・ウェルズなどが創作技術の面から、コンラッドの将来性や才能を高く評価している一方で、多くの匿名書評家たちは作品が内包している東洋的なエキゾティシズムに注目し、コンラッドを「マレー群島のキップリング」（『スペクティター』誌）になぞらえたり、「ボルネオは文学の新分野」（『リテラリー・ワールド』紙）[2]などと称揚している。このようなオリエンタリズムの強調はいうまでもなく、『オールメイヤーの愚行』がイギリスの一般読者にはほとんど未知のボルネオを舞台にしていたからであり、作品がヨーロッパ中心主義思想を満足させてくれるような、東洋の神秘や異国情緒、あるいは毒々しい熱帯の自然描写などに彩られていたからである。

さらに『オールメイヤーの愚行』は当時の書評家たちから、類型的でエキゾティックな冒険小説という観点から読まれたところがある。海外植民地を舞台としていることから、冒険的要素のある植民地小説として迎えられたのである。ジョン・バチュラーによれば、一八八〇年代のイギリスでは外地を舞台とする、エキゾティックな冒険物語やロマンス物語が流行し、スティブンソン、キップリング、R・M・バレンタイン、ライダー・ハガードなどが大衆的な人気を博していた時代でもあったからである。しかも、コンラッド自身がこれらの作家の作品を読んでいたというのである。かかる文学的な影響から、『オールメイヤーの愚行』の構想から執筆の段階において、コンラッドが小説ジャンルとして時代の流行を意識し、同時代の読書人の嗜好にあうように作品を練りあげたというのが、バチュラーの主張なのである。[3] 実際、『オールメイヤーの愚行』は時代の異国趣味に迎合しているような側面があり、当時の多くの書評家たちから好意的に評価されたのも、そうした時代的文脈に沿っていたからなのだ。

アンドレア・ホワイトによれば、イギリス国内でのこうした冒険小説の流行は、まぎれもなく大英帝国の領土拡張をめぐる国民的欲望を反映したものだということになる。大英帝国の海外領土の飛躍的増大と、十九世紀における冒険小説の大流行は、社会的な必然性があったのである。そのような愛国的な海外領土獲得熱のなかで、冒険小説や旅行記がはたした総体的な役割とは、イギリス帝国主義を鼓舞し、それを神話化することにあったというのである。ただ『オールメイヤーの愚行』などのコンラッドの初期作品が特異なのは、伝統的な冒険小説の文学的慣習を大筋において踏襲しながらも、イギリスの海外侵略を正当化するような既成の冒険小説とは異なり、冒険小説の概念と帝国主義的主題なるものをともに脱神話化した点にあるというのである。コンラッドの小説が単純な白人礼賛に終わっていないのは、コンラッドがモダニストとして二重の洞察力を持っていたからであり、ジャンルとしての冒険小説を内面化したからだというのだ。[4]

『オールメイヤーの愚行』は出版当時、ある匿名書評家から「オリエンタル・ロマンス」と名づけられている。また現代の批評家たちからは「コロニアル・ロマンス」、「インペリアル・ロマンス」、「ポリティカル・ロマンス」などとも評されている。いずれの命名法にも共通しているのが「ロマンス」という用語だが、その修飾語として用いられているのは人種偏見のただよう「オリエンタル」を度外視するなら、「インペリアル」、「コロニアル」、「ポリティカル」などの政治的含意のつよい言葉である。これらの形容語が示唆しているのは、『オールメイヤーの愚行』が恋愛と冒険だけの単純なロマンス物語ではなく、作品の背後にはヨーロッパ帝国主義による植民地支配という現実が控えているということである。ただ『オールメイヤーの愚行』の場合、植民地支配をめぐる現地の政治状況はあくまでも、作品の背景をなす大きな物語要素のひとつにとどまり、作品のなかでむしろ前景化され焦点化されているのは、夢想的な主人公オールメイヤーの思念と行動であるといわなければならない。

先に述べたように、政治的含意のある形容語の問題をべつにすれば、作品評で共通項として用いられているのは「ロマンス」という言葉であり、それが作品の支配的な構成要素になっていることは疑いがない。「ロマンス」といえば、すぐさま恋愛が想起されるが、実はきわめて概念規定の広い文学ジャンルなのである。文学用語辞典によれば、十三世紀以降の散文作品としてのロマンスはおおむね、恋愛や冒険、驚異や神話などの要素に彩られた冒険物語や、騎士道物語や、恋愛物語などを包摂するジャンル横断的な娯楽作品と定義されている。端的にいえば、ロマンスとは恋愛物語と冒険物語が結合したもの、と解釈することもできるのである[5]。

たとえば、ノースロップ・フライは『批評の解剖』のなかで、原型的なロマンス物語の主人公の一般的行動パターンを定義して、「ロマンスの世界」(「仮想的現実」)と「リアリズムの世界」(「経験的現実」)と「悪魔的な世界」(「悪徳の世界」)とのあいだを自然の循環にあわせて、象徴的な意味のレヴェルでの〈転落〉と〈上昇〉という生の軌跡を描きながら、往復運動や円還運動を繰りかえすことにその特徴があるという趣旨のことを述べている[6]。『オールメイヤーの愚行』におけるロマンス的な要素はいうまでもなく、入植地におけるニーナとデインとの恋愛場面に集約的に表現されているが、広義の解釈からすれば、オールメイヤーもまたアンチ・ヒーローとして、ロマンス物語の主人公にみられる一般的行動パターンをゆるやかに踏襲していることがみてとれるのである。むろんオールメイヤーは古典的・原型的なロマンス物語の主人公ではなく、現代小説に典型的な凡庸な主人公でしかないが、大局的にみれば「ロマンスの世界」と「リアリズムの世界」と「悪魔的な世界」という三つの物語世界を、その死にむかってひたすら〈転落〉してゆくという生の軌跡を描いているからである。ただオールメイヤーは現代小説の主人公のため、厳密に解釈すれば、象徴的な意味における〈上昇〉のほうは明確には表現されず、結末においてそれとなく暗示されるにとどまっている。

『オールメイヤーの愚行』では主人公はさしあたり、至福のような「ロマンスの世界」(「仮想的現実」)に耽溺しているが、物語が進行するにつれて、「リアリズムの世界」(「経験的現実」)の侵食をうけて、厳正なる〈現実〉を直視せざるをえなくなり、最終的には「リアリズムの世界」に敗北し、そのあとで「悪魔的世界」に転落して、みずからの破滅的な死をもって物語が閉じられる仕組みになっている。このように『オールメイヤーの愚行』においても、主人公は脱神話化された現代版アンチ・ヒーローとして、その始祖ともいえるドン・キホーテの例にならって、ロマンス物語の主人公にみられる普遍的な行動パターンを、大まかになぞっていることが読みとれるのである。

二

交易商人のオールメイヤーは作品のまさに冒頭から、ロマンス物語の主人公の一般的な行動パターンにならい、「ロマンスの世界」に惑溺するばかりで、「リアリズムの世界」にはあえて背を向けている、現実感覚にうとい主人公として読者のまえに登場してきている。物語の端緒が開かれる一行目から、食事だという現地人妻の耳ざわりな金切り声で、「輝かしい未来の夢[7]」に浸っていたオールメイヤーは、現実の世界にひき戻されるからだ。かかる冒頭部における数行からも類推できるように、オールメイヤーの性格属性として強調されているのは、主人公たるこのオランダ人が非現実的な夢想家であるという点である。その実体のない夢想の中心をなしているは、富と権力と名声を得ることだけである。なぜなら、「富と権力を手にする夢に心を奪われて」(三)いるオールメイヤーは、大金を手にしたら混血の娘であるニーナとともにヨーロッパに戻り、そこで大金持ちとして西欧人の尊敬をあつめ、安楽に暮らすことしか頭にないからである。

オールメイヤーがこうした妄執にとり憑かれているのは、ボルネオ東北部を流れるパンタイ河に面した、外部から途絶した入植地に住んでいる、ただ一人の白人であるという事情も絡んでいる。オールメイヤーは内心では軽蔑している非友好的なアジア人のなかで孤立し、ただひとりの白人としての威信をしめそうと考えながら、交易所の経営がはなはだしく不振で、経済的にも逼迫しているため、惨めな現実から目をそむけるために、あるいは生来のロマンティックな気質のせいもあって、夢想や空想の世界に逃避せざるをえなくなっているからである。このような退行的な主人公をとらえて、「ドン・キホーテ型の夢想家[8]」と命名している批評家もいる。

さらにオールメイヤーが交易所の所長代理として移住したこの入植地は、異人種と異文化との遭遇の場であり、沸騰する多文化混交のるつぼでもあり、白人／東洋人、支配者／被支配者、文明／未開などの二項対立的な記号が散乱し、支配をめぐる政治力学があからさまに作動している場所でもある。実際、『オールメイヤーの愚行』にはオランダ人、イギリス人、マレー人、アラブ人、シャム人(タイ人)、中国人などさまざまな人種・民族が登場し、文化や宗教や言語のちがいがもたらす軋轢のなかで、それぞれが思惑をいだいて人間関係を形づくり、政治的な駆け引きに明け暮れているのである。

コンラッドがオランダの植民地支配下にある、この多人種と多文化のせめぎあう奥地をなぜ作品の舞台にしたかについて、フレデリック・カールはポーランドとボルネオとの歴史的類似性を指摘している。コンラッドの祖国ポーランドの領土分割と併合の歴史が、ボルネオのそれと似ているというのである。インドネシア史を参照するまでもなく、ボルネオが歴史的にみてオランダとイギリスの両帝国主義の覇権争いの場であり、その国土もアラブ人、マレー人、海賊などによって侵略され、征服されてきた歴史を持っているからである[9]。

このような植民地の異人種混交のなかで、ただひとりの白人として生活しているのがオールメイヤーである。経済的な困窮ばかりか、心底から頼れる現地人の友人もなく、異人種と異文化のなかで孤立しているのが、まさにオールメイヤーというオランダ人なのである。この凡庸な白人が現実からまるでかけ離れた夢想に退行するのは、傷つけられた優越人種としての自己の尊厳を回復するための、それは代償行為であると考えられないこともない。たとえば、ハント・ホーキンズは「ヨーロッパ社会で成功できない典型的な植民者は、劣等コンプレックスの犠牲者になる。（中略）現地人の共同体のなかにも入っていけない[10]」と指摘し、こうした孤立からくる心理的不安は最終的には自己崩壊につながると述べている。

さらにオールメイヤーの人物造形に関して、読者として注意すべきなのは、モデルとなった実在のオールメイヤーが、ジャワ生まれのオランダ系の欧亜混血であるのに反して、小説のなかでは生粋のオランダ人に設定されていることである。なぜ主人公を欧亜混血から生粋のオランダ人に変更したのか。むろんそこにはコンラッドの物語戦略が隠されているはずだが、ジョン・ゴードンによれば、そこには主として二つの作者の意図が伏在しているというのである。ひとつはオランダ人はふつう欧亜混血にたいして寛容であったといわれていたが、その人種をめぐる社会的慣習を無視したということであり、ふたつ目は変更することによって、白人たるオールメイヤーとマレーの現地娘との異人種間結婚が、植民地社会において恥の意識を強める働きをしたということである[11]。このゴードンの主張を援用するなら、コンラッドは主人公を生粋のオランダ人に変更することで、白人としての主人公の凡庸さや小市民性、あるいはその無能さや無気力をいっそう鮮明にする意図があったものと想定されるのである。

凡庸なオールメイヤーと同じように、両親もまたその卑小な小市民性が強調されている。父親はジャワの植物園に勤めるしがない下級官吏であり、母親は母国オランダの過去の栄光とタバコ商の娘という自分のかつての社会的身分が、現地の植民地暮らしのなかで永遠に失われてしまったこと、それを望郷の念をまじえて慨嘆ばかりしているような女性である。両親とも植民地での外地暮らしの不遇をなげき、白人としての過去の栄華を追想することで、かろうじて自分たちの生を支えているような人間たちなのである。作中の説明によれば、若きオールメイヤーはこうした愚痴っぽい両親のもとを二十年ほどまえに離れ、人生の成功を夢みてジャワ島からセレベス島のマカッサルに渡り、老貿易商フーディグの倉庫の事務員として雇われたことになっている。オールメイヤーはそのころ、「英語を流暢に話し、計算能力にもすぐれ、世界を征服する意気込みで、またそれが実現可能であることをみじんも疑っていなかった」(五) からである。

作品の導入部における両親とオールメイヤーのこの人物紹介は、フラッシュバックの手法を用いて、現在から過去に遡行するかたちで読者に説明されている。その後、物語の流れはふたたび現在に回帰して、オールメイヤーのサンバーという入植地における現在の惨めな境遇が、皮肉まじりに叙述される仕組みになっている。いずれにしても、小説の導入部から強調されていることは、両親も息子もオランダの植民地社会のなかにあって、支配民族としての存在感を発揮できずに、みずからの境遇にたいして大きな不満を抱いているということである。とりわけ交易所の所長代理として、マカッサルからボルネオ島のサンバーという入植地に移住したオールメイヤーは、みずからの惨めな境遇の反動として、非現実的な夢ばかりを追いもとめる夢想家としての面がひときわ強調されている。

導入部におけるかかる主人公の出自と人物造形から読者がすぐさま連想できるのは、この長編小説がけっして幸せな結末で終わるような小説ではなく、あきらかに悲しい結末が予想される小説であるということである。いいかえるなら、すでに言及したように、主人公が至福ともいえる「ロマンスの世界」(「仮想現実」)から、冷厳なる「リアリズムの世界」(「経験的現実」)に直面し、最後には「悪魔的な世界」(「悪徳の世界」)に転落して、身を滅ぼすという物語パターンが導入部から想起されるからである。

オールメイヤーの最終的な〈転落〉から〈死〉を暗示しているのは、主人公のまわりに散乱している物品と新築した家の腐朽に象徴化されている。この荒廃のイメージは全編を通じて散布されているが、これは同時にオールメイヤーの精神的荒廃のシンボルとしても機能している。たとえば、「彼の人生におけるあの究極の失敗」(四)と作者が皮肉まじりに叙述している、オールメイヤーのいまだ完成していない新築の家は、彼の政治的思惑からイギリス人を歓待するために建てられたものだが、完成まえからすでに朽ちはじめているのである。この新築の家はのちに訪問することになるオランダ海軍の将兵たちから嘲笑をこめて、「オールメイヤーの愚行」(あるいは「オールメイヤーの阿房宮」)と陰口をたたかれ、それが作品の表題のもとにもなっている。

こうした腐朽と荒廃のイメージは建物だけでなく、オールメイヤーの周囲のいたるところに充満しているのである。古いほうの家の前庭には、「石や、朽ちはじめた厚板や、のこぎりで半分に切られた梁が、手のつけられぬほど乱雑に積み上げられて」(一二) いる。またオールメイヤーが代理人を務めるリンガード商会の事務所が自宅に置かれているのだが、それも商売の不振を反映して、ドアは埃をかぶり、リンガード商会の文字もやっと読めるほどで、事務室のなかにあるゆり椅子も木製の肘掛椅子も、「まるで周囲のみすぼらしさを恥じているかのように、わびしげに散らばって」(一五) いるようなありさまで、あたり一面が「残骸と廃物の廃墟」(二〇一) と化しているのだ。そして「机、紙、破れた本、壊れた棚、あらゆるものが厚いほこりの層におおわれていた。これらはさびれはて、破綻した事業のまさに遺骨であり、死骸であった」(一九九)。むろん自宅兼用の商会事務所のこのような惨状は、表面的には事業不振の結果であるのだが、これは同時にオールメイヤーの無気力と無能をも暗示している。

そして、このような荒廃状態は事務所の備品だけにとどまらずに、住居のなかのあらゆる物品にも及んでいるのである。居室にあるのは「みすぼらしいテーブル」であり、「ぼろぼろになったブラインド」であり、「ひびの入ったタンブラー」(一六) である。それ以外にも、「床は波をうち、たくさんのしおれた植物と乾いた土が散乱していた。なおざりの気配がむさくるしいまでに、あたり一面にみなぎって」(一六) いるのである。食器もひとつとして完全なものはなく、食卓に並べられるのは「不揃いで痛みのはげしい瀬戸物」であり、「またの壊れたフォーク」であり、「のこぎりのような刃と取っ手がゆるんだナイフ」(一二四) なのである。そして事業の不振からくるオールメイヤーの零落は、みずから商会所有の倉庫を見まわりにゆく場面に象徴的に描かれている。

彼は暇つぶしにぶらぶらと、家のまわりの雑草が生い茂った小道をわびしげに歩いて、荒れはてた倉庫までできてみたが、青緑色の錆におおわれた数挺の真鍮製の銃と、ぼろ切れになった家庭用綿製品の入った数個の壊れた箱だけしか、創業した初めのころの好景気を思い出させるものはなかった。あの頃は、このあたり一帯が活気に満ちあふれ、商品の売り買いも活発であったので、オールメイヤーは幼い娘をかたわらにおいて、河岸のにぎやかな光景を見下ろしたものだった。それが今では、奥地にむかうカヌーはリンガード商会の朽ちかけた小さな埠頭を滑るように通りすぎると、パンタイ河の支流をこぎ上がり、アブドラの所有する新しい桟橋に群をなして集まるのだった。彼らはアブドラが好きだったわけではなく、落ち目になったこの男とあえて取引をする勇気がなかったのである（二八）。

このように導入部からオールメイヤーにまつわる描写は、荒廃、腐朽、怠惰、零落などのイメージに塗りこめられ、それを強調するかのように多くの否定的な言葉が撒きちらされている。オールメイヤーをめぐるかかるマイナス・イメージの散乱は、中編小説「闇の奥」のなかでマーロウが遭遇することになる、錆びた機械類が乱雑に投げすてられている、あのコンゴ出張所の廃墟のごとき雰囲気を想起させてくれる。「闇の奥」ではさびた機械類のおびただしい散乱は、ヨーロッパ帝国主義による植民地支配の非人間的な悪辣さばかりではなく、支配者たる白人たちの精神的荒廃のシンボルとしても機能していたが、『オールメイヤーの愚行』においてもまた、こうした〈モノ〉の荒廃のイメージは主人公の精神的空虚さを象徴するものとなっており、その意味で『オールメイヤーの愚行』はのちの「闇の奥」を先取りする作品となっている。

ジョン・マクルアによれば、主人公オールメイヤーはコンラッドの初期小説における、無気力な植民者（交易人）の最初の人間であり、「進歩の前哨基地」に登場するベルギー人のカイヤールとカルリエ、「闇の奥」において巡礼者と呼ばれている強欲な白人たち、そして『ロード・ジム』に登場するコルネリウスなどの先駆者であり、無気力なくせに物質的な富という夢をむなしく追いもとめる人間たちの典型とされている。[12]こうしたヨーロッパ人たちは母国ではまともに生きてゆけない人間たちなのであり、総じて「無能であり、自己欺瞞的なうえに怠惰な人間たちであり、みずからの想像力の犠牲者たちなのである」。[13]コンラッドは「地理と探検家たち」というエッセイのなかで、海外移住者を「入植者」と「略奪者」のふたつの範疇にわけて考えているが、[14]前述の白人たちはおおむね「略奪者」に分類されるべき人間たちなのである。

コンラッドが考えるこうした二分法を適用すれば、オールメイヤーはどちらかといえば「略奪者」に分類されてしかるべき人間である。しかし、彼がおかれている現在の経済的苦境は現地人から「略奪」できないこと、いいかえるなら、現地人との交易不振から生じていることは明らかである。その直接の原因となったのは、作品のなかでも語られているように、ボルネオ領有をめぐるオランダとイギリスとの熾烈な植民地獲得競争である。『オールメイヤーの愚行』はこの二つの帝国主義国がライバル関係にあった、一八八〇年代の中期から後期にかけてのボルネオを舞台にしている。この時期のボルネオの政治状況をめぐるアグネス・ヨウの説明によれば、イギリス政府はそのときまでに公式に北ボルネオをその勢力圏のなかに収めていたというのである。その余勢を駆って「英国ボルネオ会社」は、南東ボルネオに一時的な侵出をはかろうと企てたが、その地域にすでに足場を固めていたオランダを怒らせることを恐れて、イギリス側の侵出計画は頓挫したというのである。しかし、オランダの影響力は名目的なものにすぎなかったために、オランダにたいする忠誠はオランダ国旗を掲げるだけでよかったのである。オランダの施策も小型砲艦によるパトロール、現地人にたいする小火器の販売禁止法の施行、奴隷の売買禁止などにとどまっていたというのである。(15)

『オールメイヤーの愚行』においても、このようなオランダとイギリスとの植民地覇権をめぐる歴史的な確執、オランダの講じた軍事的、政治的な施策のことは背景として触れられている。そして、オールメイヤーがボルネオ東北部にまで支配圏を拡大した母国オランダ海軍から忌避され、結果として事業不振にみまわれるようになったのは、リンガード船長との関係からイギリス支持派であったこと、わけてもオランダ海軍から法律で禁止されている火器、火薬の密売を疑われたことが直接の原因となっている。ただ『オールメイヤーの愚行』が特異なのは、ボルネオをめぐるこうした歴史的、政治的、経済的な外的要因をあまり重視せずに、オールメイヤーの経済的零落をその夢想的な気質や個人的な利害におもに収斂させて描いていることなのである。

三

このように大きな歴史的、政治的な背景をあまり重視せず、オールメイヤーのさもしい心性をもっぱら強調する物語戦略は、その結婚をめぐるエピソードにおいても顕在化している。小説のなかで過去に遡行して説明されているように、オールメイヤーは二十年ほどまえ、オランダ人の交易商人である老フーディグのもとで事務員として働いていた。商会はセレベス島のマカッサルにあったが、当地はオランダ人たちから「イギリスの行商人たち」（七）と俗称されるほど、イギリス人船乗りたちが富と冒険と交易をもとめて集まる港だった。こうした「行商人たち」のなかで、「ラージャ・ラウト」＝「海の王」（七）と呼ばれ、畏怖されていたのが老練なトム・リンガード船長である。

このリンガード船長が商会に出入りするうちに、目をかけるようになったのがオールメイヤーである。船長は親交が深まってくると、オールメイヤーに養女との結婚を持ちかけ、「活発でたくましい想像力に恵まれていた」（一〇）オールメイヤーのほうでも、打算的な自己利害のためにそれを承諾したというのが、二人が結婚に踏みきるまでの経緯として説明されている。リンガード船長の養女となった混血のマレー人女性は、現地の海賊たちとの激闘のあとで、敵方のプラウ船にただひとり生き残っていた少女であり、慈悲心からリンガード船長が養女にしたのである。船長はこの少女にジャワにある修道院で教育を受けさせ、自分がイギリスに帰国するまえに白人と結婚させ、財産をすべて彼女に相続させるつもりでいた。しかし、この結婚はなかばリンガード船長による強制であり、養女のほうではオールメイヤーにさして愛情を感じてはいなかったのである。

こうして二人は愛情もないままに、リンガード船長の一方的な決断で、バタビア（ジャカルタ）で結婚式をあげることになる。養女の側からすれば、命の恩人たる養父にたいする恩義からの屈従的な結婚であったのに反して、下心のあるオールメイヤーの場合には、「義父にたいする思慮分別からくる恐れと、彼自身のたんなる物質的な幸福への思い」（一三）からの結婚でしかなかったのである。そのためオールメイヤーは「忠誠を誓いながらも、多かれ少なかれ遠い将来には、この可愛らしい少女を厄介払いする悪だくみを胸に秘めていた」（一三）のである。

結婚後、若い二人はバタビアからボルネオに移住し、現在の居住地であるパンタイ河のほとりに、リンガード船長の資金で住居と倉庫を作ってもらうことになる。完成した大きな倉庫群と商用のカヌーが集まっている新しい桟橋を眺めているうちに、オールメイヤーはたちまち「世界は自分のものだという思いからくる高揚感」（二四）にとらわれ、ひたすらバラ色の未来を空想することになるのである。

彼は豪勢な生活から生じるありとあらゆる可能性を実感することができた。人から心にかけてもらうこと、怠惰で気楽な生活――そんな生活が自分にはとても似合っていると感じた――自分の持ち物になる船、倉庫、商品（老いたリンガードは永遠に生きられるわけではない）、そして最後を飾るのは、妖精の宮殿のごとく輝いている遠い将来に完成する、アムステルダムの大邸宅。それは自分が夢みる地上の楽園であり、リンガード老人の財産があるから、楽園では男のなかでも抜きんでた王になり、えもいわれぬ光輝につつまれて晩年を送ることになる。この空想図のもうひとつの面――一隻の船にあふれていた海賊たちの遺産たるマレー人の少女と生涯をともにすることに関しては、自分が白人ということで、心のなかに恥ずかしいという混乱した意識があった――それでも、彼女は四年ものあいだ修道院教育を受けているのだ――だから神の慈悲のおかげで、死んでくれることがあるかも知れない。自分はいつも運がよかったし、金には大きな力があるのだ！（中略）マレー人の女なんか、始末するのはしごく簡単だ。修道院に入ろうが入るまいが、そこで儀式を身につけようが身につけまいが、自分の東洋人にたいする考えからすれば、あの女はやはり奴隷でしかないのだ（一〇～一一）。

この長い引用文が示唆しているのは、現実から逃避をして夢想にふける癖があるオールメイヤーが、他方において人種偏見にこりかたまった、じつに利己的な人間でもあるということである。勇猛な海賊の子孫であるマレー人少女との結婚もむろん愛情からではなく、リンガード船長の財産目当てであることがこの引用文がはっきり示している。このオールメイヤーによる打算的な結婚は、コンラッドの「帰宅」という短編小説の主人公、アルヴァン・ハーヴィを想起させるが、「帰宅」においても夫婦のあいだの愛情の欠如は、相互理解の不在というかたちで夫婦関係の破綻のもとになっている。

オールメイヤーもハーヴィと同じように、愛情ではなく自己利害をもとに結婚相手を選択している。しかし、読者にもたやすく予想されるように、オールメイヤーの打算的な野心もリンガード船長が金策のためにヨーロッパにわたり、そこで音信不通になってしまうことで潰えてしまうのである。こうしてリンガード船長の後ろ盾をうしなったオールメイヤーは、経済的苦境のなかで「白人としての誇り」（二八）だけに支えられて、ボルネオの隔絶した入植地のなかで孤立感と絶望感にさいなまれながら、将来かならず富と名声を手にすることを夢想して、自己の生を支えつづけなければならなくなるのである。このようなオールメイヤーのあわれな姿を捉えて、含意の作者は皮肉をまじえて「彼は老いて希望がなく、自分のまわりの未開人となんら変るところがないと感じていた」（二九）と主人公の気持ちを代弁している。オールメイヤーのかかる落魄した姿は、彼がたびたび眺めることになるパンタイ河を流れくだる流木と二重映しになって、作品のなかで象徴的効果をあげている。

こうした悲惨な現実を忘れるために、オールメイヤーはしばしば夢想に逃避するのである。この夢想への退行はまた、オールメイヤーが快適な「ロマンスの世界」（「仮想的現実」）のなかで、精神的には〈仮死〉状態にあることをも示している。〈仮死〉状態にありながら、かすかに希望をつないでいるのが、リンガード船長が発見したというパンタイ河奥地にある、途方もないダイヤモンドの金鉱を探しあて、大金持ちになって凱旋帰国するという破天荒な夢なのである。オールメイヤーの意識のなかでは、金鉱を探しあてれば現在の「惨めな沼地」(一七)から抜けだすことが可能となり、自分だけでなく娘のニーナもまたヨーロッパで人々から尊敬されて、「輝かしい生活」(一八)を送ることができるという途方もない思いなのである。しかし、オールメイヤーのこの思いは、その特徴的な所作を説明する「まるでなにか魅惑的な幻影を凝視するかのように」(一七)という、含意の作者による辛辣な比喩的表現にみられるように、それが非現実的なものであることが強く暗示されている。

これらのエピソード群に登場してくるオールメイヤーはこれまで見てきたように、原型的・古典的なロマンス物語のヒーローどころか、現代小説の通例にならいまったく凡庸なロマンティスト、ないしは負性をおびたアンチ・ヒーローとして描かれている。オールメイヤーが〈現実〉と認識しているものの実体とは、せんじつめれば〈幻影〉でしかなく、その〈幻影〉に翻弄されているのがオールメイヤーの真実の姿なのである。冷徹なリアリストとして〈現実〉を客観的に認識できない点にこそ、ドン・キホーテから脈々とつづくロマンス物語におけるアンチ・ヒーロー像のひとつがある。

ただある意味からすると、オールメイヤーが〈現実〉に背をむけ、〈非現実〉を幻視せざるをえないのは、ロマンティックな個人的な気質とは別次元にある、白人としての体面保持の問題から派生していると考えられないわけでもない。なぜなら、この辺境の入植地における「リアリズムの世界」とは、「節操のない陰謀と猛烈な商売上の競争」(二四)がくり広げられているトポスなのであり、白人のオールメイヤーはそのなかで敗者に転落しているからである。東洋の植民地のなかでの商業利権をめぐる激烈な戦いのなかで、オランダ支持派であるアラブ人たちが厚遇され、オールメイヤーは孤立無援の状態におかれているからである。白人としての威信の失墜、その精神的外傷をいやすために夢想に退行していると考えることもできるのである。

オールメイヤーにとって、〈現実〉がたえ難いと観念されているから、夢想や妄想に救いをもとめるのである。その夢想のなかで唯一の慰めになっているのは、マレー人の妻との結婚生活などではなく、幼い娘のすこやかな成長だけなのである。下心から結婚したマレー人の妻は結婚後まもなくして、オールメイヤーの無気力をなじり、夫にたいして敵意をいだき、すっかり尻に敷くようになってしまっているからである。こうした家庭内の不和と相互理解の不在のなかで、惨めな〈現実〉からの逃避手段として、オールメイヤーはニーナの感情をまるで無視して、娘を一方的に溺愛するようになっている。

このような父と娘の関係をとらえて、そこに近親相姦的な愛情のありかをみている批評家もいる。たとえば、トーマス・モーザーはかかる父子関係のなかに、父親による「一方的な近親相姦的な愛情」(16)の気配を感じているし、バーナード・メイヤーは精神分析的な見地から、この愛情をめぐる父子関係の深層心理の核心にあるのは、父親による娘にたいする「所有欲と嫉妬にもとづく愛情」(17)であると指摘している。心理学的・精神分析的にみれば、これらの主張はそれなりに説得力のあるものである。このような双方向的ではなく一方的な愛情のかけ方に、ジェニファー・ターナーは対照的に「依存的な父親」のありかたを確認し、「娘は父親のエゴのたんなる拡張」でしかなく、結果として「娘の個人的なアイデンティティを毀損している」と主張している。さらにターナーはこうも述べている。「コンラッドによる異性愛の理想化は、ヴィクトリア朝時代の性的タブーである、異人種間結婚、近親相姦、姦通にたいする強迫的な描き方によって、その土台が突きくずされている[18]。

オールメイヤーの一方的ともいえる娘の溺愛については、「近親相姦的な愛情」、「所有欲」、「依存的な父親のエゴのたんなる拡張」など、批評家によってさまざまに解釈されている。しかし、ここで注意しなければならないのは、愛情の所在をめぐるこの歪んだ父子関係に決定的な亀裂が入るのが、ニーナのなかば強制されてのシンガポール行きである。マレー人の母親の猛反対を押しきって、リンガード船長がシンガポール行きを強行するからである。ここでも頼りないオールメイヤーは、父親として明確な意思表示さえすることができないのだ。リンガード船長の意図するところは、知人のヴィンク夫人のもとでキリスト教教育を受けさせ、ニーナを「文明化」することにあったが、ニーナが納得していないことは後のエピソードからも明らかになっている。リンガード船長によるこうした狂信的ともいえるキリスト教化の試みは、いまオールメイヤーの妻となっている養女を、結婚前にジャワの修道院に送りこんだエピソードとも奇妙にも符合している。

リンガード船長のかかるキリスト教教育への熱狂はいうまでもなく、大英帝国の植民地支配の欲望と結びついている。ヨーロッパ帝国主義による植民地支配をイデオロギー面から強力に支えたのが、キリスト教であったことは歴史が証明している。ダーウィンの学説を歪曲した社会ダーウィニズムが、キリスト教とともにヴィクトリア朝時代、大英帝国の植民地支配のイデオロギー上の推進力であり、白人の優越性の正当化だけでなく、有色人種支配のための口実に使われたこともよく知られているからだ。ヴィクトリア朝の海外膨張を支えたのが、「交易品」と「銃器」と「聖書」という三種の神器であったことも周知のことであり、「イギリスは地球のまさに果てまで、神の真実の知識をもたらす神聖な使命をもっていた[19]」と観念されていたからである。かかる時代的文脈をもとに類推するなら、リンガード船長の偏執的なキリスト教化の熱意は、イギリ人の共同幻想ないしは文化的無意識からくる「文明化の使命」(「白人の責務」)の発現といわなければならない。

ところで、ニーナがボルネオに戻ってくるのは、それから十年後のことである。この唐突な帰国についてニーナはなにも語ることなく、入植地の「なかば野蛮で惨めな生活環境」(三一)に違和感を覚えながら生活しているうちに、いたずらに月日だけが流れることになる。ようやくニーナの帰国の理由が明らかになるのは、リンガードの友人であるフォード船長という第三者の証言からである。フォード船長のオールメイヤーにたいする真相告白から、シンガポールでのニーナの生活はけっして楽しいものではなかったことが判明する。ヴィンク夫人のもとでニーナはプロテスタントの教えを受けていたが、夫人と娘たちからオランダ人とマレー人の混血ということで、あからさまな人種差別を受けて、ひどく迫害されていたというのである。フォード船長はオールメイヤーにこう打ち明ける。

「娘さんはあちらではまったく幸せではなかったんですよ。ヴィンク家の二人の娘は着飾ったサルも同然でした。彼女たちはニーナさんを軽蔑していました。娘さんの肌を白くすることはできませんからね」(三〇〜三一)。

このようなニーナにたいする人種差別はヴィンク夫人の家庭内だけにとどまることなく、キリスト教や社会教育を教えていた学校の教師たちにまでおよんでいたのである。最後まで、「教師たちは彼女の本性を理解しようとはせず、彼女にとっては屈辱的な出来事である、自分の混血にたいする白人からの激しい軽蔑の言葉」(四二)を投げつけられていたからである。これらのエピソードが示唆しているのは、キリスト教の偽善、物質主義にもとづく文明生活の虚妄、とりすました白人の博愛精神などにたいする含意の作者の皮肉である。ここにはまた文明/野蛮を分ける境界線がいかに不分明で、作為的なものであるかも暗示されている。いいい方をかえるなら、文明と野蛮は大まかにいえば等価なのではないかという文明観も示唆されている。

こうしてニーナはシンガポールで受けた精神的トラウマをかかえて帰郷したが、それから三年も経つというのに、民族的出自であるボルネオの土着生活にも、どことなく馴染めないものも感じているのである。

いまや彼女は川べりで三年間にわたって、野蛮な母親と、落とし穴が隠されているなかをうわの空で、弱々しげに、決断力もなく、浮かぬ顔で歩きまわっている父親と同居してきたのだった。それは文明社会の品位などかけらもない、惨めな家庭環境のなかでの生活だった。彼女は同じように不愉快な利益のための浅ましい陰謀、強欲や金銭のための策謀や犯罪という空気を吸って生きてきたのだった。(四二)

このように帰国してからのニーナは、「手に負えないほど強烈な熱情にあふれた、抜きさしならぬ未開社会の泥沼」(四二〜四三)に投げ込まれ、自分を見失うこともあったが、やがてキリスト教社会であれ、ボルネオの未開社会であれ、愛憎や強欲さにおいて人間はなんら変るところがないと認識するようになる。それと平行してマレー人の母親から、祖父であるスル族のサルタンの過去の栄光や、血なまぐさい武勇伝や、民族の誇りなどを昔話として聞かされているうちに、ニーナはそこに抗いがたい魅力を感じるようになり、キリスト教が体現する「窮屈すぎるマントのような文明社会の道徳観」(四二)に疑念をいだくようになってくるのである。

このように母親にだんだん感化されて、ニーナはやがて父親の白人としての血筋ではなく、母親のマレー人としての血筋のほうに惹かれてゆくようになる。そのうちに彼女は、「弱々しく、伝統を持たない父親に象徴される白人の側の血筋にたいして無関心になり、軽蔑をしめすように」(四三)なるのである。なぜなら、「同族のマレー人がみせる目的のためには粗野だが、妥協をゆるさない真摯さのほうが、最終的には彼女が不運にも接触をもつようになった白人たちの口先だけの偽善、如才のないごまかし、高潔めかした嘘より好ましいものに思われて」(四三)くるからである。このような心境に達することによってはじめて、ニーナは混血という自我がふたつにひき裂かれた不安定な心的状態を脱却し、統合された自己のアイデンティティを獲得することによって、マレー人社会にたいして人種的・文化的な同一化をはたすことができるようになるのである。このことは母親との精神的な絆がさらに深まったことをも意味している。

ニーナのマレー人としての民族的覚醒は、ジャワの若き首領であるデインとの恋愛が発覚することで、さらに加速されることになる。この恋愛事件が現地人のあいだで噂になってからの物語の流れは、にわかにメロドラマと作為的な活劇とのロマンス的な要素を強めてゆくことになる。ロマンス物語の大きな構成要素である、恋愛と冒険がひときわ前景化してくるからである。オールメイヤーはほかの登場人物たちよりも遅れてこの恋愛情報を知らされると、富豪になってヨーロッパに凱旋帰国して、そこでニーナを白人と結婚させるという自分の夢が、こなごなにうち砕かれたと感じて激怒する。こうした正確な情報が遅れて主人公に伝達される時間的遅延の手法は、オールメイヤーの愚鈍さと夢想家ぶりをさらに鮮明にする働きをしているが、これはべつの場面でパンタイ河にあがった水死体をデインだと思い込まされ、あとで真相を知るという間の抜けたエピソードにも顕在化している。

四

ともあれ、ニーナと現地人との恋愛を知らされたオールメイヤーは、強引に娘を連れもどす決意をかためて、火薬密輸のかどでオランダ軍に追われているデインが身を潜めている、人里はなれた入植地の密会場所まで乗り込んでゆくことにするのである。なによりもオールメイヤーの怒りに火をつけたのは、ニーナが白人ではなくマレー人と恋仲になったことなのである。最愛の娘をうばわれた半狂乱状態のなかで、オールメイヤーは二人のまえに立つと、人種偏見をあらわにして結婚に猛烈に反対するのである。しかし、民族性に目覚めたニーナは、どうあっても父親の説得には応じようとしない。

オールメイヤーは怒りのあまり、デインを殺そうとして拳銃を発射するが、弾はそれてしまい、反対にデインに拳銃をもぎ取られるという失態を演じてしまう。旧来のステレオタイプ化された冒険小説ではありえない設定であり、ここでもオールメイヤーのアンチ・ヒーローぶりが強調されている。ニーナはいぜんとして説得を拒否しつづけるが、その理由を父親にこう説明する。「私は生きてゆくつもりです。彼について行くつもりです。私は白人から軽蔑され、はねつけられてきました。でも、いまの私はマレー人なんです！」（二八〇）。ここには「分裂した人種的アイデンティティ[20]」を超克し、マレー人としての民族性にはっきりと目覚めたニーナの姿がある。ロバート・ハンプソンによれば、ニーナはそれまでオランダかマレーかのいずれかの社会的選択、父親の夢か自分自身の欲求か、いいかえるなら、父親を裏切るのか、自分自身を裏切るのかの二者択一の選択を迫られていたが[21]、この最終段階においてニーナは人種的なダブル・バインド状態を克服して、矛盾のない帰属意識に依拠する社会的アイデンティティを獲得したといってもいい。

しかし、オールメイヤーはこの局面においても、まだ娘の自己決定をはっきりと理解できないでいる。だから残された最後の説得手段として、白人としての威信を強調することで、娘を泣き落しにかけようと試みるのである。オールメイヤーは娘にむかって泣き声でいうのだ。「私は白人なんだ。それも名家の、たいへんな名家の出なんだ」（一八四）。しかし、娘がこの哀訴にも無反応なのでますます怒りをつのらせ、大声で「これは面汚しだ……この島全体で……東海岸でたったひとりの白人である私ともあろうものが……娘がこのマレー人と一緒のところを白人にみられるなんて」（一八四）と思わず叫んでしまうのである。

この場面におけるオールメイヤーの関心はもはや、植民地における白人の威信を保持できるかどうかしかないのである。こうした神経症的な体面への拘泥はいうまでもなく、白人は東洋人より人種的に優秀であるという刷り込まれた人種神話、あるいは共同幻想的な白人優位主義イデオロギーに発動していることは論をまたない。なぜなら、コンラッドの初期小説にあっては、アラン・シモンズが指摘しているように、「人種はまったく優越さの保証にはならない[22]」からである。オールメイヤーが体現するかかる人種偏見にもとづく威信へのこだわりは、見方をかえれば、侵略者＝白人の潜在意識のなかに伏在している異人種にたいする「人種的恐怖」、ないしは「異質なものへの文化的恐怖[23]」に根ざしていると考えることもできる。支配者でありながら被支配者にたいして、無意識の恐怖を抱かされるという倒錯した不安心理は、オーウェルによって「象を撃つ」というエッセイのなかで象徴的に描かれている。大勢のビルマ人たちが見守るなかで、インド帝国警察のイギリス人警官である「私」は、支配者の威信をしめす必要にかられて、暴れる象を射殺せざるをえないという苦しい立場に追い込まれるからである。

こうした植民地における支配者の不安を解消するために、白人が個人としてとった心的防衛機制は、現地人を劣った「異物」ないしは「他者」とみなすことであった。端的にいえば、人種神話にもとづく偽装された優越意識のなかで、現地人を主人にたいする奴隷であると蔑視することであった。そのうえ個人の背後には植民地統治機構の強大な警察力と軍事力が控えていたのだから、フランツ・ファノンが『黒い皮膚・白い仮面』で主張するように、「植民地において白人はいかなる点においても、自分が劣っていると感じることはなかった[24]」のである。このような人種イデオロギーと支配権力の暴力装置によって、現地人はたえず植民地化された他者として表徴されてきたのは自明のことである。『文化の場所』のなかでホミ・バーバが述べているように、「植民地言説の目的とは、人種的起源をもとにして、征服を正当化し、行政と教育のシステムを確立するために、被植民者を退化したタイプの住民とみなすこと[25]」にあったからである。

こういうわけで、すでに集合的無意識のなかに白人優位主義イデオロギーを刷り込まれていたオールメイヤーが、ボルネオの現地人たちを自分より劣った人間であると盲信していたとしてもなんら不思議ではない。かかるヨーロッパ中心主義にもとづく人種偏見と、ヴィクトリア朝時代の性的タブーのひとつである異人種間結婚にたいする嫌悪から、オールメイヤーがニーナとデインとの結婚に強硬に反対するのは当然ともいえるのである。オールメイヤーだけでなく、ババラッチに代表される現地人たちまで、ニーナを白人とみなしているからである。しかし、オールメイヤーがいかに反対しようとも、マレー人としての人種的覚醒をとげたニーナにとって、父親の説得を受け入れることは屈辱以外のなにものでもないのである。たとえ父親の側に、「ここの野蛮人たちのあいだで、仕事や失望や屈辱という重荷に辛抱づよくたえてきたのだ」（二〇一）という思いがあっても、自己主張のつよいニーナは聞く耳をもたないのである。このニーナにしろ、次の作品の『島の流れ者』のアイサにしろ、コンラッドの初期小説に登場するアジア人の女性主人公たちは、ヨーロッパの軟弱な男性主人公たちにくらべたらはるかに自立的であり、はるかに強い自己主張の持ち主として描かれている[26]。

このようなニーナの激しい自己主張をまえにして、オールメイヤーは独善的な自己愛を捨て去り、ついに夢から覚めざるをえなくなるのである。怒りと絶望と悔恨のはての不思議な心の静けさのなかで、「リアリズムの世界」（＝経験的現実）と対峙せざるをえなくなるのである。このあとのプロットの展開は、結婚のために恋人たちが島から離れることをオールメイヤーが認めるという、物語としては予定調和的な流れになっている。二人がカヌーに乗り込み、やがて船影が遠方で小さくなるまで、オールメイヤーはそれを呆然と見つめているのである。二人が去ってしまった後、オールメイヤーは娘を忘れようとして、「四つんばいになり、砂のうえを這いずりまわって、片手でニーナの足跡をひとつも残さずに入念に消した」（二九五）。

こうしてニーナとデインが去り、オールメイヤーが自宅に戻ってみると、マレー人の妻をふくめて召使いなど、家中の女たちがみんな逃げ出してしまっているのである。がらんとした家のなかでオールメイヤーを慰めてくれるのは、皮肉にも飼っているサルだけなのである。「バナナがきて、二人は一緒に朝食を食べた。二人とも空腹で、まわりに皮を無茶苦茶に撒きちらしながら、揺るぎない友情からくる信頼感のなかで、無言でがつがつ喰った」（一九七）。この印象的な場面が示唆しているのは、オールメイヤーがサル同然の人間にまで落ちぶれたという、含意の作者による辛辣なまでの皮肉である。このことは同時に、オールメイヤーが夢想的な「ロマンスの世界」（＝仮想的現実）から、「リアリズムの世界」にはっきりと〈転落〉したことをも物語っている。

こうして「リアリズムの世界」に〈転落〉したオールメイヤーが、最終段階である「悪魔的な世界」(「悪徳の世界」)にさらに〈転落〉するのは、あと一歩ということになる。オールメイヤーはめっきり老けこみ、食事を口にすることもなくなり、自分の部屋で目にみえない何者かに向かってひとり語りかけている姿が、忠実な召使いのスマトラ人であるアリによって目撃されるばかりになる。こうした精神錯乱状態のなかで、オールメイヤーは娘の亡霊をふり払いでもするかのように、旧居にあるゴミを部屋の端にうず高く積みあげると、発作的にそれに火を放ってしまうのである。白人の家が炎上するのを無言で眺めているのは現地人ばかりである。

この後、オールメイヤーは人々から「阿房宮」と揶揄されている、完成なかばの新居に移り住むことになる。フォード船長が健康を気づかい、たまにオールメイヤーの様子を見に訪れると、皮肉にもサルが出むかえてくれて、案内役まで務めてくれるのだ。この主人とペットとの立場が逆転した主従関係をさして、含意の作者は「この小さな動物は主人の責任者になったようだった」(二〇三)と冷笑を浴びせかけている。このように飼っているサルが案内役になるほど、オールメイヤーは生気をなくし、すっかり痩せてしまっている。「表情のない顔、大きく見開いた目のなかにある動きのない瞳孔、硬直した姿勢が、さながら巨大な人形が壊れて、邪魔にならないようにそこに投げ出されているかのようだった」(二〇三〜四)と叙述されている。隣家の中国人ジム・エンが家に入りこみ、二人でアヘンを吸うようになったことがもとで、オールメイヤーは廃人のようになってしまっているのである。そしてある日のこと、召使いのアリがこの「新しい廃墟」(二〇一)のなかで、オールメイヤーがひとりわびしく死んでいるのを発見して、『オールメイヤーの愚行』はその物語を閉じている。

オールメイヤーのこの悲劇的な死について、含意の作者はそれが必然的な帰結であったことを匂わせ、皮肉まじりに「みずからの動機を情緒的に判断することで惑わされ、その方法が歪んだものであること、その目標が非現実的であること、その後悔も無意味であることに気づくことができない」(二〇二)からだと注釈している。オールメイヤーは最後に娘に裏切られ、妻からも捨てられ、廃人となってその生涯を閉じたが、含意の作者は次のような論評もくわえている。「東海岸に住むたったひとりの白人は死んで、その魂はこの世での愚行という束縛から解放されて、いまや無限の英知の目のまえに立っていた」(二〇八)。この一節はきわめて暗示的であり、オールメイヤーの魂の救済だけでなく、その〈再生〉ないしは〈転生〉までが示唆されていると読むことができる。

オールメイヤーの生涯は表題どおり「愚行」にまみれたものであったが、含意の作者は作品のまさに終局において、主人公の魂の〈再生〉をつよく暗示している。ノースロップ・フライが主張するように、原型的なロマンス物語の主人公が象徴的な意味のレヴェルにおいて、「ロマンスの世界」(「仮想的現実」)と「リアリズムの世界」(「経験的現実」)と「悪魔的世界」(「悪徳の世界」)という三つの世界をめぐって、シンボリックな〈転落〉と〈上昇〉という生の軌跡を描くものであるとするなら、オールメイヤーもまたこの作品のなかで、そのような生のパターンを踏襲しているように思われるのである。

たとえば、オールメイヤーの〈転落〉について、含意の作者はすでに第七章において、「長年にわたって、自分が深い断崖の底へと転落しつづけてきたかのようにオールメイヤーには思われた。毎日どころか、毎月、毎年、彼はひたすら転落を重ねてきたのだった」(九九)と叙述している。この引用文にみられる〈転落〉という言葉の反復は、オールメイヤーが「ロマンスの世界」から「リアリズムの世界」、そして最終的には「悪魔的な世界」にまで〈転落〉したことの暗示的な傍証になっている。さらに〈上昇〉との関連でいえば、〈上昇〉が天国におもむく昇天のことを意味するなら、終局における「その魂はこの世での愚行という束縛から解放され、いまや無限の英知の目のまえに立っていた」という表現は、魂の浄化のあとの〈再生〉を示唆しているということができる。

これらのことを考え合わせるなら、『オールメイヤーの愚行』における主人公の〈夢想〉からその〈死〉にいたる生の軌跡は、この中年のオランダ人がまさに大筋において、ロマンス物語の属性をその身におびた、現代版アンチ・ヒーローであると結論づけることができる。『オールメイヤーの愚行』はいうまでもなく、「コロニアル・ロマンス」、「インペリアル・ロマンス」、あるいは「ポリティカル・ロマンス」と称されているように、政治的含意のつよい植民地小説であり、作品のなかのロマンス的要素はニーナとデインとの恋愛場面に集約的に表現されているが、凡庸でさえないオールメイヤーもまた、ドン・キホーテを始祖とするロマンス物語の主人公のひとりなのである。

【注】

（1） Owen Knowles and Gene Moore（eds.）, *Oxford Reader's Companion to Conrad*（Oxford: Oxford U. P., 2000）, pp. 37–38

（2） John Batchelor, *The Life of Joseph Conrad : A Critical Biography.*（Oxford: Blackwell, 1996）, p. 54.

（3） Keith Carabine（ed.）, *Joseph Conrad: Critical Assessments*（Mountfield : Helm Information, 1992）, vol. 1., pp. 240–246.

（4） Andrea White, *Joseph Conrad and Adventure Tradition*（Cambridge : Cambridge U. P., 1993）, pp. 5–

17.

（5） J. A. Cuddon, *A Dictionary of Literary Terms and Literary Theory*（Oxford: Basil Blackwell, 1991）, pp. 803–804.

（6） Northrop Frye, *Anatomy of Criticism*（Princeton : Princeton U. P., 1973）, pp. 186–205.

（7） Joseph Conrad, *Almayer's Folly*（ London : J. M. Dent & Sons, 1938）, p. 3. 以下、同書からの引用は訳文のあとに、ページ数を付すこととする。田中勝彦訳『オールメイヤーの阿房宮』（八月舎、二〇〇三年）を参照したが、訳文はすべて試訳である。この田中の邦訳を含めて研究書等においても、日本では長らく表題は「阿房宮」と訳出されてきたが、本稿では読者の便宜ならびに原題の英語表記を尊重して、「愚行」と訳すことにした。

（8） Con Coroneos, *Space, Conrad, Modernity*（Oxford : Oxford : U. P., 2002）, p. 142.

（9） Frederick R. Karl, *Joseph Conrad: The Three Lives*（London: Faber and Faber, 1979）, p. 244.

（10） Hunt Hawkins, "Conrad and the Psychology of Colonialism", Ross C. Murfin（ed.）, *Conrad Revisited*（Alabama: The U of Alabama Press, 1985）, p. 73.

（11） John D. Gordon, "The Four Sources", R. W. Stallman（ed.）, *The Art of Joseph Conrad: A Critical Symposium*（Athen: Ohio U. P., 1982）, pp. 65–69.

（12） John A. McClure, *Kipling and Conrad : The Colonial Fiction*（Cambridge : Harvard U. P., 1981）, p. 105.

（13） Daniel R. Schwarz, *Conrad : Almayer's Folly to Under Western Eyes*（London; The Macmillan Press, 1980）, p. 5.

（14） Joseph Conrad, "Geography and Some Explorers", *Tales of Hearsay and Last Essays*（London; J. M. Dent and Sons, 1972）, pp. 10–17.

(15) Agnes S. K. Yeow, *Conrad's Eastern Vision: A Vain and Floating Appearance* (Houndmills : Palgrave Macmillan, 2009), p. 53.

(16) Thomas Moser, *Joseph Conrad : Achievement and Decline* (Hamden : Archon Books, 1966), p. 53.

(17) Bernard C. Meyer, *Joseph Conrad : A Psychoanalytic Biography* (Princeton: Princeton U. P., 1967), p. 14.

(18) Jennifer Turner, " 'The Passion of Paternity'——Fathers and Daughters in the Works of Joseph Conrad", *Conradiana*, No. 3, 2007, pp. 232–237.

(19) Alan Sandison, *The Wheel of Empire* (New York : St. Martin's Press, 1967), p. 7.

(20) Christopher GoGwilt, *The Invention of the West: Joseph Conrad and the Double-Mapping of Europe and Empire* (Stanford : Stanford U. P., 1995), p. 82.

(21) Robert Hampson, *Joseph Conrad : Betrayal and Identity* (New York: St. Martin's Press, 2006), p. 18.

(22) Allan H. Simmons, *Joseph Conrad* (Houndmills : Palgrave Macmillan, 2006), p. 40.

(23) D. C. R. A. Goonetilleke, *Images of the Raj* (London: Macmillan, 1988), p. 21.

(24) Franz Fanon, trans. Charles Lam Markman, *Black Skin, White Masks* (New York : Grove Press, 1967), p. 92.

(25) Homi K. Bhabha, *The Location of Culture* (London : Routledge, 1994), p. 70.

(26) Susan Jones, *Conrad and Women* (Oxford : Clarendon Press, 1999), p. 49.

第5章　はたして「売国奴」は許されるか
――キム・フィルビー事件をめぐるグリーンの立場

川成　洋

一　外務省高官亡命事件

事の発端はこうだった。

一九五一年五月二十五日（金曜日）夜、二人の男が、イギリス南部のサザンプトン港に車で乗り付け、停泊中のフランス行きの連絡客船にあわただしく乗り込みデッキから波止場に向かって「われわれは、月曜日に戻るつもりだ」と叫んで船中に消えたのだった。この二人はイギリス外務省アメリカ局長のドナルド・マクリーンと駐米イギリス大使館二等書記官のガイ・バージェスであった。

ドナルド・マクリーンは、一九〇六年以来の有力な自由党の下院議員（一九三一年にマクドナルド挙国一致内閣の文部大臣に就任）サー・ドナルド・マクリーンの二男として、一九一三年に生まれる。彼の誕生をことのほか喜んだ父親は自分のクリスチャン・ネームを与えたのだった。一九三一年ケンブリッジ大学トリニティ・カレッジに進学する。大学ではフランス語とドイツ語を専攻。いつマクリーンが共産党員になったのか、こうしたことを特定するのは容易ではないが、入学して一年以内だといわれている。[1]卒業後、一九三五年に外務省に入省。採用試験の成績が優秀だったのか、あるいは血筋が抜群だったのか、彼の最初の海外勤務地はパリの英国大使館であった。若くてパリ勤務は「未来の外務事務次官」へのリザーブシートというのが通り相場であった。だが、大使館に赴任した翌三六年の七月にスペイン内戦が勃発し、ヨーロッパ二七ヶ国で構成した「スペイン不干渉条約」に加盟したソ連のために、反共を錦の旗にしていたフランコ叛乱軍の軍事情報をソ連内務人民委員部（NKVD）に流したのだった。その後マクリーンは「ソ連のモグラ」のまま、トントン拍子に出世し、一九四四年にワシントンの英国大使館一等書記官、四六年に英米合同原子力開発委員会の事務局長などの要職を歴任し、その在任期に原子力の機密情報をソ連に流していた。その後、カイロ総領事になるが、長年のアルコール依存症のために治療を兼ねて本省勤務に転ずる。そうはいっても、五一年早々、アメリカ局長に昇任する。間もなく、外務省代表団団長として渡米し、逗留先で入手したほぼすべての情報をソ連側に流す。一方、かねてから内偵中のCIAはこのソ連側の原子力スパイはコードネーム「ホーマ」であり、ワシントンの英国大使館にいることを突き止め、それも外務省高官のマクリーンである、と。CIAから極秘情報を受けたイギリス内務省保安部（MI5）とロンドン警視庁特捜部は本省に戻ったマクリーンの身辺捜査を密かにおこなって証拠を固め、自供に追い込むために緩やかな監視態勢を敷いた。

ところで、一緒にフランスに向かったガイ・バージェスも、何代も続く海軍提督の家系の長男として、一九一一年に生まれる。一九三〇年、ケンブリッジ大学トリニティ・カレッジに進学する。専攻は歴史学であった。バージェスがイートン校時代にすでに社会主義に共鳴していたこともあって、共産党入党は比較的早かったものと思われる。在学中の彼は、頭脳明晰、学業抜群、スポーツ万能、容姿端麗、自由闊達、時には大言壮語もしたが途方もない雄弁家、男性としてありとあらゆる魅力を兼ね備えていた。さらに、かつてはコルーリッジやテニソン、ケインズ、E・M・フォスターもメンバーであった秘密主義的な学生の知的エリート組織「使徒会」（一八二〇年創設）のメンバー、共産党の戦闘的かつ指導的な党員としての活動もさることながら、大学院進学のための論文執筆など、多忙な学生生活であった。ただ欠点といえるものは、病的なほどのホモセクシャルだったということである。マクリーンの最初の愛人は、肉欲的なバージェスであったろう。それにしても、バージェスのやり方は、一度、このようなホモセクシャルな関係が生じると、その事実をばらすと仄めかしながら自分の「駒」にする、実に狡猾であった。

しかも、こうしたバージェスのやり方はケンブリッジ大学だけにとどまらず、彼がしばしば共産党のオルグに赴いたオクスフォード大学に及ぶこともあった。たとえば、当時オクスフォードの学生だった詩人・評論家のステーヴン・スペンダーも彼のホモの相手だったという。卒業時にバージェスは共産党からの離党を公然と宣言し、研究者になるだろうという大学関係者の期待に反して、ケンブリッジの町から立ち去る。BBCプロデューサ、大物保守党下院議員J・マクドナルドの私設秘書、ヒトラー支持を鮮明にしている「英独友好協会」のメンバーになるなどのために、かつてのケンブリッジ大学時代の左翼運動をしてきた同志たちを「ガイは正真正銘のファシストに転向した」と嘆かせたのであった。

その後、バージェスは、海外秘密情報部（MI6）のプロパガンダと破壊工作部門、「ヨーロッパを火ダルマにせよ！」をモットーに創設された親独派政府転覆工作を目的とする特殊任務機関（SOE）の司令部、四六年に誕生したアトリー労働党内閣のヘクター・マクニール外務大臣の私設秘書、外務省アジア局などを経て、五〇年六月に勃発した朝鮮戦争に対応するためにワシントンの英国大使館二等書記官として着任する。ここで当座の住宅が見つからないために、MI6時代の上司で、当時英情報部主任連絡将校のキム・フィルビーの家に居候することになる。こうして、マクリーンが原子力関係の情報を、バージェスが英米の対共産圏の外交戦略を、ソ連に流すことになった。

イギリス本国ではマクリーン・アメリカ局長への極秘捜査が進展し、逮捕・勾留がいわば秒読み段階に入っていた。だが、このことに全く無頓着だったマクリーンのために、まずこうした切迫した状況への対応を画策する人物が必要であった。このために、急遽アメリカからバージェスが本国に呼び戻され、このきわどい離れ業を遂行することになる。

この五月二十五日、ようやく、マクリーンの尋問に関してMI5と外務省やCIAとの事前協議が終わり、モリソン外相が翌週月曜日から尋問を開始する許可を出したのだった。金曜日ではなく、翌週の月曜日にしたのは、明らかにMI5の将校たちが週末に働くのを拒んだためであった。この間隙を狙って二人は忽然と姿を消してしまう「外務省高官失踪事件」が起こった。果せるかな、二人は偽造パスポートを使ってフランスを経由して、二十八日にソ連に到着する。つまり、この「外務省高官失踪事件」はイギリス朝野を驚かす「外務省高官亡命事件」へと展開したのである。

それにしても、一九三六年からソ連側の確信犯的スパイであったマクリーンの逃亡は想定通りとしても、彼に直接亡命を勧めたバージェスまでもどうして一緒に亡命したのであろうか。「ソ連のモグラ」としての嫌疑が全くかかっていなかったバージェスの逃亡がもう一つの事件を惹起したのである。というか、彼の逃亡・亡命がこの事件の背後関係の捜査に手掛りを与えたのだった。

マクリーンの危機的な瀬戸際を感知し、わざわざバージェスをアメリカから帰国させ、この二人の亡命を指示した「第三の男」の存在が取りざたされた。

二　キム・フィルビーの亡命

この「亡命事件」の調査はMI5とMI6内部で極秘に続けられ、結局、「第三の男」と疑われたのは、当時、対ソ防諜のベテランのキム・フィルビーであった。彼は、立場上、当然、アメリカとイギリス両国でマクリーンに対する極秘捜査が進んでいることを熟知していたが、マクリーンとは直接的な接触はなかった。それではどうして、フィルビーが「第三の男」といわれるようになったのであろうか。

キム・フィルビーは、インド駐在のイギリス政府高級官吏の長男として、一九一二年元旦に生まれた。彼の本名はハロルド・フィルビーであり、「キム」というのはキップリングのスパイ冒険小説『キム』（一九〇一年）にちなんでつけられたニックネームである。二九年に父親と同じくウェストミンスター校からケンブリッジ大学トリニティ・カレッジに入学する。専攻は歴史学であった。彼は、三一年の総選挙後のマクドナルド挙国一致内閣の誕生に不満と危機感を抱き、在学中に共産党員になるが、目立った活動歴はなかったようである。卒業後の三三年夏の終わりごろ、オーストリアのウィーンへ行く。当時ドルフス政権下のオーストリアでは社会民主党とその反対勢力との間で一触即発の状態であった。彼は地下共産党に所属し、ドイツから亡命してくる共産主義者の窮状を救う非合法的な任務に忙殺されていた。イギリスからは詩人のステーヴン・スペンダーも来て一緒に仕事をしていた。翌年同じく地下共産党員でユダヤ系オーストリア人のアリス・フリードマンと結婚し、彼女を連れてロンドンに戻る。もちろん、彼女の入国のための「偽装結婚」である。ばらくして彼は、何故か、大学時代の左翼系の友人たちとは付き合わなくなり、バージェスと同じく「英独友好協会」の専従職員となる。勿論、これはソ連情報部の十八番の「偽装転向」であった。[2] スペイン内戦の勃発した二年目の三七年二月、フリーランスの最前線特派員としてフランコ叛乱軍側を取材する。これは、勿論、ソ連のＮＫＶＤの要請によるものである。彼が書いた記事が時々『タイムズ』紙に掲載されることもあった。たまたま父親の友人で副編集長の推薦もあって、さらにタイミングよくというべきか、タイムズ社の特派員であったジョージ・スティア記者が、スクープしたゲルニカ絨緞爆撃の記事でフランコ陣営と悶着を起し、帰国することになった。その後釜にフィルビーが納まった。彼は一九三七年十二月三十一日、アラゴン戦線のテルエル攻防戦の取材中にソ連製の砲弾を受けて九死に一生を得たのだった。一緒にフランコ軍に従軍取材していた三人のイギリス人記者が即死し、奇跡的にも彼だけが生き残ったのだ。しかしながら、これには後日談がある。[3] 自動車は爆撃されたのではなく、フィルビー自身が車内に持ち込んだ時限爆弾であったというのである。現在ではこの真偽はたしかめようもないが。[4] 翌年三月、頭に包帯を巻いたままの彼はフランコ総統から最高位の「赤十字軍功章」をじかに胸につけてもらう。これで、「フランコ総統に叙勲された勇猛果敢なイギリス人記者」として、フランコ叛乱軍側のみならず、イギリスの上流社会に確実に入り込むことができた。これ以降、彼のジャーナリストとしての業績は目覚ましく、第二次世界大戦勃発の一ヶ月前に、イギリス軍総司令部付きのタイムズ社首席従軍記者のポストに指名される。異例の人事であった。フィルビーが意気揚々とＢＢＣのインタビューに応じた、そのインタビュアーはなんとガイ・バージェスであった。またそのころ軍装姿の国王ジョージ六世と並んで同じく軍服姿のフィルビーが写真に納まっている。まさに欣喜雀躍する瞬間だったに違いない。四一年九月に、彼は対独スパイ戦の主力を担うＭＩ６第五部「イベリア課」の責任者に抜擢される。第二次世界大戦期、イベリア半島のスペインとポルトガルの二ヶ国は枢軸寄りの中立政策をとっていた。ことにフランコ軍事独裁体制下のスペインは「世界の情報の展望台」といわれるほど、列強のスパイの暗闘する格好の地であった。勿論、日本も、山本五十六提督の懐刀といわれた須磨弥吉郎スペイン公使も膨大な海軍機密情報費を使って、アメリカを探るスペイン人スパイ組織「トウ」のスパイマスターとして活動していた。

フィルビー指揮下の「イベリア課」に、若き日の作家のグレアム・グリーン、そしてその親友の文芸評論家マルカム・マガリッジがいた。グリーンの紹介でマガリッジがＭＩ６に就職できたのである。(5)この二人以外に、シリル・コナリー、トム・デリバーグ、ジョン・レーマン、フィリップ・トインビー、ハロルド・アクトン、Ｗ・Ｈ・オーデン、クロード・コックバーン、イブリン・ウォー、クリストファー・イシャウッドといった若き日の作家、詩人、思想家、評論家、政治家などがフィルビーのところに蝟集していた。(6)スパイとしての実施訓練を受けたグリーンとマガリッジの最初の任地は、戦略的にはさして重要ではない、西アフリカの英領シエラ・レオーネの首都フリー・タウンだった。ロンドン警視庁派遣の植民地警察官という名目《カバー》で赴任していた。アフリカ沿岸を通過する大型貨物船のチェック、水面下のＵボートと連絡する船舶の監視などであり、実に退屈な任務であった。

「イベリア課」での功績ためにフィルビーは「未来のＣ」といわれるようになる。「Ｃ」とはＭＩ６の長官をさすイニシアルである。その三年後に、今度は共産圏に侵入するスパイ組織「第九部」、つまり対ソ工作部部長に任じられる。戦争が連合国側の勝利で終結し、四五年末に、第二次世界大戦期の情報活動の功績に対して、彼はバッキンガム宮殿で大英帝国勲章（ＭＢＥ）を授与される。

これ以降フィルビーは、MＩ６の中で着実に昇進し、四九年にMＩ６の主任連絡将校としてワシントンに着任する。そして五一年の例の「外務省高官亡命事件」が起こり、この事件で本国召還命令を受け、ロンドンに戻る。空港でパスポートが押収されたまま尋問に応じた彼には、スパイとしての明確な証拠がなく、ワシントンに着任したばかりのバージェスを同居させていたことが、対ソ工作部長としてはあまりにも軽率であるという点に落ち着いたのだった。結局、MＩ６のメンジス長官は彼に年金の代わりに四〇〇〇ポンドの退職金の支払いを条件で退職を要請した。彼の退職をめぐってイギリスの国会でも甲論乙駁が起こり、彼の潔白を確信しているマクミラン外相は「フィルビーは、MＩ６の再建のために必要不可欠な人材である」と下院で発言した。彼の無実を信じていた同僚や友人たちが彼に『オヴザーバー』誌と『エコノミスト』誌のベイルート特派員の仕事を世話する。この再就職に奮闘したのは、ジャーナリズムに人脈のあるグリーンとマガリッジだったといわれている。またもやフィルビーはジャーナリストとしてベイルートに駐在し、MＩ６とソ連の二重スパイを続けたのだった。

一九六一年一月、KGB高級将校のアナトーリ・ゴリツインがアメリカに亡命し、ソ連のスパイとして活動しているMＩ６のエージェントの実名をCＩAに暴露する。CＩAからMＩ６にその内容が伝えられ、翌年、MＩ６はゴリツインを尋問し、フィルビーがソ連のスパイだと確信する。その翌年の六三年一月十二日、彼の旧友のニコラス・エリオットがベイルートに赴き、免責を条件に自白を勧め、翌日フィルビーは、二頁にわたってタイプした上申書をエリオットに手渡す。この上申書をもって、エリオットはいったんロンドンに戻る。ところが一月二十三日、フィルビーは、寝室のベッドに妻あての手紙と二〇〇〇ドルを置き、ベイルートから忽然と姿を消す。七月三日、今まで沈黙していたソ連政府は、政治亡命者として入国した彼がソ連国籍を取得し、現在、モスクワで暮らしていると発表した。亡命した時点でKGB大佐として迎えられたフィルビーは、間もなく将官に昇格し、「赤旗勲章」「レーニン勲章」など全部で六種、さらにキューバ、ハンガリー、ブルガリア政府からの勲章も授与される。これが、あの「外務省高官亡命事件」の顛末であった。

一九六八年、フィルビーは、自伝『わが沈黙の戦争』（マギボン&キー、一九六八年）を発表する。これが、再び、イギリス中にこの「ソ連のモグラ」に対して憤慨を引き起こしたのも当然であった。

三　グレアム・グリーンの対応

フィルビーの裏切りはイギリス国内に払拭できない反発を招いたのだったが、かつて彼の直属の部下だったマガリッジとグレアム・グリーンは全く違った反応を示した。

フィルビーはもともと政治などに全く無頓着な部下思いの気のいい上司だと思っていたマガリッジは、彼が親ファシスト的姿勢を堅持している献身的なマルキストであると公式に断罪されても信じようとしなかった(7)。

また、「万一フィルビーが酒の勢いで口を滑らせたとしても、二十四時間の猶予を与えて彼を逃がしてやり、そのあとで通報していたろう(8)」と大胆な発言をしたグリーンは、『わが沈黙の戦争』の序文「キム・フィルビー」をしたためている。

この本は、フィルビーの敵対者たちが楽しみに待っているような本では全くない。正直な本であり、よく書かれており、しばしば楽しくもある。（中略）〝彼は売国奴だった〟――然り、ことによるとそうだった。しかし、私たちのうち、国家よりも大事なものを、あるいは大事な人を、裏切らなかった人はいるだろうか。

エリザベス朝の多くのカトリック信者がスペイン側の勝利ために働いたように、フィルビーも自分の判断のぞくぞくするような正しさに確信を持っていた。また、いったん信念をもった人間が、過ちに満ちた人間の組織が生み出す不公平で残酷な扱いを受けても信念を失わないような狂信性をもっていた。いかに多くのカトリック信徒たちがこの未来への希望をもって長い異端尋問の日々に耐えてきたことであろう。政策の誤謬も指導者の悪行もその信念に何ら影響を与えなかった。（中略）〝私は三〇年代に共産主義を信奉したのはそう驚くべきことではありえない。当時、私と同年代の多くの人も同じ選択をした。しかしながら、当時そのような選択をした多くの人はスターリニズムの最悪の特徴の幾つかが明らかになった時に政治的立場を変えてしまった。私はそのままにとどまった〟とフィルビーは書いている。あの忌まわしきボルドウィン＝チェンバレン時代にいかなる選択肢がありえたであろうか、とかなり強い調子でフィルビーが問いかけているのだ。(9)（後略）

こうしたグリーンの惜しみない讃辞に対して、かつて彼と同様に、「イベリア課」でフィルビーの部下であった、イギリス現代史の碩学ヒュー・トレバー＝ローパー教授は、「グリーンの立論は四百年後の事件をテレパシーで予見するようなもので、彼の天才的想像力を絵に描いてみせた。それ以上のものではない」と述べ、グリーンの宗教的比喩を「愛嬌のある歴史的幻想」として一蹴した。(10)

たしかに、グリーンの主張は、カトリック信者がその論理を使って共産主義者の論理や行動を擁護・正当化する点で奇異な感じがするが、「赤の十年間」といわれた一九三〇年代に共産主義の洗礼を受けた献身的な活動家が転向するとほぼ例外なくカトリックに帰依していたようである。とりわけ、一九三九年八月の「独ソ不可侵条約」の締結は、欧米諸国の共産党員に大量脱党現象を惹起し、その対極にあたるカトリシズムへ走らせたのであった。別言すれば、絶対者スターリンの代わりにイエス・キリストが絶対的な信仰の対象になったのだった。グリーンとフィルビーの場合も単に友情というだけでなく、思想的にも相互に共鳴する「確固たる信念」なるものがあったのだろう。

ちなみに、グリーンは、オクスフォード大学在学中の一九二二年、ロンドンのドイツ大使館に自分はジャーナリストだと触れ込みまんまと大使館から活動資金をせしめ、親友と従兄の三人でフランス軍の占領下のドイツ・ルール地方に潜入する。このときの印象は「スパイ活動は一種のゲームのようなもので、そのプレイヤーには一風変わった人間が多い(11)」であった。これは若き日々のグリーンの「好奇心の発露」であった。ところが、フィルビーのスパイ行為は「金」や「地位」を獲得するためではなく、「思想」「信念」の問題であり、したがって、スパイ行為において、道徳的判断をすることは場違いであるという立場を固執するようになる。それゆえ、グリーンは、この問題をテーマにして、一九七八年に『ヒューマン・ファクター』という長編小説を発表する。

この小説の主人公モーリス・カースルは、現在、六十二歳。三十年以上もの間、MI6の工作員を務め、三年間の南アフリカ勤務を終えて七年前に帰国し、平和な家庭生活と静穏な日々を願っている。だが現実は、フィルビーのモデル(12)であるとされるカースルは密かにソ連情報部と通じている「二重スパイ」である。というのも、南アフリカ駐在中に情報収集員として雇っていた反アパルトヘイト運動の活動家の黒人女性サラと結婚し、一人息子のサムを深く愛していたが、アパルトヘイト法で身動きのできなかったサラの国外脱出を交換条件に、ソ連秘密情報部へのＭＩ６の秘密情報の提供に同意したからである。やがて、カースルの部局での秘密漏洩が発覚し、彼の上官たちが密かに真相究明に乗り出し、彼の直属の部下のアーサー・ディヴィスが真犯人として毒殺される。それが人違いだと抗議したカースルに今度は疑惑が移る。彼への包囲網が次第に狭まり、もうこれ以上情報提供はできないとソ連秘密情報部員のボリスに伝え、サラに自分が二重スパイであったことを打ち明け、サムを連れてカースルの母の家に避難させる。ＭＩ６の上官がカースルの自宅を訪問するが、間一髪でパリを経由してモスクワへと脱出する。モスクワで知ったことは、彼が送った情報がソ連にとって何の価値のないものであったということ、彼の実家でひどい人種差別を受けている妻子をモスクワに呼び寄せることも全く不可能であること、であった。ようやくカースルが妻へ電話することが許される。それも、内容によってはいつ当局によって切られるか分からない電話だった。妻は、モスクワで孤独を少しでも癒してくれるような友人がいないのか、と尋ねる。文化振興会に勤めているイギリス人が春になったら別荘に招待すると約束してくれた、と彼は繰り返すだけであった。その声は、また春がめぐって来るという自信を待てない老人の声であった。それに対するサラの声で、この小説は終わる。

彼女はいった。「モーリス、モーリス。希望を失わないで」だが、あとに長い沈黙がつづいて、彼女はようやく、モスクワからの電話が切れたのを知った。(13)

『ヒューマン・ファクター』は、実に遣り切れないアイロニカルな終わり方――グリーンはこの作品を「カースルのロシアでの地獄、サラの姑の家での地獄、という二つの地獄」でもって終わると語ったといわれているが[14]、このエピグラフとして「絆を求める人間は破れる。それは転落の病菌に蝕まれた証である」というコンラッドの言葉を引用しているように、カースルは家族を愛したが故にスパイとして失敗し、ほとんど生きる希望すら残されていないのだ。

グリーンがモスクワのフィルビーにこの作品を送ったところ、「カースルのロシアにおける生活環境はあまりにも暗すぎる[15]」という返事を受けとった。

確かに、既述したように、フィルビーのモスクワ生活は充実していた。KGBの将官待遇であり、また妻をベイルートに残してきたとはいえ、彼の生来の女好きが働いたというべきか、六三年の亡命の二年後、すでにモスクワに定住していたマクリーンの妻メリンダと一緒に暮らすようになる。当然のことだが、彼とマクリーンは絶交状態となるが、彼の酒癖の悪さのために、メリンダとの関係もそう長く続かなかった。七〇年に、フィルビーと同じ「二重スパイ」で四十二年の懲役刑で服役中のイギリスの刑務所を脱獄したジョージ・ブレイク夫妻の紹介で、二十一歳も若いフィーナというポーランド系女性と結婚する。

一九八六年九月、ソ連作家同盟の招待を受けたグリーンはモスクワに行き、フィルビーと実に三十五年ぶりに再会を果たす。再会の挨拶は、フィーナによると、フィルビーが「私にいかなる質問もしないでほしい」というと、「勿論です、僕が聞きたいのはたった一つ。あなたのロシア語はどうです?」とグリーンは応答した。二人とも三十五年ぶりに会ったとは思えないようすであった。ほんのちょっと離れていた者同士が出会い雑談をしている親友のようであり、相互の知り合いの消息を確かめ、共有する想い出話を笑って語り合うようであったという[16]。

グリーンはその後、二年間で四回もソ連を訪問し、招聘者側が立案した厳密なスケジュールにもかかわらず、フィルビー夫妻との面会時間を何とか都合する。二人の最後の出会いは一九八八年二月であった。このころのフィルビーは健康を途方もなく害しており、自宅から外に出るのも不可能な状態であった。この年の五月十一日、フィルビーは死去する。死因は、ソ連政府の発表によると、心不全ということである。[17]こうして、一九三〇年代の用語を使うなら、「紡ぐ前に染められた」共産主義者キム・フィルビー、KGB側のコードネーム「幼い息子」の生涯は終わったのである。この翌日付けの『タイムズ』紙に、トレバー＝ローパーは、さきのグリーンの「序文」に対する冷ややかな批判とはうって変わって、「フィルビーはイギリスの生んだもっとも成功したスパイであった。バージェスとマクリーンが暴かれなければ、彼はＭＩ６の長官まで登りつめていたであろうと私は思う。あのような裏切りを許すのは個人的には難しいが」と、比較的好意的な追悼記事を書いている。[18]

フィルビーやグリーンが所属していたＭＩ６は、自分の主義のためであれ、あるいは家族への没我的な愛であれ、周囲との関係性を遮断させられた孤独な人びとが住む世界である。そのため、深酒、さらにアルコール中毒などにかかる場合が多い。それがごく普通の人間的な日常生活と交差する場合、その接触面には必ず「ヒューマン・ファクター」が否応なく重くのしかかってくる。グリーンが、フィルビーの中に黙視したものは、そうした「ヒューマン・ファクター」、換言すれば、彼に潜む底知れない「絶望と信念の併立」ではなかったのか。

【註】

(1) C. Andrew, O. Gordievsky, *KGB*, Hodder & Stoughton, 1990, p. 167.

（2） Aleksandr Orlov, *Handbook of Intelligence and Guerilla Warfare*, University of Michigan Press, 1963, pp. 108-9.
（3） *The Eveing Standard*, 21 Oct. 1991.
（4） 詳しくは、川成洋「キム・フィルビーとスペイン内戦」『イスパニア図書』京都セルバンテス懇話会、創刊号、一九九八年十一月、三四～三七頁。
（5） Richard Ingrams, *Muggeridge; The Biography*, Greenhill Books, 1995, p. 121.
（6） Anthony Cave Brown, *The Secret Servant; The Life of Sir Stewart Menzeis, Churchill's Spymaster*, Sphere Books, 1987, p. 7.
（7） Richard Ingrams, opt. cit., p. 122.
（8） アンソニー・マスターズ／永井淳訳『スパイだったスパイ小説たち』新潮選書、一九九〇年、一二七頁。
（9） Kim Philby, *My Silent War*, Maggibbon & Kee, 1698, p. vii.
（10） Hugh Trever-Roper, *The Philby Affair*, William Kimber, 1968, p. 102
（11） 川成洋『紳士の国のインテリジェンス』集英社新書、二〇〇七年、一一一頁。
（12） リチャード・ケリー／森田明春訳『グレアム・グリーンの世界』南雲堂、一九九一年、一二九頁。
（13） グレアム・グリーン／宇野利泰訳『ヒューマン・ファクター』ハヤカワ文庫、一九八三年、四六八頁。
（14） Leopoldo Duran, *Graham Greene : Friend and Brother*, Haper Collins, 1994, p. 234.
（15） アンソニー・マスターズ、前掲訳書、一二八頁。
（16） Rufina Philby, *The Private Life of Kim Philby; The Moscow Years*, St Ermin's Press, 1999, pp. 173-4.
（17） 『朝日新聞』一九八八年五月二十七日。

(18)　*The Times*, 12 May 1988.

第6章　初恋は持続可能か
――『海よ、海』――恋愛初期化の不可能性

山本長一

はじめに

『海よ、海』(1)は、「私」という主人公チャールズ・アロビーの回想小説である。この作品の始めにあたり「メモワール」というさまざまな日常の思考や観察の記録を綴るものといっている。チャールズは六十歳を過ぎた、功なり名をとげたロンドンでの演劇のディレクターを引退し、過去の「エゴイズム」を懺悔するためにこのメモワールを書こうとする。彼に言わせると「わが哲学」、「わがパンセ」を綴ることでもある。それは荒涼とした北国のシュラフ・エンドという海辺の家での一夏を描いた小説風の「手記」ともいえる。ロラン・バルト風にいえばロマネスクであろう。

このように人は人生の秋にあたり、自らの生涯を振り返って記すことで、あらためて自らの生の充実度を確認して自己満足するか、懺悔するのであろう。その中で時間の観念を超越し、記憶の断片を、失われた質量の度合いに応じて何よりも輝かせるものは恋、それも初恋の記憶であるのだろう。その恋愛定量が過剰であるが故に人は破壊されるのを回避する必要があり、その初期設定に戻れるように

プログラミングされているのではないかと思われる。

したがってこの小説は過去を振り返り、若き日の初恋を再現することがいかに不可能なことかを描いた反＝恋愛観念小説である。われわれはダフニスとクロエに永遠に戻れはしない。その不可逆性の陥穽から逃れられない運命にある。歳をとるにしたがい、新しい経験は少なくなる。しかし恋愛をすると自らを見失い、不安になり、初期化された姿になって、自らの再発見もあるということを作家高樹のぶ子は言っている。だがこれは自分本位のエゴイズムである。恋の相手も同じだとは限らないからだ。同窓会での遅れてきた青年（男女）の温泉旅行ではないのである。チャールズの初期化されたハートレーへの想いは彼には持続可能と思われるが、ハートレーには夫と息子もいて、チャールズのそれとは全く齟齬をきたしている。

チャールズの初恋の初期化設定の持続不可能なことをストーリーにそって述べてみたい。

一

エゴイズムがなければ苦痛は意味をもたないとレヴィナスが言っているが、チャールズのエゴイズムは十代のころの初恋相手ハートレーへの消せない痛みを伴った執着である。老境にさしかかった主人公のこの執着の顛末をマードックは皮肉をこめて描写している。

ジャック・ターナーは、この小説は七作目の『ユニコーン』[2]に類似していると言っている。ロンドンから遠い荒涼とした海辺というゴシック風背景、それに人間のエゴイズムと囚われの女性が置かれた状況をマードックが強調しているというのである[3]。しかし、この海辺の家に隠棲するといっても、チャールズは時折ロンドンと行き来しているし、演劇界での友人、愛人、従弟の絶えざる訪問や滞在もあり、近くの村ナローディーンへも買物に頻繁に行っている。シュラフ・エンドは「道路から眺めると静まりかえって謎をひめる一種不気味なたたずまいである」（一四）。岩場から眺めると「波間から怪獣が立現われるのを見た」（一九）とあり、チャールズはそこを一目惚れで買ったが、電気の設備すらない海辺の一軒家である。『ユニコーン』のハナが自分の姿を映してみるような立派な鏡がここにもかかっている。こういった道具立ては「ゲイズキャッスル」を彷彿させる。

チャールズはシュラフ・エンドに移り住んでまもなく、昔姿を消した初恋の人ハートレーをナローディーンで偶然見つけてしまう。十八歳になったら結婚しようとチャールズが言っても、ハートレーは結婚したくないと言っていた。チャールズがロンドンの演劇学校に入ったころ、彼女は突然消息を絶ったのだ。チャールズは必死に探すがとうとう見つからず、ハートレーの母から彼女が結婚したという手紙が来るも信じられなかった。チャールズは嫉妬に狂った。

以後のチャールズの女たちとの数々の情事は女への裏切りであり、ハートレーへの復讐であった。彼に言わせればハートレーのせいで「道義的破綻者」になってしまったのである。

ハートレーこそ自分の「善」への純粋でひたむきな確固たる信頼であり、証しであったのに……「善」——それは汚れを知らない心と、つつましやかな情熱のたぐいまれな融合ではなかろうか。自分の生涯の「善」はすべてハートレーとともに過去にあるように思われた……私の全生涯はハートレーとの回想を綴る織物である（八四〜五）。

愛の至高性の観念はプラトンの「善のイデア」によって擁護されているのが『饗宴』[4]や、『パイドロス』[5]で読みとれる。エロスは「美」の中に「善きもの」を求めているというのである。至上の「美」や「善いもの」の中に「絶対」や「永遠」を見出すというプラトニズムがうたわれている。マードックが『火と太陽』[6]で言っているように、エロス（恋）の欲望とは「善きもの」としての「美」を求める欲望であり、つぎにその美が自らのものであることと、それが「永遠不死なるもの」であることなのである。

ディオティマはソクラテスに、エロスの働きに「一切の善きものを、つねに自分のものとしたい」（『饗宴』二十四節）と言い、その行為とは「美しいものにおいて――精神、肉体両面において――出産すること」（二十五節）とも言っている。また「出産とは、死すべきものにあって、いわば永遠なるもの、不死なるものであるため」（同）とみなしている。人は感性である限りの「美」を求めつつ、その「美」の移ろいやすいものを見ることで「善きもの」へと、不死への連続を希求してやまないのであろう。

チャールズのハートレーへの十二歳からの執着は『饗宴』などにおける少年愛をしのばせるもので、二人は純潔を守り通していたのである。それが「汚れを知らぬ心」であり、「善」への階梯となるものであった。ハートレーが姿を消したあと、チャールズは演劇という欲望を「出産」することで、愛の道程を昇っていったのであろう。演劇もまた「美」として知覚されるエロスが求める欲望の一つである。

チャールズはロンドンの演劇学校へ十七歳で入学する。そしてシェイクスピア劇の演出家になったが、彼に言わせれば「みせかけと魔術の世界」（二九）への参入である。また、「演劇界は魔に憑かれた場所であり、すぐれた劇作家、演出家はことごとく魔に憑かれた男たちである……シェイクスピアのような天才だけがこの正体をかくすことができる。というよりは霊的なものへと転化させることができる」（三四）というのである。チャールズはハートレーを失って以来、その「美のイデア」を演劇へと求めたのであるが、演出家はいわば「独裁者」であり「ワンマン」とも呼ばれていた。私生活においても、ハートレーの替わりはいなかったが、恋人がいても長続きはしなかったし、女性とのごたごたがいやだったので、結婚を考えたこともなかった。当初俳優だったチャールズは、ずっと年上の女優クレメントだけと絶対の恋愛を経験した。やがて彼女の病死を看取ることになった。その他に、スペイン系ユダヤ人で純粋無垢なリジーとも関係をもった。又、俳優のペレグリンの妻で女優のロジーナをも奪った。彼は職業上女優との付合いが多く、愛人も多かったが、「あの初めての女（ハートレー）が他の女たちすべてを偽物にしてしまった」（五二）のである。

チャールズは恋人の不条理な裏切りにあって、彼女こそ自分の「善」の対象であったのに、その「善」は失われ、以後の生涯は余生にすぎないものになってしまった。ハートレーがなぜ失踪し、間もなく結婚したのか、彼には一切分からないままに嫉妬にかられる余生であり、「私の全生涯はハートレーの回想を綴る織物である」（八五）とも言っている。年ふるにしたがい、無意識的にハートレーを探し続けていた。

このようにチャールズは、未完のエロティシズムとプラトニズムをいっそう激しく求めながらも、日常の恋愛ゲームをもう一つの擬似恋愛行為として補完させていたのである。彼の中にはハートレーの「取り換えがたさ」と、自分のエロスの「至上の美」あるいは「善きもの」の本質を理想とする恋愛の絶対感情があり、それ以後の恋愛ゲームとの間の落差を埋められないまま、つまりアダルト・チャイルドのまま六十歳になったのである。擬似恋愛行為は「美のイデア」、「善きもの」に達し得ることなく、快楽の段階に止まる。プラトン時代は、もちろんユダヤの神、キリスト教以前であり、恋愛は「神」による絶対性が担保されることもなかった。そのような時代にあって、恋愛の絶対感情こそ神格化されたのにちがいない。チャールズのハートレーへの恋愛の絶対感情はエロティシズムを欠いたまま、そしてプラトニズムへの幻想のままに十八歳で終わりなき終わりを強いられたのである。十八歳と六十歳の時間差は、前者のかつての現在と後者の新しい現在の間の出来事や場面の単なる反復の様態を同一化することはない。それらは主体が抱く諸々の「表象」だからである。この主体がいかに高名な演出家、俳優だとて、十八の原光景をそのまま新しい現在に再現することができるわけがない。それは「表象」によるがゆえに原初のそれではなく、変形され、歪曲され、幻想の強い力を加えたものの現在なのである。「女の幻はこれほどの歳月を隔ててもなお男の心の扉を開くことができるのだろうか」(八九)。

チャールズは演出家であるがゆえに、いわば「幻想」に捉われた青春を変形、歪曲させた「反復」という変装を脚色、演出しているのである。自らの心的なイメージを現在のそれに合わせるという同一化をするのは一種の退行であって固着を伴う。一時は忘却ということで抑圧された情動が、ハートレーと偶然再会することで、変装された反復をよぎなくされる。それはかつての現在とは異なる過剰な情動に触発されたものである。

かつての愛人ロジーナの車のヘッドライトに突然浮かんだ一人の老婆の姿、それはハートレーだった。チャールズはショックで茫然自失の態。とっさに名前すら思い浮かばなかったほどの四十数年もたってからの再会である。翌日村にハートレーを探しに行き、とうとう見つけ出した。「自分は人の世に善を実現し、人々に善を授けることができるのだ」（一一三）と思いさえする。茶色い服を着て、買物袋をもった肥った年輩の女性がのろのろした足取りで村の通りを歩いていた。チャールズは彼女を村の教会へ連れて行く。彼女はベンジャミン・フィッチという消火器の元セールスマンの男と結婚していて、タイタスという家出をしている息子がいる。チャールズはハートレーに執拗にまとわりつく。彼はハートレーと絶対的な絆で結ばれているのだと思い込んでしまう。しかし二人は夢の中でだけ若い昔の二人なのだ。チャールズはフィッチ夫妻の住む村の丘の上にあるニブレッツを訪れるが、ベンジャミンに付合いを拒否されると、憎むべき暴君で徹底していやな男だと思う。「憎悪、嫉妬、不安、激しい恋情が一つになって心の中で荒れ狂った」（一五七）チャールズは、ハートレーがあのような暴君を愛しているわけがない、私を愛しているのだと思い込み、彼女を囚われの身から救出しようと決心する。

これまでの女は「避難所」（一七〇）にすぎないが、ハートレーは「私の内部に止まり、神経や血液のように私という人間の純粋な実体と化したのだった」（同）。少年のころ彼女と行ったオデオン座のネオンを想い出した。彼はウォレス・コレクションの『ペルセウスとアンドロメダ』の絵の裸身の少女にハートレーの姿を見たり、海竜をシュラフ・エンドで見た海獣と重ね合わせたりする。またレンブラントの『タイタス』には、ハートレーの消息不明の息子タイタスを連想したであろう。

二

チャールズはロジーナの夫で俳優のペレグリンに「所有欲から獣のような嫉妬の衝動を満足させる

ために、おれから女を盗みたかっただけだ」（三九七）と言われる。このエゴイズムは、元軍人で従弟のジェイムズにも、子どものころいっしょに遊んだ記憶から「君がどんなに嫉妬に狂う性分なのか分かっている」（四〇六）と指摘される。チャールズ自身もハートレーを愛するあまり、ベン（ジャミン）を憎むことに憑かれているのではと感じているが、ジェイムズの忠言を聞く耳をもとうとしない。チャールズはシュラフ・エンドの断崖から何者かに「ミンの大釜」といわれる淵へ岩の橋から突き落とされるが、危うく救助される。ベンの仕業だと思い込み憎しみを募らせる。このような意外な事件性はマードックの得意とする小説技法であり、『ユニコーン』のハナの夫が断崖から海へ突き落とされるのも同工異曲のそれである。チャールズはハートレーへの執着に狂い、荒野のリア王のように正気を失っていく。ついには、訪ねてきたハートレーを軟禁し、絶えず見張っては彼女の自由を奪うことになる。これはハナを幽閉するピーターのようである。

ハートレーは夫のベンから手紙をチェックされていて、ベンは妻とチャールズとの間のことを「清純な愛」だとは決して信じようとしなかった。さらにタイタスを自分の息子でなくチャールズの息子だと怪しんでいるというのである。ベンはタイタスにお前は色情狂のハートレーの子だと言っては息子を殴ったというのである。この暴力におかされた惨めな家庭からタイタスは失踪した。若いときの母親と同じように姿をくらましてしまったのである。チャールズはハートレーをニブレッツという暴力と恐怖の館から救い出し、タイタスを捜し出してやろうと騎士道的精神を発揮する。この顛末も『ユニコーン』のエフィンハムのハナへの宮廷愛に似ている。そういえば、エフィンハム同様チャールズも双眼鏡でニブレッツを見張ることもあり、そうしている間にタイタスが視界に入った。彼は引越した母をさがして偶然やって来てチャールズに出会ったのである。「ぼくの父親ってあなたですか」とタイタスに問われる。チャールズはハートレーをつなぎとめるのにタイタスが必要と思われる。役者になりたいと言うタイタスに父親風を吹かせる快感を味わい、二人は海で泳いだりする。

しかし、タイタスは母ハートレーのことを「とっくの昔に自由なんてことは忘れてしまった」（二七四）のだと言い、ここへは来ないのではないかとさえ言うが、この母子を引き合わせる。この二人はエゴイズムからの行動に出ようとするチャールズに反発する。彼のエロスの美を求めるものの中に、ディオティマが『饗宴』で言うように「醜いもの」があり、その中では「美」や「善きもの」の出産が不可能である。「醜いもの」とは、攻撃性、自己中心性、反感、不安、恐怖、ニヒリズム、シニシズムなどであり、チャールズはこういった背理する行動をとっていることに気付かないでいる。

ベンがシュラフ・エンドにハートレーを引取りにやって来て、チャールズに「あんたは腐った人間、人間の屑だ、破壊者だ。お前は汚いやつだ」（二九一）と悪態をつかれるが、ハートレーを帰そうとはしない。しかもハートレーは「家に帰りたい、自分が生き地獄だ」と言うのにである。閉じ込め、閉じ込められる狂気の一組の男女によりシュラフ・エンドは崩壊の臨界に達しようとしている。

ハートレーはチャールズに「あなたはただいっしょに思い出を懐かしんでくれる人が欲しいだけなのよ」（二九六）、「ベンを救う人は私以外にいない、愛する人も」（同）と言う。彼女はチャールズとちがって現実をよく見て言っている。「私たちの愛は現実に存在した愛じゃないわ。子どもだましの遊びごとだったのよ。兄と妹同然だったし、愛が何であるか知らなかったのよ……とうとう一線を越えずじまいだった。残念だったわ」（同）。このように男の理想化された愛と、女の現実的な愛、きわめて平凡な二人の愛のパターンである。

チャールズは、ハートレーを「純粋無垢な存在」としてみていて、彼女の「罪の意識」は偽らざる悔恨の情なのだと思い込んでしまう。ハートレーは、ペレグリンが言うように「うしろめたさ（罪の意識）を相手が感じてしまえば、もうそれで相手の奴隷となり、善悪のけじめも判断もつかなくなる」（三〇三）状態に陥っている。『ユニコーン』のハナのようにハートレーは無垢の存在ながら、無意識のうちに悪の代行をしてしまうのである。ハートレーは、いわば罪のスケープゴートにされていて、軟禁状態にあってヒステリー症状をおこす。しかし彼女はハナとちがい、死ぬのはチャールズの夢の中においてだけで、実際に死ぬことはない。

チャールズはタイタスを自分の実の子だと思い込もうとするが、それはハートレーという永遠なる愛の対象を失わないよう希求しているからである。ペレグリンの元妻のロジーナは演劇界から忘れられつつある老ディレクターのチャールズを揶揄して、人気も権力もなくなってしまい、今度は年老いた女を追いかけているのだと、またタイタスを夢の中の子にしているけれど、どうせ消えていなくなると言い、本当はチャールズの子を妊娠して中絶したことがあると明かす。ロジーナも現実をよく見ていて、かつては演劇界で魔術師のごときふるまいをしていたチャールズは何一つ現実を見ようとしなかったという対照の妙にマードックの哲学が見える。

チャールズにとっての現実とは、一つに失われた時間の純粋持続の困難ということ、つまりは老いることの不可避であることである。家の前に打捨てられ回収されないゴミ袋のごとく老いていく生は回収不可能なプロセスに運命づけられている。「現成公案」には遠い認識の崩壊に他ならない。失われた過去の記憶は現在までに加工され、歪曲され、デフォルメされた偽装のそれなのである。

一方、ハートレーはその二つの時間を常識に沿って截然と判別してきた。愛のうつろいやすさと、老いの醜さを知っている。愛しているとチャールズに言われても、ばかげている、無意味だ、いっしょに暮らせないと、「それは現実の世界じゃなくて、夢の世界とか、仮定の世界でのこと、とうに終わったこと、私たちは夢を見ていたのよ」（三二九）と受付けようとしない。スワンのオデットへの恋愛、「私」のアルベルチーヌへの恋愛、そしてチャールズのハートレーへの恋愛は、エフィンハムによるハナへのそれのように「囚われの女」への執着というアナロジーである。片時も愛する女を手離したくないと、愛のハーミティッジに幽閉しようとする欲望に捉えられた男たち。しかし、女は絶えず逃げ去るものであり続ける。太古より何億万回と反復されてきたこの愛の形は陳腐すぎるのにミメーシスの域を出ない。四十数年前の「私」にとっての「コンブレ」は、しょせんシュラフ・エンドではない。あの青年の時のコンブレはあのころのコンブレと等価ではなく、再現は決してできないはずである。ディレクターのチャールズがこの舞台を再現できるのは現代のバービカン・センターである。太宰治のアフォリズムでいえば「人生はドラマではない」のである。

チャールズの従弟ジェイムズは英国諜報部に関係していた軍人で仏教徒である。彼はシュラフ・エンドにやって来ると、他の滞在者にその場での磁力の中心となって人を魅きつける力を及ぼす。リジーの恋人のギルバート、ペレグリン、タイタスにジェイムズの四人は、チャールズにハートレーを解放するよう説得するが、いっこうに聞き入れようとしない。ペレグリンには、夢と現実の見極めをしろ、常識を働かせろ、作り話にしているがストーリーは真実ではないのだと言われる。四人は協力し合って、チャールズへの作戦を練り、「外へ出して」と悲鳴をあげるハートレーを村で引き渡すと夫のベンに手紙を出す。

ジェイムズはチャールズに、ハートレーをトロイの幻の「ヘレン」とし、チャールズをトロイの戦士に喩えて、次のように言う。

我々は時が経過すると、人の現実の姿から縁遠くなってしまう。人と分け隔てられ、人が亡霊となる。いや、人を亡霊や悪霊に変えるのは我々自身の方かもしれない。過去に対するある種の無用な執着がそのような幻影を生み出し、その幻影がのさばることになる。（三五二〜三）

そして、ハートレーは「夢の中の人物」ではなく、永遠という幻想から目覚めて失敗したことを認めろと諭す。チャールズはいっこうに聞き入れようとしない。愛の「永遠性」を持出し、「女を愛したことがないいんだろう」と反論し、「自分でなければハートレーを蘇らせることができない。私はそういう宿命を負った王子なのだ」（三五六）とも言う。

ギルバートの手紙でシュラフ・エンドにやって来たリジーにもチャールズは「絶対的な愛」を披瀝し、ハートレーは存在し続けてきた何か永遠なるもの、自分たちよりはるかに偉大なものだと言う。この愛は純粋、無私、無欲であり、この愛が存在すれば他の愛までもいっそう真実になると豪語する。

このようにチャールズの愛は絶対的で永遠性をもつというのに対し、ジェイムズは永遠は幻想にすぎず、執着しているだけだと対極的考え方をしている。マードックは『火と太陽』の中で、プラトンの『国家』（516b）について言及し、『国家』では、完全に正しい人は、太陽を見て「水に映る影や、どこか見知らぬ場所に見えるその幻影ではなく、その正当な居場所において、太陽そのものをじかに見て、その本質が分かる」（九七）と引用している。モーゼの十戒の第二の戒律にあるように、偶像を刻むべからずである。チャールズは実態としてのハートレーとベンとの間の俗なる夫婦関係における愛の本質を直視したくないのであろう。自らのハートレーへの愛を絶対視しているが、幻影を見て太陽と勘違いしているのである。これは幻影に取り憑かれたエゴイズムによる愛であり、彼の言う純粋、無私、無欲の愛とは言いがたいものである。

チャールズの愛については、彼の「コンブレ」時代は確かに「絶対的な愛」だったのであろう。「ハートレーの場合、存在し続けてきた何か永遠なもの、君と僕のどっちよりもはるかに偉大なものという気がする」(三六二)とチャールズがリジーに説明しているが、彼の愛は、そのままで持続するか、永遠のコンブレ時代で完全に終了すれば、永遠なもの、偉大なものという「絶対的な愛」として聖別され、顕彰されもするだろう。『パイドロス』でプラトンの力説する「恋愛は聖なる狂気である」、その狂気なる激しい若者の恋すなわちエロス的欲望はさまざまなパイディアを通じて「美」への愛を育み、「美のイデア」へと志向し、もう一方で「知」を育み、「善のイデア」を希求するという魂の高みへ達するとプラトンは言っている。

こういった倫理的「知」としての愛は多くの文学作品において成就することができないで、未完のまま終わっている。ハートレーはかつての現在に肉体的に侵犯されえなかったが、ベンという男にすぐにも代償を与えられ、チャールズにとって逃れゆく女となってしまったのだ。チャールズはここにおいてハートレーを幽閉しようが、彼の「知」を欠いた一方的なエロスの対象、L'Aimée(愛される女)としての他者が超えがたい時間の差を物語っている。四十数年心にあたためて、ゾンビ化したエロスは愛される女=逃げる女として弱さや傷つきやすさや脆さを表象するものとなっている。チャールズにとっては、傷つき、侵された「愛される女」を救い出すという男性原理に立った能動態こそ今のエゴイズムを語っている。しかし、ハートレーは夫ベンの暴力に耐えながら、どうやら彼を愛してもいるのである。彼女はあのころの現在にチャールズに侵され、傷つく方を望んでいたように思える。

成就しなかった愛の聖痕が今になってハートトレーに現象するはずもない。女は愛され、男は愛する、受動形と能動形の非対称文法で記述されるというこの小説のテーマは滑稽であり、皮肉にみちている。

三

ここで、チャールズを本当の父親ではないかとやって来たハートトレーの息子タイタスの突然の水死と、チャールズ自身の「ミンの大釜」へ何者かに突き落とされる事件が相次いで起こる。マードックの小説の場合、弛緩した日常に亀裂を生じさせ、作中人物に覚醒と啓示を起動させるモメントになるこういったグラフィックな事件はほとんどその機能がここでは無視されているようである。したがってこの作品はエゴセントリックな主人公の感情教育小説にすぎないという印象が免れえない。チャールズがこの二つの事件を契機に自らの妄執と幻想から解脱し、ハートトレーを自由にしてやることにならなかったからである。この点については、単なるドタバタ劇にすぎず、ストーリーに動きを与えて活性化しようという程度の効果しか感じられない。マードックの作品では、洞窟内に満潮時に閉じ込められたり、急流に落ち、流されたり、女教師が亡命兄弟とその母の前で性的交わりをしたり、湖底に沈んだ鐘を引上げたり、温泉の地下室に閉じ込められたり、温泉プールで恩師を溺死させたり、兄が弟を殺そうとして第三者をあやうく殺害しかけたりと、いずれもストーリーに陰影を与え、それぞれの作品の強いメッセージを発する事件になっていたりするものが多い。しかし、シュラフ・エンドのこの二つの事件はシンボリックな意味もなく、チャールズの成長にも寄与していないのである。

チャールズは自分を海へ突き落とした殺人未遂も、タイタスを死に追い込んだのもベンだと思い込む。プラトンのいう「第四の狂気」に目が見えなくなってしまっている。彼はただ老醜のままにエゴイズムの権化に成下がっている。われわれ読者はソクラテスの弟子ではないので、チャールズを糾弾しても仕方がない。

チャールズ同様にカリスマ性をもった従弟のジェイムズは、この小説中最も重要な役割をもっている。裕福な叔母のエステルは、その息子のジェイムズと同じくチャールズをも可愛がっていたが、亡くなってしまう。ジェイムズは軍属としての任務を帯びてインドにいたころ、可愛がっていた部下のネパール人シェルパを山で遭難死させてしまった過去への後悔に苛まれていた。彼の友人によれば、ジェイムズはホモセクシャルだったとのことである。

こういったキャリアからジェイムズは、仏教の無常観に帰依し、不変性を幻想であると言っている。若いころの愛がいつまでも続くというチャールズのいう「愛の奇蹟」を諭す。ジェイムズはチベット仏教におけるリンボ（地獄の辺土）＝バルドーについて語る。人は多くの場合このリンボ界に閉じ込められていると言いたいのであろう。そして死ぬ瞬間に自由になるチャンスがあり、一切の実在に関わる想念総体が閃光のごとく与えられると言う。その閃光から不可解な事象が会得できて捉えられたら人は自由になるとも言う。チャールズもジェイムズの話によってここまでは一種の狂気に近い状態だったと振り返ってみて、「ある種の妄執は、恋することもそのひとつだが、精神の自由な平常の回転を麻痺させてしまう」（三九一）と思う。自分が完全に妄執に憑かれた状態だったことや幻想と思惑のいたちごっこを休みなく続けるだけなのが分かる程度には正気だったのだと半ば覚醒したということを述べているが、充分に正気だとはいえない。

海中に突き落とされた臨死体験でも、「リンボ」の状態から自由な人へと変身できていない。愛欲にまとわれた無明の闇にとらわれた状態である。その愛欲という深い欲望への執着は自分の状態への「無知」ではなく、「無明」なのであり、それは知ってはいてもどうにもならないことである。チャールズのこの半知半解は「無明」を読者に伝えている。チャールズを突き落とした犯人はベンではなく、自分がやったとペレグリンが明かす。そして「これからは、プロスペローがミラノに帰った時のようにしおれて、見るも哀れにおいぼれるのさ……あんたは人のために尽したことがない、ただ自分のためだけだったんだよ」（三九九）とペレグリンに言われる。欲望こそが苦悩の原因であることをチャールズは知ってはいるのであるが。

チャールズの所有欲というエゴイズムは、プラトンの言う、単に「美しく、善きもの」を自分のものにしたいという欲望ではあるが、「永遠」という自分を超出したものへの思いには達しえない。チャールズの言う「永遠」＝執着とはちがう、メタ論理の次元の「永遠」なるものへの希求でなければならない。巫女ディオティマの言う「恋の正しき道」に至ってはいないのである。もっともプラトンのエロス論は当時にあって青年愛を対象としていたことが明らかになっているのだが。

ジェイムズにチャールズは「君がどんなに嫉妬に狂う性分なのか分かっているんだ」（四〇六）と、子どものころからのチャールズの気質について言っている。チャールズは、逆に自分を愛しているリジーやジェイムズに出て行けと八つ当たりする。ジェイムズは「どうして君はいつも自分のまわりの味方になってくれる者をそうやたらと邪険にするんだ」（四一一）と言う。どうやらチャールズは第二次性徴で成育が止まっているようである。

いったんは解放してやったハートレーからの手紙でハートレーとベンの住むニブレッツを訪ねる。そこでまもなくオーストラリアへ移住すると告げられる。チャールズはハートレーにいっしょに逃げようと言うが断られる。チャールズは女はだれもうそつきだと嘆く。ハートレーはタイタスが死んでも余り嘆くこともなく、ベンといっしょに健康で美しく、似合いの夫婦に見えるのも皮肉なことである。しかもチャールズにはこの夫婦が性的魅力で結ばれているように思えてくる。

チャールズは海中へ突き落とされた時にジェイムズが救いの手をのべたことから、少しは言うことに耳を傾けるようになる。チャールズのチベット仏教への問いに答えてジェイムズは言う。

チベット仏教は完全に堕落してしまった……たいていの宗教は実は迷信なんだ。宗教は力だ。たとえば自己を変革する力、場合によっては自己を破壊する力ですらある……力の行使は危険な快楽なんだ……「信仰」については、崇拝者は崇拝の対象物に力を、それも想像力の力じゃなく実体的な力を付与してしまう。これはあいまいな観念を考え出したことだ。この力がどえらい代物だ。神を作るのはわれわれの情欲や執着なんだが、ひとつの執着が断ち切られても、また別の執着が慰めに訪れるという始末だ。快楽をとことん放棄することは絶対ない……あらゆる精神性はともすれば魔術に堕する危険がある……精神の世界への中途半端な介入は他人にとって怪物を産み出すことになる……魔術そのものの完全な放棄を達成すること、つまり君が迷信とよぶものにピリオドをうつことなんだ。それにしてもどうやってそれを実現するかだ。善であるというのは力を放棄することだし、世の中に対して消極的に対応することなんだ。善人というのは頭の中で想像できるものじゃないんだ（四四五）。

ここには、ジェイムズの仏教にコミットするも、仏教による救済の失敗の哀しみが感じとれる。村上春樹の小説中のカリスマ性のある人物、例えば『1Q84』のオカルト集団「さきがけ」のリーダーのように、宗教の力（暴力）、それを行使して少女を次々とレイプするという情欲や執着によって神の代理、その似像を装っていることの快楽、こういった快楽を人は放棄することはむずかしい。その力に力で対抗することでは、恋愛の絶対感情には到達しえない。自ら（宗教に関わる者）が力を意識し、相手に精神性における力を振うことは魔術にすぎないのだ。

ジェイムズは、他者に対して力を振うことは善に至らない、力を放棄することこそ肝要だと言うのである。一方チャールズは人を愛することと善であることは関係する、それが執着ではないのか、と述べている。ジェイムズに対し、チャールズの考えはプラトニズムに背理している。愛することは美のイデア、さらには善のイデアへの前段に位置するからである。愛すること＝執着は「醜いもの」の一症候を示している。そこにはチャールズの演劇界における幻想に憑かれた魔術師的ふるまいと、ジェイムズがボウヴの言うように、愛するシェルパのミラレッパを山中で死なせた原因の「精神力の悪用」[7]という二つのカリスマ的力のパラレルが明示されている。

この反省に至ったのはジェイムズであり、やがて彼はインドに行き、そこで自死する。彼には、魔術そのものを放棄するのには死しかなかった。ジェイムズは死の瞬間に自由になる仏教の途を選択したのである。ボウヴがこういったエゴイズムから解放される契機として「死の近接性」（ボウヴ、三五）を上げているのもうなずけることである。

四

チャールズは、遅ればせながら、ジェイムズが自分を海中から救ってくれた時の光景を想起して、ジェイムズを受け入れようとする。死んだジェイムズのフラットへ行き、彼に上げたシュラフ・エンドの石にさわる。そしてジェイムズをよく知ることができなかったのは残念だったと後悔する。

ハートレーの家を訪ねるが、すでにオーストラリアへ発った後であった。このハートレーの二度目の、そして永遠の離反は彼を打ちのめす。「女はだれもうそつきだった。それが本性というものだ。自分はハートレーの善を信じたからこそ、今日まで営々と努力を惜しまなかった。恨みだけに生きてきたこともあった」（四二八）。ジェイムズがチャールズに言った「善人というのは頭の中で想像できるものじゃないんだ」との現実を直視しそこなったチャールズへの警告があらためて思い返される。ハートレーも「愛は現実に存在したものではない」とチャールズの言う「永遠」とは相反するもので、非現実的なものであることが言われてきた。つまりはディオティマがソクラテスに語っているように「一つの美しい肉体を愛すること、そしてその中に美しい言葉のかずかずを産みつけること」（二八節）と言っていて、肉体的出産もそのことの比喩となっている、肉体に至らなかった二人の愛に種の維持をはかることが欠落し、「不死」を目指すことに失敗している。ハートレーは少なくとも愛は現実に存在しなかったことを強調しているからでもある。新プラトン主義者のプロティノスの言う「魂の準備」（『美について』）ができていないのである。ジェイムズは「君が相手にしているのは女の幻、人形、虚像にすぎない、君のやっているのは一種の悪魔祓いだ。そのうちあの女が邪悪な魅惑者にみえてくるさ」（四四二）とも言っている。

知らず知らずのうちの行為が思いもよらぬ影響を周囲に及ぼし、膠着状態を打開する兆しとなることがマードックの作品に多用されている。チャールズを突き落とした犯人であるペレグリンを見直したロジーナはチャールズという権力者への幻想から解放され、ペレグリンといっしょにロンドンデリーへ行き、民衆のための芝居に取組む決意をチャールズに語る。今やチャールズは堕天使であり、「怪物」ではなくなったのだ。打ちひしがれミラノに帰っていくプロスペローは、ひっきょうロンドンへ帰って行かざるをえない。

チャールズには、「ミンの大釜」での臨死体験時の海蛇の記憶がよみがえってくる。「海の中で近くに不思議な小さな頭と恐ろしい顔、黒い弓なりに曲った長い首が見えた。怪物のような海蛇が大釜の中にいたのを」（四六六）。この記憶の回復後、ジェイムズの自死を告げるインドの医師からの手紙が届く。チャールズを親身になって救出したジェイムズとこの海蛇の記憶のつながり。人の目に見えぬものが見えるときの一種の啓示が主人公たちに与えられている。チャールズは、タイタスもハートレーも、ジェイムズをも失った孤独感に襲われる。彼は今やハートレーとベンへの嫉妬よりも苦しい悔恨の念にとらわれロンドンのジェイムズの住んでいたフラットへと帰っていく。

結びにかえて

狂乱の季節は終った。ロンドンは秋の気配である。コックス・オレンジ・ピピンが店頭に並べられている。ジェイムズは火葬にした。一時は愛した今は亡き年上の女クレメントがあらためて思い返される。ロンドンデリーへ行ったペレグリンも殺された。あのころの恋は喪失と敗北に終り、苦い後悔に苛まれる。この「メモワール」はその喪失のプロセスを綴ったのにすぎない。シュラフ・エンドは売りに出した。チャールズはこのメモワールの「あと書き」をシュラフ・エンドの一夏を振り返りながら記している。

チャールズには、あれだけ執着したハートトレーについても最初からどのくらい愛していたものか疑わしくなり、あまつさえ、彼女はあまり知的な女性ではなかったと認識する。「何とも退屈なユーモアに欠けた恋人同士だったのではあるまいか」（四八九）。もちろん二人の愛の「第二期」は絶頂期で、崇高ですらあったのだ。だが、その光源であるハートトレーは消え、目の前に存在しない。チャールズはこう思い返す。この第二期にあってハートトレーは自分に対し初期の裏切り、離反についてうしろめたい罪意識を感じていただけであり、愛ではなかったのだと。彼女は若いころに自分が姿を消してからずっと罪意識をもっていたのに、チャールズがなお愛していたと知り、感謝の念と懐かしさを覚えたのだろうと言っている。ただそれだけのことであり、「私は愛していたのに、彼女は愛していなかったから」（四九八）逃げ出したのだと悟る。

恩人ともいえるクレメントの無私の愛に気付かず、幻のハートトレーを愛していたということへの後悔にチャールズは苛まれる。ハートトレーの愛は錯覚であり、彼女は幻の女であり、現実を凝視せずに勝手な夢の筋書にうつつを抜かしている自分こそファンタジストの魔術師であったのだと。ハートトレーが私たちの愛は現実世界のものではないと言ったのは正しかったのだ。ハートトレーはベアトリーチェではなかったと。プルタルコスは「美しい虹を手でつかまえようとする子どもじみたことをしてはならない(8)」と戒めている。

かくてチャールズは六十歳にして小さな悟りへと導かれる。「人はただ一度最初に愛するだけ」（四九二）。変装されて反復された愛は変装であって原型をとどめえない。十八で終った初恋はかくて初期化に失敗したのである。六十を過ぎても男は初期化の失敗を恐れずにロマン的世界に先祖帰りするのであろう。恋愛の絶対性は相思相愛にあって完成するものとするならば、チャールズの場合は、男の側においてのみ成立し得るものに過ぎず、副乳房としての先祖帰りであろう。マードックは恋の狂気に走るのは男だけであると読者に言っているようである。チャールズの場合は、この幻想によって生じた初期化の失敗に至るプロセスにおいて、恋愛質量の大きさにその失望の大きさが比例している。スピノザも『エチカ』(9)の定理三七で言っている。「悲しみや喜び、憎しみや愛から生ずる欲望は、それらの感情がより大であるに従ってそれだけ大である」（二〇七）と言っている。チャールズの恋愛の初期化に払った負担とその挫折の感情はきわめて大きなものである。そもそも『エチカ』定理三六では「かつて享楽したものを想起する人は、最初にそれを享楽した同じ事情のもとにそれを所有しようと欲する」（二〇六）とあるように、最初に楽しんだものと同一のものを所有しようと欲しても、それが欠けていることに気付けば悲しむものともスピノザは言っている。「事情」が変化していることに気付かない分、男は失敗の度合いを深める。ハートレーは姿を消したころに「同一のもの」は持続不可能だと気付いていたのだ。彼女はシュラフ・エンドに一時軟禁されていた時も、チャールズに愛していると言われるが、「それは現実の世界じゃなくて、夢の中とか、仮定の世界でのこと。とうの昔に終ったこと、私たちは夢を見ているのよ」（三二九）と言い返し、夫の元へ帰りたがっていた。チャールズの「ロマンティックな恋」はハートレーには現実の世界の恋ではなかったのである。ジェイムズもチャールズに夢と現実を見極めることの難しさを説き、永遠（不変性）は幻想だと忠告している。

マードックは『火と太陽』でプラトンの『国家』を引用し、芸術や芸術家は最下位、非理性的な種類の意識「エイカシア」の状態、すなわち曖昧なイメージに依然している〈幻影〉の状態にあるとプラトンから非難されているとも言っている。プラトンは、詩人はさておき、攻撃の目標を「第二義的な芸術家、すなわち俳優兼批評家にしぼって」いると伝えている。狂気のチャールズは悪しき芸術家なのであろうか。

論理性を欠いた芸術や、模倣により美を求めることへの否定ではあるが、チャールズのロマンティシズムはピュグマリオンの物語のように、男性による単性生殖の物語であり、ハートレーへの矯正教育を企て、失敗するピュグマリオン・コンプレックスに陥っているのに過ぎない。リチャードの場合、模倣以上のものではない、単なるロマンティシズムであって、子どものような自己中心性に安住するよう作り上げられた世界に甘んじているのである。このロマンティシズムは必然的に挫折する運命にある。繰返すという模倣はそこに時間性が介在することによって酸化、腐蝕してしまうからである。

この時間性は、この小説の主要な部分が「メモワール」であるという結構と、回想的な小説全体であることのパラレルを成立せしめている。ブラン・ニコルが言うように[10]ノスタルジアの色濃い作品である。特に「あとがき」という終章の副題が「人生は過ぎゆく」とあるように、チャールズにとってこの小説上の技法は「実際に存在しなかった秘やかな恋を復活させる考えからずっと思い違いをしていたのだ」（四九八）というふうに、「彼の感情教育の一助になっている」（ニコル、一三八）とニコルは述べている。

チャールズの〈第二期〉の愛はかくてシュラフ・エンドの一夏とともに〈第一期〉と同じように過ぎ去った。それは初恋という抗原が免疫反応の過剰を全く抑えることができず、「減感作療法」が失敗し、同程度以上の愛を発症せしめることになったのである。この療法の失敗は蜂に二度目に刺された時のアナフィラキシーショックを起こしたのである。初恋の抗体量が下がらずに陽性になっていたのであろう。かくてチャールズは恋愛の初期化の姿には戻れなかったのである。その失敗により、『海よ、海』は反＝恋愛観念小説の系譜につながることになるだろう。

【注】

（1） Iris Murdoch, *The Sea, the Sea*, London : Chatto & Windus, 1978. 以下、このテキストからの引用は引用のあとにページ数を付す。

（2） *The Unicorn*, London : Chatto & Windus, 1963.

（3） Jack Turner, *Murdoch vs. Freud*, New York : Peter Lang Publishing, Inc., 1993, p. 95.

（4） プラトン／久保勉訳『饗宴』岩波文庫、一九五二年。

（5） プラトン／藤沢令夫訳『パイドロス』岩波文庫、一九六七年。

（6） Iris Murdoch, *The Fire and the Sun, Why Plato Banished the Artists*, Oxford University Press, 1977. 川西瑛子訳『火と太陽――なぜプラトンは芸術家を追放したのか』公論社、一九八〇年。

（7） シェリル・K・ボウヴ／山本長一訳『アイリス・マードック読解――作品批評と分析』彩流社、二〇〇八年、一〇二頁。

（8） プルタルコス／柳沼重剛訳『愛をめぐる対話』岩波文庫、一九八六年、二〇節。

（9） スピノザ／畠中尚志訳『エチカ――倫理学』（上）岩波文庫、一九七五年。

（10） Bran Nicol, "The Ambivalence of Coming Home : *The Italian Girl* and *The Sea, the Sea*" *Iris Murdoch : the Retrospective Fiction*, Basingstoke, Hampshire : Macmillan Press Ltd., 1999.

【参考文献】

1 David J. Gordon, *Iris Murdoch's Fables of Unselfing*, Columbia, Missouri: University of Missouri Press, 1995.
2 *Modern Fiction Studies*, Vol. 43, No. 3, Baltimore: The Johns Hopkins University Press, 2001.
3 プラトン／藤沢令夫訳『国家』(上)(下)、岩波文庫、一九七九年。
4 プルースト／井上究一郎訳『失われた時を求めてI 第一編スワン家のほうへ』筑摩文庫、一九九二年。
5 プロティノス／斎藤忍随、左近司洋子訳『美について』講談社学術文庫、二〇〇九年。
6 ロラン・バルト／三好郁朗訳『恋愛のディスクール・断章』みすず書房、一九八〇年。
7 金子晴勇『愛の思想――愛の類型と秩序の思想史』知泉書館、二〇〇三年。
8 竹田青嗣『恋愛論』作品社、一九九三年。
9 竹田青嗣『プラトン入門』ちくま新書、一九九九年。
10 村上春樹『1Q84』BOOK1・2、新潮社、二〇〇九年。

第7章　夢が導くストーリー

――アーサー王物語における夢の役割

竹中肇子

一　はじめに

マロリーのアーサー王物語は、一四八五年に印刷業者キャクストンによって『アーサー王の死』と題名を付され刊行された。これは当時散在していた物語の集大成であった[1]。

アーサー王物語の中でも、その王国の崩壊のテーマは中世の聴衆の関心を呼び、その証拠に「アーサー王の死」と題した作品が数多く生まれている。キャクストンも当時の流行に倣ったわけである。アーサー王物語の起源は、現在のイギリスにあたる地域であるが、物語は、十二、三世紀に現在のフランスにあたる地域で語り継がれる間に、変貌・発展を遂げた[2]。大陸の聴衆や読者を十分に楽しませた後にイギリスへと里帰りしたのである。

『アーサー王の死』という題を付されたものの、マロリーの作品は王と円卓の騎士たちの栄枯盛衰を描いたものである。アーサー王国崩壊の原因については、現代の研究者たちも興味を示しており、特にマロリーの作品においては、以下の考察が試みられている。円卓の騎士団の内部衝突が原因とする説[3]、暴力と欲望により円卓の崩壊が生じたとする説[4]、偶然がもたらした悲劇だとする説[5]、アーサー王の「運命の女神」の夢に焦点をあて、マロリーの作品における夢と王国崩壊との因果関係を検証した説もあるが、私の考えはこれに近い[6]。本稿で示唆したいのは以下の二点である。①アーサー王物語に描かれている夢は、王国崩壊の原因だけでなく、王国の栄枯盛衰全体に寄与し、プロットと連動している。②夢は悲劇のみを導いているのではなく、特に幻視は成功において決定的役割を担っている。

以前、マロリーに至るまでのアーサー王物語の形成過程を考察した時に、各物語に登場する王や騎士達が夢は預言であり、特にアーサー王自身が見る夢は、物語の進行と王国の没落に見事なまでに密接に関係しているという結論に至った[7]。詳しい内容は後述するが、例えば、マロリーの物語では王の一回目の夢は第一編「アーサー王の物語」の第一章に、二回目の夢は第二編「アーサー王と皇帝ルシアスの物語」に登場する。この二つの夢は第二編のローマ皇帝との戦いの結末と第八編「アーサー王の死の物語」への布石である。三回目と四回目の夢は最終編の第八編第四章に登場する。不義の息子モルドレッドとの戦いの前に見る夢で、王の死と王国の崩壊という最悪の結末を予言しているのである。つまり以下の二点にまとめることができる。①夢は物語と密接に連動し、特にマロリーの物語の起承転結に大きく寄与している。②夢がアーサー王物語の変遷そのものに関与している可能性が高い。

アーサー王物語の夢記述の展開や夢の役割を再考する前に、中世のヨーロッパにおける夢の理論についてふれておきたい。

二　中世における夢の理論

中世の作品に登場する夢は預言的性格をもつ。預言で思い出されるのが、聖書の中に現れる夢である。『創世記』では、エジプトの王の夢が現れる（『創世記』四一：一〜七）。この王の夢はヨセフが絵解きをする。国に七年の大豊作があり、その後七年の飢饉が起こるという意味で、王が二度続けて夢を見たのは、この夢が神からの啓示だからだと説く。豊作のうちに食料を蓄えれば国は滅びることはないと助言をする（『創世記』四一：二五〜三六）。この説話は王の夢の代表例といえるが、夢は王だけの特権ではなく、ヨゼフ自身も夢を見る[8]（『創世記』三七：五〜七）。ベーダの『英国民教会史』（七八一年頃）には、家畜番のキャドモンの夢が書かれている[9]（第四編第二四章）。しかし、王の見る夢、特に王自身が登場する夢が重大視された。

マクロビウスの『スキピオの夢についての注釈』からも、我々は中世の夢の理論を垣間見ることができる。彼は全ての夢を五分類した。夢解釈をする価値があるのは、「謎めいた夢」、「預言の夢」、「神託の夢」であり、残る「悪夢」と「幻影」は預言的な意義はなく解釈する価値はないとした。「神託」の夢とは、夢の中で親か、信心深く或いは尊敬されている人か、神さえもが、どのようなことが起こるか起こらないか、またどのような行動を取るべきか、或いは避けるべきかを示す夢である。彼は更に「謎めいた夢」を「個人的な夢」、「他者関係の夢」、「社会的な夢（他者と夢見て自身が関わる夢）」、「公的な夢（不運や良いことが国家に起こる夢）」、「宇宙的な夢（天体かどこかの地域で変動が起こる夢）」の五つに細分類した[10]。アーサー王と騎士たちが見る夢は、この夢の理論に比較的あてはめやすいのが特徴である[11]。

中世におけるキリスト教と夢に関し、詳細に検証しているル・ゴフによると、当時夢は記録するに値しないと判断されたり、削除されたり、改竄されたケースもあったという。そこには教会の夢に対する警戒心があった。[12] 一方でキリスト教は、特権的なエリートの夢は維持した。王の夢である。聖者という新たなエリートの夢見手も登場させた。[13] ル・ゴフの研究は、アーサー王物語の中に描かれている夢を考察する本稿において、非常に興味深い。

三　アーサー王と百騎王や聖杯の騎士たちの夢

この節で扱うのは、睡眠の夢に限定し、覚醒状態の夢や幻視は除外することを、まずはじめに断っておきたい。

マロリーの物語では夢がどのように現れているのか整理してみよう。作品を通してアーサーは四回夢を見る。まず、第一編第一章で実の姉とは知らずにロット王妃と結ばれ、モルドレッドを儲けた時、次に第二編でローマ皇帝と戦う前に二回目の夢を見る。三回目と四回目目の夢は最終編である第八編第四章のモルドレッドとの大戦前夜の場面で現れる。百騎王の夢は一回で、第一編第一章に登場する。アーサーの一回目の夢よりも前の記述である。アーサー王と百騎王の他に夢を見るのは、聖杯探求に挑む騎士達である。パーシバル、ガウェイン、エクターはそれぞれ一回ずつ、ボースは二回続けて夢を見ている。彼らの夢は第六編「聖杯物語」に現れる。彼らは聖杯物語の各章の主人公で、各々の冒険の途中に夢と出会う。聖杯探求の騎士達の中でもランスロットの夢の描写は際立って多く、彼は七回も夢を見る。第六編の聖杯物語の中で四回（第二章で一回、第四章で二回、第八章で一回）と、第八編第五章では同じ夢を三回見る。この第八編での、ランスロットの夢の描写は実際には一度きりで、後は作者の言葉で「この幻は一晩に三度ランスロットに現れた」と説明されるにとどまる（一二五五頁）。

この夢の中で、ランスロットは恋人グィネヴィア王妃の死を告げられるのである。

1　百騎王の夢と魔術師マーリン

マロリーの物語が寄せ集めであるがゆえか、百騎王の夢はアーサー王の一回目の夢より先に言及される。そして、百騎王が、アーサー王側の人間ではないのも興味深い。百騎王が夢を見るのは第一編第一章である。百騎王はアーサー王との戦いの二日前に不思議な夢を見る。それは、激しい風が吹いて来て、城も街も吹き倒し、その後洪水が襲ってきて何もかも押し流してしまう夢である。皆、王の夢は大激戦の前兆であると解釈する（二七頁）。この夢の直後には賢者による夢解きはないが、アーサーとの戦いの二日前に見る夢なので、誰もが戦いの予兆夢と理解する。この夢は上述のマクロビウスの夢の分類で分けると「謎めいた夢」に該当し、さらに細かく分けると「公的な夢」に相当するだろう。この夢が不運を予兆する夢であることは間違いない。百騎王は十人の王たちと共にアーサー王と戦う。戦いはどちらも一進一退のまま両軍に多数の犠牲者を出す。マーリンがアーサー王に「『やめろ』と言うべき時です」と忠告することによりやっと戦いは終わる（三六頁）。このマーリンの忠告は、アーサーに対する忠告だけではなく、百騎王の夢の夢解きの役割も兼ねる。以下は、夢解きの部分である。「あの十一人の王はまだ気づいていない難問を抱えているのです。というのも、四万人以上ものサラセン人が彼らの領土に上陸しているのです。彼らは放火や殺害を行い、ウォンヅバラ城を包囲して、数々の破壊行為を重ねています」（三七頁）。このように、忠告という形をとりながら、百騎王の夢解きも済ませてしまうパターンは、次に検証するアーサーの一回目の夢にもみられる。

2　アーサー王の一回目の夢とマーリン

アーサーの一回目の夢は、第一編第一章の実の姉と結ばれ、モルドレッドを儲けた時に現れる。この行為は過失であり、マロリーは王が「自分の姉であることは知らなかった」と説明している。夢の中で、アーサーの国に怪獣グリフィンや蛇がやってきて、国中を焼き払い、人々を皆殺しにする。そこで彼は、怪獣たちと戦うが、ひどく痛めつけられて深手を負う。だが、最後には怪物たちを退治するのである（四一頁）。この夢もマクロビウスの夢の理論に従うと「謎めいた夢」に該当し、さらに「個人的な夢」と細分類できるだろう。百騎王の夢と同じくこのアーサーの一回目の夢の直後にも夢解きはない。王の夢は重大視され夢解きを伴うのが定番のはずなのにである。アーサーはこの夢をひどく気に病むが、気晴らしに狩にでかける。その途中で、十四歳の子供の姿をしたマーリンと出会う。彼は王に「考えても仕方がないことを考えるのは愚かだ」と言うに留める。夢の意味がはっきりするのは、この後に、今度は老人の姿で現れるマーリンの次の言葉からである。「あなたは最近神が喜ばれないようなことをした。あなたは姉と床を共にし、子を儲けたが、その子はあなたも国の騎士たちも皆滅ぼしてしまうのです」とマーリンは予言する。さらに、追い打ちをかけるかのように「誤った行為のため、あなたの身体が罰を受けるのは神のご意志です」と続ける（四四頁）。王がこの夢を見た時の状況から、この夢は、第八編の不義の子モルドレッドとの戦いの予兆夢である意味合いが強い。しかし、この夢は戦いを予知する夢であるから、第二編のローマ皇帝との戦いの予兆ともとれる。このように、マロリーのアーサー王物語の冒頭部分にみられる二つの夢は、どちらもワンテンポずれる形でマーリンによって夢解きが行われる。

3　アーサー王の二回目の龍と熊の夢

アーサー王が二回目に見る夢は、一回目の夢よりもより吉兆どちらにも解釈可能という二面性が強く示されている。この二回目の夢は一見吉兆である。第二編のローマ皇帝と戦う前夜にアーサーは夢を見る。恐ろしい龍がやってきて、大勢の人たちを溺死させる。次に、東から全身真っ黒な熊がやってくる。龍と熊は戦い、熊が龍に噛みつき、龍の胸と身体は血まみれとなる。しかし、最後は熊の身体をバラバラにするのである（一九六頁）。この夢も「謎めいた夢」である。百騎王とアーサーの一回目の夢と異なり、この夢には賢者による夢解きがある。賢者は王に「龍は王を象徴し、熊は人々を苦しめている暴君か、これから戦うことになる巨人のことかもしれない」と説明する。そして、「この夢のことはさして恐れることはありません」と締めくくる（一九七頁）。このようにアーサーの二番目の夢は、賢者の口から「不吉な夢ではない」と説明される。この夢は皇帝との戦の前夜に現れアーサーは戦いに勝利するわけだから、戦いを予兆し、幸運を予言する夢ということになる。

しかしながら、前述の百騎王の夢やアーサー王の一回目の夢の展開を思い出してみよう。百騎王の夢は直後のアーサーとの戦いと、後に百騎王の国に降りかかる災難を予兆していたし、アーサー王の一回目の夢も、ローマ皇帝との戦いを予兆する夢とも、より遠い未来に起こるモルドレッドとの戦いを予兆する夢とも解釈できる。ということは、この二回目の夢も直後のローマ皇帝との戦いだけでなく、モルドレッドとの戦いを予兆する夢とも考えられるのではないか。実際、夢解きも曖昧である。賢者は龍については「王を象徴する」と明言するが、熊については「人々を苦しめている暴君かこれから戦うことになる巨人」と説明するに留めている。そうすることにより、物語のクライマックスであるモルドレッドとの戦いも示唆しているのである。マロリーが執筆の際に参照した頭韻詩『アーサー王の死』（一三六〇年頃）にも同じ場面があるので比較したい[14]。こちらの夢解きも熊については明言を避けているが、「龍は熊に勝利する」と戦いの結末を明言している（八二七行）。それに対し、マロリーは夢の解釈から戦いの結末の部分を削除し、どちらが勝者なのかを曖昧にしている。そうすることで、アーサーの二回目の夢に幸運の未来（戦の勝利）と不吉な未来（アーサー王の死）の両方の予兆夢としての意味を与え、この夢を物語の後半へのしっかりとした布石とした。

4 年代記のアーサー王の龍と熊の夢

ここでは、マロリーのアーサー王の夢の扱い方の特徴と比較するために、年代記の伝統にのっとったアーサー王ものの中の夢の扱われ方を確認してみたい。王の龍と熊の夢が年代記の伝統を引き継ぐアーサー王物語から、継承され続けたのはなぜか。まず、ジェフリ・オブ・モンマスの『ブリテン列王史[15]』（一一三八年頃）をみてみよう。ここでは、アーサー王はローマ皇帝との戦いの前に夢を見る。スペインの方角から熊が、南からは龍が現れる。激しい戦いの末、龍が熊に打ち勝つという夢である。直後に夢解きがあり、龍はアーサー王を意味し、熊はこれから戦う巨人のことであると説明される（第八巻一八〇〜一八七行）。続いてワースの『ブリュ物語』（一一五五年頃）をみてみたい[16]。ここでもやはりアーサーは戦いの前に夢を見る。東の空から醜く、巨大な熊が、西側からは龍が現れる。龍の目からは炎が燃え上がっている。龍は熊を攻撃し、熊も逞しく防戦する。その様子は凄まじいものだったが、結局は龍が熊を掴んで地面に叩きつける。王が、聖職者や貴族たちにこの夢について話すと、あるものは、龍は王自身で熊はこれから退治する巨人であると解説する。しかしあるものは全く別の意味に解釈していたのだが、どのように解釈していたのかは原文には記述がない。恐らく逆の悪い意味に解釈したということだろう。しかし、誰もそれには触れず、王には良い夢であると説明するに留めている（一一二六一～七四行）。最後に、ラヤモンの『ブルート』（一二〇〇～一二一〇年頃）をみよう。[17] ラヤモンのアーサーもローマ皇帝からの挑戦を受けて、モルドレッドに国と王妃を任せて戦いに出発する。途中、船上で王は一回目の夢を見る。世にも不思議な獣が東の空から現れ、雷と嵐の中こちらへ向かってくる。すると西からは雲をまいて火を吐く龍が町中を、国中を炎でつつみながら現れる。熊[18]と龍は物凄いスピードで同時にやってきて戦い始めた。龍が優勢になったり、熊が優勢になったりするが、最後は龍が熊を地面に叩きつけ、身体を八つ裂きにして去る。夢の描写は王自身の言葉で語られる（一二七五一～八七行）。僧侶や賢者や貴族たちは王の夢をさまざまに解釈するが、誰一人、これは悪い予知夢で、八つ裂きにされるのは王自身であると言いだすものはいない（一二七八八～九三行）。

以上、年代記の伝統を引き継ぐアーサー王物語の龍と熊の夢と夢解きの描写を再考したが、改めてこの夢が物語に必要不可欠な夢であることが分かる。ワースやラヤモンの記述が示しているように、この龍と熊の夢は吉凶どちらにもとれる夢なのである。ゆえにこの夢はアーサー王物語に継承され続け、マロリーは、クライマックスである第二編と第八編の結末を暗示する夢として用いたのである。

5　アーサー王の三回目と四回目の夢

マロリーの第八編第四章では、王はモルドレッドとの決戦前夜に夢を二回見る。王の三回目と四回目の夢である。三回目の夢には運命の女神を象徴する車輪が現れる。車輪の頂上に豪華な衣装を着て座っていた王は、車輪の突然の回転により、車輪の下の黒く不気味な湖に転落するのである（一二三三頁）。この夢も「謎めいた夢」に相当し、王自身が夢の中で経験している夢なので「個人的な夢」

と分類できる。しかし、実際のところ当時の人々にとってこの夢は謎めいた夢というよりも明白な夢であっただろう。運命の女神の力は宮廷に深い関係を持ち、運命の女神が王位を支配しているという観念は既に彼らの中に定着していた。運命の女神によって被る最大の打撃は、高い地位からの転落であることは周知の概念であった[19]。王の夢の中に運命の女神が現れるということは、彼の運命の転落は決定的なのである。この夢に続き、王は四回目の夢を見る。死んでしまった甥のガウェインが現れ、モルドレッドと戦えば必ず王は殺されるだろうと警告する（一二三二〜三四頁）。この夢は明らかに「神託」であり、王も夢の内容をすぐ理解する。彼は味方の領主や賢明な司教たちに自分の見た夢を話して聞かせ、戦いを回避しモルドレッドと協定を結ぼうとする。この二つの夢は、次の二点を示している。①本稿二節の中世における夢の理論の中でふれた、エジプト王の夢と同じく、アーサー王の二つの夢も連続して起こっていることから明らかに啓示であり、夢の繰り返しは、未来に起こる運命の警告や、最悪の未来を強調する。②二回目の夢がその前の謎めいた夢の夢解きを兼ねている。

以上、アーサー王物語の夢が未来を予言し、物語を動かしていることは明白である。マロリーはどの程度意図して夢を利用したのだろうか。聖杯探求物語における夢の役割も踏まえつつ検証を続けたい。

四　聖杯探求物語における夢の役割

マロリーの聖杯物語の騎士達も夢を見ると前述したが、ガラハッドだけは夢を見ない。そして、彼だけが聖体の奇蹟を体験する（九九九頁）。ル・ゴフの中世の夢の研究を参照すると、当時の教会によって、殉教者はその美徳と犠牲により、来世と未来を示す最高の夢を見ることができるという特権を与えられていたらしい[20]。夢は神からのご褒美である。では、最も高貴な殉教者であるガラハッドが夢を見なかったのはなぜか。

ここで、本稿でこれまで除外してきた覚醒状態の夢に注目してみたい。聖杯探求の物語では、覚醒状態における夢が他の物語よりも多く描かれている。覚醒状態の時に見た夢、すなわち幻視の位置づけを踏まえつつ、ガラハッドが眠りを伴う夢を見なかった理由を考えてみたい[21]。マロリーの聖杯探求の騎士たちの中で、ガラハッド、ボース、パーシバルの三人が、覚醒状態における幻視を体験している。以下はそのうちの一つである。ミサの最中に、牡鹿が人間となって祭壇の豪華な席に着き、四頭の獅子も姿を変える。一頭は人間の姿に、もう一頭は獅子に[22]、三頭目は鷲、四頭目は牡鹿に変わった。四頭は牡鹿の座っているところに席を占め、ガラス窓を通って出て行くが、割れたり壊れたりしたものはない。彼らが体験するこの幻視は、一人の隠者によって解き明かされる。彼は「あなた方が聖杯探求を終結に導いてくださる騎士であることがよくわかりました。あなた方こそ神が神秘をお示しくださる人達です」と三人に伝える（九九九～一〇〇〇頁）。この隠者の言葉は、覚醒状態の幻視は選ばれた者だけに与えられる特権であることを示している。実際、三人は、聖杯の神秘を見るという奇跡を与えられる（一〇二九～一〇三一頁）。そして三人の中で唯一ガラハッドだけがこの世で最高の幻視、すなわち生身の聖体を目撃する奇蹟を授けられる（一〇三四頁）。聖杯物語の中の夢は必ずしも凶兆夢ではなく、むしろ彼らの成功のために決定的役割を果たしているようにさえみえる。ル・ゴフは聖書の中には地を天に結び付ける夢がたくさんあり、夢は夢見手に未来を啓示するというより、神と接触させると述べている[23]。騎士達が見た夢は神との接触であり、聖なる体験といえるだろう。

ル・ゴフによると、当時の教会は信徒達を統括することを目的に、教会の仲介なしの神との接触を嫌った。未来は神にのみ属するというわけである[24]。ガラハッドだけが聖体の奇蹟を授かったのは、彼が予知夢の誘惑と無縁だったからなのか。少なくとも彼がキリスト教的には優等生だったことは間違いない。ボースとパーシバルは冒険の途中に予知夢を見ている。その内容から神託であることは明らかである。彼ら自身が夢を見ることを望み、夢を見たのだろうか。それ故彼らの純潔性は汚れたのだろうか。或いは、夢に先立って彼らは何か罪を犯してしまっているのだろうか。同じく聖杯物語の騎士ランスロットが七回も夢を見たのは、王妃と恋に落ちたという罪の重さを表しているのだろうか。ガラハッドはどうなのだろう。彼が聖体の奇蹟を体験した後にアリマタヤのヨセフの子のヨセフが彼を迎えに来る。ヨセフの口から神が自分を遣わしたのは、ガラハッドが二つの点で自分と似ているからだと説明される。一つは聖杯の神秘を見たこと。もう一つはヨセフと同じく彼も純潔だったからである（一〇三五頁）。ヨセフの言葉からも、ガラハッドの純潔性は明らかである。パーシバルとボースの目の前で、ガラハッドの魂が彼の身体から離れると、同時に天から一本の手があらわれ、聖杯を天へと運び去る（一〇三五頁）。

マロリーの聖杯物語から読み取れることは以下の二点である。①眠りを伴う予兆夢は、何かしら不浄なものとして機能している可能性がある。事実、予兆夢のみを見た騎士達は聖杯を仰ぎ見る奇跡を体験できていない。できれば予兆夢は見ない方がよい。②覚醒状態の幻視は、予兆夢より上位であり、成功において決定的役割を担っている。神からの選ばれし者が幻視を与えられる。パーシバルとボースは予兆夢を見たが、神から幻視も与えられ、聖杯を目撃する。幻視しか見ていないガラハッドは、最高の幻視＝生身の聖体を見る奇蹟体験を得ている。聖杯物語では明らかに幻視が奇蹟として機能し、その送り主は神である。

五　結論

本稿三節の4で述べたように、アーサー王の龍と熊の夢はプロットの進行に不可欠で、アーサー王物語に継承され続けた。しかし、物語の発達に伴いより警告性の高い「運命の女神の夢」が加わるようになった。マロリーはこれに満足することなく、百騎王の夢やアーサーの一回目の夢を物語の冒頭に配置した。この二つの夢は、マーリンの夢解きがワンテンポずれていることからもわかるように、警告性は低い。よって、長い物語の冒頭部分にもってくるのに相応しい。警告性は低いながらも、その内容は確実に「アーサーの死」という結末を暗示している。

次に、マロリーは第二編に伝統的な年代記の流れを汲む定番の龍と熊の夢を置くことで、続くローマ皇帝との戦いの予兆夢として用いた。この龍と熊の夢には吉凶どちらとも解釈可能という二面性がある。それ故、巨人退治やローマ皇帝との勝利の戦いの前に見る夢として相応しい。また夢の直後の出来事だけでなく、終盤のモルドレッドとの戦いにより王が命を落とすという結末も暗示し、王と読者の両方に不吉な予感を与えることに成功している。この龍と熊の夢が前半に配置されることで、時間的・物語的に飛躍のある物語に統一感が与えられている。この夢により、物語のプロットは間違いなく終盤の悲劇へと推し進められる。

王の三回目のガウェインが現れる夢と四回目の運命の女神を象徴する車輪の夢は、この二つの夢が連続して現れていることから、神託であり、警告性が高い。最悪の悲劇が目の前に迫っていることを示している。物語の結末部分、王の死の直前の夢として最も相応しい夢である。

以上本稿から導き出される結論をまとめたい。①マロリーのアーサー王物語の決定的箇所に王の四つの夢が配置され、夢とプロットは見事なまでに密接に連動している。彼は「アーサー王の生涯」というテーマを念頭に置き、「アーサー王の死」というゴールを目指して物語を編纂した。寄せ集めであるが故に、全体を通してみると王の存在は意外に薄い。聖杯物語はその好例で、王は蚊帳の外である。しかし、物語の中に現れる夢によって、我々はマロリーの意図したテーマから目を逸らすことなく、「アーサー王の死」という悲劇にたどりつく。夢は物語の導き手である。②夢は悲劇のみを導いてはおらず、聖杯物語に現れる幻視は成功に必要不可欠である。

夢は、王の運命を栄光へと導き、聖杯探求の騎士たちに奇蹟をもたらす。聖杯の奇蹟を導いた後、夢は王の悲劇へと目的を定めて物語を突き動かす。聖杯物語に見え隠れする、予兆夢と幻視の関係を踏まえると、アーサー王がその運命から逃れられず、悲劇へ向かうしかなかった理由が垣間見える。本稿三節の2で述べたように、一回目の夢に思い悩むアーサーに、「考えても仕方ないことを考えるのは愚かである」と言い放ったマーリンの言葉は、夢が導く運命からは逃れられないことを暗示している。王の死は「偶然の悲劇」ではなく、夢によって導かれた「必然の悲劇」である。

【注】

（1）本稿では、Malory のテキストは以下を使用した。本文の引用はこの版の原文の頁数を直接本文の括弧内に付した。*The Works of Sir Thomas Malory*, ed. by Eugene Vinaver, rev. by P. J. C. Filed, 3rd ed., 3 vols.（Oxford : Clarendon, 1990）引用は以下の翻訳本を参考にした。『完訳アーサー王物語』中島邦夫・

小川睦子・遠藤幸子訳、青山社、一九九五年。

（2）アーサー王伝説の起源論議では「ケルト起源説」が優勢だが、C.S. Littleton と Linda A Malcor は著書 *From Scythia To Camelot* の中で、この「ケルト起源説」を否定し、「スキタイ起源説」を主張している。

（3）Karl Josef Höltgen, "King Arthur and Fortuna" in *King Arthur A Case Book*, ed. by Edward Donald Kennedy (New York : Routledge, 2002), p. 121-37.

（4）Catherine Batt, *Malory's Morte Darthur* (Basingstoke : Palgrave, 2002), p. 133.

（5）不破有理「偶然の悲劇―トマス・マロリー『アーサー王の死』における unhappy とジョン・リドゲイト」『言語文化』第22号、明治学院大学言語文化研究所、二〇〇五年。

（6）森ユキヱ「マロリー作『アーサー王の死』におけるアーサーの夢」『主流』第68・69号、同志社大学英文学会、二〇〇七年。

（7）竹中肇子 "Dreams Develop the Plot, For Texts in Parallel-The *Morte Arthur* Episode of Layamon's *Brut*, Alliterative *Morte Arthure*, Stanzaic *Le Morte Arthur* and Malory's *Le Morte Darthur* —"（未刊行博士論文、千葉大学、二〇〇二年）

（8）彼は連続して二つの夢を見る。一つは、兄弟たちと畑で作業中にヨゼフの束が立つと、兄弟たちの束がそれを拝むという夢で、二つ目は、太陽と月と星がヨゼフを拝むという夢である。父と夢の話を聞いた兄弟たちは、ヨゼフを妬み憎むのであった。

（9）ある夜、家畜番 Cædmon の夢の中に男が現れ、歌うことを知らなかった彼に「天地創造の歌を歌いなさい」と命令する。すると彼の口から聞いたこともなかった天地創造の歌が飛び出す。*The Ecclesiastical History of the English People*, eds. by Judith McClure and Roger Collins (Oxford; New York : Oxford University Press, 1999)

(10) *Commentary on the Dream of Scipio by Macrobius*, trans. by William Harris Stahl (NY and Chichester : Columbia University Press, 1952), p. 87–90.

(11) マロリーの作品では解釈を必要とする夢を dream、明瞭な幻視を vision と使い分けが見られる。しかし、中には明らかに vision である夢も dream と表記している場合もある。

(12) Jacques Le Goff, *The Medieval Imagination* (Chicago and London: The University of Chicago Press, 1988), p. 210–213.

(13) Le Goff, p. 118–123.

(14) *King Arthur's Death*, ed. by Larry D. Benson (Devon : University of Exeter Press, 1986)

(15) *Gesta Regum Britannie*, ed. and trans. by Neil Wright (Cambridge : D. S. Brewer, 1991)

(16) *Wace's Romand De Brut*, text. and trans. by J. E. Weiss (Exeter: University of Exeter Press, 1999)

(17) *Brut or Historia Brutonum*, eds. by W. R. J. Barron and S. C. Weinberg (New York : Longman, 1995)

(18) ここから前述の獣から熊へと描写が変わる。

(19) Howard R. Patch, *The Goddess Fortuna in Medieval Literature*, (Harvard University Press: New York, 1927, 1974)

(20) Le Goff, p. 204.

(21) ル・ゴフは、幻視と夢との相違について「キリスト教の教義では、下位の範疇に属する「夢」——ラテン語の sommus（眠り）を語源とする somnium という名で呼ばれる——と、覚醒状態で、或いは睡眠中において、隠された真実を垣間見させる、崇高なる「幻視」（visions）との間に区別が設けられている」とのべている。J・ル＝ゴフ／池田健二・菅沼潤訳『中世の身体』藤原書店、二〇〇六年、一二三頁。

(22) 四頭が姿を変えたと記述があるが、実際は一頭は獅子のままだったことになる。

(23) Le Goff, p. 196.
(24) Le Goff, p. 213.

第8章　女王（女性）を女王（統治者）として位置づける

――女王讃美の作品としての『ガラテア』読解

須田篤也

一　はじめに

「五年毎に、その地方で一番美しく純潔な乙女が、海神ネプチューンに生贄として捧げられる慣わしがあった。美しく純潔な娘を持った二人の羊飼いは、各々、自分の娘が生贄に選ばれることを恐れ、娘を男性に変装させ森の中に隠れるよう促す。男装した二人の乙女は森の中で出会い、互いに相手を男性と信じて恋に落ちる。自分が女性であることを打ち明けることの出来ない二人は、恋心に悩み苦しむ。……」

エリザベス朝の劇作家ジョン・リリーによって一五八五年に創作された劇作品『ガラテア』(1)に展開される主筋は、以上のようなものである。この作品は、エリザベス女王の御前公演のために創作されたものであり、当時の宮廷人の興味を反映する人文主義的教養を十分に採り込み(2)、ロマンティックで上品な喜劇となっている。舞台に示されるものは、リアルな人間感情の表出ではなく、知的に形式化されたロマンスであり、言葉や場面が醸し出す静的で絵画的な面白みである。

しかし、そうしたロマンティックな表現の裏に、劇作家リリーの生きた現実に対する認識があったはずである。宮廷という場で活動する文筆家にとって、当時の階層社会が大きな影響を持ったことを忘れてはならない。パトロンの好意を得ることは、その階層社会の中で自らを生かす手段として必要不可欠なことであり、そして、その位階の頂点に位置するのが女王であった。リリーも、女王の愛顧を得ることによって、宮廷で身を立てることを望んだ文筆家の一人であった(3)。逆に言えば、宮廷での上演を目的として書かれたリリー作品は、讃美を示す偶像、つまり現実の中に生きる女王を必要とした。しかし、そこに描かれたものが、あまりに実像に近づき過ぎては、女王の王権を侵害する怖れがあった。この双方からの要求を満たすための一つの方法として、ロマンティックな劇作が採られたと考えられるだろう。なぜなら、そこにおいて讃美する対象である女王の姿を理想的に示しつつ、同時に、女王の実像と虚像との間に十分な距離を置くことが出来るからである。では、その実像と虚像とは何か。そうした視点から、まず、現実社会の中で女王が直面した問題を考える。

二　女王が直面した女性性の問題
――『ガラテア』の歴史的背景

当時の家父長制社会においては、女王という存在は、「女」であり「王」であるという対立する概念の結び付きであった。なぜなら、統治者として「権威や強さ」を求められながら、女性として「従順や弱さ」を求められたからである。それは、公的存在として社会から求められるものと私的存在として肉体に備わっているものとの相反する二重性によって、女王の存在が脅かされたということである。

一五五八年に出版されたスコットランドの宗教改革者ジョン・ノックスの冊子から次の引用を見ることが、当時の女性の社会的立場を理解する助けとなろう。「自然は女性を弱く、脆く、短気で、意志薄弱で、愚か者にしている。そして経験から判るが、女性は節操がなく、変わりやすく、残酷で、助言を与えたり支配したりする力に欠けている(4)」。

ノックスは女性に対する当時の伝統的通念に沿う形で、女性統治者は、社会が男性に課すべき職務を引き受けることになり、それ故に、性別を無視した「怪物」のような存在であると非難する(5)。ノックスの論理では、女性の肉体的弱さが道徳的弱さと重なり合い、女性による統治は「自然に反する行為」であり、「神への侮辱」であり、「正しき秩序、公正、正義の破壊」ということになる(6)。

ここでは、ノックスの言葉の妥当性やその直接的影響よりも、こうした冊子が出版されたという事実に着目するものである。というのは、その事実に、当時の女性に対する社会的通念のあり方やメアリー女王統治時代に人々の心に作り上げられた女性統治者への不信感の高まり(7)の様子を垣間見ることができるからである。

エリザベス女王自身が、一五五八年に即位した時すでに、「女性」であることが統治の正当性を妨げないように配慮する必要を感じていたように思われる。戴冠式に臨んでの演説では、自らが女性としての「私的肉体(8)」と統治者としての「公的肉体」を持ち合わせた存在であることを人々にアピールする言葉が見られる。これは、「王の二つの肉体(9)」というテューダー朝の世界観に基づく政治的プロパガンダとして機能するものであり、女性性を「公的肉体」から切り離すことで自らの統治者としての正当性を強調するものである。だが、エリザベスの場合、「私的肉体」に付き纏う女性性を消し去ることは難しかったようである。なぜなら、即位から三十年も後、一五八八年にスペイン艦隊の脅威に迫られたティルバニーで行った演説にも、同様の戦略が見られるからだ。「私は弱く脆い女性の肉体をしていますが、王としての、しかも英国王としての心臓と腹を持っています[10]」という言葉には、政治的両性具有化の試みが見られるが、それは即位の際に行った演説と同じ戦略であることが分かる。すなわち、エリザベス女王が彼女の統治時代全体を通して同じ問題に直面していたこと、そして、その問題が彼女の統治体制に大きな影響を与えていたことを物語るものである。

実際の問題として、統治の構造自体が男性に帰属する形を持っていたことは事実である。男性統治者ならば、当時の世界観の一つである「大宇宙と小宇宙の照応関係[11]」に照らして、自己の肉体とその模倣すべきモデルとの同一化が容易であったろうが、女王の場合にはその同一化が困難であったのだ。その顕著な例が、エリザベスの結婚交渉の政治への影響の中に見えてくるのだが、それは男性統治者ならば問題ともならない事項を含んでいた。

女王の結婚は、即位した直後からイギリス議会にとって大きな関心事であり、議会から女王へ出された嘆願が記録に残っている。その中には、女王の未婚状態がイングランドにとって危機的状況を生み出すとして憂慮されていたことが示される[12]。女王が結婚し出産することで、王位継承者を明確にすることができるのだから、現在のような王位継承者が曖昧な状況は、国内の政治的乱れに繋がるとの懸念があったようだ。

ところが、実際にエリザベス女王とフランスのアンジュー公との結婚交渉が進む一五七九年には、ジョン・スタッブズが、その結婚を非難する冊子を出版し、結婚における男女の関係を論じつつ、女王の結婚に伴う国家の危機を説いた。スタッブズの論理では、神の法の下では、夫は妻に対し「権威と支配」を行使し、妻は夫に対し「畏敬と服従」を示すべきであるとされる。[13] さらに、今や高齢となった女王の初産は、彼女の命を奪い兼ねないとの危惧を示すものであった。[14]

当時の社会には「位階の鎖[15]」という考え方があり、それは秩序と位階が宇宙全体の法則であり、自然は一つの調和を成すという世界観であった。そこでは、男女の関係も位階の秩序を見出し、女性が男性の上位に立つことは秩序の乱れと認識され得た。「全ての男の頭はキリストに、女の頭は男に、そしてキリストの頭は神にある」という聖書の一節[16]は、スタッブズの示す結婚における男性の権威と女性の服従という論理を支えるものであった。

エリザベス女王を「屠殺場へと引かれて行く憐れな仔羊[17]」、あるいは「弱き器[18]」という言葉で表現するスタッブズは、女王の統治者としての姿の下に確固として存在する女性としての姿、すなわち女性性を浮き彫りにする。少なくとも結婚においては、女王といえども、女性性から逃れることは出来ないことが、スタッブズの言葉に強く感じられる。エリザベスも、妻となり母となる存在であり、何よりも女性であり、神の法の下に女性に与えられた境界を越えることは出来ないのである。だからこそ、エリザベスの結婚は、国家の危機と成り得るのであった。

実際、スタッブズが言うように、万が一にも、出産に際して女王が命を落とすようなことになったら、あるいは、結婚に及んで夫（フランスの公爵）が妻（イギリスの女王）を支配することが神の法の下に成されることが必然とされるならば、それは政治的にも宗教的にも当時のイングランドにとって憂慮すべき事態であったことは、容易に想像できる。

こうした状況にあって、現実的な限界に対処する手段として、イメージに関わる政治的戦略が大きな役割を担ったようだ。なぜなら、そのイメージが現実を逸脱するか否かに関わらず、むしろ逸脱する部分においてこそ、それは人々の心理に潜在的に訴える力を持つからである。実際の動きとして、一方において、女王のイメージを損なう印刷物や肖像に関しての規制が行われた[19]。また他方において、肯定的な女王のイメージを作り出す肖像画に見られるようなイメージ戦略が見られる[20]。エリザベス女王の肖像画は、女王の尊厳さをアピールするイコンであるといわれる。肖像画に見られる政治的寓意を考えるとき、肖像画が国家の統治において影響を持つ要素として機能したと考えられる。テューダー朝の統治者は、武力だけでなく、その正当性を持って政治に当たった[21]。その正当性を引き出すものとして、肖像画のような文化的実践も必要であったのであろう。

こうした動向の中にリリーの作品を位置付ければ、女王の直面した女性性の問題に対し、劇作品という虚構の世界に展開されるイメージの領域で、女王の統治を正当化し理想化する試みの一つとして、リリーの『ガラテア』を読むことが出来るのではなかろうか。

以下の議論の中心は、『ガラテア』の結末が示し得る意味を探ることであるが、それは、次の理由による。この作品は、恋愛喜劇の形を採りながら、そこには愛し合う男女の関係がないという矛盾を含んでいる。ところが、誰の目にも理不尽に思えた女性同士の恋愛が、結末において愛の女神ヴィーナスの奇跡によって解決される。その御伽話のような結末こそ、いかにもリリーの劇作品に相応しいものであり、『ガラテア』の劇世界が凝縮されているように思われる。そして、この男性不在の恋愛関係の成就という結末は、この作品の読みに深く関わる問題であり、そこにおいて、劇世界の意味付けが成されるように思われるのである。

三　社会的通念としての女性性の曖昧性
──『ガラテア』読解（1）

作品は、牧歌的雰囲気を示しながら[22]、二人の男性（少年とその父親）の登場で始まる。しかし、直ぐに、この少年は、乙女ガラテアが男装した姿であることが語られる。父親が娘の男装の理由を語り出すと、幕開けに示された牧歌的雰囲気の中に、処女の生贄によって暗示される社会的通念としての男女の関係が呼び起こされる。

生贄の条件として強調される「処女性」は、社会的に抑圧される女性性と結び付くものだ[23]。しかも、処女の生贄には、海神ネプチューン（男性）の乙女（女性）への性的暴力が暗示される[24]。そもそも、この作品の材源の一つであるオヴィディウスの描くガラテイア（ガラテア）は、ネプチューンの息子ポリュペーモス（一眼巨人）の性的欲望の対象となったニンフなのだ。

ガラテアが登場する場面と同様の状況が、もう一人の乙女フィリダとその父親の場面に繰り返される。これらの反復される場面に、結末において重要となるガラテアとフィリダの類似性や同一性を示しつつ、父親（男性）の権威と娘（女性）の従順という関係の普遍性が強調される。家庭は国家の小宇宙であり、親に対する子の服従や男性に対する女性の服従が正しい国家秩序の模倣であり、そうした権威への服従が自然の秩序の維持に不可欠と考えられていた当時の思想的背景を無視しては、これらの場面の意味を見失うことになり兼ねない。

しかし、一面において、家父長制社会における男性の優位性と女性の従属性を描くように見える場面が、逆に、女性に押し付けられた社会的役割が恣意的なものに過ぎないということを明らかにしてしまう。二人の乙女がどんなに娘（女性）としての従順さを示そうとしても、男性の衣装を身に付け、男性の役割を演じる限りにおいて、社会が女性としての二人に課す義務、すなわち生贄にされることを免れることになる。二人は、父親の不敬な計画を諌めつつ、生贄になることを受け入れ、男性として振舞うことを拒むのだが、彼女たちが身に付けている男性の衣装がそれを許さない。男らしさ、女らしさというものは、本質的なものではないのだ。そうした社会的通念の曖昧性や恣意性を示しながら、この作品は始まる。

当時の文学作品において、森は、宮廷と田園との対比や人工と自然との対比をテーマとする牧歌的喜劇にとって重要な空間であり、宮廷人の恋愛遊戯の舞台として用いられる場所であった。『ガラテア』の森には、男装した純潔の乙女が逃げ込み、ニンフ（女性）に変装したキューピッド（男性）と羊飼い（被支配者）に変装したネプチューン（支配者）が紛れ込む。こうして神話的雰囲気も加わり、男装した二人の乙女のロマンティックな恋愛に相応しい舞台となる。

しかし、視点を変えれば、こうした登場人物によって暗示される『ガラテア』の森は、かつての秩序や対立を一時的に無効にするカーニバル的放縦の場であることが見えてくる。そこでは、性差や社会的位階の境界が揺さ振られ、男性と女性、支配と従属、正義と不正、救われる者と呪われる者との関係が曖昧になる。この曖昧性をさらに強調するのは、もう一人の乙女ヒービである。ガラテアとフィリダを失った森の外の人々は、生贄としてヒービを選び出す。ヒービは、初めは生贄にされることを嘆くが、やがて生贄として相応しくないことが明らかになり、生贄としての責任を免れることになる。しかし、ここでヒービは、「不名誉を持って生きるより、名誉を持って死んだ方が良かったのでは？　甘美ではあっても空虚なこの世に生きるより、類稀な美しさ故に国を護って死ぬ方が良かったのでは？」（五幕二場六八～七二）と、再び嘆きの言葉を口にする。嘆きは喜びに、喜びは嘆きにと、互いに交じり合ってしまうのである。

ヒービの言葉は、生贄に含まれるもう一つの意味を明るみに出す。それは、生贄という社会的に虐げられた存在が、同時に、社会の安泰を護る英雄的要素を身に纏うことになるということである。社会的強者は、その優越性を保つため弱者を排除するのであるが、そのとき強者が弱者に依存するという不均衡な関係性が生まれる。そして、先に示したように、この作品では生贄という言葉が、社会的に抑圧される女性性と結び付くことを忘れてはならない。社会的境界が揺さ振られ、秩序の乱れた森では、社会的行為としての生贄の儀式は延期されざるを得ない。

だが、この森は、作品の結末においてカーニバル的放縦から新たな秩序を生み出す祝祭の儀式へと向かうための空間となる。二人の乙女の恋愛（主筋）だけでなく、副筋に見られる混乱も、森の中での神々のいざこざも、全てが二人の結婚へ向けて調和を取り戻すことになる。つまり、最終的に用意された二人の乙女ガラテアとフィリダの結婚という儀式は、新たに修復された秩序を用意するものなのだ。最後に、その結婚へと向かう作品の流れを見ながら、そこにおける劇世界の意味を探ってみる。

四　男性性を排除した新たな秩序へ
――『ガラテア』読解（2）

ガラテアとフィリダの恋愛は、身に付けた男性の衣装ゆえに、自らの感情までも装わなければならない状況の中で、虚像と実像との差を苦しむと同時に楽しむものである。だから、二人の恋愛を終わらせるものは、父親の再登場が促す現実社会の認識であるはずだった。「これは、私の娘です」（五幕三場一一八）という父親の言葉が、彼女たちに「娘」という現実を突きつけ、二人を森の外の世界へと呼び戻す。観客は、ここでカーニバル的放縦は終焉を迎え、二人の乙女も外の世界が強要する女性性と再び向き合わねばならないことを想像するだろう。しかし、リリーは、この観客の期待を裏切るような結末を用意する。何の前触れもなく、突然に、女性同士の結婚の不可能性が、ヴィーナスの奇跡によって覆されてしまうのである。「自然の神にも運命の神にも、二人の情熱と貞節を破壊させるような真似はさせません」（五幕三場一四四〜五）と断言するヴィーナスは、乙女の一人を男性に変えることで、二人の恋愛を成就させると言うのだ。

この二人の結婚を前に、禁欲的な精神性を象徴する女神ダイアナと生命の発露である愛欲を象徴する女神ヴィーナスの和解が成される。それは、リリーの他の劇作品で繰り返し示される完全なる統治者の姿(25)の焼き直しともとれるが、ここでは、完全なる女性性の成就と考える方が良いのではなかろうか。そこには、男性社会が女性に強いる役割の境界が崩れ去った姿が浮かび上がるからである。それ故に、この両女神の和解によって、海神ネプチューンが処女の生贄を放棄せざるを得なくなるのも納得のゆくことなのだ。こうした新たな秩序へと向かう森の世界は拡散し、外の世界を飲み込んでしまう。もはや、外の世界にも、二人の乙女を脅かす生贄という社会的抑圧はなく、それに伴う名誉と不名誉もない。

二人の結婚を約束するヴィーナスの言葉に、二人の父親が愚かしくも異議を唱える。その台詞には、まだ「娘」という言葉が目を引く。二人の父親にとって財産贈与に関わる家父長制社会の問題、つまり性差の問題が頭から離れない。しかし、「二人とも愚かしい」（五幕三場一七三）とヴィーナスに戒められ、自らの愚かさに彼らも漸く気が付かされる。もはや父親（男性）が持つ権威など意味が無いのだ。なぜなら、ダイアナとヴィーナスの和解によって、男性社会が女性に強いる境界は崩れてしまったし、ネプチューンの生贄の放棄によって、男性の優位性の無効が宣言されてしまったのだから。

二人の乙女の恋愛は、自然も運命も超越した形で、ヴィーナスの奇跡によって幸せな結末を迎える。ここで、この作品は、もう一つ、劇的効果を生み出す状況を用意する。どちらの乙女が男性に変わるのか、劇中においては明確にしないのである。「では出発しましょう。教会の扉の所に来るまでは、それは誰の運命になるか、誰にも判らないのです」（五幕三場一八三～四）と言うヴィーナスに二人の乙女は快く同意する。その答えは劇世界の外へと追い遣られることになる。『ガラテア』の森の示す両面価値性を考慮すれば、二人が持つ両性具有性こそが重要なのである。さらに、それは、二人の結婚を家父長制社会が求める結婚とは別のものにするのだ。二人の結婚は、男性と女性との間にある主従関係とは異なったものを作り上げる。それは、森の中での恋愛から一貫して継続し、ついに結婚として完結する。先行研究において時として未熟な人物造形と指摘されるガラテアとフィリダの差別化の欠如(26)も、一幕から延々と描写される二人の類似性も、ここにおいて、むしろ重要な劇的要素となってくるといえよう。

あたかも鏡に映った像のように類似した二人の乙女同士の結婚は、まさに両者の結婚による一体化であり、性差を超えたロマンティックな理想的婚姻関係であり、男性性を排除した空想的婚姻関係であり、それゆえ現実的な社会通念に縛られた男性的価値観の入り込む余地がないものとなる。そう考えれば、どちらの乙女を男性に変えるかを示さないことは理に適っているといえる。なぜなら、どちらかの乙女に男性性を付加すれば、この空想的婚姻関係に、現実的な性差の概念を持ち込むことになってしまうからである。この点において、最後に二人の父親を登場させ、彼らの考えを愚かしく描く演出は、効果的に働いているようだ。カーニバル的放縦は終焉を迎える。その後に続くのは、かつての境界を超越した新たな秩序を整えるための結婚という儀式である。

五　おわりに

リリーの作品は、急進的な政治的考えを含むものではないといわれる。(27) また、彼の作品は、現実の問題に対して何らかの解決を生むものでもないようだ。『ガラテア』も厳しい生の現実より、美しい理想を舞台に示すロマンティック喜劇である。

しかし、そのロマンティックな舞台に、現実社会に生きる人間（女王）の姿が逆照射されているのではないだろうか。現実との距離を保ちつつも、ある種の理想的世界像の中に女王の御前公演という形式が必然的に持ち合わせる女王讃美の目的を達成しなければならなかったのだから。当時の現実の社会情勢を考えつつ、具体的な言葉で表すならば、『ガラテア』という作品は、そのロマンティックな装いの下で、エリザベス女王が現実の社会で直面する女性性の問題に対して、女性性自体を新たな秩序を担う礎として肯定し、男性社会が女性に強いる社会的通念としての女性性を超越した理想的な世界像を示し、さらには、エリザベス女王をその新たな秩序を体現するものとして暗示的に想起させることで、女王の統治への讃美の目的を達成しているといえるのではないだろうか。

【注】

（1） 『ガラテア』からの引用は、John Lyly, *Galatea*, ed. G. K. Hunter & David Bevington. New York : Manchester UP, 2000 に拠る。

（2） G. K. Hunter, *John Lyly* : The Humanist as Courtier. London: Routledge & Kegan Paul, 1962, pp. 10–23.

（3） Hunter, pp. 85–88.

（4） *The Political Writings of John Knox*, ed. Marvin A. Breslow. Washington, London and Toronto : Folger Books, 1985, p. 43.

（5） Breslow, p. 38.

（6） Breslow, p. 42.

（7） Helen Hachett, *Virgin Mother, Maiden Queen*. London : Macmillan, 1995, p. 38.

（8） *Elizabeth I : Collected Works*, ed. Leah S. Marcuc, Janel Mueller & Mary Beth Rose. Chicago & London : The University of Chicago Press, 2000, p. 52.

（9） 当時の世界観に関しては、E. M. W. Tillyard, *The Elizabethan World Picture*. First printed in 1943, reprinted by Pimico, 1998. および、W. R. Eiton, "Shakespeare and the thought of his age", *The Cambridge Companion to Shakespeare Studies*, ed. Stanley Wells. Cambridge : Cambridge UP, 1989. に詳しく説明されている。後に論じる「位階の鎖」「大宇宙と小宇宙の照応関係」に関しても Tillyard および Eiton を参照のこと。

（10） *Works*, p. 326.

（11） 注（9）を参照のこと。

（12） *Works*, pp. 72–77.

(13) *John Stubbs's Gaping Gulf with Letters and Other Relevant Documents*, ed. Lloyd E. Berry. Charlottesville : the Folger Shakespeare Library, 1968, p. 11.

(14) Berry, p. 51.

(15) 注（9）を参照のこと。

(16) *I Corinthians*, 11 : 3. *Genesis*, 3 : 16, および *I Timothy*, 2 : 12, にも同様の男女の関係についての記述が見られる。

(17) Berry, p. 4.

(18) Berry, p. 11.

(19) Rob Content, "Fair Is Fowle, Interpreting Anti-Elizabethan Composite Portraiture", *Dissing Elizabeth*, ed. Julia M. Walker. Durham & London : Duke University Press, 1998, p. 229.

(20) Roy Strong, *Gloriana : The Portraits of Queen Elizabeth I.* London: Thames & Hudson, 1987.

(21) Andrew Belsey & Catherine Belsey, "Icons of Divinity : Portraits of Elizabeth I", *Renaissance Bodies*, ed. Lucy Gent & Nigel Llewellyn. London: Reaktion Books, 1990; reprinted 1995, p. 35.

(22) 『ガラテア』の登場人物名、および、最初の台詞は、ウェルギリウス『牧歌集』Virgilius Eclogues に拠るところが多い。(Hunter & Bevington, op. cit., pp. 28-33.)

(23) 五幕二場で生贄に選ばれた娘ヒービの台詞「男性が弱い女性を力づくで犠牲にしたがっている。いいえ、神様だってそうです…」(5. 2. 14-16) に、女性と男性の関係性が読み取れると思われる。

(24) J.B. Altman, *The Tudor Play of Mind*. Berkeley : University of California Press, 1978, p. 210.

(25) 『ガラテア』以前に創作された『キャンパスピ』『サッフォーとファオー』、以後に創作された『エンディミオン』に見られる。これらの作品に関する詳細、および、そこに見られる統治者の理想像に関しては、Hunter, pp. 159-193 を参照のこと。

(26) Peter Saccio, *The comedies of John Lyly*. New Jersey: Princeton University Press, 1969, pp. 95–160.
(27) Altman, p. 197.

第9章　英国二大政党のせめぎ合いの中の文学とは

――ドライデン・リー合作『ギーズ公爵』（悲劇）を読む

佐藤　豊

一　はじめに

『ギーズ公爵』（一六八三年）という劇はジョン・ドライデンと同時代の若手劇作家ナサニエル・リー[1]との合作による作品であるが、二人の合作としては二作目の作品となる。この作品は当時の政治的に緊迫した時代背景と密接な関係にある作品といえるが、これがどのような経緯の下で書かれたのかに加えて、この作品のねらいとその後の反響なども合わせてみてゆきたい。

二　『パリの大虐殺』

パートナーのナサニエル・リーは十六世紀フランス宗教戦争前段の終幕ともいえる作品『パリの大虐殺[2]』を手がけているので、まず最初にこの作品を簡単に確認しておきたい。第五幕第一場のフランス・カトリックのギーズ公と王家の娘マルグリットの会話である。

ギーズ公爵　それじゃあ、すべてのユグノー派の人々の命はいまのこの瞬間に墓場へと送られる宣告を受けたということを承知してくれ。全員の大虐殺なのだ。
マルグリット　大虐殺ですって！
ギーズ公爵　私はやってしまったのだ。だが、聞いてくれ！　銃は発射されたのだ。躍動している私の胸は大声で叫んでいる、（殺すべきは）あの提督なのだ。ナヴァールのアンリ公との結婚はこの目的のために計画され、王宮へ公を連れ出すためだったのだ。そしてかくも大きな企てにおいて王は私にこの婚姻を引き裂くように命じた。さもなければわが一族を破滅する脅威にさらしたし、さらに悪いことには、私の目の前であなたが死んでしまうことになる。何だ、モルヴェルか！　彼が控えの間を通ったぞ。
（モルヴェルが入場）
彼と話をするのを許してくれ。さあ、報告してくれ。さあ、あの提督は死んだ？
モルヴェル　まだ死んではおりません、閣下。
（第五幕第一場）(3)

リーの『パリの大虐殺』は、フランス宗教戦争の中でも最も残虐な事件で、一五七二年八月にパリで起きた聖バルテルミの大虐殺をテーマとして書かれたが、(4) 上記のやりとりは王家の娘でカトリックのマルグリットとギーズ公爵の会話である。プロテスタントとカトリック新旧の宗派対立の最中で、王家の娘マルグリットはギーズ公爵と相思相愛の仲だったにも拘わらず、その後マルグリットの反対にも有無を言わされず、二人の関係は引き裂かれ、プロテスタント・ユグノー派の代表であるアンリと政略的な結婚をさせられる羽目になった。そして婚姻の祝宴に集まったユグノー派の新教徒が聖バルテルミの日に大量に虐殺されたが、この虐殺はギーズ派一門が主導して行い、王家の皇太后であるカトリーヌ・ド・メディシスもこれに連動して事前の承認を与えていたといわれる。そもそも婚姻の真のねらいはナヴァールのアンリをパリに誘い出して、プロテスタントを虐殺するために行われたものだとギーズ公爵はこの場面でマルグリットに明かすが、何も聞かされていないマルグリットはここで初めて王家とカトリック側の陰謀の事実を知ることになる。

ところがこの事件から一世紀以上経ったイギリスでリーによってバルテルミの大虐殺をテーマとする劇が書かれたが、すぐには上演されなかった。その理由は、当時常駐していたフランスの大使から上演を禁止するように求められたからだった。

そして数ヶ月後にカトリック宗教の注目に値する非難が行われた。すなわちリーの『パリの大虐殺』だった。それは恐ろしい劇で、聖バルテルミの日の大虐殺を戯曲化したものだった。カトリック陰謀事件によって引き起こされたプロテスタントのプロパガンダに貢献するものとしておそらくは一六七九年に書かれていた。フランス大使の要請を受けて、チャールズの治世には上演を

禁止されていた。しかし、この人心を煽るテーマは当面の問題との関連性を失ったというよりも逆に高めていた。(5)

実は『パリの大虐殺』の上演（名誉革命後の一六九〇年にようやく、ロイヤル・シアターで上演された）が禁止された一六八〇年代初頭は歴史的に極めて緊迫した時代背景があり、一つにはカトリック陰謀事件という大きな陰謀事件があり、これは一六七八年に数名のイエズス会士がチャールズ二世を暗殺し、カトリック教徒のヨーク公（のちのジェームズ二世）を王位につけて、プロテスタントを虐殺するといったタイタス・オーツらによる事実無根の陰謀捏造事件であった。この時期はカトリック教徒に対してヒステリックな民衆感情が多分にみられた極めて異常な時代でもあった。

このような緊迫した時代にあってリーの『パリの大虐殺』には、カトリック教徒がプロテスタントを大量に虐殺するという宗教上のテーマがみられると同時に、政治的な問題も絡んでいることは否定できないが、この当時はとくに十七世紀後半のイギリスに生まれつつあった二大政党のトーリーとホイッグの政治的対立関係に発展していった時期であることを忘れてはならないだろう。(6)これに触れてR・G・ハムの文章をみてみたい。

ロンドンの半分の人が広範囲にわたった破壊行為の脅威に夜な夜な震えていたとき、カトリック教徒による大虐殺という話はホイッグ派の宣伝材料としてかなり引く手あまたであったと我々は指摘することができるかもしれない。(7)

要するに、フランスで一五七二年に起こった聖バルテルミの虐殺は明らかな事実として存在し、カトリック教徒がプロテスタントを虐殺したわけだが、ところ変わって約一世紀後のイギリスではカトリック陰謀事件のため、カトリックがプロテスタントを虐殺する可能性があるという話に連結されて、ロンドンの人々は疑心暗鬼になっていた。しかしこの虐殺の話が仮にデマに基づく陰謀捏造であったとしても、一世紀前の史実には疑いのない裏づけがあっただけに、カトリックによる大虐殺の再来の恐れがあるという話には現実味があり、ホイッグ派はこれ幸いと活用して、自派の宣伝材料に使っていたことはいうまでもない。

やや結論的なことを先に言えば、政治的な対立が白熱しつつある中で、ホイッグ派の宣伝的な文書に対抗すべく、ドライデンはナサニエル・リーとの合作によってトーリー側に有利な『ギーズ公爵』を書いたといっても過言ではないだろう。

一方、この時期のドライデンの立場は、「ドライデンの公けになった政治的な著作物は個別にはチャールズ二世、一般的にはステュアート家に対する堅固な支持から決して逸脱することはなかった(8)」にみられるように筋金入りのトーリー党支持者であることは言うまでもないが、それだけに、『ギーズ公爵』はホイッグ派を敵対視したトーリー・プロパガンダの作品といっていいだろう。

三　ドライデンとリー

ドライデンの伝記作家チャールズ・E・ウォードはこの時期の二人について以下のように書いた。

『メダル』という作品を書き終えてすぐに、ドライデンはリーから話をもちかけられたが、『オイディプス』の成功のあと、リーは合作の劇を書くという以前交わしていた約束を履行してもらいたいと言ってきたのだ。それに従って二人は『ギーズ公爵』を書き始めたが、これは一六六〇年以来ドライデンにとって関心のあるテーマであった（当時彼はそうした劇を実際に計画していたと述べている）し、①フランスではアンリ四世とカトリック・リーグ派（神聖同盟）の紛争の歴史、②イングランドでは厳粛同盟とチャールズ一世の紛争の歴史、そして、③現在ではシャフツベリの新しい連盟によって王との紛争の歴史が脅威的に繰り返されるといったこれら三者のあいだで、ドライデンがすでに指摘していたパラレルのために今ではとくに重要なテーマとなっている作品である。(9)

ドライデンとリーによる最初の合作は『オイディプス』であり、この興行はかなりの成功を収めたようだが、次作の『ギーズ公爵』についてはお互いの関心と利害が一致して二作目の合作として実現した。ただし、ホイッグ派に有利に働いたと予想される『パリの大虐殺』を書いたリーが、ここにきてどうして今度はトーリーに有利と思われる『ギーズ公爵』を、トーリー・プロパガンディストのドライデンとともに書いているのかが多少疑問になる。果たして、この『ギーズ公爵』が世に出てから間髪入れずにホイッグ側から反論書が出た。その一つがシャドウェルのものとみられる『「ギーズ公爵」と命名されている劇にみられるみせかけのパラレルに関する所見』と題する反論書である。

この劇（『ギーズ公爵』）は、最も残忍な『パリ人の大虐殺』におけるカトリック教徒の比類のない凶悪な行為を暴露することを意図して、もう一人の著者によって最初書かれていた（これは筆者以上に詩人や劇作家たちと直接により関係の深い人によって聞かされた話である）。そしてこれまた聞いた話だが、ベイズ（ドライデンのあだ名）自身が、あの赤い娼婦（カトリック教会）の弟子たちの不誠実で、非人間的で、血なまぐさい本性をあばくために、「シチリアの晩鐘」の物語を書くという意図をそのとき表明していた。(10)

この劇は本来もう一人の著者（すなわちリー）によって聖バルテルミの大虐殺になるはずであったということだが、そうなればホイッグ派には有利なストーリーの展開になるとシャドウェルは考えて、続けて次のように反撃する。

私には最初の著者（リー）自身にそうした悪しき意図に関して罪があるとは思えない。なぜなら、リーについてはよりいい評判を耳にしているからだ。しかしながらあの老練で悪賢いベイズ（ドライデン）がリーをそそのかしたのだ。その作品によって何かしらの益が得られたとしたら、名声のために彼はそうしたであろう。(11)

このように本来ホイッグ派であったとされるリーは、悪しき意図はもっておらずに、むしろ悪賢いベイズ、すなわちドライデンにそそのかされて『ギーズ公爵』を書いてしまったとシャドウェルら（のホイッグ派）は弁明する。ここで、ナサニエル・リーの人物評が気になるところだが、ポリーナ・キューズによれば、少なくともリーには一貫性がなくて、明確な考えがみられないと指摘している。

概してリーはホイッグ派であったと考えられている……彼は王位排除危機の結果としてトーリー派になったのだ。一部の批評家はこの見解に疑問を呈し、『ギーズ公爵』の前にリーが書いた劇作品は一貫してホイッグ主義やあるいは共和主義的ではなかったと示唆している。しかしながら彼の同時代人によれば、リーはドライデンのトーリーイズムの完全な引き立て役であり（そして犠牲者）として役立つに十分ホイッグ派として見なされていた。[12]

最後の部分にもある通り、「リーはドライデンのトーリーイズムの完全な引き立て役であり（そして犠牲者）として役立つに十分ホイッグ派として見なされていた」としている説明が注目すべき点だろう。ホイッグ派の論客はリーを、もともとホイッグ派だった彼を何とか自派に取り戻そうとする努力の跡がみられるが、この時期、すなわち「一六七九年から一六八二年におけるリーの政治的信条の旋回は一般民衆の精神にみられる大混乱の兆候であった[13]」といったハムの指摘にみられるように、時代の政治的な不安定さが個人を翻弄している格好の例ではないかといえる。

いずれにせよ、ホイッグ派からの上記のような反論書が出たため、ドライデンは一六八三年にわざわざ『「ギーズ公爵」の弁護[14]』と題する弁明書を書くことになった。作品に対する弁明書はあまり前例のないことだが、これによって逆に、現代人はドライデンに関する様々な考えを詳しく知ることができる、という利点はみられる。

まず最初にホイッグ派の批判の的となった論点の中で重要と思われるのは、この作品が二人による合作というよりは、大方ドライデンの主導（あるいは強要）によって書かれた作品ではないかという批判だった。十四歳年下のリーと違ってドライデンはすでに桂冠詩人として名声を博しているだけに、そうした批判が聞かれるのもある程度予想されるところだが、これに対しドライデンは弁明書で次のように応える。

『オイディプス』を執筆したあとで、私はもう一つの作品でリー氏とともに合作する約束をほっておいたが、二作目の仕事に着手する前で、ある詩（「メダル」）をちょうど書き終えた矢先に少しばかりの休息を楽しもうとしていたとき、例の約束を履行していただきたいとの要請がたまたまリー氏からあった。私たち二人の間に入っていた関係者がこのような次第が嘘ではないことを承知しているし、リー氏自身がこの事実を否認しないことは私が十分確信している。その結果、『所見』の悪意をもった著者たちが喜んで言明しているように、私は自分とともに執筆に参画するようにリー氏をたぶらかしてはいなかった。しかしながらリー氏の忠義心はかくも馬鹿げた中傷以上にりっぱなものがあるといえる。街の人がこの劇作品は無知ながらも「私の」劇作品であると呼び、そう受け止めていたことは私も十分に承知している。しかしながら私は友人の功績を思い上がって自分のものだと主張するつもりはない。この劇の三分の二はリー氏が手がけたものであり、その結果、私の分担は第一幕第一場と第四幕の全部と第五幕の最初の半分以上程度である[15]（『所見』に関しては、注（10）にあるシャドウェルの「…所見」と同じである）。

このようにドライデンは批判にあるように自分からリー氏に積極的に誘いをかけて強制的にこの劇

を書かせてはおらず、むしろリーの強い要請やイニシアチヴから執筆したと強い口調で弁明する。ドライデンのこうした言質に信憑性は感じられるが、しかしながら客観的に見た場合、王政復古以降のドライデンの考えには揺るがないトーリーイズムがみられるだけに、少なくともこの作品のトーンにはリーの考えよりもドライデンの考えが色濃く反映されていたとみるのが自然ではないだろうか。

四　パラレル

ここで一つ気になることは、しばしば引き合いに出されるパラレルという言葉である。例えば、ドライデンの『アブサロムとアキトフェル』（一六八一年）では旧約聖書をベースとする「パラレル」の手法を用いて同時代史（十七世紀後半のイギリス）を詩という形式でアブサロム（＝モンマス公）とアキトフェル（＝シャフツベリ）を物語っているなど当時パラレルという装置はよく使われており、今回の劇では合作という形で、十六世紀フランスの後期宗教戦争の舞台がベースとなり、これを基にイギリスの十七世紀後半の現代史が語られている（もっともドライデンのエピローグには、ピューリタン革命期の厳粛同盟が触れられているので、その素材は厳密には三つとなっている）。

そもそもパラレルという手法が使われているのは、同時代のテーマをそのまま表現するにはあまりにも問題が露骨で生々しくなってしまい、様々な障害が発生する可能性が多分に予想されることから、無用な衝撃をやわらげるべく時代と場所の異なったところを設定して劇作品が無難に描かれているといっていい。具体的に、パラレルに関してドライデンはこの作品の「プロローグ」で次のように表現している。

我々の劇はパラレルである。すなわち、聖なるリーグ派は
我らが盟約をもたらし、ギーズ派はホイッグ派をもたらした。
我らが激しやすいシェリフ（州長官）が推進したことは何でも、
我々のやり方がそうであるように、最初フランスで生み出されたものだった。
そして向こうでそれが使い古されて、十分荒廃されて、追い払われると、
当地に送られ、神々しい乞食のように受け取られた。(16)

ここでドライデンは明らかに「我々の劇はパラレルである」と認めている一方、十六世紀フランスで生み出されたものが海を渡って十七世紀のイギリスへもたらされるなど、いくつかの政治的、宗教的派閥の流入が明記され、たとえばリーグ派の旧教同盟がピューリタン革命児の盟約同盟となり、ギーズ派がホイッグ派となっているなど、「パラレル」がこの作品で重要な装置となっていることが分かる。もちろん、その受容は単純ではなく、「使い古されてお払い箱になったもの」という表現で入ってくるのだが、少なくともこの劇では二つの国フランスとイギリスがかかわっていて、比較文化としての問題が関係しているということがいえよう。

五　『ギーズ公爵』のあらすじ

『ギーズ公爵』のあらすじがどのようなものなのかをごく簡単に辿ってみたい。その際、一つ触れて

おかなければならないのは、この劇の底本であると引き合いに出されるのが、イタリア人Ｈ・Ｃ・ダヴィラの英訳版『フランスの宗教戦争の歴史』である。[17]具体的にはウォルター・スコットのドライデン全集の『ギーズ公爵』においてダヴィラを底本としたとされる箇所がいくつか指摘されている。この作品の舞台の時期は一五八八年であり、フランスの王様はアンリ三世であり、それに母后（皇太后）とカトリック旧教同盟のリーダーであるギーズ公爵と弟のマイエンヌ公爵が主な登場人物であり、実際に劇に登場はしないが、話題になる重要人物に、プロテスタント（ユグノー派）側のアンリ（のちの王アンリ四世）がいる。当時は三人の「アンリの戦い」と命名されていたが、この劇のポイントは、ギーズ公爵がアンリ王からパリに入場しないように言われていたにも拘わらず、この命令を聞かないでパリに入場したため、アンリ三世からギーズ公爵が最終的に殺害されてしまうというプロットである。[18]ただし、今回の劇ではマリコーン、メラナックスといった史実とはまったく関係のない悪魔的な存在が出てくる一方、グリヨンの姪であるマルムーティエールという美しくて若い女性も新たに創作的に書き加えられていることは注目しておきたいところで、この劇作品に情愛的な箇所を添えている部分である。

六　『ギーズ公爵』に対するホイッグ派の反論

この反論には、いくつかの論争点があるが、とくに重要と思われる点は、第五幕で、堪忍袋の緒が切れて王がいよいよギーズ公爵を殺害することを意図し、ブロアの三部会に召集されたギーズ公爵が殺される最終場面である。

（レヴォルが入場）

レヴォル　ギーズ公爵閣下、王が閣下と面会したいと申しています。

ギーズ公爵　おお、枢機卿、リヨンの枢機卿よ！　だが、もういい。

いや、もう一言ある。（枢機卿に対して）あなたには世捨て人と話す特権がある。

それだから、彼女に伝えてくれ、

私が呼吸をするのをあなたが二度とみないとするならば、

これが最後のため息だと彼女に話してくれ、おお、マルムーティエールよ！

（ギーズ公爵、礼をして退場）

枢機卿　すべては閣下自身の思うとおりになります、閣下。

おやっ、変な胸騒ぎがするぞ。

大司教　もう一度いいます、アンリ王はあえてそんなことをするわけがありません。

枢機卿　あの方のようにふるまう人々にはご注意願います。

あの方は卑しい復讐に身を落とすようなことはしないということは承知していますが、

しかし、何か一層力強い危害があの方の気持ちに刺激を与えてしまうと、

あの方はただちに翼を羽ばたいて雷鳴とともに怒りを噴き出し、

そして復讐をなし遂げてしまう。だが、聞いてくれ、何かが起こっているぞ。

ギーズ公爵　（中のほうで）人殺しだ、曲者だ！

司教　あなたの兄弟の（ギーズ公の）声が聞こえるぞ、ドアの方へと走れ。

枢機卿　助けてくれ、助けてくれ、ギーズ公が殺された。
司教　助けてくれ、助けてくれ。
グリヨン　無駄な叫び声はやめろ、あなた方は今や王の囚われ人なのです。
デュガストよ、連中を拘留しろ。
枢機卿　我々は従わねばなるまい、天が我々をお呼びだ。（退場）　（第五幕第五場）

これが最終場面で、ギーズ公爵は王に殺害されてしまう。このため、ギーズ公の殺害に関してホイッグ派は次のような批判を突きつける。

残りについては、この劇において彼の意図は明らかに、人々には誤った事実によって次のものを植えつけ、王には彼にあるのと同じくらい多くの嘘を植えつけることである。具体的には首都に対しては嫌悪感、市民に委ねられている権威に対するあざけり、下院の反感と軽蔑、そして最後に（劇全体がこのために主に書かれているように思われるが）勇敢で無垢な王（マンモス公）の暗殺（詩人は彼のパラレルによって王を罪人として表現するだろう）などを人々に植え付けることである。

血に飢えたトーリー派の人々が声高に叫び、好んでいるのが、何にもましてギーズ公爵の殺害である。ギーズ公爵は罪深い人間ではあったけれども、アンリ三世においては、いかなるキリスト教徒も擁護できない行為である(19)。

要するにカトリック教徒のギーズ公爵が暗殺されるという結末がパラレルによって、今度は同時代の十七世紀後半のイギリスでプロテスタントのモンマス公が暗殺されるという結末に連結され、これが『ギーズ公爵』という作品によって強く浮上してきたため、ホイッグ派はドライデンを激しく批判することになる。この点が大きな焦点として浮き彫りになったことは疑いを得ないところである。これに対してドライデンは『「ギーズ公爵」の弁護』において次のように反論する。

この劇はパラレルであったことは認められていたが、フランスのリーグ派とイングランドでは盟約派、ギーズ派とホイッグ派の間での類似点に限られていた。そのパラレルはホイッグ派が主張しているにも拘わらず、個別の人までは広げていなかった。モンマス公はギーズ公爵のパラレルではないのである。[20]

ドライデンの伝記作家ウォードがこのように明快に代弁しているように、このパラレルには、党派や派閥のパラレルはあったが、個人に関するパラレルは意図されていないとドライデンの考えを釈明する。その具体的な理由としてドライデン自身は次のように述べる。

一方（ギーズ公爵）は明らかにリーダーであったが、他方（マンモス公）は最悪の場合（ホイッグの人々によって）悪事に欺かれているのだ。一方の計画は公然と権利を強奪しようとしていた。他方の計画はより公平に解釈されるかもしれない。そしてマンモス公の気質の生まれながらの率直さと誠実さからして私が思うことは、事態は最終的に申し分のない服従と和解に落ちつくということである。[21]

このようにギーズ公爵とモンマス公の大きな違いをドライデンは明らかにして、ホイッグ派が主張するようなパラレルは成立することはないと反論する。むしろドライデンがこの劇で訴えたかったのは次の点であると、ポリーナ・キューズは説明する。

トーリー派によれば、一六八一年秋のシャフツベリ伯の大陪審の期間中、その存在が劇的に明らかにされたホイッグ派の連盟は、議会の手段を通して彼らの目的を達成することができないとすれば、ホイッグ派が武装した反乱という手段に訴えるだろうということを確証していた。ドライデンとリーの劇はこのような主張を例証している。それはその由来となった英雄の権力への急速な上昇と不名誉な転落を示している。広く認められていたように、この英雄とはチャールズ二世の庶子のモンマス公であるが、モンマス公に対してこの劇は明らかな警告を与えているのである。ギーズ公爵は王であるアンリ三世に対して反乱を扇動しているが、彼の主な目的はユグノー派のナヴァールのアンリ公をフランスの王位に継承させないということである（ナヴァールのアンリがカトリック教徒のヨーク公の分身となり、ヨーク公の王位継承排斥はホイッグ派によって求められていた）。成功寸前にギーズ公爵は激怒した王の忠実な部下によって殺されてしまう。ギーズ公爵の暗殺はモンマス公の死を要求することに等しいとホイッグ派は主張した。(22)

このように、ホイッグ派は「ギーズ公爵の暗殺はモンマス公の死を要求することに等しい」と解釈したのに対し、ドライデンはあくまでもギーズ公爵の暗殺という悲惨な結末にならないようにこの劇をいわば「警告」として提示したに過ぎないと反論する。こうした論争はおそらく解決の糸口がみられない平行線を辿るばかりであったことは疑いを得ないが、いずれにせよ、トーリーとホイッグの二大政党の対立的な構図の一部を垣間見せてくれるところである。

七　この劇の意図は何か

こうしたパラレルに対するホイッグとトーリーの齟齬はみられたものの、ドライデンのこの劇を合作にて書くことによって意図されたのはそもそも一体何なのかを改めて確認してみたい。これについて先の『「ギーズ公爵」の弁護』でドライデンは劇の目的を次のように明確にしている。

劇の仕事は悪徳と愚行をさらすことである。悪徳の様々な実例を示すことによって人々が悪徳を行わないようにし、愚行を恥ずかしくてやらないようにすることである。そして人々がどんなに私たちのよき意図を曲解しようとも、反乱という破滅的な結果と民衆の反乱を示すことによって、ここではとくに人々が忠誠心を示すようにさせることであった。(23)

これがドライデンの考える劇の明快な目的になるが、諷刺の目的に関しても「諷刺の本当の目的は、矯正によって悪徳を修正することである」と述べているので、戯曲も諷刺も双方の目的が悪徳を正すというようにおおむね同じであることが確認できる。こうした創作の目的とトーリーを支持する政治的な目的がうまく連動して、ドライデンの基本的な考えが構築されている。そしてこの考えに基づいて詩人はトーリーのプロパガンディストとして国家の反乱を脅かすものに対して強く異を唱えて、非難、攻撃していくことになる。国家の秩序を乱すものであれば、プロテスタントのみならず、果てはカトリック教徒であろうとも槍玉に挙げて断罪している通り、その矛先はプロテスタントのみならず、ギーズ公爵のイエズス会に対しても向けられている。

ローマ・カトリック教とプロテスタントの宗派の双方はホイッグの理論に国家を転覆させる神学上の支持を与えるものだとトーリー派によって考えられていた。現代人の目にとってみれば、チャールズ二世の治世に反ホイッグ派のプロパガンダの最も驚くべきありふれたことの中の一つは、ホイッグがイエズス会士とカルヴィニストの双方から教義上の支持を受けていたという主張である。真の君主制に対する不浄な同盟はこれらの二つの宗教上の過激主義者のあいだにあると考えられていたのだった(24)。

ワイクスはこのように、ドライデンにとってカトリックのイエズス会とプロテスタントのカルヴィニズム（もともとは対極にある二つのもの）が国家の安定を乱すものとして批判の対象として同列に扱われている点を指摘している。もっとも、一見して同列に置かれているようでこの二つの派が最終的には実は同列に置かれていない点がさらに興味深い視点といえよう。

イエズス会士が、教皇の王を廃位する権力の創始者ではないとしても、その当時の有力な唱道者であったという考えはドライデンのイエズス会士に対する反目の多くを説明しているし、シャフツベリのような力強い反カトリック教徒のやり方とイエズス会士をどのようにドライデンが結びつけることができるかを示している。しかしそれでも、邪悪なイエズス会は真の君主制の最悪の敵ではなかった。イエズス会士は公然とした敵であった。彼らは法律によって活動が禁止されていた。しかしながら、「カルヴァンの弟子たち」はドライデンの目からすると同じように君主政治に真っ向から対峙していたが、より寛大に扱われていたためより危険な人たちであった。[25]

当初は相対する以上の二つの派を同列にみていたように思われていたものの、最終的にドライデンはカルヴィニズムの方を一層危険な宗派であるとみている点は押さえておかなければならない論点であろう。とくに一六四〇年代に先導的な役割を果たしたピューリタンの内乱が再びこの時期に再燃する可能性があるとみて、その再燃に強い危機感を抱いていたことは疑いを得ないところである。[26] このようなドライデンの考え方は数年後に着手することになるフランスの歴史家ルイ・マンブールの『カトリック同盟史』などの翻訳作業の中でも解明され、深まっていくことになる。

八　悪魔の役割

ドライデンの意図を探るために、よく引き合いに出される第四幕第二場の魔術師マリコーンと悪魔のメラナックスのシーンをみてみたい。(この四幕の執筆はドライデンが担当している)

マリコーン　だが、どうしてこのような服装をしているのだ、悪魔よ?

おまえは群集に説教でもする人のように見えるぞ、
おまえの顔の中には福音が見えるし、外見は僧服を着ている。
そしておまえの舌からは裏切り行為の話が聞かれる。
メラナックス　俺のことをちゃんと見抜いているな。
もう一万人もの悪魔が実はこの服装をしている。
聖人たることと熱狂はいつも我々にとって最善の変装なのだ。
我々は人の気がつかないうちに熱しやすくて考えなしの群集と混ざっているのだ、
そして我々が十分よく知っている聖書の一節を引用しながら、
不敬のこじつけでもって聖なる書を呪い、
そしてそれが反乱と宗派の分裂と殺人を語るように仕向けている、
それで、聖なる書に対して天上の武器を向けているのだ。[27]

悪魔のメラナックスが僧侶の服装をして大衆に説教をするというシーンだが、もともとメラナックスはギーズ派の悪魔であった。ここで注意すべき言葉は、「狂信的な」（ファナティック）という言葉である。OEDによれば、Bの名詞の2で「熱狂的な（ファナティックな）人、夢想家、不合理極まりない熱狂者。十七世紀後半に敵対的な形容語句として非国教徒に使われた」と定義付けられている。また『ドライデン：劇作品集　五巻』の注では、「ファナティックと非国教徒は同じである」とあるし、次いで「メラナックスは非国教徒の説教師である」とある。要するに、この言葉「ファナティック」は名詞の場合、非国教徒と同義に使われていることがわかるし、メラナックスは国教会非信徒者の説教師であるといってもいいだろう。この悪魔であるメラナックスは、「民衆の野次馬連に対して聖書を読めば反乱の実例を発見することができる」[28]と説いているわけだが、結局のところ、ドライデンがこの場面で言わんとすることは、僧侶に身を扮した非国教徒たちが聖書を紐解きながら民衆に熱っぽく説教をするものの、その内実は民衆に対して決起して反乱をせよと扇動しているに過ぎないということになる。こうした連中は外面的には僧侶だが、中身はさながら扇動者かつ悪魔であり、国家を転覆させようとしている反乱者に他ならないということがいえる。これがドライデンのこの劇においてある意味で強く訴えかけたい重要なシーンの一つといってもいいだろう。

九　まとめ

一六八一年十一月頃からドライデンが『アブサロムとアキトフェル』に続いて『メダル』、『平信徒の宗教』といった作品を短期間で集中して書き上げていることは注目すべき点である。大雑把にいって、これらの作品群で共通しているドライデンの基本的な理念は一貫して『平信徒の宗教』にみられる「共通の平安こそは人類の関心事項である」(四五〇行)に集約されているといっていい。具体的にみれば、宗教的にはプロテスタントの中でもとくに非国教徒や、カトリックのイエズス会のような過激な行動をとる宗教集団は、ドライデンにとっては明らかに国家の平安や安泰を脅かす存在として批判的な目が向けられる。さらに政治的には、ホイッグ派の指導者であるシャフツベリ対してドライデンは、『アブサロムとアキトフェル』において激しく批判したが、それはアキトフェル＝シャフツベリが再び内戦を起こしかねない最重要危険人物であるとともに、カトリックのジェームズの王位継承には反対し、逆にプロテスタントのモンマス公を担ぎ出して国家を不安定な状態に追い込んでいる人物という強い認識があったからに他ならない。
以上の点を確認した上で、ドライデンがここで辿り着く最終的なスタンスは、ワイクスの文章が雄弁に述べているように、平凡な結論ながらイギリス特有の君主制ということになる。

イギリスの様式に基づいた君主国において、ドライデンは王がバランスをとっている代理人であり、政府の活動的な一翼として考えていたが、王は暴君などではなかった。フランスの王は専制君主的な権力をもっていた。イングランドの場合は違っていた。王の立場が無力な立憲君主の立場と王による独裁者の立場の中間に位置していたからだった。イングランドの王は法に従っていたのだ。㉙

このようにドライデンは最後の拠りどころとするのは国王ということだが、しかしそれはフランス王のように絶対主義的な権力を持つ王ではなくて、ワイクスのいうようにイギリス王は無力な立憲君主と暴君の中間に位置する王であるという位置づけになる。君主制こそはイギリスにおいて社会的な秩序をもたらす中心的な支柱であるとドライデンは考えるが、それは絶対君主的な独裁者でもなく、無力な立憲君主でもなくて、その中間の道を模索するものだと考えている。加えて、宗教上では、カトリックでもなく非国教徒といったプロテスタントでもない中道の道の英国国教会を、少なくとも『平信徒の宗教』を書いた時期などは選択しているといっていいだろう。国教会こそがこの時期のドライデンの重要な支柱であって、要となっているのが確認されるだろう。こうしてみてみると、この

『ギーズ公爵』という作品は、政治的な意味合いの濃厚な作品であるということは間違いない。

＊この拙文は、二〇〇八年十一月二十二日に弘前学院大学にて開催された日本比較文化学会東北支部・関東支部合同発表会において発表した原稿を加筆、訂正したものである。

【注】

（1）リー、ナサニエル：一六四五〜九二。長老派の聖職者の息子で劇作家。ケンブリッジのトリニティー・カレッジを卒業後、俳優をめざすが、厳しい舞台批評を恐れて俳優を辞めて、劇作家となる。ドライデンとの合作は『オイディプス』（一六七九年）に次いで『ギーズ公爵』は二作目。

（2）『パリの大虐殺』は、執筆されたのは一六八一年ごろで、初演は一六八九年とされている。

（3）『パリの大虐殺』（悲劇）四二頁。「あの提督なのです」とは、プロテスタント側のコリニー提督のこと。聖バルテルミの虐殺（一五七二年八月二十三〜二十四日）の前の二十二日にコリニー提督はカトリック側から暗殺を企てられ重傷を負い、この時点の報告では亡くなっていないが、結局は亡くなる。

（4）それ以前にはクリストファー・マーロウに『パリにおける大虐殺』（一五九三年上演）という類似の作品がある。

（5）ロフティス、ジョン『オーガスタン・イングランドにおける劇の政治』一九六三年、二三頁。「カトリック陰謀事件」とは、一六七八年においてタイタス・オーツらの偽証捏造した事件のことで、それはカトリック教徒がチャールズ王を暗殺して、カトリックの王弟ヨーク公を王位につけ、新教徒を虐殺するという陰謀捏造事件であった。オーツらの偽証された証言は真実味を帯びて、反カトリック感情を盛り上げた。チャールズの治世とは、チャールズ二世のこと。

（6）　なお、トーリーとホイッグの特徴を要領よくまとめているものとして以下の説明を参照されたい。「前者（トーリー）が伝統的秩序観を基礎に国王と国教会が国民統合のうえではたす役割を重視していたのにたいし、後者（ホイッグ）は王権を抑制する議会の役割をより強調し、宗教的寛容を推進する立場をとったのである。」（『世界歴史体系イギリス史2　近世』今井宏編、山川出版社、二四九頁。また、「反カトリック熱に燃えあがった民衆を扇動するようなホイッグの行動に、多くの支配層が内乱と共和政期の記憶をよみがえらせ、嫌悪感を強めたのも事実であった。」（同書、二四八頁）というトーリー側の反応も注目すべき点である。

（7）　ハム、R・G『オトウェーとリー：バロック時代からの伝記』一九三一年、一六五頁。

（8）　ハモンド、ポール『ジョン・ドライデン：文学上の人生』一九九一年、九〇頁。

ピューリタン革命当時ドライデンはクロムウェルの下で仕事をしていたが、一六六〇年の王政復古以降は王を支持する。ステュアート家は一六〇三年から一七一四年までイングランドに君臨した王朝の名前。

（9）　ウォード、チャールズ・E『ジョン・ドライデンの生涯』一九六一年、一八三頁。

『メダル』は一六八二年の作品で、『アブサロムとアキトフェル』（一六八一年）で批判の対象になっていたシャフツベリが、大逆罪で服役したあと釈放されて、彼のために記念としてメダルが造られたが、ドライデンがそのメダルを題材にして揶揄して書いたもの。厳粛同盟とは、イギリスのピューリタン革命の初期にチャールズ一世に対抗して、長期議会とスコットランドとの間で一六四三年九月に結ばれた協定をいう。このパラレルでは、十六世紀のフランス宗教史と十七世紀イギリスピューリタン革命期とドライデンの同時代の三つが対象となっている。これに関して、J・M・サーモンは『イギリス政治思想にみられるフランス宗教戦争』（一九五九年）において、「時間と空間において隔たっていたけれども、この二つの社会は共通の政治的な歴史をもっていた。なぜならば二つの社会は同じ扇動的な主義を応用した経験を双方もっていたからだった。」（一四一頁）と述べている。「シャフツベリの新しい連盟」とは、すなわちホイッグ派のこと。

(10) シャドウェル、トマス「『ギーズ公爵』と呼ばれている劇にみられるみせかけのパラレルに関する所見」(『トマス・シャドウェル全集　第五巻』M・サマーズ編所収、一九二七年)(一六八三年、三八七頁。「シチリアの晩鐘」とは、一二八二年にシチリアで復活祭の晩祷の鐘を合図に島民が行ったフランス人の大虐殺のこと。

(11) シャドウェル、トマス、三八八頁。

(12) キューズ、ポリーナ『原作者と専有』一九九八年、一六四～五頁。「王位排除危機」では、チャールズ二世と王妃の間に子供がいなかったため、王位継承者の筆頭はカトリック教徒のジェームズであったが、プロテスタント側の動きでは、ジェームズの王位を排除するとともに、王の庶子モンマス公を王に擁立する動きが見られていて、政情は安定していなかった。

(13) ハム、R・G、一六四頁。

(14) 正式には、『弁護、あるいは「ギーズ公爵」と呼ばれている劇にみられる見かけ上のパラレルに関する所見の著者たちとトマス・ハントによる王陛下に対する扇動的な誹謗中傷となったフランス・リーグ派とイングランドの厳粛同盟のパラレル』という長いタイトルになっている。

(15) 『弁護』、三一〇～三一一頁。

(16) ドライデン、ジョン『ギーズ公爵』のプロローグ、一～六行。

(17) ダヴィラ(エンリコ・カテリーノ:一五七六～一六三一)イタリアの歴史家。

(18) 「三人のアンリの戦い」とは、国王アンリ三世の治世で、ヴァロア王家最後の王位継承者の王弟アンジュー公が亡くなったため、サリカ法によると、第一番目の王位継承権はプロテスタントのナヴァール王アンリであった。「フランス改革派教会の総保護者」の称号をもつユグノー派の総大将である。これに対してカトリック側は、異端の王をいただくことはとても容認できることではなかったため、一五八三年にギーズ公爵を指導者とする旧教同盟が結成され、浮き沈みはあったが、一五八七年にはかなりの都市がパリの旧教同盟と同盟を結び、王権の力以上に勢いを増し、王権は全面的な譲歩を余儀なくされていた。とくに第八次宗教戦争時に国王派、旧教同盟派、ユグノー派の指導者の名前がそれぞれアンリであったことから「三人のアンリの戦い」が由来する。また一五八八年五月にはカトリックのギーズ派のアンリの人気が熱狂的であったことからパリはリーグ派が制するところとなり、強大になりすぎたリーグ派の指導者のアンリ公爵を王は暗殺するまでに追い込まれることになる。『フランス史2　一六世紀から一九世紀なかば』柴田三千雄他、山川出版社、一三四〜一三六頁。

問題となっている王の命令を聞かないでギーズ公爵がパリに入場する箇所は、ダヴィラの英語版第九書では三三七頁に描かれている。

(19)　シャドウェル、三九八頁。

(20)　ウォード、チャールズ、E、一九三頁。

(21)　ドライデン『弁護』、三一三頁。

(22)　キューズ、ポリーナ「ドライデンと大衆政治の演出」、『ジョン・ドライデン：没後三百年記念論集』所収、二〇〇〇年、七六頁。

(23)　ドライデン『弁護』三二〇頁。

(24)　ワイクス、デイヴィッド『ドライデンへの序章』一九七七年、九八〜九九頁。

(25)　ワイクス、デイヴィッド、九九〜一〇〇頁。

(26)　フランスの歴史家で、十六歳のときにイエズス会に入会したが、説教師などを経て護教的色彩の濃い宗教関係史の著書を書き、『カルヴァン派史』（一六八二年）や『カトリック同盟史』（一六八三年）を著した。ドライデンはこの『カトリック同盟史』を英語に翻訳している。

(27)　ドライデン、第四幕二場。

(28) キング、ブルース、一九三頁。
(29) ワイクス、デイヴィッド、九七頁。

第10章　ドラゴンはなぜ同時に神と悪魔を表象するのか

――ブレイクによる『ヨーロッパ―ある預言』試論[1]

岡崎真美

一　はじめに――フランス革命とブレイク

ウイリアム・ブレイク（一七五七年〜一八二七年）は、フランス革命（一七八九年）当時の特権体制の打破と民衆運動に傾倒し、大英帝国にも革命を起こそうとして、一七九四年に『ヨーロッパ―ある預言』という視覚芸術と文学の総合芸術作品を制作した。具体的には、銅版画に手彩色で文学のテクストと図像を、「プレート」と称する一枚の頁を単位に複合芸術として合計一七[2]（一八）プレート制作した。

『ヨーロッパ―ある預言』とほぼ同時期にブレイクは、産業革命と帝国主義の全盛時代にあって、一七九四年に『無垢と経験の歌』の後半部分の「経験の歌」に納めた「ロンドン」という詩文学と図像の複合作品でも、絶対王制に反対し、革命を鼓吹した。この「ロンドン」という作品は、当時の民衆に「精神の覚醒」を促し、社会と個々人に革命を推奨する啓発の書である。他方で、『ヨーロッパ―ある預言』は、精神上で革命を起こし、回心により真の宗教を獲得し、アポカリプス（キリスト教における啓示・天啓・黙示）を実現し、人類を復活させ、救済することを目的とした預言の書であるといえよう。我々は、先ず、「ロンドン」という作品を解釈し、後に、『ヨーロッパ―ある預言』を読み解き、ブレイクの芸術における「蛇でもあるドラゴン」のポラリティー（対立の理論）の意味するものを考究したい。

二　革命を鼓吹する「ロンドン」を読む

1　「ロンドン」の文学を読む

図像1　「ロンドン」

「無垢の歌」とは、堕落前のエデンの園の世界を描いており、「経験の歌」とは、前者に対比して堕落後の世界を描いているが、前者・後者ともに表裏一体の世界である。

ここで、筆者は、図像1の「ロンドン」という作品の一部手彩の彩色版画を[3]参照し、「ロンドン」の詩行を和訳する。

ロンドン

私は特許状が幅を利かせる道をさまよう
特許状が幅を利かせるテムズ河が流れゆくそばで
そして私が遭うすべての人の顔に
憔悴の印と嘆きの印を認める。

すべての人のすべての叫びに
怖れ戦《おのの》くすべての幼子《おさなご》の泣声に
すべての声にすべての呪いに
心がつくった桎梏《しっこく》(手錠)の響きを聴く。

いかに煙突掃除の少年の叫びが
おしなべて黒くなりゆく教会を震え上がらすことか
そして仕合わせ薄き兵士の溜め息が
血潮となって宮殿の壁から滴り落ちる。

けれども何よりも私は真夜中の道に聴く
いかにうら若き売笑婦の呪いが
新生の幼子の涙を台無しにするかを

そして結婚の棺を疫病で損なうかを。

「ロンドン」の詩は見せかけと実態の二重構造を持っていると考えられる。まず、一方で、表面の字面だけ拾い読みすると、この詩はプロテスタントの反逆児ブレイクによる、社会構造全体と社会悪の糾弾と、自由を獲得する革命への誘いの政治的パンフレットとして読み解くことができる。十八世紀の大英帝国の社会は、歴史的に概観すると、十七世紀におけるクロムウェルの統治下でピューリタニズムの極端な厳格さを国民に強いた反動として台頭した享楽主義が見られる。大英帝国の産業革命と帝国主義による海外発展は、支配階級とブルジョワジーと市民の一部に、かつてない富と安逸な生活をもたらした。ブレイクもこの豊かになった大英帝国を「豊かで実り多き邦」（『聖木曜日』1）と描写している。しかし、その富は被支配階級の犠牲の上に成立っていた。いわゆる、「搾取する者」と「搾取される者」の対立構図である。支配階級の抑圧の犠牲者である被支配階級の構成者としてブレイクは次の七者を前期の作品全体で挙げている。

1　（ブレイクと同じ時代の）総ての人類（「ロンドン」K75、10[4]）
2　ロンドン市民（1に含まれる）（「ロンドン」K75、6-8）
3　（幼児・児童労働を強いられる）（形骸化した結婚生活の犠牲者でもある）総ての幼子（「ロンドン」K75、10-12とK75、18-21）
4　幼いうちに徒弟に売られた煙突掃除の少年たち（3に含まれる）（「ロンドン」K75、14-15）
5　（第一次、および第二次英蘭戦争・アルマダ海戦などの）大英帝国の植民地争奪戦争などに従軍し、

死を賭して戦わねばならぬ軍隊の兵士たち（「ロンドン」K75、16-17）
6 貧しさゆえに人身売買を強いられる少女たち（3に含まれる）（「ロンドン」K75、18-21）
7 黒人奴隷（「小さな黒人の少年」K54、1-4）

さらに、本来自由を保証されている筈のロンドン市民が、特定の貿易商人にテムズ河畔の独占的使用を既得権として与える特許状に抑圧されて、テムズ河畔を自由には往来できない、というアイロニー（皮肉・あてこすり）[5]などにもブレイクは言及している。

また、「黒くなりゆく教会」との表現は、ブレイクが、早くも十八世紀の終わりに、環境問題に目を向け、工場の煙突から排出されるガスが公害を引き起こし、石造建築物を煤で黒く汚し、環境汚染をもたらす弊害を指摘していたことを窺わせる。

一方、ブレイクは、その前期の作品全体で、支配者兼抑圧者として次の五者を非難している。

1 道徳的律法を押し付けるのみの旧約聖書に描写される偽りの神（ノーボダディー[6]、ユリゼン[7]）（「ノーボダディーへ」K93、1-2）
2 社会悪を見逃し、世俗的権力を欲しいままにしている既成のキリスト教会（英国国教会とカトリック）（「ロンドン」K75、14-15と「煙突掃除の少年」K70、30-31）
3 ローマ法皇・聖職者（牧師・神父）（「煙突掃除の少年」K70、29-31）
4 絶対主義の国家元首（国王・女王）（「煙突掃除の少年」K70、29-31）
5 （家族を抑圧する）家父長（父親）（「煙突掃除の少年」K70、22）

しかし、この読みは（「搾取する者」の側の支配者の非人道的抑圧を非難するのみの）外側だけの見せかけとも解釈しうる。

他方、この詩の実態は、「心がつくった桎梏（手錠）」というブレイクの表現から、彼が、被支配者・被抑圧者を叱咤して糾弾していることが分かる。つまり、ブレイクが重要視しているのは、被支配者・被抑圧者の精神上の弊害が、逆に支配・抑圧を支えているという問題点である。ブレイクは、被支配者・被抑圧者が自分自身で自らを精神的な「桎梏（手錠）」で縛り上げ、無垢の状態の自由、希望、本来の自由な恋愛を自ら放棄し、堕落後の経験の状態に陥っている、と非難している。言い換えると、支配者・抑圧者の特権と圧政を認める者たちの精神の状態こそが、支配・圧政を成り立たしめている、というパラドックス（逆説）である。ブレイクによれば、「搾取される者」が、「搾取する者」の存在そのものを支援している、というのである。具体的には、軍隊の兵士たちは、国家元首の命令が絶対的であると位置付けて己らの命を犠牲にしてまで戦う。兵士たちが精神的に支配者・抑圧者の圧政を支えているという視点から、ブレイクは被支配者・被抑圧者に「精神の覚醒」を促しているのである。

この見せかけと実態は、表裏一体の二つの視点である。ここでは、錬金術のデュアリズム（二重性、二元論）の流れの影響が類推される。相反する二項対立が進歩を生む、というブレイクの考えは、錬金術の両極端のデュアリズムに端を発している。一七九二年作の『天国と地獄の結婚』という作品中で、ブレイクは次のように述べている。

相反するものの対立無くして進歩はない。誘引と反駁、理性《リーズン》と活力《エナジー》、愛と憎しみは、人間の存在に必要である。これらの相反する正反対のものから、宗教的な人々が善悪と呼ぶものが発生する。善は理性に従う受動的なものである。悪は、能動的な、活力《エナジー》から発生するものである。善は天国である。悪は地獄である。

（『天国と地獄の結婚』二―三六）

この原則は、人間の個人的感情の極まりに関しても、ブレイクの地獄の格言に挙げられている。つまり、「過剰なる悲しみは笑い、過剰なる喜びは泣く」（『天国と地獄の結婚』四―七二）。

ロバーツも指摘しているように、「『一なるもの』のヴィジョン（展望）を想像力で明らかにすることが、錬金術、プラトニズムとロマン派の類似性である」（「ロバーツ」二八）といえる。ロバーツによれば、「錬金術自体は、プラトン主義のバイアスを隠し、主な関心は統一を生む事へ集中的に向け、『一なるもの』における多様性を追求するというよりも、むしろ、錬金術は、その究極的目的を多様性の中に横たわる『一なるもの』を追求することである」（「ロバーツ」二九）。

ブレイクの文脈では、「一なるもの」が、神人と、宇宙の森羅万象が統一・合一した「永遠界」の下敷きになっている。[8] ブレイクは、さらに、「統一的人間アルビオン（始源に存在していた巨人）」から解体した四人のゾアたち[9]とその妻たちであるエマネイションたちの統一・合一と、その統一体である「統一的人間アルビオン」とイエス・キリストの統一・合一を目指していた。

つまり、ブレイクの文脈では、始源に存在していたイデア界である「一なるもの」の世界のミメーシスのミメーシスである現象界は、（アリストテレスの説に則り）イデア界の模倣の模倣であり、一段と劣った世界である。従って、始源に存在していたイデア界を想起し、観照することが、ブレイク流の想像力による心眼で「（イエス・キリストと統一・合一した）人間の神性」を拡張した無限の知覚で「見る」というアポカリプスに他ならないのである。このアポカリプス実現のために、堕落後の現象界において相反して対立する二項に分裂・解体していた次の存在の再統一が目指される。

1 愛と憎しみ
2 感情《フィーリング》と知性《インテレクト》
3 理性《リーズン》と活力《エナジー》
4 身体と魂
5 男性と女性（父性と母性をも含む）
6 自己と他者
7 善と悪
8 天国と地獄
9 生と死
10 自然と人類
11 人類とイエス・キリスト
12 「蛇の論証」とブレイクが表現する（アイザック・ニュートン、ジョン・ロック、フランシス・ベイコンに代表される）論証的合理主義と想像力（ジェフリー・チョーサー、エドゥモンド・スペンサー、ウイリアム・シェイクスピアの作品群の想像力と、人類全体の想像力[10]）
13 戦争（闘争）と平和（調和）

14　イエス・キリスト（神の子）[11]とサタン（悪魔）

これら一四の相関関係にある相関概念と相関的存在の「一なるもの」への再統一・再合一がブレイクによって究極的目標とされ、アポカリプスとして表現される。このアポカリプスの結果復帰した「永遠界」で実現される「一なるもの」の概念をブレイクは、最初にプラトンが提唱した宇宙生成論をジョルダーノ・ブルーが解釈した（ヘルメス主義の）世界霊魂が率いる「一なるもの」を下敷きにして独自に発展させた。

また、リンカーンの言葉を借りると、「『ユリゼンの書』の中で描写される、ユリゼンが経験を一つの呪いに減らそうとする試みから堕罪が起こったのは否めない。この事から（リンカーンによると）、この詩の話者のヴィジョン（幻視）の全ては、一つのイメージャリー（比喩的表現）に減じられている」（『リンカーン』九八）ようである。このユリゼンの「一つの呪い」とは、ブレイクが先に書いた「ロンドン」の中でブレイク自身によって描写されている「心がつくった桎梏（手錠）」である、とは解釈できないであろうか。

「心がつくった桎梏（手錠）」というイメージャリーは、全く新しいブレイクによる発明、というよりは、当時広く出回っていた、図像2のエンブレム（寓意図像）をブレイクが下敷きにしていると考えた方がむしろ妥当なのではないであろうか。この図像2の王冠は、絶対主義の国家元首の圧政を象徴し、図像2の手錠は「心がつくった桎梏」を象徴している。この図像2のエンブレム全体が、当時の民衆に「精神の覚醒」を促している。[12]

「ロンドン」の詩文で表現される「結婚の棺」との描写が、当時の社会における結婚制度の形骸化を指している事は明白である。表面的には、当時の公娼制度が、結婚制度を台無しにしている、との（この詩の話者）ブレイクの見解の表明である。つまり、親の決定に基づいた政略結婚の横行と、その不幸な結果としての不倫の氾濫を暗示しているといえる。

　フランス-ロマン派の画家兼版画家マネ作の《オランピア》という作品が、一八六五年にサロンに出品された当時、正々堂々と公娼制度を社会悪としてフランス社会の公衆の面前に突きつけ、腐敗した結婚制度を批判したのと同様なイデオロギーがこの「ロンドン」の詩文に看取できる。この両者の違いは、次の通りである。《オランピア》が、当時のフランスの社会に衝撃を与え、マネの目論みがまんまと成功して、直後に、《オランピア》は、スキャンダルの代名詞となった。一方、ブレイクの表現した「結婚の棺」の描写は、限られたブレイクの友人たちに共有されたに過ぎなかった。

図像2　王冠と手錠

　ブレイクが「ロンドン」の第四連[13]で描いた光景の表面的見せかけは、売笑婦が、梅毒などの伝染性の疾病を、夫婦間のみならず、母子感染で子孫にも伝染させ、「新生の幼子の涙を台無しにしてしまう」、医学的な側面から見た結婚制度の堕落を意味しているようである。この医学的問題は、現代のエイズなどの新しい伝染性疾病の問題にも通じるところがある。

図像３　「死の床に伏す夫婦」

図像４　「結婚の棺」

実は、表面的見せかけだけではなく、実態は、当時の結婚生活に対するブレイク独自の批判があるのである。我々は、その下敷きを錬金術のエンブレムに求めたい。

2「ロンドン」の図像を読む

「結婚の棺」との描写は、形骸化した結婚制度を比喩的に表現しているだけではなく、錬金術のエンブレムの伝統に基づいている。図像3は「経験の歌」の扉絵で、死の床に伏している夫婦と、両親の死を嘆く兄妹が描かれている。この図像3は、堕落後の経験の状態で「死を生きる」夫婦の結婚生活をアイロニカルに示している。(14)

次の図像4のモットー（題銘）には、「蔑まれて神と人間によって放棄された婚礼の棺における虚ろなミイラ」と記されている。形骸化した結婚生活の表現に「棺」を用いる手法は、ブレイクの発明というよりは、錬金術のエンブレムの伝統を重んじて研究し、その伝統を共有する友人を読者に想定して作品を制作したブレイクによる錬金術のエンブレムの伝統の有効活用と考える方が妥当であろう。[15]さきの図像3で堕落後の経験の状態で「死を生きる」夫婦の図像を発展させて、ブレイクは、『ヨーロッパ——ある預言』のプレート10（12）の図像を作成している。

三の一　「蛇とドラゴン」の善悪二面性のポラリティー（対立の理論）の序論
——『ヨーロッパ——ある預言』を読む

錬金術の「アルベド（白色化）」はブレイク流の堕落前の無垢の世界に呼応している。また、同じく錬金術の「ニグレド（黒色化）」はブレイク流の堕落後の経験の世界に呼応している。ブレイクは、「アルベド」と「ニグレド」のポラリティーを利用して、無垢の世界から経験の世界への堕落、贖罪、回心、復活、始源に存在していた永遠界への復帰という救済の図式を表現している。

錬金術の文脈では、先の図像4の結婚の死の床につく近親相姦を犯す兄王と妹王妃は、罰を受けるだけではなく、「魂と霊が昇天し、体は腐敗するものの、それは魂と霊の浄化、昇華と、アルベドの作用が用意されている」（ファブリキウス二七四‐九三九）。[16]これを下敷きにして、ブレイクは、独自の神話体系を構築した。言い換えると、「逆転した成長」として、「腐敗する受胎」である「ニグレド」は、「アルベド」による魂の救済に至る道筋として、初めから用意されていたのである。ブレイクも、堕

図像5　「ヨーロッパ―ある預言」プレート2

落は、「逆転した成長」として、アポカリプスという救済へ至る道と考え、「蛇でもあるドラゴン」に、「救済への道標」という性格を持たせて表現した。具体的には、「蛇でもあるドラゴン」を堕落後の現象界にも描き、堕落そのものと「復活の希望」の象徴的道標として、万華鏡のように後期の作品にも多く描いている[17]。例えば、図像5としてあげた『ヨーロッパ―ある預言』のタイトル頁（プレート2）でも、「蛇でもあるドラゴン」が主題として図像で描かれている。

「蛇でもあるドラゴン」が錬金術のデュアリズムを下敷きにして善悪二面性を有するのは、「逆もまた真なり」という意味で、もはや善と悪の二項対立ではなく、善と悪のポラリティーを表している。従来、「対立なくして進歩はない」とのブレイクの詩行から、ブレイクの二項対立のみにスポットライトが当てられてきた。しかし、筆者は、ブレイクの『ヨーロッパ―ある預言』の文学と図像の双方から、ブレイクの芸術の世界で、サタンの状態の悪魔ユリゼンが神になり、神の位置を与えられたオーク[18]が悪魔になる、という「ニグレド」の状態でのポラリティーの存在の意味を考究したい。具体的には、堕落後の世界で分離した、相関関係にある相関概念と相関的存在を列挙することにより、始源に存在していた「一なるもの」への復帰（再統一・再合一）というアポカリプスをブレイクが仄めかしていたことを考究したい。

三の二　「渦巻き風」のポラリティー

図像6　「ヨーロッパ」プレート10

次の図像6は、堕落後の経験の状態で「死を生きる」ロス[19]とエニサーモン[20]の夫婦であると同定できる。この図像6は、図像3の堕落後の経験の状態で「死を生きる」夫婦の結婚生活をさらに発展させて、本来在るべき純粋な愛情に基づく結婚生活の現象界における堕落ぶりを皮肉っている。

一見すると、二人は衣服を身につけておらず、堕落前のエデンの園にいるアダムとイヴを類推させ、堕落前の無垢の状態でいるように誤解されやすい。しかし、夫婦各々の口から、夫々《それぞれ》鱗で覆われた蛇を吐き出していることから、この夫婦は、堕落後の経験の状態である事が明白である。まず、夫婦の周りの無数の黒い点は、星であり、ユリゼンの手先であるアルビオンの天使[21]が振りかける経験の悪魔の星である。

ロスが吐き出している蛇は、男性性と父性を象徴し、緑色をしている。エニサーモンが吐き出す蛇は、一方で、女性性と母性を象徴し、赤い色で描かれている。夫婦が吐き出す双方の蛇は、「渦巻き風」の形を示し、「蛇でもあるドラゴン」であると同定できる。双方の蛇は、また、口を大きく開き、上顎と下顎が描く曲線と、蛇のとぐろを巻く肢体全体で最後の審判の際に吹き鳴らされるラッパを連想させる。

『ヨーロッパ―ある預言』（プレート15〔16〕）の文学で、「三度、彼〔オーク〕は、死者を最後の審判へ臨ませるために目覚めさせようとして、ラッパを吹こうと無遠慮に試みた」（K二一七、三〇、D二四四、三）[22]と表現されている。オークは、死者も、一八〇〇年間（紀元後の歴史上ずっと）眠りについているエニサーモンも、覚醒させる事に成功しなかった。

ところが、何と、死者とエニサーモンを覚醒させるのに成功するのは、（ブレイクの生涯の敵と目される）ニュートンなのである。文学上で同じく『ヨーロッパ―ある預言』のプレート15（16）で次のように表現されている。

「ニュートンという名の或る強大な精霊が、アルビオンの邦〔大英帝国〕から躍り出た。彼は、ラッパを摑み、轟《ごう》音をとどろかし吹き鳴らした……それから、エニサーモンは、覚醒した、自分が眠りについていたことも、一八〇〇年が、逃れ去ったことも知らずに……」（K二一七、三二―二一八一、D二四四、四―一〇）

と右のように表現されていることから明らかである。ブレイクによる神話体系におけるニュートンの位置は、本稿の三の四、善（北・想像力・天国）と悪（南・理性《リーズン》・地獄）のポラリティーの章で詳しく考究する。

次の図像7の『ヨーロッパ―ある預言』のプレート11（13）では、文学上、次のような様子が描かれている。

思考が無限なるものを蛇に変えた……それから蛇の神殿が造られ、無限な形象（神）が有限の革命に閉じ込められ、そして人間が天使になった。天国が力強い回転する円（「蛇でもあるドラゴン」の「渦巻き風」）になり、神が（抑圧する現世の）王冠をいただいた専制君主になる（K二一六、七―一四、D二三六、二〇―三）」

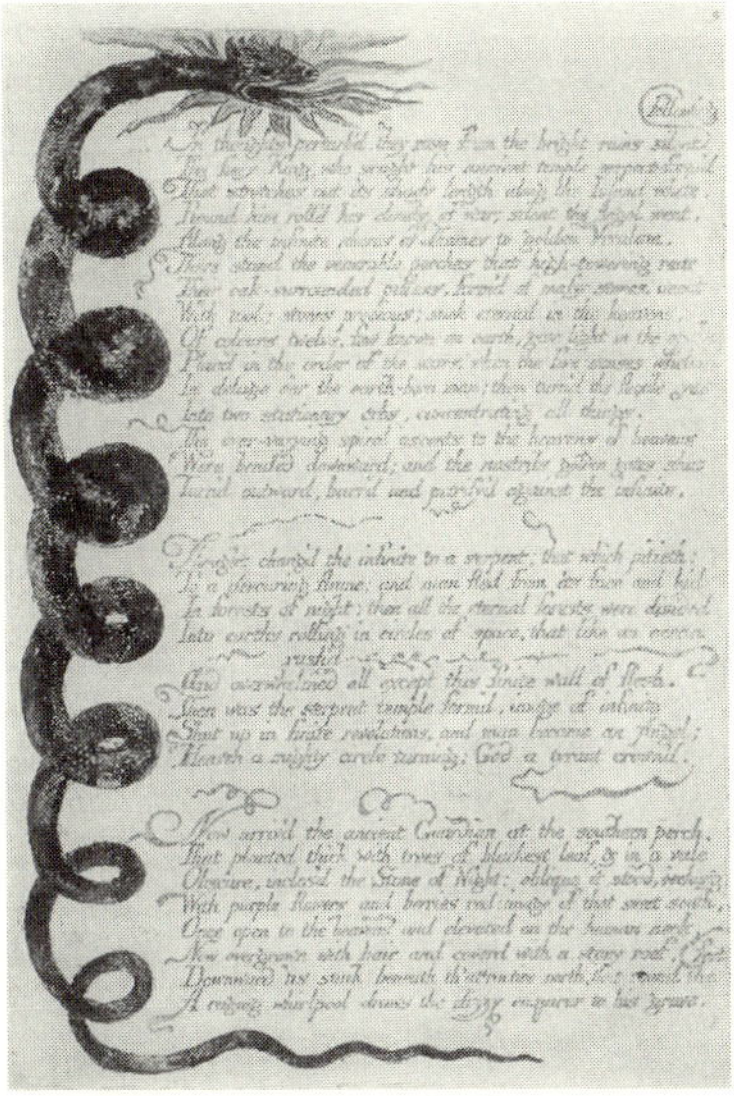

図像7 「ヨーロッパ」プレート11

同プレートでは、悪魔たる「蛇でもあるドラゴン」が、その属性の炎を放出しながら、とぐろを巻いて肢体全体で渦巻き風を表している。この文脈から、「渦巻き風」も、「蛇でもあるドラゴン」と悪魔の属性でもあるといえよう。また、「天国が力強い回転する円（「蛇でもあるドラゴン」の「渦巻き風」）になった」（K二一六、一四、D二三六、二〇―三、四二六）、との表現は、この「渦巻き風」が、（神の天国と悪魔の地獄をも表象する）善悪のポラリティーであるともいえよう。

また、「無限な形象（神）が有限の革命に閉じ込められ」、というブレイクの表現は、すでに、山岳派を率いていたロベスピエールによって、一七九三年から九四年に亘って繰り広げられたフランス革命後の恐怖政治期の惨状に、ブレイクが落胆し始めたことを反映している（正確には、一七九三年六月にロベスピエールは、ジャコバン派独裁を樹立し、同年七月に恐怖政治を行った）。ブレイクは、当初、フランス革命に対して「心がつくった桎梏（手錠）」を打破する期待が大きかったため、その恐怖政治に対する落胆ぶりは大きかった。ここでは、「有限の革命」という表象は、悪の象徴として使われている。


この「渦巻き風」は、従って、図像6でロスとエニサーモンの口から吐き出される「渦を巻く」「蛇でもあるドラゴン」の属性を物語っている。これは、善と悪のポラリティーを表している。

ここで、「渦巻き風」についてブレイクが表現した文学で具《つぶさ》に考究する必要がある。ブレイクは、この「渦巻き風」を表現するのに二つの単語を使用している。すなわち、「ヴォーテックス」と「（ホ）ワール・ウインド」という単語である。ブレイクが一八〇〇年から〇二年にかけて制作した『ミルトン』という作品で文学上「ヴォーテックス」が描写されている。


無限なるもの（神）の特性はこれである。すなわち、総てのものは、己自身の「渦巻き風」を持っている。そして、一旦、旅人（ミルトン）が、永遠（永遠界）を通ってあの「渦巻き風」を通り過ぎる時、彼（ミルトン）は、自分の道の背後にそれ（「渦巻き風」）が回転するのを知覚する。

そして（「渦巻き風」は）、太陽のようにまたは、月のように、あるいは星の玉座の宇宙のように、包み込みながら、球体になる。(引用符筆者)(K一三九、一八―二二)。

この描写から、「渦巻き風」は、円形でもあり、球体でもある「渦巻く風」であることが分かる。そして、「総てのものは、己自身の『渦巻き風』を持っている」ことから、永遠界に存在するだけでなく、地獄にも「渦巻き風」が存在することが類推される。

スティーブンソンは、「ブレイクが、デカルトの主張した(宇宙は、連続する渦巻きの連なりであるとした)宇宙論に、ヘンリー・モアの著作物を通じて触れた可能性」を挙げている(スティーブンソン五一二)。さらに、「天国である永遠界は、『渦巻き風』の中に存在する」((引用符筆者。スティーブンソン五一二)と解釈している。永遠界を通過すると、「渦巻き風」を通ることからも、これは明白である。

後の一八二〇年に最初の版が印刷された『ジェルーサレム』という作品の中では、天国たる永遠界が、現象界で地獄のあった場所に創造される様子がブレイク自身の手で記されている。

……宗教が、戦争と、赤いドラゴン(黙示録に登場する七頭十角の赤い竜「蛇でもあるドラゴン」)と、隠れた売笑婦(バビロンの娼婦(既成のキリスト教会。英国国教会とカトリック))に隠れた。しかし、イエスは、死と地獄の中心部を突破しながら、憐れみの内に勝ち誇って、時間と空間に永遠(永遠界)を開く。世界殻(現象界)の内なる世界(内側)にロスが創った天国は、このようであった。(K四、五三五、一―三)。

この描写では、死と地獄の中心部を突き破って、現象界に永遠界が創造される。そして、アポカリプスを経て、生と死、天国と地獄が統一・合一され、現象界で地獄であった場所が、天国たる永遠界になる。地獄は、破壊されるのではなく、天国と統一・合一し、「一なるもの」になると思われる。これらのブレイクによる描写を紐解くと、「渦巻き風」は、生と死、天国と地獄のポラリティーであるといえよう。

ドラゴンの話題に戻ると、そもそも、ドラゴンは、歴史的に、ヘルメス主義の両極端に基づき、二面性をもって表現されてきた表象である。「ドラゴンは、その翼によって天国に結びつけられ、同時に悪魔をも表象する」（和治元二七）。

プレート11（13）（図像7）の文学にも、錬金術、ヘルメス主義によるポラリティーの影響が看取出来る。ここで認められるポラリティーは次の通りである。

1　思考と無限なる者

2　神の教会と蛇の神殿

3　人間と天使

4　無限なるもの（善なる神）とロベスピエールの行った恐怖政治（悪）

3　同じ「渦巻き風」で表象される天国と悪魔（が率いる地獄）

4　神と現象界の抑圧者である国家元首

同じく、プレート11（13）では図像上、蛇の神殿が、ドラゴン様のサタンの属性の大きな鱗をもって描かれている。これは、ブレイクが文学と図像の双方で描く「蛇」は、「ドラゴン」と同義であるということが類推される。

ブレイクは、歴史的、伝統的慣例に則って「蛇でもあるドラゴン」を文学と図像の双方で表現している。そもそも、西欧の美術では、ドラゴンの語源である古典ギリシャ語の「ドラコーン」と、ラテン語の「ドラコ」と英語の「ドラゴン」が夫々蛇もドラゴンも意味するので、蛇もドラゴンも「(鰐)もしばしば混同されて来た」(柳三七四)。さらに、文学上でも、ブレイクが頻繁に下敷きにした欽定訳聖書では、創世記一章二一節と詩編七四章一三節で、「大鯨、鮫、鰐、蛇、山犬」の意味で、「ドラゴン」という単語が混同されて繰り返し使用されている。[23] このことからも、ブレイクの「蛇」が同時に「ドラゴン」を意味している事が納得される。

第二節で考究した「ロンドン」の複合芸術でも、蛇模様の波線が描かれている(図像1を参照)。この蛇は、聖書の創世記に描写されているエデンでイヴを誘惑した蛇に身を窶《やつ》したサタンを我々に想起させる。この蛇は、また、堕落後の経験の世界を象徴している。[24] 同様に、図像6の蛇もエデンの園で、蛇に身を窶してイヴを誘惑した蛇を連想させ、経験の堕落の状態を強調している。が、その隠された意味は、「復活の希望」である。

三の三　天国と地獄のポラリティー(統一・合一の仄めかし)

この『ヨーロッパ―ある預言』という作品全体で堕落後の経験の世界が描かれている事は間違いない。図像6のロスとエニサーモンの夫婦も堕落の状態であることが確認される所以である。また、文学上、エニサーモンが喜びを縛り、「総ての喜びを禁止せよ」(K二一四、三四、D二二八―九)と発言

図像8　「ヨーロッパ」扉絵

した、という内容からも、堕落後の経験の状態である事が追認出来る。

　従来、この図像8では、「ユリゼンがコンパスを持って堕落の創造に取りかかっている」と解釈されてきた（「デルベッカー」一四二）。画面上方は天国で、下方は地獄である。筆者には、デルベッカーが主張するような「天国と地獄の基本的闘争」（デルベッカー一四二）が、この図像8の主題ではないと思われる。その理由は悪魔の状態に陥っているユリゼンが、天国に昇り、神を装い、表面上は、堕落が強調されるが、実態は、上段の天国と下段の地獄の統一・合一を、ユリゼンがその手に持つコンパスで暗示し、後の来るべきアポカリプスを暗示していると思われるからである。

　従来のブレイクの作品では、『天国と地獄の結婚』で、天国と地獄が相対立し、後者が前者を吸収合併するフィナーレを迎えていた。しかし、この図像8の扉絵で描かれるユリゼンが手に持つコンパスは、ユリゼン自身の位置を基点にして水平に広がり、東西の方向を指し示している。東は、ブレイクの神話体系では、イエス・キリストが、（北に降臨し）、東で受肉（イエス・キリストにおいて神性と人性が統一・合一）するとされる。この『ヨーロッパ—ある預言』のプレート5（6）でも、文学で

「何時《なんどき》にその秘密の子供〔イエス・キリスト〕」は、永遠なる日〔永遠界〕の東の門を通って降臨したのか」（K二一三、二九―三〇、D二二四、三）との表現がある。イエス・キリストは、天国たる永遠界から東の門を通って現象界に降臨したと読める。

後の『ジェルーサレム』という作品でも、ジェルーサレムは、常に、東の方向と描写されている（K一、四四五、三七）。これは、実在するエルサレムが、地理上、欧州に視点を置くと東の方向になるからである。欧州の殆ど全てのキリスト教会は、そのアプス（祭壇）を東向きに建設している。従って、東の神聖性と天国との繋がりが示唆される。

一方、西は、ティルナノーグ（後のウイリアム・バトラー・イエイツが命名した、ケルトの西方浄土で永遠の若さの邦）の方向である。ブレイクも、ご多分に漏れず、他の多くの英国の詩人同様にケルト文化の影響を受けている。

図像9　スキアヴォネッティの挿絵

図像9は、ブレイクが、一七九七年に制作し、一八〇八年に出版したロバート・ブレア作の『墓』に付けた挿絵であるエッチングのプレート32の「死の扉」と題された作品である。この図像9では、律法を押し付けるユリゼンを象徴するドルイドの三石柱に付随する扉に堕落した経験の状態の老人が入って行き、死して後、救済され、再生を経て（画面上方の）、光り輝くティルナノーグを彷彿とさせる、永遠の若者の姿に復活することを意味する図像である。[25] 老人の死の床の枕には、「蛇でもあるドラゴン」がとぐろを巻いていることからも、老人の復活が類推出来る。図像9のキャプション（説明）にも、「今日は長く、月のない夜である。我々は、墓を寝床にし、それから、永遠に去る」と書かれていることからも、図像9の老人が死に行くことは明らかである。ブレイクは、ブレアの文学に、独自の「蛇でもあるドラゴン」の図像を加えたものである。ブレイクは、「永遠に去る」という文学を、永遠界に復帰し、二度と堕落後の現象界に戻らぬ、という意味を持たせたと解釈出来る。

さきの図像1の（一七九四作の）「ロンドン」の作品でも、画面上方にスポットライトを浴びた二人の人物が描かれている。無垢の状態を象徴する幼子が、経験の状態を象徴する老人の手を引いて、（ドルイドの三石柱を連想させる）石造りの建造物の内部へ誘導している。この建造物の扉は、贖罪・救済・再生・復活へと至る道の入り口であるように読み解ける。[26]

ブレイクの神話における西の方向の話に戻ると、さらに、西は、ブレイクの神話体系では、身体と、性的本能を象徴している。これは、「聖なる神性（イエス・キリストの実体）である人間の想像力（東）」と、人間の身体、性的本能の統一・合一を暗示している。つまり、人間の想像力がその実体であるとブレイクが考えたイエス・キリスト（天国の住人）と、本来の自由な恋愛を遂行する活力《エナジー》（地獄の能動的活力《エナジー》）の統一・合一を暗示する、ブレイクによるポラリティーを利用した手法であると思われる。従って、ユリゼンの持つコンパスの意味するところは、天国と地獄の統一・合一であるということになる。

その理由を、同じようにコンパスを持つブレイク作の《ニュートン》（一七九五年作、テート・ブリトン所蔵B三〇六、T二九、テート番号五〇五八）の図像から考究したい。

三の四　善（北・想像力・天国）と悪（南・理性《リーズン》・地獄）のポラリティー

次の図像10は、ブレイクの手による独立したニュートンの図像である。従来、このコンパスを手に持つニュートンの水彩を施した版画が、ブレイクによって並外れた美しさで描かれた理由は、謎とされてきた。それは、ブレイクが、全生涯をかけて、文学でニュートンを批判し続けてきたからである。それは、生涯の敵と称される程である。しかし、ブレイク流のアポカリプスから遡って考察すると、自ずと理由が明らかになる。ニュートンの合理的論証も、始源の「一なるもの」の構成要素の一つであり、また、アポカリプスに必要不可欠な要素だからである。人類の救済の実現であるアポカリプスに不可欠なニュートンが、美しく肯定的に描かれても、何ら不思議はないのである。言い換えると、ブレイクによる、ニュートンの善悪二面性の受容が明らかである。ここにも、錬金術とヘルメス主義の影響が看取できる。これも、図像10のコンパスが、ニュートンを基点にして南（ユリゼンの理性《リーズン》の象徴）と北（想像力と、イエス・キリストが降臨した方角の象徴）を指し、両者を結ぶ直線をニュートンは右手の人差し指で指し示し、両者の統一・合一を暗示している。[27] さらに、図像10でニュートンが手にする書物、あるいは、書類は、「スクロール（巻物）」であり、想像力の書である。ブレイクは、製本された「本」の形で偽りの宗教である律法の書を象徴している。他方で、ブレイクは、「スクロール」

図像10　ニュートン

でアガペー（神の愛）と赦し合いを意味する想像力による心眼で知覚する真の宗教を象徴し、『ヨブ記』などでも図像を使い分けている。

　ブレイクは、頻繁に、ユリゼンという神話の登場人物《キャラクター》に、偽りの神を装わせて文学にも、図像にも登場させて地獄と悪魔を表象している。先の図像8でも然りである。また、人間の想像力は、ブレイクによれば、イエス・キリストの実体である。従って、この南と北の統一・合一の暗示も、広義の悪（地獄）と善（天国）の統一・合一を目指し、もう一つのブレイクによるポラリティーの手法の利用とも考えられる。この解釈から遡って考究すると、先の図像8でのユリゼンの持つコンパスも、東西、延いては、善悪（天国と地獄）の統一・合一を仄めかしている、との解釈が強調される。

　また、さきの図像8でのユリゼンのコンパスは、東と心（愛情）を象徴するルーヴァと、西と身体を象徴するサーマスの統一・合一を仄めかしている。加えて、図像10のニュートンのコンパスは、北と想像力を象徴するアーソナと、南と理性を象徴するユリゼンの統一・合一を指している。これら図像8と図像10の総合的解釈として、四人のゾアの統一・合一、統一的人間アルビオンへの統一・合一の仄めかしであると判断出来る。従って、始源に存在していた「一なるもの」への復帰というアポカリプスを目指す文脈で捉えることが可能である。

四　仕組まれた「希望の道標」としての「蛇でもあるドラゴン」

次の図像11の『ヨーロッパ―ある預言』のプレート16（17）では、図像上「蛇でもあるドラゴン」としての鳥類、蝶類、昆虫類が数多く描かれている。下のマージンには、「蛇でもあるドラゴン」そのものも三匹描かれている。これらの「蛇でもあるドラゴン」の図像は、堕落と復活の希望を同時に表している。いわば、救済に至る「希望の道標」としてブレイクの手によって描かれている。「蛇でもあるドラゴン」が、鳥類、蝶類、昆虫類の図像や表象として歴史的に描写されたことは、すでに証明済みである(28)。

図像群12は、オーストリア国立図書館蔵の「コーデックス1858」の『クロイの時祷書（ダス・クロイ・ゲベートブッフ）』の本文下のマージンに描かれているドラゴンの類いの派生形の図像である。これらの図像から、蝶を始めとする昆虫類、貝類、反芻動物（の角と足）、人面、女性の裸像も、ドラゴンの形態として認められる。ブレイクも、この伝統に則って独自の鳥類、蝶類、昆虫類の図像や表象に「蛇でもあるドラゴン」の性格を持たせた(29)。

『ヨーロッパ―ある預言』全体の中で、このプレート16（17）の文学のみにおいて、ブレイク自身が、話者の「私」として登場する。「私は、柔和なウースーンをエニサーモンの幕屋で聴く」（K二一八、三二、D二四六、一六―一七、三五）(30)。

また、同プレートに「遂に、とうとう、朝《あした》〔復活の朝〕が、東の門〔永遠界の扉〕を開けた」（K二一

図像 13 『ヨーロッパ―ある預言』プレート 6

図像 11 『ヨーロッパ』プレート 16

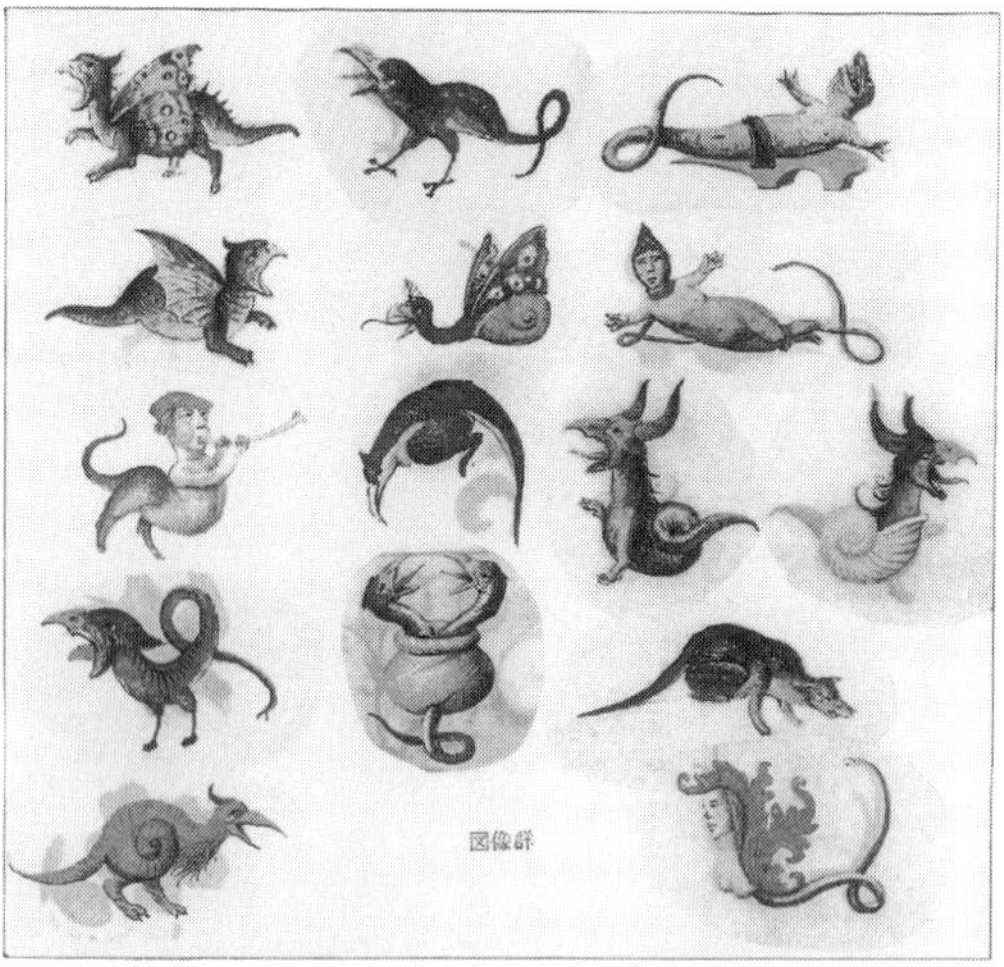

図像 12 ドラゴンの派生形

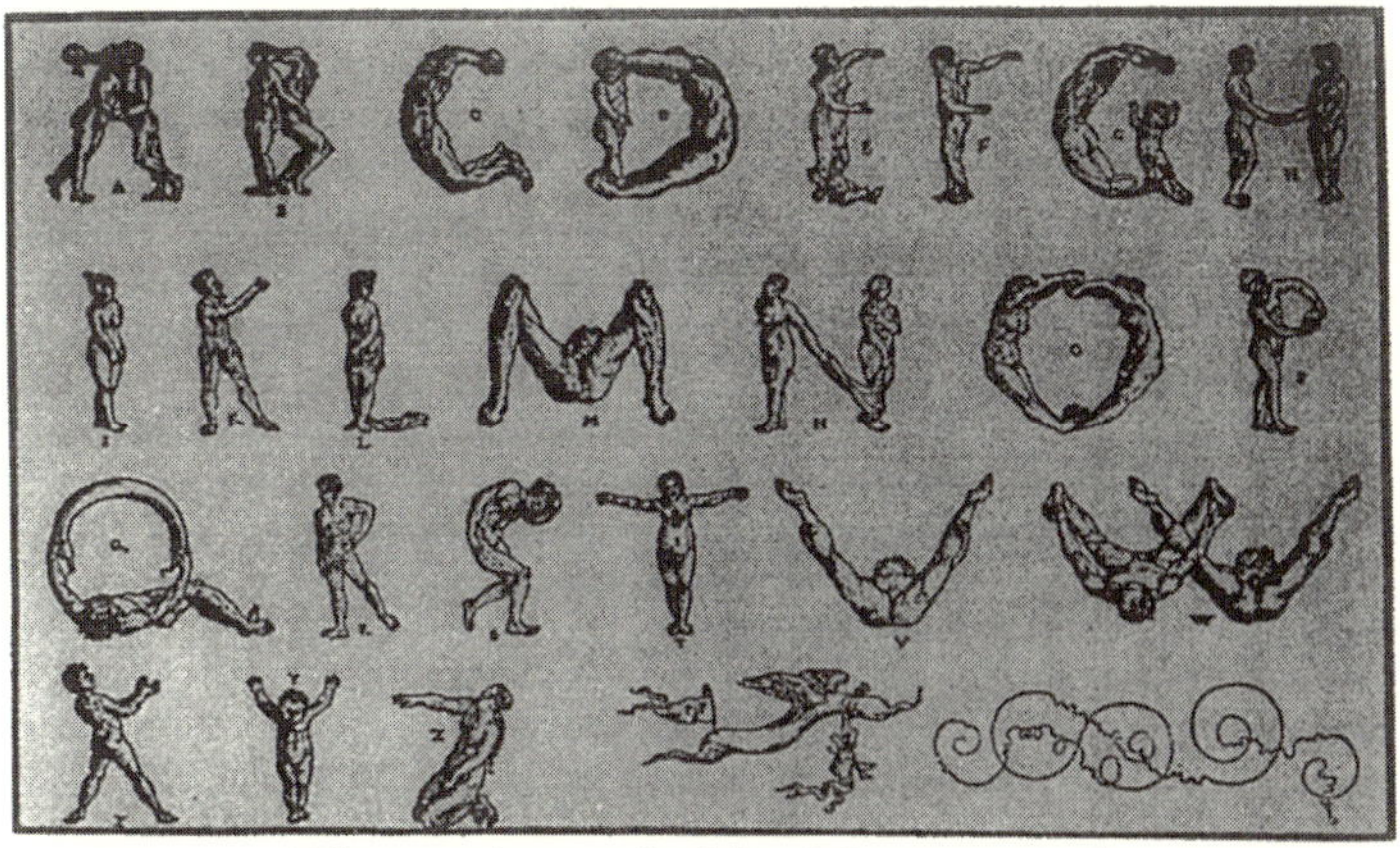

図像14　ウイリアムズの人体によるアルファベット

九、一〇、D二四六、一六―一七、三五）と描写されている。この描写は、アポカリプスの成就と、永遠界への復帰の完了を物語っている。

また、図像13のプレート6（7）一四行目では、本来、この作品の文脈上神の役割を担うべきオークが、「その身の毛のよだつ悪魔」とブレイクによって描写されている。オークという登場人物において、神と悪魔のポラリティーが看取出来る。

この図像13上でも、「蛇でもあるドラゴン」の図像としての蝶類、昆虫類が上方のマージンに描かれている。これらの「蛇でもあるドラゴン」も、「復活の希望」の道標として捉えることが出来る。

この図像13の画面中段の変形した人体の図像群は、神と悪魔のポラリティーを具現する「蛇でもあるドラゴン」を表象する変形した人体の姿勢で表すアルファベットである。

ウイリアムズは、「ドラゴンは、中世においては（中世のキリスト教図像学に特有の）サタンとイエス・キリストの双方のダイナミックで正反対な象徴として使われ

図像15 「ヨーロッパ―ある預言」プレート7

た」（「ウイリアムズ」二〇五）点を挙げている。これも、神と悪魔のポラリティーと言えよう。ウイリアムズは、その上、「十三世紀末の擬人化されたアルファベットにおいて……イエス・キリストの受肉が、ドラゴンと、グリュプスと、変形した人体で表された（「ウイリアムズ」二二九）事実も述べている。[31]

　図像14の変形した人体のアルファベットは、図像13のブレイク作『ヨーロッパ―ある預言』のプレート6（7）に描かれているテクストの行間の人体像群と酷似している。特に、〝M〟の字体がブレイクのこのプレートの中段の人体に類似性が認められる。

　同図像13の図像画面最下段に横たわる男性は、怒りと地獄と「蛇でもあるドラゴン」の属性の炎を頭部より放つオークである。同図像画面最下段に横たわるオークに錯誤のベールを掛けようとしている女性は、エニサーモンである。

　図像15の『ヨーロッパ―ある預言』プレート7（8）の画面中央のコントラポストの姿勢の人物は、神を装う悪魔で、「蛇でもあるドラゴン」の属性の鱗で全身を覆われている。このプレート7（8）の文学では、神を装うユリゼンが、無垢で自由な恋愛を束縛しようとしている。中央の人物の両脇の天使は、アルビオンの天使で、見せかけは神の御前の天使で、実態は、悪魔である「蛇でもあるドラゴン」である。

本来自由であるべき恋愛の行為が（ユリゼンの差し金で）エニサーモンによって女性の倫理で禁止され、束縛されている経験の状態であることが分かる。それは、このプレート7（8）に描写される文学からも明らかである。すなわち、「『女性の愛は罪である』（引用符筆者）、と人類に告げに行きなさい……全ての喜びを禁止しなさい」（K二二四、三二、D二二八、五―八）とエニサーモンが息子たちに話す。

四　結論として

先の図像6で描かれているロスとエニサーモンが各々口から吐き出す「蛇でもあるドラゴン」の図像は、サタン（悪魔）であると同定出来る。いわば、ブレイクの文脈では、堕落も、救済と魂の再生に至る「逆転した成長」の道標なのである。それは、ブレイク流の堕落後の現象界である「世界殻（マンデーンシェル）」にも救済の道が準備されており、ブレイクの救済のヴィジョンに必要不可欠な要素なのである。この「逆転した成長」は、錬金術の「ニグレド」という「腐敗する受胎」を下敷きにしている。

この場合、ブレイクの預言者としての役割が看取できる。言い換えると、先の図像6の「蛇でもあるドラゴン」の図像は、精神の堕落の状態を象徴すると同時に、精神を「無垢」の状態へ解放することと、真の宗教を再獲得するための「逆転した成長」の道標、つまり、回心へ誘う道標であり、（堕落の中にあって）、「救済の希望」を表していると思われる。この場合、堕落・堕天・贖罪・救済・再生という図式が、この「蛇でもあるドラゴン」の図像に読み取れる。いわば、堕落を象徴すると同時に、「救済の希望の道標」としての二重の役割を担っている事が分かる。先の図像6の「蛇でもあるドラゴン」は、「善悪」と「天国と地獄」と「渦巻き風」というポラリティーを手法としてブレイクによって表現されていると結論づけられる。

ここで、我々は、ブレイクによって採用されたポラリティーの描写の意義について考察せねばならない。ブレイクは、その作品において、まるで万華鏡のようにポラリティーを列挙している。これは、今回考究しなかった他の作品群にも多く見受けられる。

ブレイクによる数多《あまた》なポラリティーの列挙には、特別な意味が看て取れる。各々のポラリティーは、夫々、そもそも、始源に存在していた永遠界で「一なるもの」として統一・合一していた各々の要素が、堕落により対立する二項に分裂したものである。そして、ブレイクの神話の文脈ではアポカリプスによって再び統一・合一されるべき本来は「一なるもの」なのである。言い換えると、ブレイクは、アポカリプスの大団円での再統一・再合一の伏線として、各々のポラリティーを文学と図像の双方で表現したのである。それは、ブレイクによる人類の魂の「救済という希望」の表象といえる。各々のポラリティーに相関関係があるのは、至極当然なのである。

そして、ブレイクによれば、この人類の魂の救済に必要不可欠なものは、「自我の滅却」（『ミルトン』（K一八、二）と「独りよがりな独善の滅却」（『ジェルーサレム』K四、五三七、七八、六）である。そして、加えて、友愛、姉妹愛・兄弟愛とお互いを「赦し合う」包容力と愛情である。ブレイクは「友愛、姉妹愛・兄弟愛なしでは、人類は存在し得ない」（K四、五六三、九六、一六）とまで、彼独自の文学による表現をしている。(32)

【註】

（1）本稿は、二〇〇七年十二月二十三日に第七八回法政評論研究会で口頭論文発表した草稿を加筆したものである。

（2）プレート10とは、デルベッカー編纂によるテート・ギャラリーとブレイク・トラストの共版の扉絵から数えて一〇枚目の頁を意味する。括弧内の数字（12）は、ベントレイの編纂によるオックスフォード版のプレートの番号で、ここに列記する。

（3）訳は Oxford English Dictionary 2n d edition を参考に訳した拙訳を採用した。

（4）Kとは、ケインズが編纂したテクストを意味する。アラビア数字は、頁数、プレート番号、行数を表す。アードマン編纂のブレイクのテクストよりも、筆者はケインズ編纂によるテクストの方が、ブレイクの意図をより正しく反映していると考え、ケインズ版で表示する。具体的には、*Poetry And Prose of William Blake* Ed. Geoffrey Keynes,Complete in One Volume. London : Random House, New York : Nonesuch Press, 1946.

（5）厳密には、ドイツ-ロマン派のフォン・シュレーゲルの提唱した「ロマン的イロニー」の意味。

（6）ノーボダディーとは、誰の父親でもない、という意味のブレイクの造語で、現象界で抑圧する偽りの神である。

（7）ユリゼンとは、神話の登場人物で、理性と南を象徴する。律法を人類に押し付ける偽りの神としても登場する。

（8）岡崎真美「錬金術のニグレドのパラドックスとブレイクの『ロンドン』の蛇——腐敗する受胎を象徴する蛇（その2）」（*Poebus* 第8号、法政英語英米文学研究会）二〇〇六年十二月）三二頁。

（9）ゾアとは、古典ギリシャ語の動物を意味する「ゾーオン」からのブレイクの造語で、四人の象徴的人物のことを意味する。ルーヴァが「感情」（東）、サーマスが「身体」（西）、ユリゼンが「理性」（南）、アーソナが「想像力」（北）を象徴する。

（10）岡崎真美「美しきニュートンの謎——ブレイクは生涯の敵ニュートンを何故図像上美しく描いたのか（『藤原 博先生追悼論文集——見よ 野のユリはいかに育つかを』）二〇〇七年（英宝社）八〇頁。

（11）岡崎真美「美しきニュートンの謎——ブレイクは生涯の敵ニュートンを何故図像上美しく描いたのか（『藤原 博先生追悼論文集——見よ 野のユリはいかに育つかを』）二〇〇七年（英宝社）七九～八一頁。

（12）岡崎真美「錬金術のニグレドのパラドックスとブレイクの『ロンドン』の蛇——腐敗する受胎を象徴する蛇（その2）」（*Poebus* 第8号、法政英語英米文学研究会）平成十八年十二月）三二頁。

（13）連とは、詩を構成する最小単位の詩行の連《つら》なりである。この場合、「ロンドン」という詩の四番目の詩行の連なりを指す。

（14）岡崎真美「錬金術のニグレドのパラドックスとブレイクの『ロンドン』の蛇——腐敗する受胎を象徴する蛇（その2）」（*Poebus* 第8号、法政英語英米文学研究会）平成十八年十二月）二八頁。

（15）岡崎真美「錬金術のニグレドのパラドックスとブレイクの『ロンドン』の蛇——腐敗する受胎を象徴する蛇（その2）」（*Poebus* 第8号、法政英語英米文学研究会）平成十八年十二月）二九頁。

（16）岡崎真美「錬金術のニグレドのパラドックスとブレイクの『ロンドン』の蛇——腐敗する受胎を象徴する蛇（その2）」（*Poebus* 第8号、法政英語英米文学研究会）平成十八年十二月）三〇頁。

（17）岡崎真美「美しきニュートンの謎——ブレイクは生涯の敵ニュートンを何故図像上美しく描いたのか『藤原博先生追悼論文集——見よ 野のユリはいかに育つかを』）二〇〇七年（英宝社）八五～六頁。

（18）オークとは、ブレイクの神話の中に登場する中心的主人公であるロスとエニサーモンの長男である。

（19）ロスとは、想像力の象徴的人物である。従って、詩も象徴する。

(20) エニサーモンとは、ロスの妻（エマネーション）である。精神的な美を象徴する。
(21) アルビオンの天使とは、「神の御前の天使」を装った、悪玉のサタンの状態の偽りの天使である。
(22) Eとは、アードマン編纂のテクスト。Dとは、デルベッカー編纂のテクストを表す。アラビア数字は、頁数、プレート番号、行数を表す。
(23) 岡崎真美「第三章　ウイリアム・ブレイクの文学と視覚芸術への誘い」鏡味國彦編著『英米文学への誘い』（東京、文化書房博文社）二〇〇八年、八二頁。
(24) 岡崎真美「錬金術のニグレドのパラドックスとブレイクの『ロンドン』の蛇――腐敗する受胎を象徴する蛇（その2）」（*Poebus* 第8号、法政英語英米文学研究会）平成十八年十二月）三〇頁。
(25) 「永遠界、現象界、ブレイク」日本英語文化学会編日本英語文化学会編（東京、朝日出版社）『異文化の諸相』一九九九年、四六〜五〇頁。
(26) 岡崎真美「錬金術のニグレドのパラドックスとブレイクの『ロンドン』の蛇――腐敗する受胎を象徴する蛇（その2）」（*Poebus* 第8号、法政英語英米文学研究会）平成十八年十二月）二九頁。
(27) 岡崎真美「美しきニュートンの謎――ブレイクは生涯の敵ニュートンを何故図像上美しく描いたのか（『藤原博先生追悼論文集――見よ　野のユリはいかに育つかを』）二〇〇七年（英宝社）八一頁。
(28) 岡崎真美「錬金術の『ニグレド』のパラドックスとブレイクのロンドンの蛇――腐敗する受胎を象徴する蛇（その1）」（『伊藤廣里教授傘寿記念論文集』）二〇〇七年（伊藤廣里教授傘寿記念論文刊行会）七〇頁。
(29) 岡崎真美「錬金術の『ニグレド』のパラドックスとブレイクのロンドンの蛇――腐敗する受胎を象徴する蛇（その1）」（『伊藤廣里教授傘寿記念論文集』）二〇〇七年（伊藤廣里教授傘寿記念論文刊行会）七〇頁。
(30) ウースーンとは、ロスとエニサーモンの間に生まれた娘の一人。

(31) 岡崎真美「錬金術の『ニグレド』のパラドックスとブレイクのロンドンの蛇――腐敗する受胎を象徴する蛇(その1)」(『伊藤廣里教授傘寿記念論文集』)二〇〇七年(伊藤廣里教授傘寿記念論文刊行会)六八頁。

【引証資料】

Blake, William. *Songs of Innocence and of Experience*. Ed. Andrew Lincoln. London : Tate Gallery, 1991.

——. *The Complete Poems, 2nd ed. Ed. W. H. Stevenson*. London & New York : Longman, 1989.

——. *Poetry and Prose of William Blake*. Ed. Geoffrey Keynes. Complete in one Volume. London : Random House, New York:Nonesuch Press, 1946.

——. *The Continental Prophecies : America : a Prophecy, Europe: aProphecy, The Song of Los,* Edited with introductions and Notes by D. W. Doerrbecker, Blake's Illuminated Books. Vol. 4. General Editor David Bindman. London: Tate Gallery, 1995.

Doerrbecker, D. W. *William Blake:. The Continental Prophecies : America : a Prophecy, Europe: a Prophecy, The Song of Los,* Edited with introductions and Notes by D. W. Doerrbecker, Blake's Illuminated Books. Vol. 4. General Editor David Bindman. London : Tate Gallery, 1995. 142.

Fabbricius, Johannes. *Alchemy : The Medieval Alchemists and their Royal Art*. London, Diamond oress, 1976. 大瀧啓裕訳『錬金術の世界』(東京、青土社)、一九九五年、三八、六七、一三〇頁。

Henkel, Arthur und Shoene, Albrecht. Eds. *Emblemata: handbuch zur Sinnbildkunst des XVI und XVII Jahrhunderts Ergaentze Neuausgabe*. Stuttgart : J. B. Metzlershe Verlagsbuchhandlung, 1976. 953. 1274. 1264.

Lincoln, Andrew. Eds. *William Blake, Songs of Innocence and of Experience* : Edited with an Introduction and Notes by Andrew Lincoln, Blake's Illuminated Books. Volume 2. General Editor David Bindman. London: The William Blake Trust/Tate Gallery, 1991. 194.

Mazal, Otto and Famar Thoss. *Das Croy-Gebetbuch.* 荒木成子・月村辰雄訳『クロイの時禱書』（東京、岩波書店）一九九七年。

岡崎真美「永遠界、現象界、ブレイク」日本英語文化学会編日本英語文化学会編（東京、朝日出版社）『異文化の諸相』一九九九年、四六～五〇頁。

――、「錬金術の『ニグレド』のパラドックスとブレイクのロンドンの蛇――腐敗する受胎を象徴する蛇（その1）」（『伊藤廣里教授傘寿記念論文集』）二〇〇七年（伊藤廣里教授傘寿記念論文刊行会）七〇頁

――、「錬金術の『ニグレド』のパラドックスとブレイクの『ロンドン』の蛇――腐敗する受胎を象徴する蛇（その2）」（Poebus 第8号、法政英語英米文学研究会）平成一八年一二月）二九頁。

――、「美しきニュートンの謎―ブレイクは生涯の敵ニュートンを何故図像上美しく描いたのか」青木敦男・古庄信共編（『藤原博光先生追悼論文集――見よ　野のユリはいかに育つかを』（東京、英宝社）二〇〇七年。

――、「ウイリアム・ブレイクの文学と視覚芸術への誘い」鏡味國彦・齋藤昇編著『英米文学への誘い』（東京、文化書房博文社）二〇〇八年。

Orozco, Covarrubias. *Emblemas Morales de Don Sebastian de Covarrubias Orozco.* Madrid : Diaz P. 1976. 454.

Roberts, Maureen B. "Ethereal Chemicals : Alchemy and the Romantic Imagination." *Quarterly Review* (Recompiled) London : OUP, 1987.

和治元義博「竜を見たか――イギリス中世から近世におけるドラゴンの文化史」植月恵一郎編著『博物誌の文化学　動物篇』（東京、鷹書房）二〇〇三年、二頁、一一～一二頁。

Williams, David. *Deformed Discourse : The Function of the Monster in Mediaeval Thought and Literature.* Montreal & Kingston : McGill-Queen、s University Press, 1996. 205. 209.
柳宗玄・中森義宗編『キリスト教美術辞典』（東京、吉川弘文館）一九九〇年、三九四頁。

第11章　冒険と憧れの行方
──『ナルニア国物語』をつらぬくイメージ

木村聡雄

C・S・ルイス『ナルニア国物語』（一九五〇～五六年）は、ナルニアの誕生から終焉までを描いた年代記である。全七巻では、研究者ルイスの専門分野であった中世ルネッサンス文学からインスピレーションを得た古典文学的世界観に、聖公会弁証論者でもあった彼のキリスト教精神が象徴的イメージとして加えられている。この年代記を構成の点から捉えてみれば、中世的世界を舞台とした冒険小説／教養小説としての骨格は全七巻を流れる縦糸と考えられるだろう。一方、各巻に織り込まれたさまざまなレベルのキリスト教的世界観は横糸と捉えることもできよう。両者がそれぞれを補強し合いながら全体として大きなひとつの物語を築き上げる年代記像は、ルイスが表現しようと追求した別世界を一層鮮明に浮かび上がらせるのである。本論では、こうした観点から各巻ごとに主題やイメージについて検証してゆくことによって、『物語』の全体像に迫って行きたい。まず中世世界を舞台とした古典的世界という視点から論じる。続いて各巻に現れる冒険の題材を探りながら主人公の精神的成長のありようを探り、さらにそれぞれの作品に散りばめられたキリスト教的イメージを拾い上げてゆく。

一　舞台装置としての古典文学世界

『ナルニア国物語』はナルニア国の歴史的冒険物語として読むことができるだろう。その一方で、現代のわれわれの世界とナルニアというふたつの世界の行き来もまた年代記の各物語の鍵となっている。それはたとえば、第一巻『ライオンと魔女』において衣装簞笥が人間世界とナルニア世界とを結ぶ扉となっていることが象徴的に示している通りである、ペベンシー家の四人の子供たちは現代に暮らしていて、第一巻は第二次世界大戦中のイギリスという日常世界から物語が幕を開ける。しかしながらこれはあくまで序章に過ぎず、作品の中心は確実にナルニア世界に存在しているのである。『ライオンと魔女』の第二章で舞台はナルニアへと移り、ルーシーがそこへ足を踏み入れるところから本当の物語が始まる。第一巻の大団円での四人の子供たちの戴冠に象徴されるように、ここは明らかに古典の中の世界である。

……ケア・パラベル城の大広間では、……アスランは厳かな様子で四人の子供たちに王冠を被せて、彼らを四つの玉座へと導いたのだった(1)……。

他の物語に視点を移してみても、ほとんどの場合は物語の導入部分こそ現代のイギリスから始まるものの(2)、舞台はすぐにナルニアへと移りその別世界で冒険が展開してゆく。ひとたびナルニアに足を踏み入れれば、そこにはわれわれの近代以前の社会構造のままであるような世界が広がっている。ナルニアは中世で時間が止まっていると感じられる場所であり、それはルイスが志向していた理想的世界の一つの形でもあった[3]。堂々たるケア・パラベルの城がそびえ、中世さながらの衣装や甲冑を身に付けた王族[4]が国を治め、王の民として話をする動物たちが自由を謳歌している。ヨーロッパ中世の精神構造がそうだったように、王たちがナルニアの地上世界を代表する一方、天上界に住まう者としてアスランが存在する。物語のどの話でも、最後には子どもたちがまたイギリスに戻ることになるが[5]、それでもなお、ひとつひとつの物語の印象としては主題の中心は現代ではなく、あくまでナルニアの中世的世界を舞台として存在するのである。ルイスの古典志向を考えてみれば、ナルニアの物語において子どもたちが現代の社会から抜け出して自由に冒険する様子にも、その後に結局は現代という自分の場所に戻ってこなければならないという状況にも、創作上の世界と現実世界のルイス自身とのパラレルを読み取ることもできるだろう[6]。精神性の点から見れば、ナルニアには反近代の物語とさえ呼ぶことができる志向も隠されているのである。この反近代への志向はさらに、『最後の戦い』と同年に発表された、『ナルニア国物語』には属さない歴史小説『顔を持つまで』[7]（一九五六）にも及んでいる。これはアプレイウス『黄金の驢馬』[8]の中の有名なギリシャ神話を心理小説に仕立て上げた作品だが、古典的物語という点から見れば、本年代記と同様の方向性を持つといえるものである。

二　冒険と憧れの旅／聖書のイメージ

『ナルニア国物語』の作品全編における縦糸といえる文学的主題は、「冒険の旅」とその旅を契機とした主人公の「精神の成長」にあると考えられるだろう。冒険の動機はそれぞれに異なるとはいえ、旅を導く根底にあるものは「憧れ」といえるものである[9]。憧れへ近づくことは喜びへとつながり、さらに喜びの探求が旅の目的と結びついて、その中で精神的成長が成就される。各巻の憧れがいかに旅／成長と係わっているのか物語の特徴をこれから見てゆきたい。

一方、聖書にまつわるイメージは横糸として織り込まれていると捉えられるだろう。ルイス自身は、「最初はキリスト教の主題は何もなかった[10]」と語っているが、この言葉は、この年代記が教義を示すことを本来の目的とした物語ではないことを述べているだろう。ルイスはさらに、アスランについて、「わたしは『本当の（つまりイエス・キリストの）話を、象徴によって書こう』と考えたわけではなかったのです[11]」とも述べている。彼の言葉の通り、実際アスランは必ずしもナルニアにおけるキリストとして描かれているわけではない。それにもかかわらず、両者がきわめてパラレルに近く感じられるよう描かれていることもまた事実といわざるを得ないだろう。以下、各巻の出版順[12]に旅と憧れ、そして聖書のイメージを拾い上げて検証してゆきたい。

第一巻『ライオンと魔女』

まず『ライオンと魔女』の冒険と憧れに関して検証してゆく。衣装箪笥がナルニアへの入り口になっていることをルーシーが偶然に見つけたことから冒険がはじまる。ここではまったく新たな世界への探求心が冒険の原動力となっている。エドマンドは魔法のお菓子の誘惑に負けて仲間を裏切り、魔女の捕虜となってしまうが、残った子どもたちは彼を救出する旅に出る。救出されたエドマンドは、裏切りの代償としての死の恐怖を経てやっと改心することができたが、ここにエドマンドの精神の成長がある。この物語に見られる憧れは、ナルニアに初めて迷い込んだルーシーの心の中に、そしてそこから帰ってきた彼女が不思議な世界のすばらしさを兄姉たちに伝えようとする行為に示されているだろう。ルイスの内なるナルニアの〈最初のひらめき〉として、雪の中のフォーンが頭に浮かんだという話はよく知られているが、作者自身のイメージそのものへの憧れやそれを形にできたらという強い思いが、ルーシーの気持ちに重ね合わされたといえるだろう。

すぐさま、たいそう変わった姿のひと（フォーン）が木々の間から街頭の明かりのもとへと現れ出てきた。そのひとはルーシーよりもほんの少しばかり背が高く、雪で真っ白になった傘を頭の上にさしていた。(13)

第一巻『ライオンと魔女』に表された聖書のイメージとしては、アスラン対魔女という善悪の対立が全体の基盤となっている。これはいわば、キリスト教対異教の戦いとして描かれていると考えられる。エドマンドの裏切りは最後の晩餐のユダと重なってゆく。エドマンドの改心がある一方、彼の身代わりになって処刑される点ではアスランがキリストと重なってゆく。この主題では贖罪の問題が浮かびあがるだろう(14)。その点では、魔女とアスランの対決を旧約の律法対新約の贖罪と読み換えることも可能ではないだろうか。サンタクロースがナルニアを訪れる点では、ナルニアにクリスマス自体が存在するのか、ナルニアとキリスト生誕との関係性は、などさまざまな意見があるにせよ、宗教的グローバリゼーションの象徴ともいえるクリスマスにまつわる憧れを普遍化したと捉えることもできるだろう。特にサンタクロースがナルニアの住人たちにプレゼントを配る場面は、降誕祭の高揚感を物語に取り込んで、子供たちへの分かりやすい聖書的メッセージとしたと考えるべきものであろう。

第二巻『カスピアン王子のつのぶえ』

『カスピアン王子のつのぶえ』では、無垢な少年カスピアンがかつて聞かされた昔話への憧れから冒険が始まる。この冒険の中で彼は、ナルニアの仲間たちや人間の子どもたちに助けられながら、自分が何者かを知り正当な王位を奪還する。カスピアンが幼いころに教育係が話してくれた話からナルニアへの憧れがいや増し、やがて奪われたその国と本当の自分（すなわち正当な王権）を取り戻そうとする願いがその憧れに拍車をかける。物語の中で語られるもう一つの旅は人間界から魔法の角笛で呼ばれた子どもたちによるもので、カスピアンを救おうと彼のもとへ到るまでの苦難に満ちた探求が描かれる。合流した彼らは力を合わせて邪悪なものたちを退けるが、物語を通して精神的な成長を遂げるのは自らの行うべきところを実践できたカスピアンである。

「よろしい」とアスランが言った。「……それではわれらのもと、高位の王ピーターのもと、そなた（カスピアン）はナルニア王、ケア・パラベルの城主となるがよい[15]……」

『カスピアン王子のつのぶえ』の宗教的題材については、前作『ライオンと魔女』と同様に、唯一ルーシーだけが常にアスランへの信念を強く保ち続ける。一方、カスピアンらが砦とするアスランの丘の石塚は、イエスが復活を果たした墓穴の象徴と感じられるのである。この塚の内部はあたかも卵の殻に守られた内側のイメージを持つが、卵は復活祭を連想させる上、実際、物語ではこの内部からカスピアンらはナルニアの危機からの復活を勝ち取ることになる。

第三巻『朝びらき丸東の海へ』

『朝びらき丸東の海へ』では、青年となったカスピアンが父王の友人である行方不明の諸侯たちを探しに出発するが、同時に伝説上の東の果てのアスランの国を目指すという目的ももって、船の旅の冒険に向かう。魔法の力で航海に加わった三人の子供たちが、カスピアンやナルニアの仲間たちを助けながら航海を続ける。エドマンド、ルーシーとともに初めてナルニアを訪れたユースティスは、当初かたくなな心によって仲間たちと心を通わせることができない。途中の島で誘惑に負けて竜に変身した後、真の恐怖と孤独とを体験した彼はアスランの導きによって改心し、船の仲間と精神的に一体になれた。この物語では、このユースティスの悔い改めが海の冒険の中で示されている。この物語で皆を駆り立てるものは、ねずみのリーピチープの言葉の通り、東の海の向こう、世界の果てへの憧れである。そこはアスランの国への入り口ともいわれ、そこになんとか辿り着きたいという思いが船を先へと進めてゆく。

「……われわれは世界の東の果てに行けないわけがありますまい。そこには何があるでしょうか。きっとアスラン自身の国があるはずです。大いなるライオンがわれらのもとにやってくるのは、いつでも東から、海を越えてなのですから」(16)

『朝びらき丸東の海へ』の宗教的主題を追ってゆくと、三人の子どもたちは、物語の最初に魔法によって絵の中の海に放り込まれるが、これは物語の後半で竜になったユースティスが泉に浸って改心する状況へとつながってゆき洗礼を象徴していると考えられる。東の果てのアスランの国をめざす点は、たとえばチョーサーの『カンタベリ物語』がそうであるように、聖地詣でを想起させるだろう。また、ねずみの騎士リーピチープの気高い騎士の姿を見ていると、この旅はあたかもアーサー王の円卓の騎士たちによる聖杯探求、中でも特にガラハッドを思い出させる。物語の中の聖書のイメージとしてもっとも明白なものは東の界の果て、アスランの国への入り口の挿話である。ここでは、アスランが子羊となって表れ、新約聖書の記述のごとく子供たちのために食事を用意しておくのである。[17] さらにこの物語の最後では、アスラン自身が人間界でも彼と同等のものが「他の名前」[18] を持っていると語り、彼とキリストとのパラレルを強く暗示することとなる。

第四巻『銀のいす』

『銀のいす』ではユースティスとジルがナルニアへ入り、アスランから使命を与えられて行方不明の王子を探し出そうと北方への旅に出る。二人は肝心なところで身勝手になって目的を失いかけるが、二人を手助けするのは北の沼地に住むナルニアの住人パドルグラムである。彼は常に理性を失わず二人の子どもを諭し、ついに皆でリリアン王子を見つけ出すことに成功する。初めは何事にも心揺らいでいた子どもたち二人も、ついには冷静な気持ちで自制心を保てるまでに成長する。この物語においては、北方の荒野の描写の力強さと、呪術に負けることなく理性を持ち続けたいというパドルグラムの信念が印象的である。しかしながら、この第四巻以降は、物語に表された喜びそのものは前三作に比較すれば弱まってゆくようにさえ感じられるだろう。たとえば、ここでは旅も、憧れから出発するのではなく、アスランに命じられることによって始められるのである。

「……だがあなたの仕事は、あなたがしてしまったことのために、いっそう困難なものとなるだろう」

「それはどんな仕事なのでしょう」ジルが尋ねた。

「それをさせるべく、私があなたとユースティスとをあなたたちの世界からここへと呼び出した仕事だ[19]」

『銀のいす』の聖書的題材としては、物語の前半で創世記の原罪が象徴的に描かれている。ジルは自尊心のため、うっかりとユースティスを崖から突き落としてしまう。ユースティスは無事だったものの、ジルはイヴとの聖書的パラレルにおいて、原罪の償いのごとくアスランから難しい使命を与えられる。こうして贖いとしての北への過酷な旅が始められるのである。

第五巻『馬と少年』

『馬と少年』はナルニアの近隣の国での物語である。貧しい家に育った少年シャスタと貴族の少女アラビスという二人の子どもたちが別々に、ナルニア生まれで話ができる馬たちに導かれて、それぞれのアイデンティティーを求めナルニアをめざして旅に出る。途中で合流した二人は、最初は相手を理解しようとはしないが、困難な旅の中で徐々に相手に心を開くようになる。最後にはシャスタが実は王家の王子だったことが判明するのだが、彼は旅を通して真の自分自身を発見しえたのみならず、王族にふさわしい人間としても成長したのだった。ここでは、シャスタが抱くはるかなナルニアへの憧れが物語の方向性を定めてゆく。年代記の中でこの物語だけは人間界とナルニアとのつながりを持たず、その点で異質な作品になっている。作中、タシバーンの都を訪れたナルニアの王たちの描写にはナルニアの南にある隣国の人々の様子が描きこまれている。この描写は、アラビアンナイトやトルコなどのエキゾティズムが暗示されていて、他の作品群の持つ古代中世ヨーロッパ的情景と対比される異国的世界が表されている。

というのも、かれらナルニアびとたちは皆、シャスタと同じように白い肌をしていて、彼らのほとんどは金髪だった。…ターバンのかわりに金属製の被り物を身につけていた。……脇にさしていた刀は、カラーメーン人の三日月刀のようには反っておらず、まっすぐなものだった。(20)

『馬と少年』における宗教観は、物語全体が隣国での物語でナルニアと直接には関係しないうえに、大きな主題としての聖書とのパラレルも希薄である。キリスト教的枠組みそのものが主題とされている最後の二冊である次の第六、七巻を前に、これは内容的にも宗教的な主題の点でも年代記の中で、「転」の物語であるといえよう。あるいは、イスラム的な、非キリスト教的世界を示すことで、他の六巻との比較において、そこから逆にキリスト教的なものを想起させるという効果があることも指摘しておくべきであろう。いずれにせよ、この作品は、その存在自体によって物語の幅がさらに広がってゆくという効果をあげるためにここに挿入されたと考えられるだろう。

第六巻『魔術師のおい』

『魔術師のおい』では、ナルニア世界の誕生が描かれる。そこに立ち会った人間界のディゴリーとポリーは、誤って魔女をナルニアに引き込んでしまう。彼らはその償いを命じられるが、ディゴリーは誘惑を退けて使命をなしとげる。初めは弱い心を持っていた彼も旅を通して自分の罪を認識し、反省することによって新たな強さへと成長することができた。全七巻のうち最後の二巻は、ナルニアの始まりと終わりを描いて『物語』の枠組みを形成している。そして物語を推し進める力は、憧れそのものよりも形式の希求へと変容している。

……一瞬前まで何もなかったのだが、次の瞬間には幾千もの光の粒が飛び散った。ひとつの星、星座、そして惑星さえも、われわれの世界のどんなものよりももっと明るく大きいものだった。(21)

第六巻はまさにナルニア世界の創世記である。実際に「創世記」からの直接的なイメージを多用し、作品の宗教的な色彩は強まっている。特に物語後半に描かれるナルニア開闢の描写は旧約聖書の描写に基づいている。ディゴリーとポリーが、償いとしてリンゴを取り行った果樹園はエデンの園を具現化したものとして描かれる。この果樹園には魔女が聖書における蛇の役割を荷って待ち構え、甘い言葉でディゴリーを誘惑する。『創世記』でのアダムとの違いは精神的に成長した彼が悩みながらも誘惑に打ち勝った点にある。

第七巻『さいごの戦い』

『さいごの戦い』は第六巻と対をなしていて、ナルニアの終焉が語られる。ここでは、ティリィアン率いるナルニア軍と敵との戦いを中心に厳しい冒険が展開してゆく。戦いの最終段階で、子どもたちやティリィアンは敵軍の本拠と思われた厩に決死の突入をするが、驚いたことには、その内部は新たな真実のナルニアの入り口であった。最後にアスランが現れ、ナルニアの住人や子供たちを真のナルニアへといざなう。この最終巻では終末のムードが漂い、主人公の精神的成長はすでに主題ではない。子供たちも元の人間界で起きた列車事故のためにそのまま永遠の国へ入る。ここでは大きな浄化が描かれる。それは、終末感漂う絶望の中にさえ希望を持ち続けようとする精神性である。この巻に見られる憧れは真のナルニア、すなわち永遠の国への憧れとなっている。

「さあ、もっと先へ！　もっと高く！」アスランが肩越しに叫んだ。(22)

『さいごの戦い』も『魔術師のおい』と対を成して聖書からの直接のイメージに満ちている。末世のナルニアには『ヨハネ伝』などにあるようにいさかいや偶像崇拝にあふれ、偽預言者や偶像崇拝が現れる。無常観漂う終末ではしかし、真のナルニアへの扉が示されるのだった。信仰を告白したものだけが通って行けるその道は聖書の永遠の神の国とパラレルに描かれ、キリスト教信仰における同様にこの仮の世を去るもののみに許される。実際そこへ入る子どもたちも事故で命を失うことになる。しかしながら聖書が説くとおり、子どもたちの喜びは憧れの永遠の国へ入った後についに真実のものになるのである。

三　縦糸と横糸——まとめとして

本論で検証してきたように、『ナルニア国物語』はルイスの生涯の中心的な主題である古典文学的世界観とキリスト教的世界観とが重ね合わされ繰り広げられている。七巻それぞれは中世的世界を舞台とした冒険と教養小説的主題とを縦糸とし、そこにさまざまなキリスト教イメージが横糸として織り込まれているのである。各作品は直接的には旅／冒険という主題を持ち、物語は憧れ／喜びの探求という精神によって先へ先へと進められてゆく。仲間との冒険を通して主人公は自らの弱点を悟り精神的成長を遂げる。一方その成長に関わるのが聖書的イメージであるといえよう。この年代記は別世界でのできごとを中心に扱っていて、ルイス自身も語っていたように、厳密にはここに表された宗教はわれわれの世界のキリスト教そのものではない。換言すれば、アスランはキリストそのひとではない。しかしながらこれまで見てきたように、それらのイメージは意図的なパラレルとしてどこまでも近似して描かれている。このナルニアの年代記はどの作品も縦糸と横糸の複数の要素が互いに絡み合って一作一作が成り立ち、それらが有機的に積み重ねられてさらなる全体が築き上げられているのである。

The Destination of Adventures and Longings
——Imegery traced throughont in *The Chronicles of Narnia*

【注】

（1） C. S. Lewis, *The Lion, the Witch and the Wardrobe*（Harper Collins, 1998）, p. 189.（引用部分拙訳）

（2） 七巻の中で、『馬と少年』と『最後の戦い』のみ、物語の最初は人間界ではなくナルニア世界から始まる。
（3）物語の中世的主題については、『朝びらき丸東の海へ』を題材とした拙論「*The Voyage of the Dawn Treader* における中世的世界観」（『湘南英文学』第4号、二〇〇九年八月）で論じた。
（4）ナルニアの話をする動物たちを治めるのが、四人の子供たちや、カスピアン王らといずれにしても人間であるのは、ルイスの聖書理解に関係あるとも考えられる。
（5）最終巻『さいごの戦い』では子供たちは人間界へ帰ることなくそのまま真のナルニアに入ることになるが、そのときもナルニア世界のみで物語が終わることはなく、アスランの言葉によって人間界が想起される。
（6）T・S・エリオットら同時代のモダニストとの確執もルイスの古典志向と同根と考えられるだろう。
（7）C.S. Lewis, *Till We Have Faces*（Geoffrey Bles, 1956）. ここには現代世界は描かれることなく、小説の舞台は古代世界に限定されている。
（8）Lucius Apuleius, *The Golden Ass*, tr. by Robert graves（Penguin, 1950）.
（9）この憧れは、'Longing' と呼ばれている。
（10）C.S. Lewis, *Of Other Worlds*（Harvest/HBJ, 1966）, p. 36.
（11）C・S・ルイス『子どもたちへの手紙』（*Letters to Children*）、中村妙子訳（新教出版、一九八六）、一六一頁。
（12）全七巻を読む順番については、拙論「『ライオンと魔女』は何故〈始まり〉なのか」（『奥羽大学文学部紀要』第1号、一九八九）で論じた。
（13）Lewis, *The Lion, the Witch and the Wardrobe*, p. 17.（引用部分拙訳）
（14）Richard L. Purtill, *C. S. Lewis's Case for the Christian Faith*（Harper & Row, 1981）, p. 50.
（15）C.S. Lewis, *Prince Caspian*（Harper Collins, 1998）, p. 218.（引用部分拙訳）

(16) C. S. Lewis, *The Voyage of the Dawn Treader* (Harper Collins, 1998), p. 31.(引用部分拙訳)
(17)『新約聖書』「ヨハネによる福音書」第21章。
(18) Lewis, *The Voyage of the Dawn Treader*, p. 255.
(19) C. S. Lewis, *The Silver Chair* (Harper Collins, 1998), p. 35.(引用部分拙訳)
(20) C. S. Lewis, *The Horse and His Boy* (Harper Collins, 1998), pp. 68-69.(引用部分拙訳)
(21) C. S. Lewis, *The Magician's Nephew* (Harper Collins, 1998), p. 115.(引用部分拙訳)
(22) C. S. Lewis, *The Last Battle* (Harper Collins, 1998), p. 192.(引用部分拙訳)

第12章 シェイクスピアの売り込み、というか、「名前がどうだって言うんだ」(1)

チャールズ・W・R・D・モウズリー
伊澤東一 訳

これからの話が、基本的には、書物のタイトル・ページ（標題紙）についてであると言えば、みなさんがずっとランチ・タイムに想いを馳せても、多分大目に見られるでしょう。タイポグラフィー（活版術）とかタイトル・ページとかフォーマット（判型）といったものについて、心掻き立てる、あるいは重要とさえ言えるいったい何があるのかが実際には問われることになるでしょう。たしかに問題になるのは、ページの中の言葉であって、それらが言わんとしていることなのですが、こうした外面的な瑣末事になぜ関心を持つのか。それはそうですが、数分いただきたい。少なくとも（そこにも）興味深いものがあるということを、みなさんに示したいし、たとえ納得いただけなくても、やってみるだけのことはあるでしょう。

さて、皆さんの中に、修辞に巧みな方がおられれば、今私が述べたことは〈善意の勝利(2)〉としてお馴染みの修辞効果を狙った戦略であるということを、お認めいただけるでしょう。それが機能し、私たちの間の堅苦しい雰囲気とか沈黙をほぐしてくれることを願っています。一冊の書物のタイトル・ページや導入部の内容がどんな働きをするように意図されているかは、まさにその事なのです。タイトル・ページは主題を告知するとともに、態度表明もします。そこは敷居を跨いだ土間で、読み始めようとする読者と本文との間の境域にあたります。ミルトンは、『アレオパジティカ』(一六四四年)の中で、タイトル・ページを〈ピアッツア〉に、つまり、丁重な言葉が交わされたりディスカッション用の空間が区画されている〈公共の広場〉に、譬えています。[3] それらは関係というものを確立してくれるのです。ちょうど私が皆さんとの関係を確立しようとしてきたように。

そして、確立された今、希望どおり、私は先に進んでもいいことになります。この講義が扱うものの多くは、タイポグラフィー(活版印刷)に関するものですが、その本当の究極的関心は、もっと深いところにあります。一人のほとんど無名の劇作家が、半世紀間に公に知られる存在となり、さらに、ほんの数年して、英文学の大御所として〈受け入れられる〉に至る、その経緯に関わっているからです。煎じ詰めれば、これから話すことは、「シェイクスピア」——この言葉が当の人物を意味するのかその作品を意味するのか、それともその両方を合わせた上になおかつ漠然たるものが加わったものを意味するのか、私にもよく分かりませんが——その「シェイクスピア」の位置づけが、英国文化の中に、ひいては世界文化の中に、どのようにして定着されるに至ったか、についてなのです。とはいえ、それらすべてに踏み込む時間はありません。

何よりまず、私は『ヴィーナスとアドーニス』と『ルークリース』という詩の出版物を見ていこうと思います。次に、幾版かの四つ折り判型(クァルト・フォーマット)の登場を急いで駆け抜けます。最後に第一・二つ折り版(ファースト・フォリオ)の売込みを、ベン・ジョンソンの『作品集』を背景に見つめ、ジョン・ヘミング とヘンリー・コンデル[4]が、今は亡き同僚の作品を出版目的で収集しながら、何を語り何をしていたかを、正確に探りたいと思っています。

始める前に、どのような判型の書籍が出現したかを、心に留めておく必要があります。大判（ブロードシート）、二つ折り判（フォリオ）、四つ折り判（クァルト）、八つ折り判（オクターヴォ）、十六折り判（セディッチモ）、十二折り判（デュオデッチモ）です。

最小判が最も安価です。フォリオは本として装丁可能で実用向きの最大判です。大まかに言えば、判型が小さければ小さいほど廉価になります。それに忘れないでください。十九世紀になるまでは、出版物で最も高くつくのは紙だったという事を。ですから、一枚の紙に少しでも多く印刷してからそれを折りたたんでページを作るのが道理に叶っているのですが、その事と、本として売り出すページの魅力とか、判型をより小型にすることで減少する効率曲線との折り合いもつけなくてはなりません。それればかりか、製本屋にも支払いがあり、十二折り版に、四つ折り版とほぼ変わらない額を請求されることになります。そんなわけで、たくさん売って儲けたいのであれば、手頃なところで手を打つのは、四つ折り版ということになります。廉価版にもなり、ポケットに滑り込ませ持ち運びしやすい類のものです。二つ折り版は、それとは対照的に、蔵書用版であることははっきりしています(5)。

一　初期出版と後援文化

それではまず、詩へ。シェイクスピアは、かならずしも華生の大作とはいえない二作品『ヴィーナスとアドーニス』と『ルークリース』が活字になるのを見て、ただ困惑するばかりでした。それらは、後年評価を不動のものにした戯曲とは、ジャンルにおいても狙いとなる客層においても、かけ離れていました。それらは第一・二つ折り版には収録されませんでした。両作品とも最初の登場は第一・四つ折り版で、その後、シェイクスピアの存命中にも幾度か四つ折り版で出ています（『ヴィーナスとアドーニス』第一・四つ折り版のタイトル・ページ〔図版1〕と『ルークリース』第一・四つ折り版のタイトル・ページ〔図版2〕参照）。

いずれの本も、タイトル・ページにはシェイクスピアの名前がないことにご注目いただきたい。すぐ後に続く献辞に、彼のサインはありますが。各タイトルの強調が主眼なのです。『ヴィーナスとアドーニス』も『ルークリース』も、当時の絵画や詩歌のとびきり定番の主題で、目立ちたがり屋の若者がちょっと覗いてみようかなと、思う類のものです。

さらに、ラテン語のエレゲイア体の詩を見てください。「大衆には、取るに足らないものと思わせておこう。私はといえば、ただ祈るばかり、どうか黄金なすアポロンが、溢れるカスティリアの泉水で私を蘇らせてくださることを」[6]。つまり、実質的にはこう言っているわけです。ここから先はまことに高級品市場向けの詩品で、庶民の理解をはるかに超えるものです——一般大衆にというよりも、良き読み手とか目利きに向けて書いた十六世紀の多くの詩人たちの姿勢と、事実上、一貫したスタンスがここにあります。だから、この本を手に取ってくれる人におもねるのは当然でしょうね。「親愛なる読者である、きみとぼく、そしてまた他の良き趣味の持ち主たち……」。さらに、この引用部を元の出典の文脈に〈置き換える〉と、しゃれた解釈が成り立つ。つまり、それはオウィディウスの『恋歌』（一・一五・三五）、古代ローマ詩人の中でも最も垢抜けた模倣上手なあの詩人による真面目くさった恋歌とか艶笑小咄のあの記録からの引用であり、もちろん、この詩や『ルークリース』の出典にあたる詩でもあります。ところがそれは奇妙なほど意義深い詩句からの引用なのです。政務や公務に専念すべきときに、詩作に時間を浪費していると批判する友人に出したオウィディウスの応答なのです。実際、それは十六世紀の人文学者の美学や論理学の中心的比喩となり、例えば、フィリップ・シドニーの『詩の擁護』――事実上、詩作する自分の自己弁護――とか、あるいは、ミルトンの父宛の韻文書簡『父上へ』からそれを見て取ることができます。オウィディウスはホメロスからの偉大な詩人の系譜の中に自らを置き、後の世にもその系譜を絶やさせまいとしていますが、同時に言外で、もしもその気になっていたら、公務員にだってなれたであろう――つまり、その種の能力だってあるのだ――と主張しているのです。したがって、あの引用は一つの呼びかけ、すなわち、オウィディウスで皆さんがすでに読み知るものから、ニュー・オウィディウスである私が作り上げたものを見てください、と訴えているのです。そしてそれは、たとえ今は世人の知るところでなくても、知られることになると思っていると、観客や大衆にしっかり示しているのです（フランシス・ミアーズは、一五九七年にこう書き残しています。「オウィディウスの甘くウィットに富んだ精神は、私たちの師シェイクスピアの中で再び息づいています」[7]）。

しかし、もっと詳細に点検すべきは、両書の前付け部の中のこの後に続く献辞です。『ヴィーナスとアドーニス』も『ルークリース』も共に、サウサンプトン伯爵ヘンリー・ライアサスリー[8]に献呈されたもので、彼は一五九三年当時二十歳でした。彼はすでに詩歌や演劇に早熟の関心を示す一方、ケンブリッジ大学セント・ジョーンズ・カレッジ当時は、エセックス会の会員で、成人したあかつきには――つまり、一五九四年というまさにその年には――巨額の財産を相続するものと思われていました。宮廷内で権力を持った党派を結成していく上での彼の交友関係から、彼は政治ゲームの中心選手になるものと目されていましたし、結果的にも、友人たちのために尽力するところも大でした。野心的な物書きがこぞって彼の後援を切望し、どうにかしてそれを引き寄せようとやっきになったのは、驚くにはあたりません。パトロニッジ・リレイション〈後援関係〉、それがあって、物書きはパトロンの名声を高め、その助言者、秘書、広報係として行動する一方、パトロンは、その見返りに、彼を財政的に支援したのですが、その後援関係こそは、ルネッサンスとその後の文化の理解に絶対に重要な事柄なのです。パトロンなしには、物書きが生きていく可能性はごくわずかでした。ましてや、成功などおぼつかない。ちなみに、シェイクスピアの最初の〈本〉と第一・二つ折り版戯曲集が、文学生活上の大転換期、つまり、おしなべてパトロンによる後援文化から、売りに出される書物からの売上金こそ要となる商業文化への大転換期を、そっくり考慮の対象外に置いても、何の価値もないのです。〈ちょっと考えてもください。もしも私が知己のある人々のために書くとすれば、それなりの方法で書きます。しかし、もし私の本を手に取り上げて購入しようとする人がいったい誰であるかも知らないとすれば、私は、この潜在的な読者と、知人とは全く違った類の関係を結びます。詩集本が書かれたり読まれたりする行く手には、われわれが考えていた事柄以上のものが、経済的関係という実に単純な事実によって決まっているのです〉。

それはともかく、サウサンプトン伯はまことに望ましいパトロンで、シェイクスピアには多くのライバルがいました。[9] 目に留めてほしいと願う一人の著述家が自分を印象付ける気配りとスキルは、彼がその他大勢から一歩抜け出すかどうかの、きわめて大事な点でした。忘れないで下さい。一五九三年の段階で、シェイクスピアには、評判も文学上のネットワークも有力な友人もなく、背後には『ヘンリー六世』の複数脚本が、まだ印刷されないまま残っているだけでした〈『ヴィーナスとアドーニス』の献辞朗読、〈図版1〉下部参照〉。

この散文の際立った高雅さ、才知を尽くしたレトリックの展開、そのバランス、その美しい旋律豊かな型に注目いただきたい。また、伝統的手法の賛辞を散りばめた献辞を展開するその颯爽たる姿勢に注目いただきたい。それはもう一つのツアー・ド・フォース（傑作）です。それは卑しい物書きの手になるもので、その男の書いた詩は「力ない主題」で「垢抜けない詩行」から成るものである振りをしながらも、他方では、その読者（サウサンプトン伯）に「わが創作活動の第一後継者が無粋な出来栄えであること」をあえて見つけてくれることを促しているに等しい。背後の意味を推し量れば、そこにはこの詩へのかなり気位の高い要望がこめられています。それに、もしこの詩が（シェイクスピアの創作活動の）「第一後継者」であるなら、それは芝居小屋でのさほど尊重されていないシェイクスピアの仕事を無視することになります。

さて、『ヴィーナスとアドーニス』の献辞での「もっと重厚な仕事を」という約束は『ルークリース』で十分果たされています。その上、シェイクスピアはこれ見よがしに書いています（『ルークリース』の献辞朗読、〔図版2〕下部参照）。

対照法、漸層法、結句反復、同等句の活用を見てください。説得術をわきまえるこのような散文の名手なら、実に優れた秘書や行政官になることもできたでしょうね。というのも、言葉とか、またその言葉の自在な駆使こそは、シェイクスピアが『リチャード三世』や『コリオレーナス』や『ジュリアス・シーザー』で自ら示しているように、権力の源だからです。

次に、すぐ後に続く「梗概」⑽を見てください。ここには、それまで彼が書いたどれとも違う散文、ラテン語散文の従属構文や複雑な文体をフランボアイヤン様式ばりに手本にした散文を書く別の流儀をこなすシェイクスピアがいます。「私に何ができるかご覧頂きたい」と彼は言っているようだ。注目すべきは、これら二冊、それらによって、たとえ職探しをしているのでないとしても、俳優や道化師としての自分のおぼつかない存在を支えてくれる強力な後ろ楯を探しているのは間違いないのですが、その一組の書物こそは、慣わしになっているソネット詩人の講話とか劇の腹話（ヴェントリラクィズム）を通さずに、シェイクスピアの全生涯の中で、遺言を除き、彼の声がたった一人で語るのを我々が聞くことのできる唯一の場所なのです。しかし、もちろん、両前付け部とも彼が本当に考えていることをわれわれに語ってはいません。ただ語られていることは、かれこれ三十歳で、家族もなく、地方の田舎町出身で、役者兼台本作家としてどうにか自活してきたこの男が、いかにデビューしたがっているか、そしてまた、いかに洗練され、古典にも精通し、面白い――そして有益だ――と認められたがっているか、ということだけなのです。

二　四つ折り版

それでは、四つ折り版へ。四つ折り判型といえば廉価版。価格は？　ふつう旧六ペンスぐらいです。多くのことをわれわれは考えてみましょう。まず、市場はどうでしょう。いったいなぜ、みんなは演劇の本を買いたがるのでしょうか。或る女子遺言執行者の書き残した会計報告書は、戯曲の本がボロボロになるまで文字通り読み尽くされていたことを示唆しています。時局に触れた大衆娯楽としての演劇がいかに重要視されていたかへの傍証的説明になりませんか（公刊本であれ海賊版であれ、それらが本として出版されたのはなぜでしょうか。テキストの商業的価値。劇の人気に応じた現金収入）。概念的な問題もあります。脚本はテキスト（原本）だったのか、それとも、劇団の集団創作物であったのか。

しかし、ここでわれわれが検討するのは四つ折り版のタイトル・ページ――人々が、本屋の書棚を拾い読みしながら、目にしたもの――についてです。この判型で出版されたことが判明している戯曲本の現存する四つ折り版を見ると、ひとつの面白い事実が浮かび上がります。

初期の四つ折り版には、活字になった最初の戯曲『タイタス・アンドロニカス』（一五九四年）や、『ヘンリー六世』第一部と第三部（一五九七年）、『リチャード二世』（一五九七年）、『ジョン王』（一五九七年）、『ヘンリー四世』（一五九八年）、『ヘンリー五世』（一六〇〇年）（図版3〕参照）が含まれています。これらの中の数冊（のタイトル・ページ）には、誰某「によって演じられてきたような」と書かれているものもありますが、作者名はどこにも載っていません。例えば、『タイタス・アンドロニカス』では、「ダービー伯閣下、ペンブルック伯閣下、サセックス伯閣下の各々のお抱え一座によってすでに上演されたような」（図版4〕参照）、『ロミオとジュリエット』（一五九七年）では、「ハンスドン公爵殿下お抱え一座によってしばしば公演され、多大の喝采を博したような」（図版5〕参照）となっていますが、作者名は見当たりません。そしてこれがごく一般的な形なのです。もしも型破りの様式を採り入れた戯曲があるとすれば、それは（トマス・キッドの）『スペインの悲劇』のタイトル・ページ、「新たに改竄、修正、絵描き役などを加えて、近年様々の折に上演されてきたような」（図版6〕参照）でしょう。

ところが次に、一六〇〇年直前になると、きわめて顕著な変化が訪れます。

劇団の最大観客動員数を記録した劇の一つ『リチャード三世』の第一・四つ折り版を見てください（図版7〕参照）。次に第二・四つ折り版を見てください。

同様に、『ヘンリー四世』第一部の第一・四つ折り版のタイトル・ページを見てください（図版8〕参照）。次に『ヘンリー四世』第一部、第二・四つ折り版を見てください。それに、シェイクスピアが嫉み混じりのお褒めに与っているのにも注意してください。『ヘンリー四世』第二部のタイトル・ページ（〔図版9〕参照）では、彼はさらに評価が高まり、そしてこれが標準様式になります。『ヴェニスの商人』第一・四つ折り版（一六〇〇年）のタイトル・ページでは「Wm・シェイクスピア作」となっています（〔図版10〕参照。しかし、ここでは「ウイリアム・シェイクスピア作」となっています。これは、シェイクスピア没後の一六一九年、ジャガード父子が私家版として、発行年を一六〇〇年に偽って、劇団に無断で、ペイビャン出版から出版した四つ折り版のタイトル・ページです）。『夏の夜の夢』第一・四つ折り版（一六〇〇年）のタイトル・ページでは、「ウィリアム・シェイクスピア作」となっています（〔図版11〕参照）。『ハムレット』第一・四つ折り版（一六〇三年）では「ウィリアム・シェイクスピア作」となっており（〔図版12〕参照）、第一・四つ折り版では作者が特定されていなかった『リチャード二世』（〔図版13〕参照）が、一六〇八年の第二・四つ折り版になると、作者がシェイクスピアに特定されています。

一六〇〇年頃からは、シェイクスピアの名前がつねに登場します。『トロイラスとクレシダ』のタイトル・ページ（〔図版14〕）をご参照ください。次の、一六〇八年の四つ折り版の『リア王』に至っては、それまでのどれにもまして、そのことを皆さんに訴えてくるでしょう（『リア王』パイド・ブル四つ折り版[11]のタイトル・ページ〔図版15〕参照）。

さて、著者名に対する、また戯曲というものに対する考え方が、一六〇〇年頃に変化しつつあったということ、そして名指しされる著者への特定がその変化を反映しているであろうということ、そのことは論証可能であり、またそれゆえ、そこにはそれなりの真実があるのかもしれません。（劇作家としての）クリストファー・マーロウが一定の評価を得るようになるのは、『タンバーレーン』が後年ようやく活字になり、亡くなって久しい頃のことです[12]。しかし、時代の変化と同様に、このパターンは、数多くの事柄を示唆しています。

まず始めに、某役者「によって演じられてきたように」といった劇の謳い文句は「TVでおなじみの」とイコールです。〈それ自体で完結されている本〉というよりも、〈上演の記憶〉が販売されていると考えていいでしょう。さらにまた、「人の命から命へと愛蔵されてきた、師の魂の貴重な血脈[13]」というミルトンの書物観からはおよそ縁遠い地点にあり、この類の出版物は、著者を中心から外し、テキストは全体の一部に過ぎないことを強調する演劇の考え方を想い起こさせます。それはまた、個人ではなく〈グループ〉の名声を重視しているのです。

さらに、商売上の含みについて考えてみてください。これはパトロンを探す出版物ではありません。純然たる金儲けを目論んでいるのです。狙いの買い手は誰だったのか。ロンドンの市場でなくてはなりません。そうでなくても、少なくとも、ロンドンで開催されていることがその人の文化的道標であるような買い手でなくてはなりません（われわれはイングランド北部タインサイド出身の一人の男を知っています。彼はニューカッスルに戻っても、一六一〇年、新刊の上演用戯曲を購入しています）。海賊版であろうとなかろうと、劇団の脚本を出版するに際しては、お金とか商売上の利得が出版への駆動力になっていることを、われわれは見て取ることができるのです。

三　第一・二つ折り版

以上の証拠は、一五九九年頃までには、シェイクスピアという名前は、たとえ作品の中身のかなりの部分が彼の手になるものでないとしても、タイトル・ページ上ではひと角の値打ちを持ち、商売上魅力ある名前になってきたことを示唆しています。事実、権威者（グル）としての著者、後に第一・二つ折り版を刊行することになるウィリアム・ジャガードは『情熱の巡礼者』[14]を「W・シェイクスピア」名で一五九九年に発行し、一六一二年に再版しています（『情熱の巡礼者』一五九九年第二・八つ折り版のタイトル・ページ〔図版16〕参照）。

抗議を受けた後、彼は同じ本を、彼の名前を外して再発行しましたが、それで止めたわけではなく、シェイクスピアが亡くなり支障がなくなると、一六一九年には、自分がシェイクスピア作と特定した十篇の戯曲を、そのうちの数篇は彼とは無関係ではありましたが、同一組版で発行しています。シェイクスピアはよく売れました。そしてそのことは、そのためにもっぱらジャガードが想起される出来事、一六二三年の第一・二つ折り版の印刷へとわれわれを導いてくれるのです[15]。

シェイクスピアの第一・二つ折り版の背景を押さえるために、われわれが最初に見ておかなくてはならない二つの関連しあった出来事があります。まず、今日われわれがまったく正常と思っていることを考え直してみなければなりません。つまり、このところ病床にあるかまだ存命中の著者によって著された著作集の出版です。これが最初になされたとき、いかに革命的な第一歩であったかを、われわれは忘れています。ラテン語第一主義、つまり、教育制度におけるラテン語文学への圧倒的な重視のために、多くの人間が自国語詩歌のような書き物に抱いていた低評価は、ホラティウスやウェルギリウス、シリウス・イタリカス、あるいは誰であれ、十六世紀の印刷史の中でかなり定期的に彼らの作品に出逢うことはあっても、一人の自国語作家の著作集に出逢うことなど〈ほとんどありえない〉ということを意味していました。英語圏で、自分の作品を自国語で表現しようとし、またそうすることで、その作品の位置付けと重要度と著者としての自分を、他人の耳を聾さんばかりに自己主張した最初の著者は、「生まれは郷士、職業は軍人」、「神に服する軍務を職とする」ジョージ・ギャスコインで、彼の『ジョージ・ギャスコイン詩集』は一五七四年に出版されています[16]。「牧師様へ」、「すべての若きジェントルマンへ」、「一般読者へ」——すべてギャスコイン作——の献辞は、三四ページに及ぶ前付けの導入部にあたり、一方前付けは、後続の詩篇への自画自賛の、フランス語、イタリア語、ラテン語、英語による一九篇の韻文からなっています。前付けの韻文全体にわたって、本編の詩篇の道徳的意義が強調され、それらは、まさに判型がそれとなく示しているように、過去の偉大な作家の作品のように、繰り返し読むことができるのでお得だと、言っているのです（題辞引用句「メリクリウスさながらに武勇たれ」[17]）。

第二の問題は、一冊の本を、購入見込みのある人や読者にどう案内するかです。タイトル・ページは、一冊の本がその著者や出版者にどう了解されているか、また読者はそれをどう受け止めるよう期待されているか、への重要な手がかりになりうるのです。タイトル・ページは、中世の手書き原稿のインチーピット（中世の典礼開始の言葉）から発展したもので、印刷術史上、比較的後年になって発展しています。十六世紀中頃までは、タイトル・ページはその本の内容についての長々しい、語数の多い要覧になっていました。なるほど、タイトルそのものは長い時間をかけて、簡潔で覚え易いものに変わっていきました。しかし、言葉と絵画を賢明にも一箇所にまとめたエンブレムのような形式、彫版術の発達が気の利いた示唆に富むその組み合わせを可能にしつつあったのですが、そうした形式がタイトル・ページの記号論に影響を与え始めます。視覚的なものへの依存度が高まれば、言語表現の簡潔さへの関心も高まり、人は（本編への）言及をほのめかすタイトル・ページを隅々まで読むよう促されるのです。当初、この様式は——古代ギリシア・ローマの著者の著作のような——異議など差し挟みようのない、高い評価の作品に限られていました（例えばホラティウス『歌章』〔一五一六年〕タイトル・ページ）。

そして、世紀末へ至るまでには、その様式は各国語の著作にも同様に用いられるようになります。ところが、イングランドはどうかといえば、かなり名の知れた彫版職人のヘンリー・ピーチャムが、水準を超えた力量の彫版職人はほとんどいなかったと嘆いているように、この様式が登場するのはもっと後で、やっとその恩恵に与った画期的範例の中に、ベン・ジョンソンの『作品集』（一六一六年）と、サー・ウォルター・ローリーの『世界史』（一六一四年）のタイトル・ページがあるのです。

タイトル・ページへの手の入れこみようから、何を言わんとしているのかを説明するために、ローリーのタイトル・ページがどのように機能しているかを見ていきます。それはベン・ジョンソンによって図案化されたもので、それ自体注目に値し、たった今述べてきた様式の伝統的手法の好例になります（サー・ウォルター・ローリー『世界史』タイトル・ページ〔図版17〕参照）。

円柱の言葉はキケロの『雄弁術』からの警句です。「歴史は実に、真の時の目撃者であり、心理を照らす光であり、命の記憶であり、生命を司る女主人であり、古の時代の伝令である[18]」。

ジョンソンの、つまりローリーの〈寓意画的な〉図案を見てください。世界すなわち地球儀（↓劇場）を支える女王ヒストリア（歴史）。海戦やアダムとイヴの堕落の細密画。円柱と女神ヒストリアの（月桂樹の巻きついた）裾に書かれたキケロの警句。名声と汚名。神意。真理と下げ振り線を持った経験。死と忘却。ヒエログリフ文字の刻まれた円柱には「古の時代の伝令」、書物の描かれた円柱には「真の時の目撃者」、火炎の描かれた円柱には「真理を照らす光」、月桂樹の描かれた円柱には「命の記憶」。

四　ジョンソンのタイトル・ページ

では、ジョンソンの一六一六年の『作品集』です。何よりまず、判型を考察しましょう。お金のかかる正装の二つ折り版で、大きすぎ重過ぎるため、簡単には持ち運びできません。これは、古代ギリシア・ローマ詩人の書物のように、〈蔵書用〉版です。このような判型はそれ自体書物の自己表明になっています。ですから、タイトル・ページを見てください（図版18）参照）。ピラミッド状のものがあり、まわりに月桂樹が絡み合っています。テ・スタンテ・ヴィレボ[19]のありふれた寓意、つまり、長持ちする形にした以上、原詩が永続する限りジョンソンの詩的名声も永続するでしょう、といった寓意への言及なのでしょう。このモチーフは、上方の支配的位置に立つ悲喜劇像の両側の壁の窪みの二体の像（アダムとイヴ？「人間の生の全てはここにあり」？）の土台にも繰り返されています。悲喜劇像が立っているのは、ヴィトルヴィウス建築すなわちローマ劇場――ジョンソンの劇が実際に上演されたイギリス型劇場ではなく――ヴィチェンツァのパラディーオによって建てられた劇場とかサザークのニュー・グローブ座の次に建てられたイニゴウ・ジョーンズ設計の劇場に似た、古代ローマ型劇場の、その上です。サチュロス像（三文詩人）と牧童像（シンシアの酒盛り）とが劇場のカルトーシュ（渦型装飾）の両側面を守り、コリント式円柱で支えられている古典的な造りの凱旋門エンタブラチャーの上に立っています。そのエンタブラチャーの最下部アーキトレーヴには、ホラティウスの『詩論』九二から、わざと読み取りにくくした六歩格の詩行、すなわち「おのおの万物をして、定めにより、在るべく定められた在り処に、在り続けられんことを[20]」（半分隠れています）があります。これはジョンソンの説く主要な批評原理の一つで、この引用文にわざわざ光を当て、英語のホラティウスたらんと、英詩の変革者たらんと望む華麗な主張なのです。というのも、まさにホラティウスがギリシア語の調べをラテン語に採り入れたことを自負したように、ジョンソンもまたラテン語の荘重さと富とを英語に採り入れようと、同様の主張をしているからです。

たしかに、しばらく、この先も見ておいたほうがいいかもしれません。本巻のこの後には、各戯曲にそれ自身のタイトル・ページが付き、それ用のエピグラフ（題句）が付いています。――そしてこれらはすべてジョンソンの懐疑的で諷刺的な姿勢に近い著者、ユヴェナリス、マルティアリス、ルクレティウス、ホラティウスから選ばれています。そればかりか、言わず語らずの一つの主張、つまり、この本を手に取り読み続ける方は、彼の自作の作品と同様、古代ローマ時代の詩人たちにも馴染むことになる、という想定。しかもベンはその比較に耐えうるということを、これらのページはわれわれに請け負っているわけです。

タイトル・ページに戻ります。そこは、実のところ、三つの扉のある入口、あるいは〈前舞台〉になるのでしょう。左手には、それと分かる婦人靴を履いた悲劇像――ミルトンの「豪華な布を纏う悲劇女王」、実は沈思の人（ペンセロッソ）――が基壇の上に立ち、右手には喜劇像。どちらも中心の支配的空間の方へ半ば身を向けていますが、その中心部には、後に続くことになるもののために、できるだけ多くの要望を、一頁分のタイトル・ページに期待したのでしょうが、著者の似顔絵はおろか、ただ、次のような言葉があるだけなのです。『ベンジャミン・ジョンソンの作品集』、そして別のモットー「私は大衆の賞賛を得るために労苦を重ねているのではない。私は数少ない読者で満足している」[21]。売り出される本の前書きにしては、なんと高飛車な、ホラティウスばり（?）の考え方でしょう。それに遠回しではありますが、この広き門を経て『作品集』へと、いわゆる〈入る〉慧眼の読者への、また何という褒め言葉でしょう。

最後に台座の二つの浅浮き彫りです。悲劇像の下には、一台のプラウストラムつまり驢馬に引かれ山羊を伴う荷車。右手には、炎が上がる祭壇をコロスが踊りながら取り巻く小さな円形演技場あるいはヴィッソリウム。その間に、印刷業者名と書店名があります。印刷職人は腕のいいウィリアム・スタンズビーでした。彼はすでにジョンソンの著作の多くを印刷し、質の高い印刷を手がける当時の優れた職人の一人でした。

このタイトル・ページは、ですから、数多くのたいへん真面目な要望を含んでいるのです。ジョンソンの著作の領域やその重要性と耐久性や作品の正当な位置付けといったものへの要望と、ものの良し悪しの分かる権威者としてのジョンソン自身のアピール。

ほぼ同時代のローリーの『世界史』のために、タイトル・ページをデザインしてあげたように、ジョンソンは、自著のそれも自身でデザインしたことは確かでしょうね。

ジョンソンのタイトル・ページも、ローリーのタイトル・ページも共に、十七世紀のタイトル・ページが徐々に、いわゆる外面を見て内面を察するに至るような、そんな表現になっています。書物のこの後に続く〈線的〉体験が、タイトル・ページという瞬時に視覚化された梗概へと凝縮されているのです。

しかし、これが全てではありません。ジョンソンの『作品集』には、今度は、世間の注目を最も浴びている当世作家たちの幾人かによる、ラテン語、フランス語、イタリア語の一連の手の込んだ推奨詩が紹介されています。なかんずく、古物研究家で法学者のジョン・セルデンによるものや、英詩では、エドワード・ヘイウォード、ジョージ・チャプマン、ヘンリー・ホランド、フランシス・ボーモント、ラテン語では、E・ボルトンとI・D——ジョン・ダンか——によるものです。そこに〈ない〉もので当然あるものと思われていたものは、大物で権力者のパトロンを捜し求める著者の書簡体献辞です。それが省かれたということ、そしてこれら推奨詩句があるということは、その本がそのような要請（パトロンの後援）の〈かなた〉にあることを示唆しています。

さらにまた、後続の各作品には、それ自身のタイトル・ページがあり、戯曲の場合には、初演の日付、興行主、俳優名と[22]——ユヴェナリス、マルティアリス、ルクレティウス、ホラティウスの詩から採った——エピグラフ（題句）が付されています。個々の作品が大物有識者や団体に献呈されています。

作品名	献呈先
『癖者ぞろい』（一五九八年）	ミスター・カムデン
『癖者そろわず』（一五九九年）	法学院
『シンシアの祝宴』（一六〇〇年）	王立裁判所
『三文詩人』（一六〇一年）	ミスター・リチャード・マーチン
『セジャヌス、彼の没落』（一六〇三年）	オービニー侯エズミ
『古ぎつね—ヴォルポーネ』（一六〇五年）	諸大学
『もの言わぬ女』（一六〇九年）	サー・フランシス・ステュアート
『錬金術師』（一六一〇年）	令嬢ロス
『カティリーナ、その陰謀』（一六一一年）	ペンブルック伯爵

『警句集』（一六一六年）ペンブルック伯爵（ギリシア語）

（全ての献呈先が、偶然だが、警句を受けています。ジョン・ダンのような人にまでそうしています（一二三））。

これらの献呈先は一般向けに強い印象を与える一団で、ジョンソンの彼らへの自作の案内は、最低限、自国語の戯曲は重要であるという思い切った、前例のない主張を述べることにあります。ほんの半世代前の演劇は、浮浪者（ヴァガボンド）扱いされる連中の職域で、モラリストの嘲笑する世界でした。ここでは、演劇は古代人の作品と同じ地平で扱われ、その〈テキスト〉にあれこれ考えを巡らす人々には、難解だが報われるものも多いものとして、紹介されているのです。この行為によって、ジャンルそのものまでが再評価されることになります。それはまた、騒々しい舞台からきっぱり分かれ、精神の静かな空間へと分け入ります。そして、今や俳優たちの寄与から独立していきます。その著作集でジョンソンは、自分の同世代人にばかりでなく、〈後代の人々〉にも、自分の作品を、あれらすべてと比肩し得るものと見なしてくれるよう求めているのです。――シェイクスピアへのジョンソン自身の讃歌を引用すれば――「横柄なギリシアや傲慢不遜なローマが送り出した」あれらすべてと比肩し得るものとして。(23)

五　シェイクスピアのタイトル・ページ

この引用は第一・二つ折り版の中のシェイクスピアへの称徳詩（ユーロジ）からのものですから、今度はそちらに足を向けます。ということは、この話も終わりが近いということです。喜んで下さい

（『シェイクスピア戯曲集』第一・二つ折り版のタイトル・ページ〔図版19〕参照）。

シェイクスピアの死後の評価は、生前彼が受けた評価よりもはるかに高くなってきたように思われます。彼の演劇活動はことのほか広かったというわけではなく、ヘンリー・チェトルのような人物よりははるかに小規模なものでしたし、それに幾本かの戯曲はどちらかというと失敗作でした。彼の作品に対する一五九〇年代以降の数少ない言及は、主に三文文士のもので、その鑑定はそれほど目の肥えたものではなかったようです。現役中、彼の手書き原稿は、必要に応じ、劇団の他の団員の手によって、ズタズタに修正されました。彼の死は、結局ごくこじんまりした文学社会に所属する仲間の団員からは、露ほどの詩的敬意も引き出すことはありませんでした――申し分のない記念論文集まで出たベン・ジョンソンとは大違いです。そのジョンソンは、友人でありライバルでもありましたが、シェイクスピアの才能については――『備忘録』（一六四〇年）では必ずしもそうは言っていませんが、あまりに過剰なインスピレーション、それと、努力不足という――条件付であることを、非公式に打ち明けていました。

ですから、一六二三年に印刷されたシェイクスピア作品の第一・二つ折り版(24)はまことに意義深いとするのは、実際には後知恵にすぎません。おそらく制作を担当していた関係者はそう望んでいたのかもしれませんが、そこは、確かに、シェイクスピアの受け止められ方、理解のされ方の点で、一つの変わり目であったということは、今になってわれわれにもわかることなのです。しかし本作りの一製品としては、それはジョンソンの『作品集』よりもはるかに見劣りするものでした。が、それでも、あの本によって地殻が割れていなかったなら、シェイクスピアの二つ折り版は日の目を見ることはなかったろう、と私は思います。

シェイクスピアはジョンソンの『作品集』が出た年に亡くなりました。すでに見てきたように、多くの著名人が、一人の〈自国語〉詩人（ジョンソン）のあれら戯曲の卓越さと道徳的資質に関しての所見を喜んで活字にしました。[25] その出版がゴール・ポストの位置を移動させ、シェイクスピアの文学的後継者やキングズ・メン一座の共同出資者の仲間に、一つの扱いにくい問題を残す結果になりました。つまり、シェイクスピアや他の劇作家たちが自分たちのために書き下ろしてくれた題材を、彼らは、以前同様、実際そうしたと思っていますが、そのまま使ったり〈脚色した〉りして、どうにかやり繰りしている劇団に損の出ないように、引き続き上演していくべきか、それとも、ジョンソンと同じような用語を用いて、自分たちの座付き詩人を紹介し、挙句の果てに、基本的には〈演劇上の要望でない〉ような要望を彼のために出し、戯曲テキストの公表によって、自分たち自身の市場を台無しにしてしまう危険をあえて冒すべきか。結局、さほど確信が持てないまま、彼らはどちらの道をも模索していきました。ジョンソンと違い、シェイクスピアは自作の脚本の保護には全く関心を示していなかったようだ、ということは心に留めておく価値があります。彼は、ソネットの中では、昔ながらの詩のための要望、つまり〈ブロンズより永続する〉[26] 詩を求め、聞き手に不滅の言葉――「かくも永くこれは生き、これはあなたに命をもたらす」[27]――を伝えることはできても、自作の〈戯曲〉の生き残りとか自身への評価への関心を示すほのめかしはどこにもありません。彼自身は、自作の中でも最も出来栄えのよい戯曲が活字になったものを、けっして目にすることはありませんでした。活字になったもので彼自身が目にしたどの戯曲にも、発刊に当たっての著者監修の痕跡はどこにも見当たりません。

しかし、第一・二つ折り版をまとめたヘミングとコンデルは、作品集に二つ折り版を選んだ段階で、シェイクスピアの友人でありライバルでもあるジョンソンとの比較を喚起することになるのは、わかっていたにちがいありません。だが、その違いは実に歴然としています。タイトル・ページには、（ジョンソンのように）寓意画入りの学識ぶった戯れはなく、また、著者名が作品名の下に控えめにイタリック体で付されているわけでもありません。このタイトル・ページこそは、西欧絵画史上〈最悪〉ながら最も重要な肖像画の一つ、彼の友人たちが生前中にそれと認めている著者の肖像画によって、ページの三分の二以上が占められ、それによって、まったくの新生面を開いているのです（頭部が胴体とつり合っていません）。三〇ポイントのSHAKESPEAREという文字が活字エリアの全体を支配し、他を圧するそのシグナルはパーソナリティ、つまり、シェイクスピアの人となりと独自性にあるのです。——『リア王』パイド・ブル四つ折り版タイトル・ページもご参照ください。

それだけではありません。書物の要覧として機能するタイトル・ページの慣例、それが、この場合、機能していないのですが、その慣例はその対向ページに印刷されている詩篇によって、それとなく果たされています。しかもその詩の作者はベン・ジョンソンなのです。

読者へ

あなたがここで目にしているこの人物
それはシェイクスピア殿の挿絵用のものでした。
彫刻師が自然と格闘し
自然にも優るものを仕上げてくれました。
おお、彼があの方の容貌をうまく真似たように、
銅版上に彼のウィットも描くことができたなら、

その版は、これまでの銅版に書かれた
すべてに優るだろうに。
だが、所詮、叶わぬことであれば、読者よ、目を向けてください、
彼の絵ではなく、彼の書物に。

B.J.

われわれと同様、ジョンソンもこれを似顔絵とは思っていなかったことが推測できます――「それはシェイクスピア殿の挿絵用の人物像でした」――つまり、似せようと思ったが、あまり似ていない、もっと微妙な言い方をすれば、詩人も画家も、レオナルド（ダヴィンチ）以来ずっと才気縦横に試してきた問題を、それは弄んでいるのです。つまり、外面を良くすれば内面が隠れ、〈その逆もまた然り〉。換言すれば、詩は「このまま先を読んでください」という意図の文彩なのです。

次に肖像画の上部の言い分、「正真正銘の原本コピーに従って発刊」を見てください。これは初版本でもあります。ということは、そこにいくつかの問題が含まれていることになります。

まがい物にご用心。たくさんの粗悪な偽物が出回っているので、買わないでください。もっと単刀直入に言えば、――ここに出版された全ての戯曲について、との含みを持たせながら――著者による、あるいは、検定済みの、定本が入手可能、とそれは示唆しているわけです。

だが、このことは、テキストや上演に対する、またどうやらシェイクスピア自身の姿勢に対する芝居小屋側の姿勢であった、と今やわれわれが確信しているものに、かなり反しています。例えば、いわゆる『ハムレット』ものなるものが存在し、われわれはその演目から一つの出し物を公演するわけ

ですが、われわれは必要に応じて必要な部分だけを使います。ところが、このタイトル・ページは、後に多くの批評家が言い出すように、戯曲は「理想版」で存在する、乱雑極まりないごった返しの芝居小屋から離れ、著者の脳裏にまだ残ってでもいるかのように、幾分プラトニカルで完全なまま存在する、と言い張っているのです。しかも、ベンの詩が語っているのは、戯曲のこと〈ではなく〉、「本」のことなのです。著者としてのシェイクスピアが、今やわれわれのもとに来たわけです。

案の定、この見開きの後に、序文集らしきものが続きます。が、お偉い立派な方々が僅かばかりの賛辞を喜々として差し挟んだジョンソンの書物の自信に比べると、推奨韻文はかなり少なく、それもほとんどは二流の連中のものです。レナード・ディグズ、ヒュー・ホランド。……L・ディグズという方、〈青銅より長持する〉のでしょうか。ジェイムス・マブって誰ですか。

偉大な例外はベン・ジョンソンです。彼は——多くは短いものの中で——最も洗練された頌徳詩の一つを英語で捧げています。ジョンソンには書簡体献呈文は全くありませんが、シェイクスピアには、ペンブルック伯爵W・ハーバード（多分、ソープ版のソネット詩集のMr・W・Hであろう[28]）と、「われらが無二の殿下」モンゴメリー伯爵フィリップ（の兄弟）へ宛てた一つの献呈文があります。これは文学の前商業時代の文学関係者が従事せざるをえなかった後援や加護を求める十分慣習的な運動でした。しかし、この本は商業上の企画として意図されています。ここには、著者は目の肥えた少数の読者で満足している、などと言った誇らかな声明は全くありません。それどころか逆です。第二の書簡は「多種多様なる読者諸氏へ。きわめて有能なる方から、一字一句拾い読みする方へ」となっています。執拗に彼らは購入を勧められます。「ですが、まずは買ってください」、「ですが、あなたのすること、買うことです[29]」（労働者の日給が四ペンスぐらいの時代で一冊一・〇五ポンドぐらい[30]に相当しましたから、それはかなりの額になりました)。買うかどうか迷っている人々は、戯曲は「すでに試演済みで、ありとある上訴にも耐えてきました[31]」、つまり、それらは劇場公演の基準も満たしています、と念を押されるわけです。第二段落になると、もっとおもしろい。「以前には、不法な詐欺師たちの不正な手段や窃盗によって欠損したり変形した様々の闇商いの剽窃版に騙されてきましたし、また、これらの戯曲もそうした危険に晒されてきましたが、それらは、今や、皆さんのおめがねに合うよう悪習を治し、文節も完全に整えて売り出されました。その他すべてで、韻律は、彼の思惑通り、完全です[32]」。世間の注目を惹き付けたい狙いの一つは、作者が抱いていたであろう意図――芝居小屋の現場では座り心地は悪いが、もしもわれわれの手でシェイクスピアを劇場から連れ出し、権威ある地位あるいは古代ギリシア・ローマ文学の地位のある作者のみに指定された殿堂へと場所替えしてあげたら、たいへん座り心地がよくなる――という意図に近づけてあげようとの狙いなのです。ということは、四つ折り版は、そのうちの幾版かは確かに劇団に保管責任があったのですが、ガラクタにすぎない、と暗にほのめかしているのです。最終的には、ヘミングとコンデルは自分たちでケーキを作りそれを食べます。今や、シェイクスピアは、その戯曲がそこで試演され容認された劇場の人であるとともに、また、ベンがすでにその用語を定義し直すほどの名望ある評価を得た著作家ともなったわけです。

第一・二つ折り版にはないもので、当然載っていてもよかったと思われるもの、に触れておくのも興味をそそるものがあります。まず、これは全集ではありません。詩篇は全くありませんし、彼が中心的共同執筆者と今日目される戯曲は一様に載っていません[33]。しかし、もっと身近なところでは、古代ギリシア・ローマ劇の閉幕の納め口上(タグ)が一つもありません。ジョンソンは明らかに数ヶ国語に通じた読者を期待していましたが、この本にはそのような要望はまったくありません。英語圏の読者を想定しているのです。ジョンソン劇にはどれも古典的なエピグラフ（題句）が付されていますが、ここにある戯曲にはありません。このことがはたして、第一・二つ折り版を知的レベルの上から、より大衆市場向け商品に仕立てているのではないか、確かなことは言えませんが、そうではないかと私は思っています。だが、本当のところがどうであったろうと、この版は、天才としてのシェイクスピア、人間としてのシェイクスピア、「大いなる自然の幸いなる模倣者、……最も尊きその表現者」[34]に、はるかに大きな重みを与えています。トビラのジョンソンの詩の言わんとするところも、また二篇の書簡体献辞の言わんとするところも、実に、パーソナリティに対するシェイクスピアの非凡な精神の受け止め方という一点に収斂しているのです。

そのことが、一部に、戯曲そのものについて饒舌になるのを避けているのです。というのも、ご存知のように、ジョンソンはシェイクスピアの仕事に対し、多々酷評していましたから。例えば、シェイクスピアは一行たりとも書き損じることはなかったと言われていることに関しての彼の発言を思い起こしてください。「彼だって書き損じは無数にあったでしょうね[35]」――この言葉は、ヘミングとコンデルによって、「彼から書き損じのある原稿を受け取ったことはほとんどありません[36]」という発言の中で、それとなく触れられています。ジョンソンの詩「親愛なる著者、ミスター・ウィリアム・シェイクスピアと彼がわれわれのもとに残していったものを追憶して」では、彼のことを「時代の魂！われらが舞台の喝采、歓喜、驚嘆！」と呼び、「あなたは墓場なき記念碑であり、あなたの書物が生きている限り、あなたは生き永らえ、私らは鮮やかなる表現（ウィット）と出逢い、称賛の想いを捧げ続ける[37]」――またしても非凡な才能への強調です。

シェイクスピアが初めて「エイボンの白鳥[38]」と呼ばれるようになった詩がこれです――ジョンソン

は、ホメロスが「マエアンデル川の白鳥」、ヴェルギリウスが「マントヴァの白鳥」、ピンダロスが「ディルケーの泉の白鳥」と呼ばれた同じ呼称法に因んでそれとなく言及しているのです——古代世界の最も偉大な詩人たちに彼を比肩させるとは、実に高尚な褒め言葉です。ジョンソンは彼の名声が同様に永らえるであろうことを、次のように示唆しています。

ただ、あなただけに委ねよう、尊大なギリシアや
傲慢なローマが送り出したすべての者との
比肩には……
………………
勝利を、わがブリテンよ！　今あなたは手にする、ヨーロッパの賛辞に満ちた
すべての舞台が、この方のお蔭だと、わからせてくれる方を。
あの方は一つの時代の存在ではない、すべての時の存在だ(39)！

ジョンソンは、続いて、自然対芸術という重要な論争を持ち出します。それに対しては、シェイクスピア自身もすでに考察し、また、一六三二年の第二・二つ折り版に推奨韻文を書いたミルトンも、それに触れています。そうすることによって、ジョンソンは哲学的問題を、ひいては美学的問題をも提起しています。そして、この詩の後に続く本編に一つの特殊な類の関心が寄せられ、自分の主張が検証されるよう提起しているのです。

興味ある分野を区別して目立たせたり、そうした要請が正直なところ商品のためにもよいとなれば、

それはもうかなりうまい仕方です。この後の戯曲本編は、あまり愉快なことではないですが、ポローニアスがそれらを使ったとき当のシェイクスピアがおそらくからかったであろうような身動きのとれないカテゴリーに分類されていますが、そうすることにこだわっていたのは、実はジョンソンでした。[40]（『トロイラスとクレシダ』を含む）[41]喜劇、史劇、悲劇がそれです。[42]（『テンペスト』で始まり、『冬の語り』で終わる）そうすることは、一文学者による熟慮された知性豊かな作品を連想させはしても、シェイクスピアの成した多大な業績の背後に横たわると今日知られている庶民的嗜好とか政治的時事関心事への鋭敏で大胆な応答を示唆するものではありません。もっと言わせてもらえば、第一・二つ折り版の前口上代わりの詩篇、そしてまたヘミングとコンデルがより高価な二つ折り版型を選んだという事実、そのことは次のことを示唆している、すなわち、仲間の共同株主たちが、死後七年してシェイクスピアは自分の業績を劇場から持ち出して、大型の書物を購入してくれた人々の書棚の上に納まったのだ、と思っていたことを。そのことは、力強い結果を生じました。あらゆることが、その最初の動きから、〈あらゆる〉意味で、体制化へと向かいます。彼らの当て推量は正しかった。二つ折り版はよく売れ、一六三二年には、第二版が、若きミルトンの前付けの詩入りで続きました。ミルトンは当時、国家の倫理的、政治的安寧への詩人の重要な役割について、すでに断固たる考えを持っていました。

一六二三年の二つ折り版は、検索が可能な形式を採ったシェイクスピアの〈信頼に足る〉テキスト――自国語の著述家にとっては幾分新しい考え方であり、また脚本家にとってはまことにもって新鮮な考え方となる――を発行しようとした最初の試みなのです。研究・解説のためのテキストとしての「シェイクスピア」と、演劇としての「シェイクスピア」とが、ここで枝分かれを始めます。人々が〈テキスト〉の安定化を模索しているときでさえ、正典とみなしがたい〈戯曲〉が上演され続け、潤色され続けました。そして、それらについての見解が異なることもありました。サミュエル・ピープスは『空騒ぎ』を観て、かなり退屈な思いをしましたし、コリー・シバーとネイハム・テートが複数の戯曲を自分たちの先入見とえこひいきのままに、喜々として潤色したことは、われわれみんなの知るところです。テート版の『リア王[43]の歴史』は、リアを復活させて、コーディリアがエドガーと結婚した家庭を、老人病患者の憩いの場にしていますが、これとて、シェイクスピアやシェイクスピアの仲間たちが自分たちの言い分に合わせて脚色したと同じように、脚色しただけのことなのです。その結果、われわれは実においしいパラドックスを味わうことになります。つまり、ちょうどその頃、十七世紀末、本格的なテキスト学が始まり、シェイクスピアは戯曲の理想版のようなものを念頭に置いていたのでは、という仮説が高まり、それを復元したり注釈を付すことが編集者の仕事であるような時代になると、一方で、舞台活動は、シェイクスピアを、しばしば根こそぎ改変された潤色版で上演しながらも、観客を惹きつけるために、出し物のビラには、彼の名前を使うようになるわけです。実際、それこそローヤル・シェイクスピア・カンパニーが現在行っていることだといえるでしょう。というのも、しばしば彼らの公演は、若い人々のものの見方とか観念とか、関心とかに、またさほど若くはないまでも、過酷な社会で多少とも真っ当な生活を送ろうと努めている物書きにも、ほとんど関与してこないからです。

　私はみなさんに、一つの役にも立たない憶測を残していくことになります。もしもサウサンプトン伯爵が、『ヴィーナスとアドーニス』の献辞からそれと悟るものがあり、シェイクスピアを自分の秘書官にし、彼を抜擢していたら、どうなっていたでしょうね。実に傑出した詩を数編、書簡、それと多分ソネットを少々残しているあれら非凡な近世初期の行政官や外交官たちの一人になっていた可能性もあるでしょうか。戯曲もいくらか加わったでしょうか。多分、われわれは感謝してもいいでしょう。どう見ても、サウサンプトン伯はシェイクスピアに何も尽くしてはいないし、いわば〈彼の〉ベーコン[44]にすら、救いの手を差し伸べてはいないのですから。もしも彼が世話を焼いていたら、われわれは第一・二つ折り版のタイトル・ページを話題にすることもなかったでしょう。

【注】

（1）Shakespeare; *Romeo and Juliet*, I, ii, 43. 'What's in a name?'.

（2）(Latin) capitatio benevolentiae

（3）John Milton; *The Prose of John Milton*, ed. By J. M. Patrick, Univ. Of London Press, 1968, p. 280. "a piazza"「時に、印刷出版許可証には、タイトル・ページという公共の広場で、剃髪の頭を寄せ合って、ああでもないこうでもないと補い合って、話し合っている姿が見えてくる」。この本は許可の出ない書き物の印刷・出版の自由を英国議会へ求めた書。

（4）John Heminge & Henrie Condell. ふたりとも当時の劇団 the King's Men の共同出資者。

（5）判型（フォーマット）の訳出にあたっては、その大きさや寸法の表示は、例えば「菊判」のように、本来「判」であるが、ここでは、本そのものに言及したり、具体的な出版物そのものを指示している場合があるため、出版者に相談の上、大きさそのものの指示を除いては、例えば「四つ折り版」のように、すべて「―版」に統一しました。

（6）(Latin) Vilia miretur vulgus: mihi flavus Apollo/Pocula Castalia ministret aqua

（7）Francis Meres; *Palladis Tamia*, 1598. 彼はケンブリッジ大学出身で、英国国教会の教区司祭。

（8）Henry Wriothesley, 3rd Earl of Southampton; ケンブリッジ大学在学中に美術への才能を示し、文学

にも強い関心を示した。エリザベス女王の特別の引き立てに与った十七歳の頃、すでにオックスフォード伯の孫娘との縁談が持ち上がり、彼も乗り気であったが、女王の或る侍女の魅力の虜となり妊娠させ、一五九五年に結婚。この内密の結婚を知ったエリザベス女王が立腹、二人を短期間ながら収獄。早くからエセックス伯の信奉者で、彼の遠征にも随行したほどであったが、エセックス伯陰謀の発覚により、死刑を宣告される。後に減刑、ジェームス一世の代になって釈放。

(9) 例えば Thomas Nashe, Gervase Markham, William Davenant.

(10) 当日配布されたハンドアウトの中に、以下の「梗概」が含まれていました。シェイクスピアの残したであろう数少ない散文の一つと目されています。

Argument: Lucius Tarquinius, for his excessive pride surnamed Superbus, after he had caused his own father-in-law Servius Tullius to be cruelly murdered, and, contrary to the Roman laws and customs, not requiring or staying for the people's suffrages, had possessed himself of the kingdom, went, accompanied with his sons and other noblemen of Rome to besiege Ardea. During which siege the principal men of the army meeting one evening at the tent of Sextus Tarquinius, the king's son, in their discourses after supper every one commended the virtues of his own wife; among whom Collatinus extolled the incomparable chastity of his wife Lucretia. In that pleasant humour they all posted to Rome; and intending, by their secret and sudden arrival, to make trial of that which everyone had before avouched, only Collatinus finds his wife, though it were late in the night, spinning amongst her maids: the other ladies were all found dancing and reveling, or in the several disports. Whereupon the noblemen yielded Collatinus the victory, and his wife the fame. At that time Sextus Tarquinius being inflamed with Lucrece, beauty, yet smothering his passions for the present, departed with the rest back to the camp; from whence he shortly after privily withdrew himself, and was, according to his estate, royally entertained and lodged by Lucrece at Collatium. The same night he treacherously stealeth into her chamber, violently ravished her, and early in the morning speedth away. Lucrece, in this lamentable plight, hastily dispatcheth messengers, one to Rome for her father, another to the camp for Collatine. They came, the one accompanied with Junius Brutus, the other with Publius Valerius; and finding Lucrece attired in mourning demanded the cause of her sorrow. She, first taking an oath of them for her revenge, revealed the actor, and whole manner of his dealing, and withal suddenly stabbed herself. Which done, with one consent they all vowed to root out the whole hated family of the Tarquins, and bearing the dead body to Rome, Brutus acquainted the people with the doer and manner of the vile deed, with a bitter invective against the tyranny of the king: wherewith the people were so moved, that with one consent and a general acclamation the Tarquins were all exiled, and the state government changed from king to consuls.

（11） *King Lear*, Pied Bull Quarto（1608）：『リア王』第一・四つ折り版の別称。出版社 Nathaniel Butter の書店が the Pide Bull という住居区標示に所在したことあるいは書店名であったことに因み、名づけられた。演目名より台本作家名が上部に、それもそれまでになく大きな活字で示されているのに注目。

（12） Christopher Marlowe（1564-93）; *Tamburlaine* はケンブリッジ大学コーパス・クライスト・カレッジ在学中に執筆、一五八七年初演、一五九〇年出版。

（13） John Milton; *Areopagitica*（1644）："precious lifeblood of a master spirit, treasured up to a life beyond life."

（14） W. Shakespeare; *The Passionate Pilgrim*（1599）：シェイクスピア作とされて出版された恋愛小品詩集。二〇篇のうち、シェイクスピア作とされるものは、当初六品のみ。一一品はシェイクスピア以外の作とされている。William Jaggard は評判のよくない出版者とみなされていた。

（15） The First Folio edition; published by Isaac Jaggard（1623）. William Jaggard はこの二つ折り版の完

成直前に亡くなったため、タイトル・ページには息子の Isaac が出版代表者となり、父の名前は奥付に付されている。

(16) George Gascoigne; *The Posies of George Gascoigne*, 1574. 革新的な詩人、劇作家、散文家で、多分野に手を出した。兵士としてオランダ滞在中に *A Hundreth Sundry Flowers*（1572）を出したが、中の小説の一本が誹謗中傷的だと非難されたことから、帰国後、改訂改題して、この詩集を出版した。英文学史上最も初期の英詩韻律法のエッセイが収録されている。

(17) (Latin) tam Marti quam Mercurio.

(18) (Latin) 'Historia vero testis temporum, lux veritatis, vita memoriae, magistra vitae, nuntia vetustatis.'

(19) (Latin) te stante virebo.

(20) (Latin) 'Sl[n]gula quaewue locum teneant s[o]ritita d[e]cen[t]er.'

(21) "*THE WORKES*/ OF/ Beniamin Jonson" and another motto : 'neque, me ut miretur turba laboro : / Contentus paucis lectoribus.'

(22) *Every Man in his Humour* と *Sejanus*（1603）の初演役者名の中に、Shakespeare を見出すことができる。まだ駆け出しのジョンソンの劇を、自分の所属する the Lord Chamberlain's Men 一座で上演するよう促したのは、シェイクスピアであったといわれる。

(23) Ben Jonson, 'To the memory of my beloved,/The Author/Mr. William Shakespeare/And what he hath left uc,' ll. 39-40.

(24) 第一・二つ折り版は一巻本で、収録戯曲数は三六篇、総頁数九〇七頁、印刷開始一六二二年初頭、完成一六二三年末。一冊、当時で一ポンド（現在の四〇ポンド前後）。

(25) The King's Men: シェイクスピアが所属していた最後の劇団。その前身は Henry Careley（the Lord

Chamberlain）が設立した the Lord. Chamberlain's Men（1594）で、ロンドンの The Theatre と The Rose での独占上演権が与えられた。しかし、the Theatre の借地権が切れたことから、the Globe 建設を計画するが、資金が足りず、発起人の Richard Burbage と当時の劇団員が共同出資することになり、この緊密な連帯が後の興行の成功を引き寄せた。一六〇三年三月に Queen Elizabeth が崩御され、スコットランド王 James 1 がイングランド王位を継承すると、新王自らパトロンとなり、劇団名も the King's Men へ改名、一六四二年まで続いた。

（26）（Latin）aere perennius.

（27）Sonnets 18：“so long lives this, and this gives life to thee.”

（28）シェイクスピア『ソネット詩集』（初版）の献呈受納者は、ただ頭文字で Mr. W. H となっており、誰であるかは、未だ議論の中にある。William Herbert, Earl of Pembroke もその一人である。なお、Philip はその弟で、共に James 1 の後援が厚かったとされている。

（29）‘To the Great Variety of Readers：/From the most able, to him that can but spell,’ “but buy it first,” “But what euer you do, Buy.”

（30）四つ折り版の約四〇倍の額。

（31）（these Playes）have had their triall alreadie, and stood out all Appeales;

（32）where（before）you were abus'd with diuerse stolne, and surreptitious copies, maimed, and deformed by the frauds and stealthes of iniurious impostors, that expos'd them: even those, are now offer'd to your view cur'd, and perfect of their limbes; and all the rest, absolute in their numbers, as he conceiued them.

（33）第一・二つ折り版に収録されているのは、戯曲のみ三六本で、そのうち一八本はそのときまで未出版。共作戯曲と詩は未収録。シェイクスピア戯曲は共作を含め四〇本ほどといわれている。

(34) John Heminges & Henrie Condell, ‘Epistle to the Great Variety of Readers’, in the First Folio edition. “a happie imitator of Nature, was a most gentle expresser of it.”

(35) Ben Jonson, *Timber, or Discoveries*; “...would he had blotted a thousand.” ベン・ジョンソンは、一六四〇年、ロンドンの Gresham College の講義ノートにこう書き留めている。「私は覚えています。そこの役者さんたちが、シェイクスピアに敬意を表して、何を書くにせよ、彼の書くものには、全く書き損じがない、としばしば述べていたのを。彼だって書き損じは無数にあったでしょう、というのが私の返事でした。ですが、みんなはそれを意地悪な言葉だと思ったようです」。

(36) J. Heminges & H. Condell; Epistle, “...wee haue scarce receiued from him a blot in his papers.”

(37) Ben Jonson; ‘To the memory of my beloved, /The Author/Mr. William Shakespeare/And/what he hath left us’, ll. 17–8 & 22–4. “Soule of the Age! /The applause! delight! The wonder of our Stage!” “Thou art a Moniment, without a tombe, /And are alive still, while thy Booke doth live, /And we have wits to read, and praise to give,”

(38) ‘Ibid.’; l. 71. “Sweet Swan of Avon!”

(39) ‘Ibid.’; ll. 38–40 & 41–3. “Leave thee alone, for the comparison/Of all, that insolent Greece, or haughtie Rome/Sent forth, ...Triumph, my Britaine, thou hast one to showe, /To whom all Scenes of Europe homage owe. /He was not of an age, but for all time!”

(40) *Hamlet*, II, ii, 401–5. Polonius “The best actors in the world, either for tragedy, comedy, history, pastoral, pastoral-comical, historical-pastoral, tragical-historical, tragical-comical-historical-pastoral, scene individable, or poem unlimited.”

(41) ジョンソンらの詩の後に掲載されている «Catalogue of the several Comedies, Histories, and Tragedies contained in this Volume» に *Troilus and Cressida* が落ちていることからの、附註。

(42) 第一・二つ折り版の図版参照。*Mr. William SHAKESPEARE, COMEDIES, HISTORIES, & TRAGEDIES. Published according to the True Originall Copies.*

(43) Nahum Tate; *The History of King Lear.* (1681) 王政復古期の潤色ブームの中での潤色劇。

(44) フランシス・ベーコンは資産家の娘と結婚し、大法官にまで出世するが、贈賄罪で失脚。彼のパトロンであったサウサンプトン伯爵は、しかし彼の弁護には立たなかった。

【タイトル・ページ図版一覧】

以下の図版は主に次の文献よりコピーし転載させていただきました。

Oscar J. Campbell (ed. by); *The Reader's Encyclopedia of Shakespeare*, Crowell, New Yorak, 1962. Michael Dobson & Stanley Wells; *The Oxford Companion to Shakespeare*, Oxford, 2005.

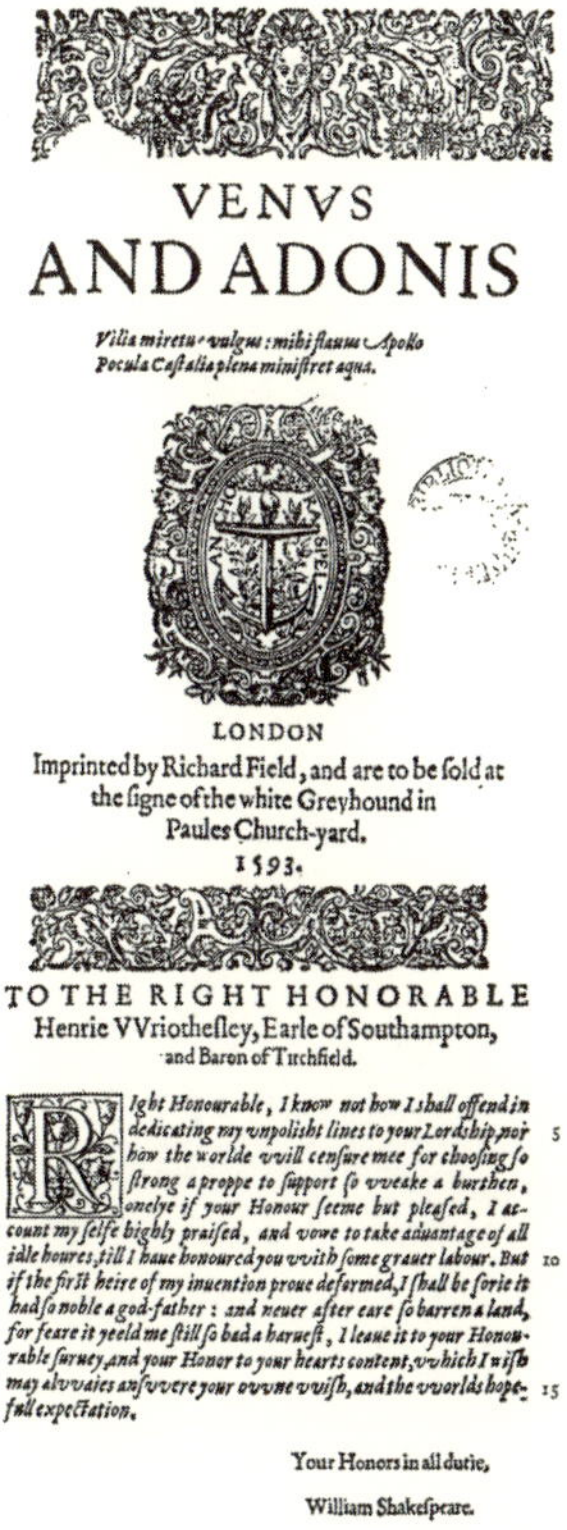
VENVS
AND ADONIS

Vilia miretur vulgus: mihi flauus Apollo
Pocula Castalia plena ministret aqua.

LONDON
Imprinted by Richard Field, and are to be ſold at the ſigne of the white Greyhound in Paules Church-yard.
1593.

TO THE RIGHT HONORABLE
Henrie VVriotheſley, Earle of Southampton, and Baron of Titchfield.

Right Honourable, I know not how I ſhall offend in dedicating my vnpoliſht lines to your Lordſhip, nor how the worlde vvill cenſure mee for chooſing ſo ſtrong a proppe to ſupport ſo vveake a burthen, onelye if your Honour ſeeme but pleaſed, I account my ſelfe highly praiſed, and vowe to take aduantage of all idle houres, till I haue honoured you vvith ſome grauer labour. But if the firſt heire of my inuention proue deformed, I ſhall be ſorie it had ſo noble a god-father: and neuer after eare ſo barren a land, for feare it yeeld me ſtill ſo bad a harueſt, I leaue it to your Honourable ſuruey, and your Honor to your hearts content, vvhich I wiſh may alvvaies anſvvere your ovvne vviſh, and the vvorlds hopefull expectation.

Your Honors in all dutie,
William Shakeſpeare.

図版1 Title page and dedication of the quarto of *Venus and Adonis*, 1593.

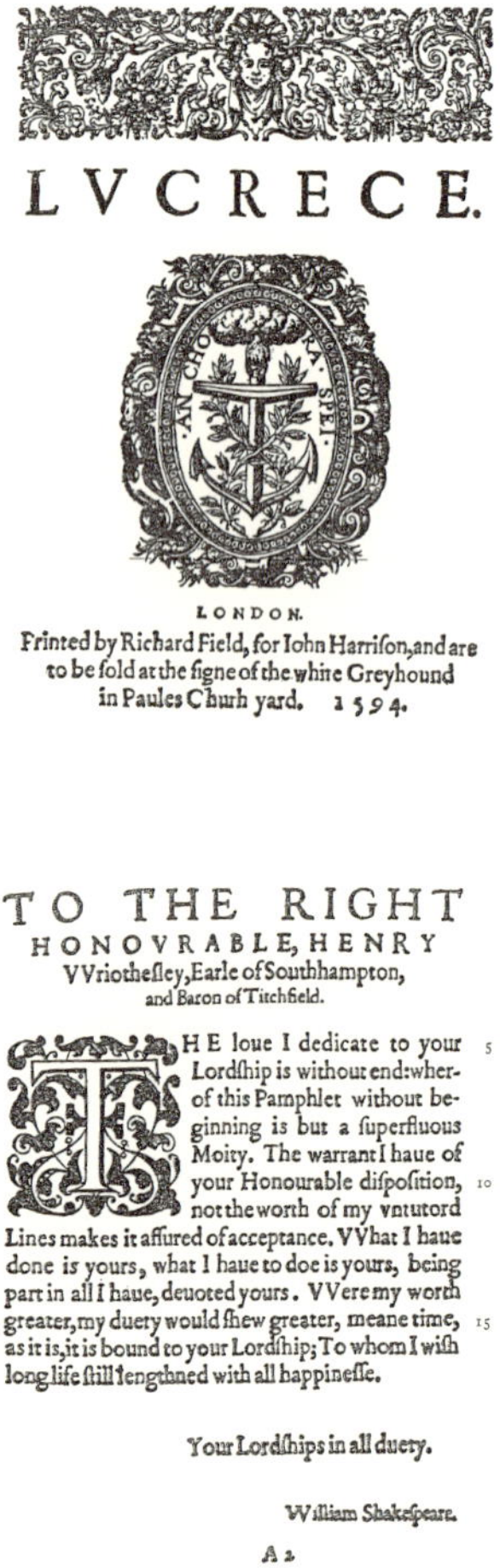

LVCRECE.

AN CHORA SPEI

LONDON.
Printed by Richard Field, for Iohn Harriſon, and are to be ſold at the ſigne of the white Greyhound in Paules Churh yard. 1594.

TO THE RIGHT HONOVRABLE, HENRY VVriotheſley, Earle of Southhampton, and Baron of Titchfield.

THE loue I dedicate to your Lordſhip is without end: wherof this Pamphlet without beginning is but a ſuperfluous Moity. The warrant I haue of your Honourable diſpoſition, not the worth of my vntutord Lines makes it aſſured of acceptance. VVhat I haue done is yours, what I haue to doe is yours, being part in all I haue, deuoted yours. VVere my worth greater, my duety would ſhew greater, meane time, as it is, it is bound to your Lordſhip; To whom I wiſh long life ſtill lengthned with all happineſſe.

Your Lordſhips in all duety.

William Shakeſpeare.

A 2

図版2　Title page and dedication of the quarto of *Lucrece*, 1594.

THE CRONICLE Hiſtory of Henry the fift, With his battell fought at *Agin Court* in *France*. Togither with *Auntient Piſtoll*.

As it hath bene ſundry times playd by the Right honorable the Lord Chamberlaine his ſeruants.

LONDON
Printed by *Thomas Creede*, for Tho. Millington, and Iohn Busby. And are to be ſold at his houſe in Carter Lane, next the Powle head. 1600.

図版3　Title page of the 'bad' quarto of *Henry V*, 1600. 原作者名がない。

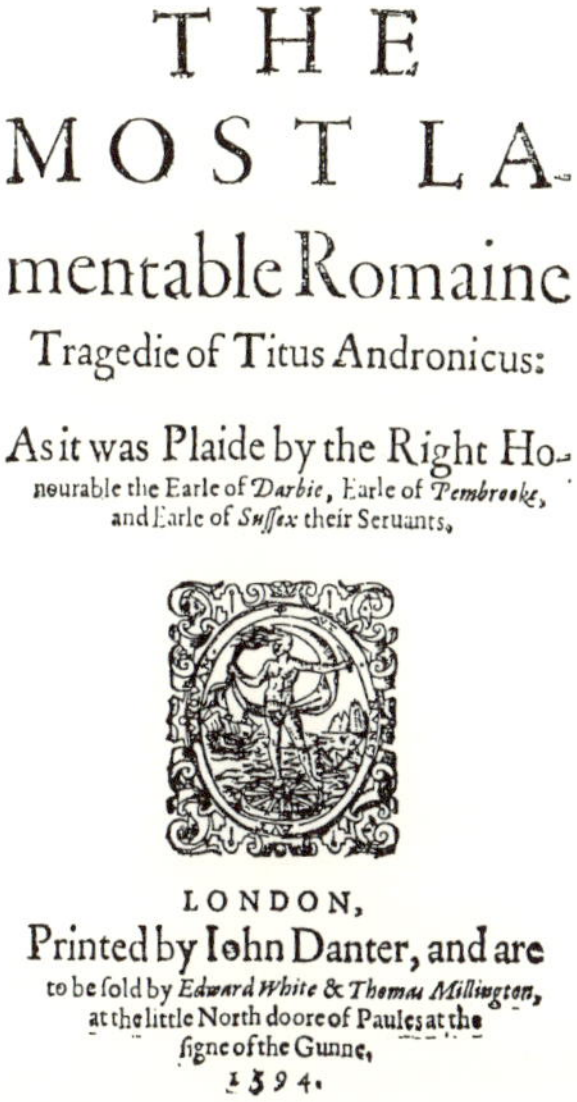

THE
MOST LA-
mentable Romaine
Tragedie of Titus Andronicus:
As it was Plaide by the Right Ho-
nourable the Earle of *Darbie*, Earle of *Pembrooke*,
and Earle of *Sussex* their Seruants.

LONDON,
Printed by Iohn Danter, and are
to be sold by *Edward White* & *Thomas Millington*,
at the little North doore of Paules at the
signe of the Gunne,
1594.

図版4　Title page of the first quarto of *Titus Andronicus*, 1594. 出版された最初のシェイクスピア戯曲。

AN
EXCELLENT
conceited Tragedie
OF
Romeo and Iuliet,
As it hath been often (with great applause)
plaid publiquely, by the right Ho-
nourable the L. of *Hunsdon*
his Seruants.

LONDON,
Printed by Iohn Danter.
1597

TITLE PAGE OF THE BAD QUARTO (Q1) OF *Romeo and Juliet* (1597).

図版5　Title page of the 'bad' first quarto of *Romeo and Juliet*, 1597.

The Spanish Tragedie:
OR,
Hieronimo is mad againe.

Containing the lamentable end of *Don Horatio*, and *Belimperia*; with the pittifull death of *Hieronimo*.

Newly corrected, amended, and enlarged with new Additions of the *Painters* part, and others, as it hath of late been diuers times acted.

LONDON,
Printed by W. White, for I. White and T. Langley, and are to be ſold at their Shop ouer againſt the Sarazens head without New-gate. 1615.

図版6 Title page of the 1615 edition of Kyd's *Spanish Tragedie.* 舞台場面挿絵入り。

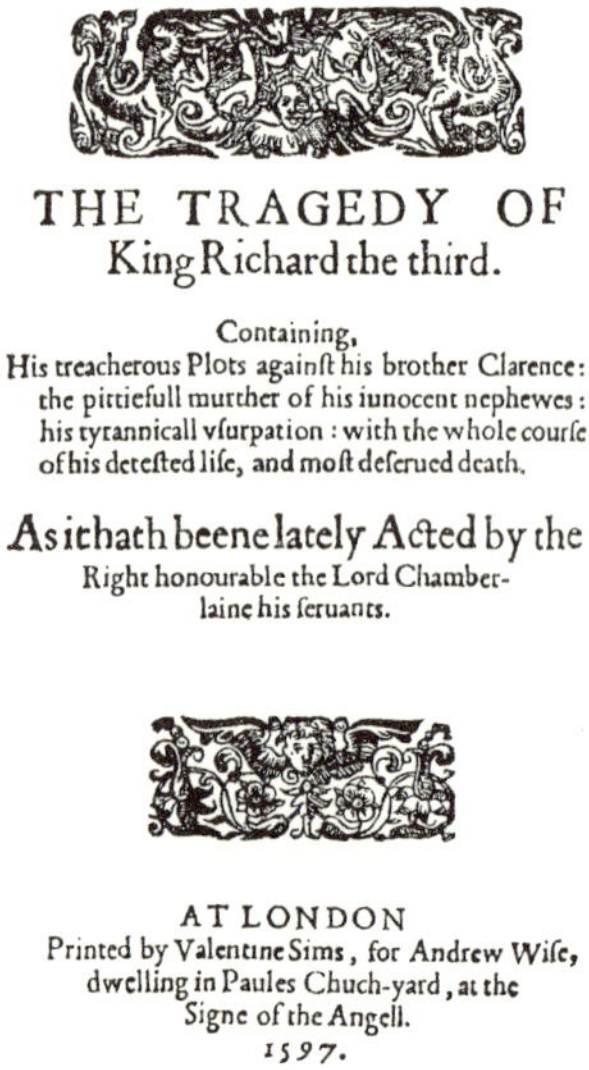

THE TRAGEDY OF
King Richard the third.

Containing,
His treacherous Plots againſt his brother Clarence: the pittiefull murther of his iunocent nephewes: his tyrannicall vſurpation: with the whole courſe of his deteſted liſe, and moſt deſerued death.

As it hath beene lately Acted by the Right honourable the Lord Chamberlaine his ſeruants.

AT LONDON
Printed by Valentine Sims, for Andrew Wiſe, dwelling in Paules Chuch-yard, at the Signe of the Angell.
1597.

図版7 Title page of the first quarto of *Richard III*, 1597. 人気の高い劇の一つ。

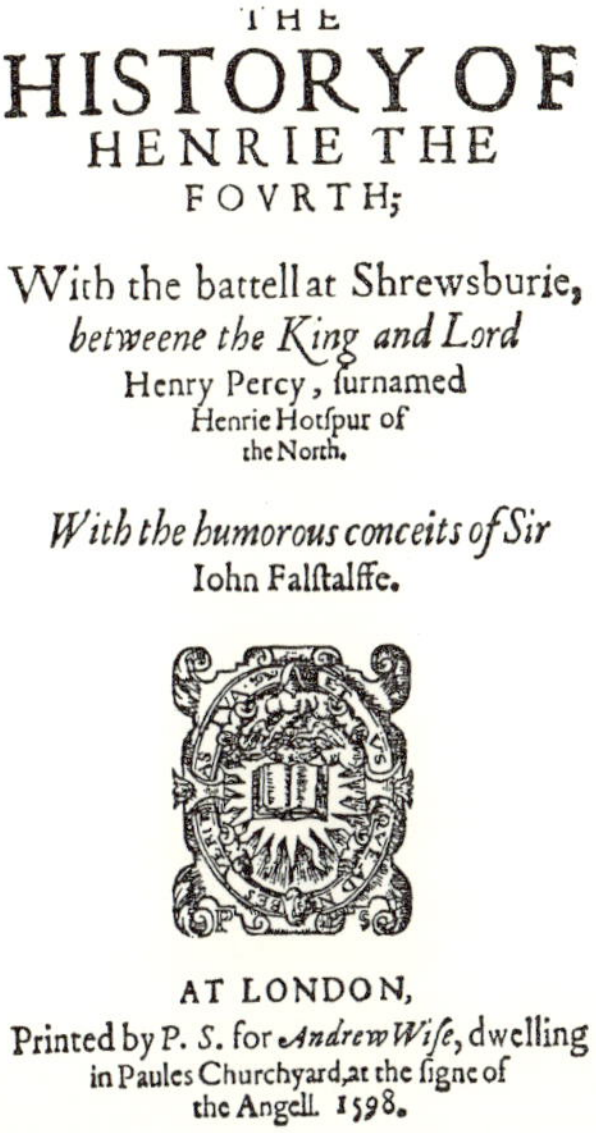

THE
HISTORY OF
HENRIE THE
FOVRTH;

With the battell at Shrewsburie,
betweene the King and Lord
Henry Percy, ſurnamed
Henrie Hotſpur of
the North.

With the humorous conceits of Sir
Iohn Falſtalffe.

AT LONDON,
Printed by P. S. for *Andrew Wiſe*, dwelling
in Paules Churchyard, at the ſigne of
the Angell. 1598.

図版8　Title page of the first quarto of *1 Henry IV*, 1598. フォルスタッフの名。

THE
Second part of Henrie
the fourth, continuing to his death,
and coronation of Henrie
the fift.

With the humours of ſir Iohn Fal
ſtaffe, and ſwaggering
Piſtoll.

As it hath been ſundrie times publikely
acted by the right honourable, the Lord
Chamberlaine his ſeruants.

Written by William Shakeſpeare.

LONDON
Printed by V. S. for Andrew Wiſe, and
William Aſpley.
1600.

図版9　Title page of the first quarto of *2 Henry IV*, 1600. 原作者名がある。

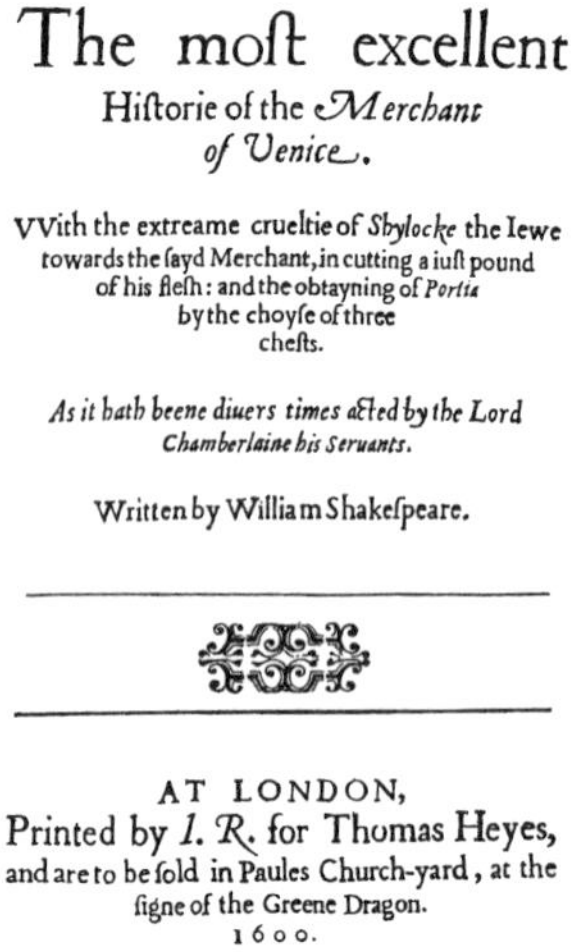

The moſt excellent
Hiſtorie of the *Merchant of Venice*.

VVith the extreame crueltie of *Shylocke* the Iewe towards the ſayd Merchant, in cutting a iuſt pound of his fleſh: and the obtayning of *Portia* by the choyſe of three cheſts.

As it hath beene diuers times acted by the Lord Chamberlaine his Seruants.

Written by William Shakeſpeare.

AT LONDON,
Printed by *I. R.* for Thomas Heyes,
and are to be ſold in Paules Church-yard, at the ſigne of the Greene Dragon.
1600.

図版10 Title page for a quarto of *Merchant of Venice* printed by the Jaggards for Pavier in 1619 (fraudulently dated '1600').

A
Midſommer nights dreame.

As it hath beene ſundry times pub-*lickely acted, by the Right honoura-*ble, the Lord Chamberlaine his *ſeruants.*

Written by William Shakeſpeare.

¶Imprinted at London, for *Thomas Fiſher*, and are to be ſoulde at his ſhoppe, at the Signe of the White Hart, in *Fleeteſtreete.* 1600.

図版11 Title page of the first quarto of *A Midsummer Night's Dream*, 1600.

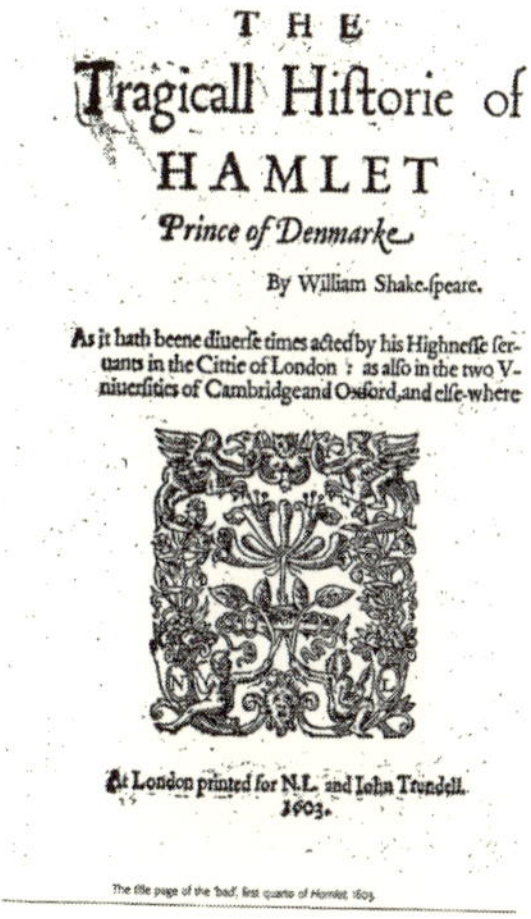

THE
Tragicall Historie of
HAMLET
Prince of Denmarke
By William Shake-speare.
As it hath beene diuerse times acted by his Highnesse seruants in the Cittie of London : as also in the two Vniuersities of Cambridge and Oxford, and else-where
At London printed for N.L. and Iohn Trundell.
1603.

The title page of the 'bad' first quarto of *Hamlet*, 1603

図版12 Title page of the 'bad' first quarto of *Hamlet*, 1603.「二大学でも上演」。

THE
Tragedie of King Richard the second.
As it hath beene publikely acted by the right Honourable the Lorde Chamberlaine his Seruants.
LONDON
Printed by Valentine Simmes for Androw Wise, and are to be sold at his shop in Paules church yard at the signe of the Angel.
1597.

図版13 Title page of the first quarto of *Richard II*, 1597.

図版14 The cancel title page of the quarto of *Troilus and Cressida*, 1609.

THE
Famous Hiſtorie of
Troylus *and* Creſſeid.

Excellently expreſſing the beginning
of their loues, with the conceited wooing
of *Pandarus* Prince of *Licia.*

Written by William Shakeſpeare.

LONDON
Imprinted by *G.Eld* for *R.Bonian* and *H.Walley*, and
are to be ſold at the ſpred Eagle in Paules
Church-yeard, ouer againſt the
great North doore.
1609.

図版15 Title page of the first (Pide or Pied Bull) quarto of *King Lear*, 1608. 劇作家名の印字の位置と大きさに注目。

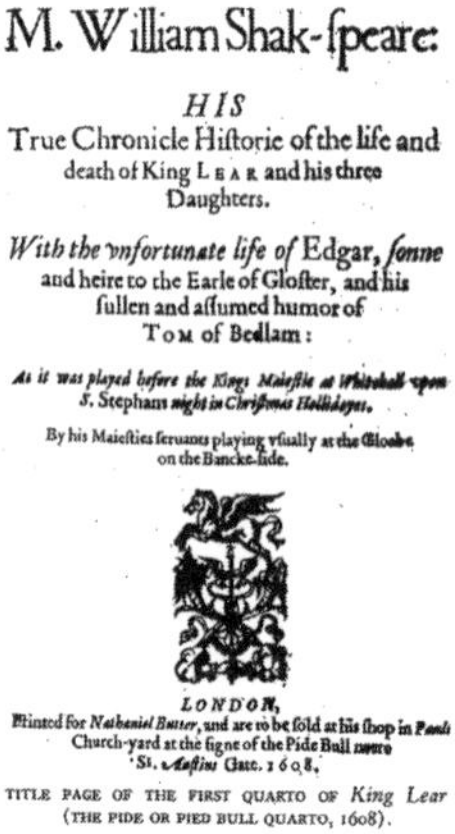

M. William Shak-ſpeare:

HIS
True Chronicle Hiſtorie of the life and
death of King LEAR and his three
Daughters.

With the vnfortunate life of Edgar, *ſonne*
and heire to the Earle of Gloſter, and his
ſullen and aſſumed humor of
TOM of Bedlam:

*As it was played before the Kings Maieſtie at Whitehall vpon
S.* Stephans *night in Chriſtmas Hollidayes.*

By his Maieſties ſeruants playing vſually at the Gloabe
on the Bancke-ſide.

LONDON,
Printed for *Nathaniel Butter*, and are to be ſold at his ſhop in *Pauls*
Church-yard at the ſigne of the Pide Bull neere
St. *Auſtins* Gate. 1608.

TITLE PAGE OF THE FIRST QUARTO OF *King Lear*
(THE PIDE OR PIED BULL QUARTO, 1608).

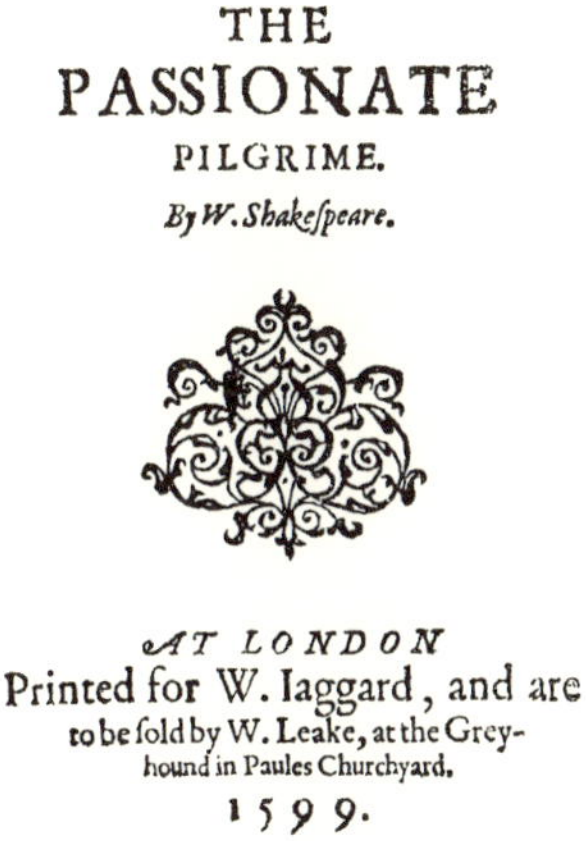

THE
PASSIONATE
PILGRIME.
By W. Shakespeare.

AT LONDON
Printed for W. Iaggard, and are
to be sold by W. Leake, at the Grey-
hound in Paules Churchyard.
1599.

図版16　Title page of the second octavo of *The Passionate Pilgrim*, 1599.

図版17　Title page of Sir Walter Ralegh, *History of the World*, 1614. 寓意画入りの先駆。

図版18　Title page of Ben Jonson, *The Workes*, 1616. 自国語による文学出版物の独立宣言書の、学識を衒うタイトル・ページ。

図版19　Title page of the first Folio of *Mr. William Shakespeares Comedies, Histories, & Tragedies*, and Ben Jonson's poem, 'To the Reader', 1623. 原作者を「売り」に、商業的意図を前面に出して、新生面を開いたタイトル・ページ。

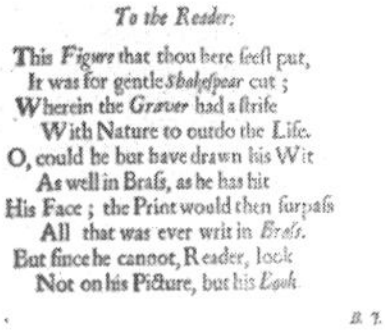
To the Reader.

This *Figure* that thou here seest put,
It was for gentle *Shakespear* cut;
Wherein the *Graver* had a strife
With Nature to outdo the Life.
O, could he but have drawn his Wit
As well in Brass, as he has hit
His Face; the Print would then surpass
All that was ever writ in *Brass*.
But since he cannot, Reader, look
Not on his Picture, but his *Book*.

B. I.

【訳者あとがき】

これはUniversity of Cambridge International Summer School 2009 の Shakespeare Summer School（八月三日〜十四日）の三日目に行われた全体講義（plenary lecture）の講義録の拙訳です。講演者と演題は次の通りです。Dr. Charles W. R. D. Moseley; *Selling Shakespeare, or, What's in a name?* 当日は三枚綴りのハンドアウトが配布され、また、パワー・ポイントを用いて数種のタイトル・ページなどが紹介されました。［　］括弧でそれを指示しておきましたが、ここでは事情により、数点の図版のみに限らせていただきました。

講演者のモウズリー先生はFaculty of English の所属で、Hughes Hall に研究室を持つ英文学のドクターです。二〇〇九年を以って定年退職ながら、Shakespeare Summer School 2009 の総責任者を務められました。お気づきのように、ラテン語の造詣が深く、ミルトンやシェイクスピア研究にひときわ秀逸な足跡を残しています。

歳を重ねるごとに、シェイクスピアに惹かれるものがあり、サバティカル・リーブの恩典に恵まれたのを機に、思い立ってサマー・スクールの講義を聴講させていただきました。当然、理解不分明な点が多く、モウズリー先生に指導を仰いだところ、親切にも発表用講義ノートをそのまま送っていただきました。この講義録の拙訳はその下書きに多く与っています。講演者の了解を得て和訳したものですが、浅学にもかかわらず、このような掲載の機会をいただき感謝に耐えません。この拙訳が私のモウズリー先生へのささやかな恩返しになればと思っています。訳出作業に当たって、豊富な文献と長時間利用可能な研究の場を提供してくださったケンブリッジ大学のヒューズ・ホール図書館と大学図書館に心から感謝申し上げます。

Ⅱ　アメリカ文学編

第1章　野生の果実の高価な風味
——最晩年のソロー

奥田穣一

ソローは、すでにこれまでに観察していた、コンコード周辺の、季節ごとに実る様々な野生の果実の記述を最晩年においてまとめたが、未完のままにして逝った。『野生の果実』なるタイトルの下にそれを刊行したブラドレー・ディーンの「序文」によれば「一八五九年十月十六日には第一草稿がまとめられていた」のだった。ディーンの「序文」の言葉を借りていえば、ソローは毎年コンコードで生起する「自然現象の包括的な歴史」を編み出そうとしていた。野生の果実がどのように自然の歴史を表現しているのか、どのように果実は季節であるのか、を観察することにより、「原型的一年を構成」しようとしていたのだった。

『野生の果実』の詳細な考察については改めて他日を期することとし、その見落とし得ない、重要な面について、以下に拙論を述べておこう。『野生の果実』とはソローの『種子を信ずる』所収の断片的な三つのエッセイ中の一つ「野生の果実」を発展させたものであった。ソローは『種子を信ずる』所収「種子の拡散」第一章で、熟したメイプルの実を「美しい」（五二）と賞賛したのであったが、しかしこの第一章ではほとんど果実の美は言及、賛美されていなかった。果実の色への言及、賛美もなされていなかった。その色の美しさが賞賛されていたのは「野生の果実」において、さらに『野生の果実』においてであった。「種子の拡散」第一章の考察で「野生の果実」から引いた種々のイチゴの色を、たとえば「ホーリー・ベリーの色」を「美しい」と、称えていたソロー、このソローには「野生の果実」での、また『野生の果実』での果実の色を美しいと称えるであろうことが暗示されていたといえるのだ。ソローは「ホーリー・ベリーの色」に深く感動し、「ぼくらがこのイチゴの風味のことをあれこれ考えなくなれば」、すなわち、それが「有毒ならば」人はその「美について耳にすることがずっと多くなるであろうに」と言っていたのだった。(一九九〜二〇〇)

「野生の果実」のソローが野生の果実の色に、美に、色の美に言及し、賞賛し『野生の果実』の彼自身を想起させたように「野生の果実」で最も「質素」な、この上なく「無垢」な野生の果実が「商業」的な利欲によっていかに汚されているのか嘆じるソロー(一九四、一八一)には『野生の果実』での野生の果実がいかに「商業」と関わるのか嘆く彼自身(三〜五、一六七)を想起させるものがあったのだ。『野生の果実』で「美しい風景」を「金や真珠」(二三三)との関係で、また「ドル」(二三六)との関係で語らなければならなかったソロー自身を想起させるものがあったのである。すなわち「野生の果実」には『野生の果実』での、金銭的利害、人間の欲望もまた暗示されていたのである。

『野生の果実』中に記述されている果実は一応それぞれ季節の推移に従って現れるものとして編集されているので、以下、それを春、夏、秋、冬の果実と呼ぶことがゆるされよう。たとえば春の果実を観察、記述するソローは、五月十三日、「緑の杖」のように伸び、やがてエルムの実に似た、「緑のかたまりの実をつけるヤナギ」について語る(七)。五月二十日頃、はっきり目立ち始める白カエデの大きな「緑色の翅果」について、さらに白カエデよりも「数倍美しい」赤カエデの翅果について述べる（九）。翅果の大きさが増してくるにつれ、赤カエデの上方はいっそう「褐色めいた赤色」を呈し、それはほとんど「カバ色の赤」に近いのであると、果実がほとんど熟した五月中旬の赤カエデは風景の中で「この上なく美しい」と説明する（一〇）。五月三十日までには「緑色のイチゴ」を生らせ八月一日から五日までが最盛期であるブルーベリーの「すっぱい青い実」が好きだと、さらにそれが大きくなってびっしり実る頃には「茂みの枝が曲がりこんなに美しい光景」は他の果実の場合にはめったに見られない（三二）と、ソローはいう。

たとえば夏の果実については、ソローは、六月十九日までには「緑色のハックルベリー」を見掛けるようになり、三週間のちには山腹のあちこちで「緑色」のハックルベリーと葉っぱのあいだに「黒と青」のハックルベリーをいくつか発見することになるという（三八）。ここではソローは色彩のコントラストの美に、すなわち景観の美しさに魅せられていたのだ。順調な年には早くも八月になると山腹はハックルベリーで「黒々」になるといい、さらに以前ある野原で、「茂みが重みで折れ曲がるまでも」ハックルベリーの実がどっさり垂れ下がっているのを見たことがあったが、それは「非常に美しい光景」だったと回想する（三八）。ここでもソローは景観の美を賞賛していたといえるだろう。七月十四日には実を結ぶ、沼地の野生ヒイラギの実をソローは「小鬼の目のように赤くビロードのようなイチゴ」と描写し、さらにはおそらくは「最も美しいイチゴ」であろう、とまで称賛した（六四）。種々の夏の果実のうち、たぶん野生リンゴこそはソローにとり最も重要な意味を持つ果実だったといえるだろう。「詩神ミューズの野生の風味」を有する「美しい」野生のリンゴのことを理解するためには「散歩者の欲求と想像力」を必要とする、とソローはいう（八三〜四）。ソローによれば、「たとえその形がいびつになっていたにせよ、野生のリンゴにはそれを補う美点がちゃんとそなわっている」のであり、「夕やけの紅が表面のでこぼこにさっと塗られ、ふりまかれる」のであり、じっさい野生リンゴは「たとえようもなく美しい」果実だった（八七）。

秋の野生の果実を観察するソローは、たとえば、ハシバミのいがが七月の初め頃にはもう目立つようになり、九月の初めにはその実が熟れはじめるという（一六〇）。一八五八年八月二十四日の今では、いがは「だんだん赤味を帯びてきたみたいで美しい」という（一六〇）。一八五二年八月二十二日には、まだ「青い」シラブ・オークのドングリを眺めそれを「美しい」と称えた（一七八）。一八五九年十月十五日には、シラブ・オークのドングリが「濃い色」になって、まだかなり木にしがみついているのを眺め、それを「美しい」と感嘆していた（一七九）。『種子を信ずる』所収「種子の拡散」ではソローによりホワイトパイン、ピッチパインとオークの間の遷移が論じられた。ソローにとり、これらの樹木はまことに重要な意味を持つものだった。「種子の拡散」ではソローがシラブ・オークに美を見出したことが暗示されてはいたが、ホワイトパイン、ピッチパインが美、色彩との関連で、色彩の美との関連で語られていたのではなかった。しかし、『野生の果実』のソローは、たとえば一八五五年三月六日、春のソローはホワイトパインの球果を拾い、それを「非常に美しい」と賞賛し、一八五五年十月十六日、秋のソローはホワイトパインの林を「美しい林」と呼んで称えていたのだった（一八七）。一八六〇年九月十六日には「ジョン・フリントの牧草地」に生い立つホワイトパインの林を「美しい」と称賛し、リスによって落とされた「緑の球果」に見入っていた（一八九）。

ソローはピッチパインの球果、冬の球果を「非常に美しい」（二二七）と賞嘆した。それも球果が「新鮮な、革のような色をしていた」のみならず、「からからに乾燥して灰色」になり、「貫くことのできないうろこ」のようだったからであった（二二七）。「ホワイトパイン」と異なり、ピッチパインは、冬の間ずっと球果を開き少しずつ種子を散布し続ける」(二二九)とソローはいう。それだから、ソローは一八五三年二月二十七日、「落ちたばかりの」、かたく引き締まった「美しいピッチパインの球果」を一個家に持ち帰ったのだった(二三一)。

ソローは、一八五三年四月二日、日陰に生い立ったジュニパー・リペンスの実はまだ「青い」が光を浴びる場所に生えたその実は「紫がかった」色に変っていた、という(二三二)。一八五三年九月四日には「今は灰色がかった青色」だが、実はすっかり大きくなったと、一八五五年四月三十日には「上方の部分が美しいライトブルーの、下方の部分がまだ青い美しい」ジュニパー・リペンスの実をたくさん目にする頃になったと述べた(二三二)。それから続いてソローは、ジュニパー・リペンスにまつわる冬の日の思い出を語って冬の果実の説明を結んだ。ソローによればソローは、ジュニパー・リペンスの実が熟れたかどうか知りたがって、しょっちゅう灌木の茂みにやって来ていたある男のためにこの茂みを調べたことがあったのだ、という。このような個人的な話が何気なく織り込まれていることにも『野生の果実』がたんなる研究書ではないと暗示されていよう。

ソローは『野生の果実』の終わりで「たいていの人間が自然のことなど好きでも何でもないのである」と、「一定の、それもあまり多くもない金を使って生活できさえすれば、自然の美に対する自分の分け前を売り渡してしまうだろう」と、慨嘆する(二三七)。むしろ、「季節の推移にそのまま身をゆだねて生きたまえ。自由に空気を呼吸し、水を飲み、果実を味わいたまえ」(二三八)と促す。結局、ソローは『野生の果実』を、君自身は「春には緑色に生い立ち、秋ともなれば黄色に熟したまえ」(二三九)と切言してしめくくったのである。

以上のように『野生の果実』で野生の果実の色彩が頻繁にソローにより言及、賞賛されたのであるが、ここでソローは、ありとあらゆるものの色彩に対してまことに敏感に反応する彼自身の傾向を表示していたにすぎなかったのだ。ウイリアム・エラリー・チャニングはソローに関して非常に重要な証言を残してくれたのであるが、チャニングはソローと色彩の関係についてもまことに貴重な意見を述べていたと指摘したい。『ソロー――詩人博物学者』でチャニングは「ソローにとり色彩は喜びであって、「ソローは色彩によって季節と風景を眺めた」と、さらに「いかなる時も、野も、林も情緒に印象を及ぼす多様な色彩として彼に語りかけた」と説明していたのだった（九八）。

じっさい、ソローが「語りかけた」のではなく、ソローはただ「語りかけ」られていたのだ。気がつけばソローは「色彩」によって「情緒」に「印象」されていたのだった。色彩の自然支配に身をゆだねるソロー、このソローには彼の傾向の一つが、自然をこそ表面に出し強調しようとする傾向が、暗示されていなかったであろうか。すなわち、『野生の果実』において「一八六〇年九月二十二日。まだ緑色だが、おそらくもう熟れているのであろう」とヤチヤナギについて述べたソローは次には何の説明も加えずに自然自身の意志に従うかのように五年以上前に戻り、「一八五五年一月二十五日。ヤチヤナギの種子がたくさん川沿いの牧草地のなかで凍結しているのを見た」と言い、それから、なぜか急にその一年前の一八五四年三月五日のヤチヤナギについて語るのだ（一九九）。それから、その三年以上前の一八五〇年十二月十四日に戻り、かと思うと、さらにまた何の説明もなしに「一八五九年八月二十八日。ヤチヤナギが黄ばみ始めた」と語り、それから、やはり説明もなしに八年前にまた戻り「一八五一年八月十九日。ヤチヤナギの実が川沿いで黄色がかった緑色だ」というのである（二〇〇）。

このような、『野生の果実』の随所に織り込まれている何か乱脈な、断片的ともいえる、ソローの記述が、自然を表面に出し、人間を消そうとするものであることは、『自然の記述』（一九八五）での、ソローの乱脈な『日誌』を論じるシャロン・キャメロンの適切な意見に照らしても首肯されよう。すなわち、キャメロンによればソローの「支離滅裂な、混乱した、断片的な、」『日誌』とは実は「あらゆる人間的関心事を消した」ソローによる、ソローの「自然と化したセルフ」による自然自身をして語らしめた記録、「果てしない、自然の自己言及」、「自然の作品」だったのである（一三、二二）。拙著『H・D・ソロー研究』（一九九八）ではキャメロンの意見を援用し、「果てしない、自然の自己言及」、「自然の作品」のソローの『日誌』とは〔作る心が消され〕「自然こそが表にでる詩、俳句」に似ると指摘し、虚子の句「天地《あめつち》の間にほろり時雨かな」を引いておいた（一四）。『野生の果実』もまた俳句に似る、といいたい。画家に劣らず色彩に敏感に反応し、俳人にも通じる面を持ったソローを俳人であり画人であった蕪村と対照させるなら唐突に過ぎようか。『野生の果実』と俳句の共通点は種々の観点から指摘できるともいえるが、しかし今は「果てしない、自然の自己言及」を説くソロー、自然自身をして語らしめようとするソロー、という、おそらくは最重要の点から、以上のように一言しておくにとどめたい。

それでは『野生の果実』に記述された野生の果実のそれぞれはソローにとり何であったのか、何を意味するのか、ヨーロッパ・クランベリーをとりあげ考えてみることにしよう。ソローは彼以外の「誰も摘んだ者のいなかった」クランベリーが町の人の群れから遠く離れた寂しい「沼地」で実っていたのだ、と語り、それからミドルセックス郡にまだ存在するはずである「純粋に原始的で野生的な土地の数平方ロッド」に、さらに「月面と同じく野生的で人の住んでいない」と想像される「文明砂漠の中の小さな野生のオアシス」に、「隕石みたいな」種々の土地に「畏敬」しつつ言及し、こう結ぶ。

もしわれわれが習慣的生活の泥とくもりを超克するなら、この地球全体を隕石とみなし、敬意を表することであろう。……もし、小枝であれ、小石であれ、心から崇拝できるほど気高い存在になれるのなら、それは人類の再生を意味するものである。（一六七〜六八）

ここで野生の果実、ヨーロッパ・クランベリーは野生的な種々の土地（場）との関係で語られ、すなわちこのベリーはまず野生的な「沼地」とそれから「純粋に原始的で野生的」な土地と、「隕石みたいな」土地と、相互置換されうる関係にあった。野生の果実は、つまりヨーロッパ・クランベリーの持つ意味は種々の「純粋に原始的で野生的な」土地の持つ意味として説明されたといえるのである。さらに換言するならば、野生の果実とは、われわれ、人間のみじめな「習慣的生活」から「泥とくもり」が払拭された状態を、祝福されるべき境地を、表徴するはずのものだったのだ。この境地を説くソローには「人間的関心事を消し」、純粋に「果てしない、自然の自己言及」をめざしたあのソロー自身と一脈相通ずるものがある、といえるだろう。

「人の住んでいない」原始の「月面」に「畏敬」の念を抱き、「地球全体を隕石とみなし敬意を表し」、はては「人類の再生」をヒロイックに想像するソロー、このソローが『メインの森』の「カタータン」で「人の住んだことのない」場所を、「原初の物質」そのものを、「地球の未完の部分」を、「ある星の表面」を「畏敬」の念を持って眺め「大昔の叙事詩の創造の瞬間とドラマティックな詩人たちを思い出し」、さらには、「アイスキュロスはきっとそんな光景を訪れたことがあったにちがいない」としみじみ述懐していたのだった（六四〜七二）。『野生の果実』でコンコードの野生の果実について語るソローもまたある意味で「叙事詩」の詩人――「抒情詩」の詩人ソローについては今さておき――ではなかっただろうか。

『種子を信ずる』所収の「種子の拡散」についての考察をふり返り『野生の果実』をしめくくるなら、われわれの「習慣的生活」から「泥とくもり」を払拭しようとする、「人の住んでいない」原始の「月面」を「畏敬」する『野生の果実』のソローには、人間の「「無垢」を説くソロー自身に通じるものがあるといえるだろう。ソローは断片的エッセイ「野生の果実」ですでにあのように野生の果実を「無垢」と描写していたのであった。

（本エッセイはさらに修正、加筆され、近く刊行の『H・D・ソローの「種子を信ずる」』の中に織り込まれる予定である）

【参考書目】

Cameron, Sharon. *Writing Nature : Henry Thoreau's Journal*. Oxford: Oxford University Press, 1985.

Channing, William Ellery. *Thoreau : The Poet-Naturalist*. New York: Biblo and Tannen, 1966.

Thoreau, Henry David. *Faith in a Seed : The Dispersion of Seeds and Other Late Natural History Writings*. Ed. By Bradley P. Dean. California: Island Press/Shearwater Books, 1993.

Wild Fruits : Thoreau's Rediscovered Last Manuscript. Ed. By Bradley P. Dean. New York: W.W. Norton, 2000.

奥田穣一『H・D・ソロー研究』桐原ユニ、一九九八年。

第2章　〈男〉を演じる男たち

――フォークナー『サンクチュアリ』論

本間章郎

一

ウィリアム・フォークナー作『サンクチュアリ』（一九三一）の批評史を概括した場合、まず、ヴィケリー[1]やブルックス[2]に代表されるような、基本的にこの作品を古典的な教養を備えたホレスによる悪の発見と捉え、テンプルをレイプの被害者というよりは、裁判での偽証によって無実のリーを有罪にした加害者、堕落した女性として、否定的に捉えた解釈を基調として挙げることができるだろう。当然の事ながら、クラーク[3]を始めとしたフェミニストの側から、作品の読み直し、特にレイプの被害者としてテンプルを読み直すことが行われてきた。ミルゲイト[4]以来の初稿『サンクチュアリ』との比較や、ライリー[5]やパーマー[6]によるプア・ホワイトへの懲罰という社会的階級対立としての解釈や、家父長制における女性への支配を告発するフェミニストの側からの解釈は、作品の持つ社会的・文化的背景を明らかにし、作品をより深く読み込む可能性を開いてきたといえるだろう。そのため、少なくともこの作品を現代社会の「悪」といった抽象的な表現だけで、解釈の作業を終えてしまうことはできないように思われる。
性に対する二つの概念――セックスとジェンダー――が、『サンクチュアリ』という作品を網の目のように捉え、家父長制というシステムは、女性だけでなく、男性キャラクターの意識と行動に影響を与えていると考えられる。商品の氾濫する大量消費社会を背景にした社会的変動を背景にして、性に対する二つの概念が交差するなかで、家父長制における〈父親〉、あるいは〈男らしさ〉という概念が作品の中においてどのように機能しているのか考察していきたい。

二

作品の考察に際して、あまり批評家によって取り上げられないが、本論において重要な意味を孕んでいると思われるエピソードを取り上げることから始めたい。ポパイによるレイプのあと、テンプルはメンフィスのミス・リーバの経営する売春宿に連れて行かれ、軟禁される。テンプルは自分の置かれた状況の激変に茫然としながら、閉じ込められた部屋の、止まった置時計の指している十時半という時刻によって、次のように興味深いエピソードを思い出す場面がある。ダンスの前に入浴した女子学生たちが、着替えをしながらお互いの体を比べあっているときに、裸のままダンス場へ行ったら、どんなことになるかということが話題になる中で、一番醜い女の子が、「男の子たちは、女の子はみんな、服を着ていなければ醜いものだと思っているのよ」(7)（一五一）と、彼女たちに衝撃を引き起こす発言をする。どうしてそう思うのか周りの女の子から問い詰められた彼女は、次のようなユニークな説明をしている。

あの蛇は何日間もイヴのことを見ていたけれど、アダムがイチジクの葉を彼女に身につけさせるまでは、彼女に目を止めなかったのよ。……だって蛇はアダムよりも前にあそこにいたからよ、最初に天国から追放されたのは蛇なんだから。蛇はずっと天国にいたんだもの。（二五一～五二）

エピソードそのものは、性的体験をすでに経験しているのではないかと疑う周りの女子学生たちによって、この女性が問い詰められて告白するなか、一番年齢の若い女子学生が嘔吐することで終わる。そのため、この女性の発言に対して何も触れられていないのだが、作品全体に底流として流れる奇妙な〈論理〉として、捉えることができるのではないだろうか。この発言の中で彼女は、裸の女性は醜いという理由として、蛇はアダムがイヴにイチジクの葉をつけてはじめて、イヴ、つまり、女性の魅力に気付いたという、奇妙とも思えるような例証を聖書から挙げている。この女性の思考の前提となっているのは、裸、つまり性器を自然、イチジクの葉を衣服、つまり文化と捉えた上で成り立つ、自然／文化の対立であり、さらに男性への魅力という点では、文化は自然の優位に立つというものである。自分たち女性の肉体、つまり裸そのものは、醜いものとして捉えられ、男性に対する魅力は、この醜さを隠蔽する衣服という商品、あるいは物によって与えられると考えることができるだろう。

衣服という商品が裸より優位に立つということのほかに、このエピソードで興味深いのは、性器が男と女の性差として機能しているわけではないという点である。この女性の話によれば、アダム（男性）との差異のもと、まとったイチジクの葉によって、はじめて蛇がイヴ（女性）の存在を認識したことになる。ここに示されているように、性器は男性と女性という性差の指標として機能していない。

「イチジクの葉」という文化こそが、蛇の見つめる視線において、男女という性差の文化的構築物、ジェンダーを作り出している。つまり、男と女の差異を作り出すのは、文化＝消費される商品であり、男と女のそれぞれの生物学的な性差を構成する性器、つまり自然ではないということになると言えるだろう。

このエピソードに示された文化に対する自然の優位は、密造酒を作るオールド・フレンチマンズ・プレイスにおける、テンプルとルビーの二人の女性を考える上でも興味深い。テンプルという女性について考えた場合、何よりも当惑させられるのは、テキストに登場したそもそものはじめから、無条件とさえ言っていいほど、男性の性的な欲望を喚起する魅力的な女性として設定されている点である。そのため、読者にとってテンプルは、男性を虜にする美しい顔や肉体を備えているのではないかと予想されるのだが、実際はどのように描写されているのだろうか。テンプルの身体を描いた箇所を探すと、次のような描写が見つかる。「高く上げたきゃしゃな頭と、派手に塗られた唇と柔らかな下あごの」（二九）と描写されているが、彼女はどのような顔なのか、男性にとって魅力があるのかどうか、テキストの中では明らかにされていない。また、テンプルの身体に関しては、足が小さく背が高く、ほっそりとしている点だけが明らかにされているが、次の引用は特徴的である。

長い脚に、細い腕、盛り上がった小さなお尻の——もはやまったく子供ではないけれど、まだすっかり女になりきっていない、小さな子供のような姿の——テンプルがすばやく動いてストッキングを伸ばして、薄く窮屈な服の中に体をねじこんだ。（八九）

作品の設定上、十七歳という年齢から考えれば当然であるが、テンプルの姿かたちは、この描写に見られるように成熟した女性のものではない。ダンレヴィー[8]が指摘するように、両性具有的な、中立的な存在として捉えることができる。

こうした設定にも拘わらず、オールド・フレンチマンズ・プレイスに連れてこられたテンプルを見たとき、密造酒を作る仲間の一人であるトミーは、あからさまな性的な関心をテンプルに示している。トミーは、テンプルの脱いだ高い踵の付いた靴を取り上げて、「片っぽに、絶対に俺は二本も指を入れられねぇや」（四一）と述べているが、テンプルの靴という商品が、あたかもテンプルの性器であるかのような、露骨なほのめかしと受け取ることができる。そのことを裏付けるかのように、この場面で真っ先にトミーの視線が吸い寄せられるのは、テンプルの「腹と腰」（四一）である。

先述したように、テンプルの肉体は性的に成熟したものではない。肉体ではなく、密造酒を作る男たちの欲望を喚起するのは、トミーが取り上げた靴に象徴されるように、彼女の纏う「薄く窮屈な服」や、しきりに彼女が覗くコンパクトなどの商品ではないかとさえ考えられる。興味深いことに、密造酒を作る仲間たちのリーダーである、リー・グッドウィンの内縁の妻、ルビー・ラマーは、恐らく年齢から考えれば、テンプルよりも成熟した肉体を持ち、性的な魅力を持っているのではないかと考えられるにもかかわらず、密造酒を作る男たちから性的な欲望の対象として見られていない。テンプルと異なり、リーダーの妻のため、男たちは彼女に手を出すことができないという点を考慮しても、テンプルとルビーは対照的である。ルビーは同じ女性であるにもかかわらず、オールド・フレンチマンズ・プレイスにおいて、レイプの対象の女性、性的な欲望を惹起する対象として男たちから見られていない。こうした対照的な反応を男たちが示す原因として、彼女の身にまとった衣服を挙げることができるのではないだろうか。先に述べたように、衣服という商品がジェンダーを構築するならば、さらに商品は、女性同士の差異、性的な魅力の対象としての「女性」なのかどうかという差異をも作り出している。

第一章でルビーの身なりは「色あせたキャラコの服」（八）と表現されたあと、次のようなポパイの発言が続く。「おれはみんなにルビー・ラマーが田舎にいたなんて言わねえよ、リー・グッドウィンの捨てた靴を履いて、薪を自分で割ってたなんてな」（一〇）。この引用から窺われるように、メンフィスの売春宿できれいな服装を着ていたルビーが、夫のリーの捨てた靴を履き、みすぼらしい身なりであくせく家事をしていることを、ポパイは嘲っている。

また、男たちがテンプルの寝ている部屋に押し入り、互いに相手の行動を牽制し合うとき、夫のリーすらもテンプルに性的な関心を持っているのではないかと危惧したルビーが、介入する場面がある。ルビーの身に着けた寝間着に対して、次のような描写が行われている。「ネグリジェは褪せたピンク色の縮緬で、レースの縁取りがしてあったが、何度も洗濯を重ねたために、物干し綱に掛かっていたあの服のように、レースは繊維の塊になってしまった」（七五）。着古した寝間着で、性的な関心を引こうとする行為そのものが、リー自身によって「お付き合いに着たってわけか」（七五）と揶揄さえされる。

テンプルと対照的に、ルビーは服装のみすぼらしさが強調され、性的な魅力がないかのような印象を与えるが、はたしてそうだろうか。ルビーは売春婦をしていたころは、豪奢な衣装をまとい、毛皮のコートを三着も持っていたことから、非常に性的な魅力を持っていたことがわかる。またベンボウが、みすぼらしい身なりで、リーたちのためにあくせく働くルビーに「どうしてこんなことをしているんだい？　君はまだ若いじゃないか。都会に戻れば、瞼を上げることすらしないで、いい暮らしができるんだから」（一六）と言うように、ルビーは年齢や出産のために肉体が衰え、売春婦として性的な魅力を失ったわけではないこともわかる。つまり、メンフィスの売春宿に戻れば、再び彼女は性彼女の肉体が売春婦として魅力があるかどうかということが、テキストの中で問題になっているわけではない。しい色あせたキャラコの服や、夫の捨てた男物の靴を履く代わりに、ドレスをまとえば、ルビーは性的な対象として見られることを回復するということである。このことが暗示しているのは、オールド・フレンチマンズ・プレイスの中では、肉体は性的な魅力の対象としては機能していないという事態である。肉体ではなく、性的な関心を惹起するのは、見にまとった服、商品の方である。

三

テンプルが作品の中ではじめて登場する第四章の冒頭の場面は、この作品における商品の持つ特異な意味を考える上で、興味深い。テンプルを巡ってジェファソンの町の青年たちと、オックスフォード州立大学に通う男子学生たちは、次のように対照的な関係を作っていることが描写されている。

車は町の青年たちのものであった。その大学の学生たちは車を持つことを許されていなかったので、男子学生たち――帽子をかぶらず、ニッカーズボンと明るいセーターを着た連中――は、ポマードをつけた頭をぎこちなく覆う帽子に、少しきつすぎる上着と少しゆるいズボンを身に着け

た、町の青年たちを優越感と怒りをこめて見下していた。(二一八~二一九)

引用に見られるように、車の所有の有無、そして服装の違いが、町の青年たち/男子学生たちという両者を隔てている。商品そのものが、それぞれの所属を明らかにする差異として機能している。ダンスパーティーを楽しんでいるテンプルの姿を、ジェファソンの町の青年たちは見つめているが、大学主催のダンスパーティーであるため、町の青年たちはパーティーに参加できない。そのため、町の青年たちの視線は、満たされない欲望を抱えた、男子学生に対する羨望の視線であるといえるだろう。町の青年たちと男子学生たちという両者は、大学生という社会的な資格において分けられ、町の青年たちにとって、テンプルは境界の向こう側の存在である。

しかし面白いことに、テンプルは、町の青年たちにとって、決して手の届かない存在というわけではない。町の青年たちは、この境界そのものを踏み越えることはできないが、この境界線そのものが固定したものではない。車の所有が許されないため、週末、テンプルをはじめとした女子学生を車でデートに誘うことができるのは、町の青年たちの方である。車という商品の所有という境界線のもとでは、大学生たちが満たされない欲望と羨望を抱える立場へと変わる。大学のダンスパーティーと車が、テンプルを巡って、流動的な境界線を作り上げていることがわかる。テキストに張り巡らされた社会的な境界が、商品を通して可視化されているといえるだろう。

車という商品は、町の青年たち/男子学生たちという差異の指標として機能しているが、作品の中に頻出する密造酒という商品はどのように機能しているのだろうか。ガヴァン・スティーヴンズは、ヴァージニア大学の学生であるので、車を所有しながら同時にダンスパーティーにも出席できるため、町の青年たち／男子学生たちという境界線を無視できる特異な存在である。ダンスパーティーで躍るテンプルを見つめていた町の青年たちと、ガヴァンは密造酒を飲むが、ガヴァンはウイスキー・ソーダを作りながら、ヴァージニア大学で覚えた紳士らしい酒の飲み方というものを町の青年たちに講釈する場面がある。この講釈に示されているように、密造酒という商品の消費の仕方が、ガヴァンにとって紳士であることの証明に繋がっているが、作中では、紳士の証明どころか、ガヴァンは泥酔し、醜態を晒してしまう。このエピソードそのものが暗示するように、〈男らしさ〉を証明するアルコールという商品が、むしろその〈男らしさ〉そのものを転覆するものとして機能している。泥酔した挙句、テンプルの名前が便所に落書きされているのを見たことから、自分以外の男性とも同じように付き合っていることを知ったため、ガヴァンは車でテンプルを連れまわし、ついには事件の起きたオールド・フレンチマンズ・プレイスへ連れて行くが、面白いことにガヴァンはアルコールを飲むことをやめない。テンプルによって傷つけられたプライドを癒すかのように密造酒を飲み続け、ますます泥酔していくガヴァンの姿には、紳士であること、あるいは〈男らしさ〉を証明しようと、アルコールという商品を消費することを続けながら、逆説的に商品を消費した分だけ泥酔し、ついには〈男らしさ〉を証明するどころか、守るべきテンプルを置き去りにして逃げてしまうという、辛らつな皮肉を認めることができる。アルコールが示唆するように、商品はテキストの中で、〈男らしさ〉を確認する指標として機能している一方で、容易に〈男らしさ〉そのものが転覆されてしまう可能性を孕んでいることが暗示されている。

同じように〈男らしさ〉というイメージとアルコールの結びつきが皮肉に描かれるのは、ポパイが殺したレッドの葬式のあと、売春宿を営むミス・リーバが、ミス・マートル、ミス・ローレンらを自宅に招き、ビールとジンを飲みながら会話をおこなう場面である。三人の女たちの他に、アンクル・バッドと呼ばれる少年が登場するが、女たちの会話を聞かせてもらえず、子供として扱われているため、ビールを与えられない。この場面は、何度も叱られたのに、ビールを勝手に盗み飲んだバッド少年が反吐を吐き、コミカルな雰囲気の内に終わる。バッド少年がビールを飲みすぎて嘔吐する姿は、表面は遠慮しがちであるが、リーバの勧めるままにアルコールを重ねても態度が乱れない、女性たちと対照的といえる。テキストにおいて、〈男らしさ〉を証明するアルコールという商品で、醜態を晒すのは男性である。コミカルなエピソードの中に、〈男らしさ〉を示すはずであったアルコールという商品が、より巧みに女性によって消費されていることが示されている。作品当時のアメリカ南部は、農業を中心とした経済から、産業化へと変化する過渡期であり、そうした経済的・社会的変動が、この作品における〈男らしさ〉の表象に影響を及ぼしているというガットマン(9)の指摘は示唆的である。消費される商品は、商品であるがゆえに、つまり、男性でも女性でも、誰にでも利用できるため、転覆の可能性を孕みながら、〈男らしさ〉のイメージと商品が、社会的・文化的・経済的な網目の中で結びついているといえるだろう。

四

〈男らしさ〉を指標し、確認するものとして商品が消費される社会を背景にして、テキストの中で表面上、家父長制というシステムのもとで、ジェンダーとしての男性という概念と、性器によって弁別される、生物学的な男性という概念が別ち難く結びついている。しかし、この重なり合う男性という概念のズレが露呈されるのは、ポパイにおいてである。作品の冒頭、ホレスは密造酒を作るリーのグループと知り合いになるが、この時の様子を妹のナーシッサとミス・ジェニーに対して、語る場面がある。そこから、リーがホレスとトミーと密造酒を飲みながら、戦争に参加したこと、メキシコやマニラで知った女のことなどを話したことがわかるが、戦争と女は、〈男らしさ〉を証明する典型的な話題といえるだろう。女性であるルビーは会話を扉の陰で立ち聞きし、男たちの中に加われないことに表れているように、ホレスとリー、トミーは酒を酌み交わすことで、ある種の連帯感を生み出し、男だけの空間を形成している。ベンボウ自身も、父親の権威を認めない義理の娘との関係から、家庭を捨てたと語ることで、同じ同性である男たちの同情を誘っているともいえる。

しかし、こうした男同士の特殊な空間に対して、ポパイがたたずむのは、男たちと女性のルビーを隔てる境界線上である。そうしたポパイの変わった様子を、ベンボウは次のように描写している。

彼は酒を飲もうとしないんですよ、というのは、彼が言うには、酒を飲むとひどく胸がむかむかするそうなんですよ。彼は僕らといっしょになってしゃべろうとしないんです。何もしようとしないんですよ。すねた病気の子供みたいに、ただこそこそ動き回って、タバコを吸っているだけなんです。(一〇九)

作品の最後で明らかにされるように、ポパイは発育不全で生まれたため、不能であり、アルコールの摂取は、命を失うことに繋がる。テキストの中では、〈男らしさ〉の指標として機能しているアルコールの密売に携わりながら、ポパイ自身はアルコールを飲めない。また、不能であるため、〈男らしさ〉を証明する女の話題に加わることもできない。そのため、男同士の空間の中に踏み込むこともできず、「ただこそこそ動き回って」という表現に暗示されるように、ポパイは〈男／男でないもの〉の境界線上をさまようといえるだろう。

作品の冒頭で描写されるポパイの姿は、後で展開される冷酷に暴力を振るうイメージからすると、意外な感じがするほど、成熟した男性というよりも、子供に近い姿である。突然の鳥の羽ばたきに驚いてホレスにしがみつく姿に見られるように、子供のようなおびえやすさ、〈男らしさ〉の欠如こそが強調されているといえる。多くの批評家により指摘されるように、テキストの中で頻繁に描写されているタバコやピストルは、不能な男性の性器の代替物である。「お嬢ちゃん、このあたりの女の子はみんな彼をつかまえようとしてるのよ。……彼は湯水のように金を使うけど、ダンスをする以外に、そんな女たちの一人に目を向けると思うかい？　……」（一四五〜四六）というリーバの発言に見られるように、金を消費すること、つまり女の子たちに商品を買い与える行為もまた、〈男らしさ〉の確認として、意図されたものである。ポパイは、売春宿に軟禁したテンプルの歓心を買うために、一〇〇ドルの中国服のローブや、一オンス一〇ドルの香水など、高額な商品に惜しげもなく金を使うことで、〈男らしさ〉をテンプル、あるいはリーバをはじめとした売春宿の女たちに対して演出するが、高額な商品の購入は、密造酒の売り上げからポパイに支払われた報酬である。〈男らしさ〉の証明ともなるアルコールという商品が、貨幣という媒介物を通じて、ジェンダーとしての〈男らしさ〉を演じ、不能を隠蔽するための衣服や香水といった商品へと変わる[10]。

オールド・フレンチマンズ・プレイスの男たちは、先に考察したように、一夜を明かすことになったテンプルに対して、無条件といっていいほどの性的な関心を持ち、お互いに相手を牽制しながら、無防備なテンプルに対して行動を取る。男たちは、テンプルを襲う立場、守る立場に分かれるわけであるが、両者の立場の相違は曖昧である。テンプルを守ったために、ポパイに殺されるトミー自身が、寝室のテンプルの姿を覗き見し、不器用にテンプルの腿を手で触るという行動に表れているように、守る立場は容易に襲う立場に変わる。女性を守る男／女性を襲う男という相違は、家父長制社会の文化的・社会的コードにおいて、女性のセクシュアリティを支配下におく点では変わらない。

牽制し合う男たちを出し抜いて、テンプルを襲うのはポパイであるが、ポパイはテンプルに対して欲望を抱いているのだろうか？　テンプルに対して性的な欲望を抱く男たちの緊張が最高潮に達するのは、実際にテンプルが襲われる前の晩の場面である。テンプルの眠る部屋に泥酔したガヴァンが運ばれたとき、ガヴァンはテンプルのまとったレインコートの胸の部分に手をかけ、引き裂くように開けようとしたところで、リーと殴り合いになる。ポパイはあたかも、ガヴァンのはじめた行為を続けようとするかのように、タバコをくゆらし、右手を上着のポケットに入れながら、左手でレインコートの下のテンプルの胸を触る。ポパイがこのとき、どのような表情をしていたのか描写されていないが、テンプルの方へと向かうポパイの姿は、「まるで自分の進んでいる方向を見ていないかのように」（七四）と、描写されている。欲望の表出というよりは、ポパイの態度は、投げやりで無造作ともいえるような印象を与える。あたかも、内から湧き出る欲望に突き動かされるというよりは、阻止されたガヴァンの行動を機械的に反復しているかのように。テンプルを襲う男の行動を模倣することが、ポパイにとって〈男らしさ〉の確認と指標といえるだろう。翌日のポパイのテンプルへのレイプ自体もまた、トミーの監視によって挫折した、リーの行為の引き継ぎとさえ考えることができる。ポパイの一連の行動は、男たちの行動の模倣、テンプルに対して男たちが抱く欲望の模倣であるように思われる。先に考察したように、ペニスの代わりともいうべきピストルやタバコなどの商品こそが、ポパイにとって〈男らしさ〉を確認するものであるが、テンプルへのレイプにおいて、ジェンダーとしての男性という概念と、生物学的な男性という概念のズレが露呈される。あるいはむしろ、不能のペニスの代わりとして、とうもろこしの穂軸を使うことは、生物学的な男性という概念そのものを乗り越え、無効にする試みだといえるのではないだろうか。特定の商品の消費が、男性というジェンダーの指標となるという作品の底流が最高潮に達するのは、生物学的な意味で男性の指標ともいうべき性器が、とうもろこしの穂軸という物によって代理されるときだといえる。メンフィスの売春宿において、自分の不能の性器の代理として、レッドを使い、テンプルを間に奇妙な三角関係を作らざるをえないことに表れているように、ポパイの試みは挫折する。ファウラー[11]が指摘するように、レイプは女性の〈去勢〉、つまり男性への従属の確認と捉えることができるが、同時にポパイにとって、〈男らしさ〉の確認として機能しているといえるだろう。とうもろこしの穂軸を使ってさえも、模倣しようとする〈男らしさ〉に取り付かれたポパイの姿に、作品全体に充溢した、〈男らしさ〉という文化的構築物に取り付かれて行動する、男性の登場人物たちの姿が歪んだ形で凝縮されているといえる。

五

女性を守るというスローガンのもとで、家父長制社会において父親は、妻や娘といった女性のセクシュアリティを支配するが、作中に登場する現実の父親たち――判事であるテンプルの父親や、リーの盲目の父親など――は、むしろ無力な姿を露呈し、どれも権威と力を持った〈男らしい〉父親像からは程遠い[12]。作中における〈男らしい〉父親を探すとすれば、デュヴァル[13]が指摘するように、ルビーの〈語り〉の中に表れる、彼女の父親といえるだろう。「本物の男」（五九）の例として、テンプルにルビーは、駆け落ちを止めようとしたルビーの父親の銃口に恐れることなく立ち向かい、殺されてしまった恋人のことを話すのだが、彼女の〈語り〉の中では、銃を持った父親に逃げることなく対峙した恋人はもちろん、父親もまた、「本物の男」として捉えられていることがわかる。娘の駆け落ちを防ぐために相手を殺すことで、娘のセクシュアリティを支配する、家父長制における典型的な〈男らしい〉父親といえるだろう。しかし、ルビーの〈語り〉の中に表れる父親と対照的に、テキストに登場する父親たちは、娘のセクシュアリティを支配できない、むしろ無力な父親たちである。ホレスが妻子を捨てて、故郷のジェファソンに戻った理由には、妻との関係の他に、義理の娘であるリトル・ベルとの関係を考えることができる。ホレス自身が、リトル・ベルと恋人のいるハンモックを自分の視線から隠す葡萄棚を、成熟していくリトル・ベルの放縦な性を表す象徴として捉えているように、ホレスは娘の性をコントロールできず、父親として認められてもいない。「あなたはあたしのお父様じゃないもの。あなたはただの——ただの——」（一四）と、父親という言葉以外の言葉を見つけられないため、口ごもるベルの発言に見られるように、ホレスは父親／父親でないものの境界に立つ。

テキストの無力な実際の父親の姿と対照的な、娘のセクシュアリティを支配する権威と力を持った父親像は、〈語り／騙り〉の中に表れる虚構の産物といえる。後述するように、自分の妻や妹を守るというスローガンのもとで、実際は無実のリーへのリンチをおこなう男たちは、〈男らしい〉父親像の模倣といえるだろう。

ポパイと対照的に、リー・グッドウィンは、あたかもポピュラーカルチャーにおいて描かれるような、〈男らしい〉男性の典型として設定されている。作中に明らかにされた経歴から、リーは駐留していたとき、黒人の女性を巡り殺人を犯すが、第一次世界大戦に参加したことがわかる。兵役と監獄から釈放される期間、恋人のルビーはリーをひたすら待ち続け、弁護費用を払えないため、体を弁護士に与えることさえおこなう。リーの釈放後は、ルビーは密造酒を作る男たちの間で、あたかも便利な召使のようにあくせくと働く。このように考えると、リーは暴力的でありながらも、いわゆる〈男らしさ〉というイメージの典型的なキャラクターである。ガヴァンやポパイといったテキストの中の他の男性のように、商品の消費によって自分の〈男らしさ〉を確認する必要を感じることもない。しかし、そうしたリーの〈男らしさ〉というイメージは、テキストの中で荒々しく剥奪される。リンチが始まる前に、ジェファソンを訪れたセールスマンによる、「あんなとうもろこしの穂軸を使ったのにか？　ここにいるのは、どんな連中なんだい？　あんたたちを怒らせるには、なにが必要なんだ？」（二九四）という発言に表れているように、ある意味では、群集がリーをリンチにかけるのは、処女であるテンプルをレイプしたことよりも、レイプがアブノーマルな形でおこなわれたこと、男性の性器が使われずに、とうもろこしの穂軸が使われたためであると考えることができる。群衆の怒りは、性器という〈自然〉がないがしろにされ、性行為という〈自然〉な行為が、とうもろこしの穂軸というものを使って、模倣されたことに対して向けられているといえるだろう。群集の表面上の意識の中では、ジェンダーとしての男性という概念と、生物学的な男性という概念は離反せずに重なり合う。リーへのリンチに駆けつけたホレスを見つけて、次のように群衆のひとりは呼びかけている。

「その弁護士にもあいつにやったことをやろうぜ。あいつがあの娘にしたことをな。ただおれたちは、穂軸なんて使っちゃいないぜ。あいつに、おれたちも穂軸を使ってくれればいいのにと思わせたんだ」（二九六）。アーノルドとトロアード[14]が注釈を加えているように、おそらくリーはペニスを切り取られ、杭を使って暴徒たちからレイプされ、生きながら火をつけられたことがわかる。ペニスを切り取ることによって象徴的に〈男性〉性は剥ぎ取られ、ペニスの代理ともいうべき杭によって犯されることで、〈女性〉にされるといえるだろう。[15]先に考察したように、テキストの底流には自然に対する商品や物の優位がある。とうもろこしの穂軸が男性の性器の代替物となることに激昂する群集たちが、リンチにおいて用いた刑罰は、このテキストを流れる底流に沿うものでもある。杭はペニスの代替物となり、男性性器の切断は、〈男らしさ〉の喪失、〈女性〉にさせられることになる。皮肉なことにリンチの動因ともいうべき、自然に対する商品や物の優位への嫌悪感にもかかわらず、群集は杭をペニスとして、ポパイによるテンプルへのレイプを反復しているといえるだろう。リンチにおいて群衆は、無意識のうちに自然に対する商品や物の優位を表明し、ジェンダーとしての男性という概念と、生物学的な男性という概念のズレを露呈するといえる。

六

家父長制において、家長である父親の支配の下に女性のセクシュアリティは置かれるが、先述したようにこの作品において、父親は無力な存在にすぎない。ホレスの家庭を例に取れば、血の繋がりを軸とした家庭における父親の占める位置は空いている。義理の娘リトル・ベルとの関係において、血の繋がりを持つ父親が、本来占めるべき空いた位置をホレスが占めている。ホレスとリトル・ベルとの関係が象徴的に示しているように、〈不在の父親〉の位置は、家庭の外部から来た男によって占められ、テキストの中に血の繋がりを必要としない、擬似的な〈父―娘〉関係を形成している。テンプルがポパイを「ダディ」（二三二）と呼ぶことで、象徴的にテンプルがポパイの〈娘〉となり、〈娘〉の恋人のレッドを殺すことで、二人の駆け落ちを阻止する父親の位置をポパイが占めていると解釈できるように、〈娘〉のセクシュアリティを支配する〈不在の父親〉の座は開かれている。ホレスを自宅へ送る運転手が、リンチを受けたリーに対して、「当然の報いでしょう」と述べたあと、「自分たちの娘を守らなければならないのだから。娘たちは私たちにこそ必要になるかもしれないんだからね」（二九八）と付け加えているように、リンチを行った群衆も、象徴的にテンプルを〈娘〉と見なして、〈不在の父親〉の位置を占めて、〈父親〉の支配を侵犯したリーに罰を加えたものだと捉えることができる。この作品における家父長制とは、〈不在〉の父親の座を、外部の男性が占めることができる開かれたシステムといえるだろう。〈不在の父親〉の座に立つ者は、家父長制において、あたかもルビーの〈語り〉におけるような、自分の〈男らしさ〉を確認するために、力のある父親の役割を演じることが求められる。このようにして考えたとき、ポパイの姿に象徴されるように、作中の男たちを駆り立てるのは、文化的構築物である〈男らしさ〉という概念であり、〈力のある父親〉の姿である。『サンクチュアリ』は、家父長制を、女性のセクシュアリティを支配すると同時に、男性は〈男らしさ〉を証明し、〈力のある父親〉を演じることを強いるシステムとして描いた作品といえるだろう。

【註】

（1） Olga W. Vickery, *The Novels of William Faulkner*, (1959; Baton Rouge and London: Louisiana State University Press, 1995), 103–14.

（2） Cleanth Brooks, *William Faulkner : The Yoknapatawpha Country*, (1963; New Haven and London : Yale University Press, 1966), 116–40.

（3） Deborah Clarke, *Robbing the Mother : Women in Faulkner*, (Jackson : University of Mississippi, 1994), 51–69.

（4） Michael Millgate, *The Achievement of William Faulkner*, (1966; Athens and London : The University of Georgia Press, 1989), 113–23.

（5） Kevin Railey, *Natural Aristocracy : History, Ideology, and the Production of William Faulkner*, (Tuscaloosa and London : The University of Alabama Press, 1999), 68–86.

（6） Louis Palmer, "Bourgeois Blues : Class, Whiteness, and Southern Gothic in Early Faulkner and Caldwell," *The Faulkner Journal* 22. 1 & 2 (2006/ 2007) : 120–39.

（7） William Faulkner, *Sanctuary*, (1931; New York : Vintage International, 1993).
引用は拙訳による。なお大橋健三郎訳『フォークナー全集七　サンクチュアリ』（冨山房、一九九二）と『新潮世界文学四一　フォークナーI』（新潮社、一九七一）所収の加島祥造訳を参考にした。

（8） Linda Dunleavy, "*Sanctuary*, Sexual Difference, and the Problem of Rape," *Studies in American Fiction* 24. 2 (1996) : 171–91.

（9） Sondra Guttman, "Who's Afraid of the Corncob Man? Masculinity, Race, and Labor in the Preface to *Sanctuary*," *The Faulkner Journal* 15. 1 & 2 (1999/2000) : 15–34.

（10） メンフィスのギャングと組まないで、自分たちだけで密造酒を売った方がいいのではないかというホレスの問いに対して、トミーが次のように答えている場面がある。「ここいらでちびちび一クォートや、半ガロン売ったって、金にならないよ。……酒を運んで片付けりゃあ、金ができるんだから」（二一）。オールド・フレンチマンズ・プレイスで密造酒を作り、ジェファソンといった小さな町で密造酒を売っても、利益としては少ない。メンフィスという都会で、ポパイの所属するギャングのネットワークを介在して、密造酒は商品として大きな価値を生む。密造酒が作られるオールド・フレンチマンズ・プレイスでは、密造酒は単なる物でしかない。アルコールが、商品として価値を持つのは、より大きな需要を抱え、利潤を生み出す市場である、メンフィスへの場所の移動がなければならない。場所の移動こそが、密造酒という物を商品へと変貌させるといえるだろう。

（11） Doreen Fowler, "Faulkner's Return to the Freudian Father: *Sanctuary* Reconsidered," *Modern Fiction Studies* 50. 2 (2004): 411-34.

（12） テベッツは、ジェンダーの平等を前提とする結婚観と家父長制の崩壊という時代背景を指摘している。Terrell Tebbetts, "*Sanctuary*, Marriage, and the Status of Women in 1920s America," *The Faulkner Journal* 19. 1 (2003): 47-60.

（13） デュヴァルはルビーのこのエピソードを援用して、父―娘―恋人のエディプス的三角関係から作品を読み解いている。John N. Duvall, *Faulkner's Marginal Couple: Invisible, Outlaw, and Unspeakable Communities*, (Austin: University of Texas Press, 1990), 59-80.

（14） Edwin T. Arnold and Dawn Trouard, *Reading Faulkner Sanctuary*, (Jackson: University Press of Mississippi, 1996), 230-31.

（15） エディーは、同性愛的欲望として、群集によるリーへのリンチをレイプとして捉えている。Charmaine Eddy, "The Policing and Proliferation of Desire: Gender and the Homosocial in Faulkner's *Sanctuary*," *The Faulkner Journal* 14. 2 (1999): 21-39.

第3章　「不屈の希望」
――トニ・モリスンの『マーシィ』にみるフローレンスの自己発見

磯部芳恵

一　はじめに

二〇〇九年のアメリカ第四十四代大統領にバラク・オバマが就任し、オバマ政権が発足した。アフリカ系アメリカ人としては、史上初であり、二年に及ぶ大統領選は世界中の注目を集めた。

思えば、ここにいたるまでの道のりは長く険しかった。奴隷制が廃止されたのは一八六五年だが、その後もジム・クロウイズムは続き、一九六〇年代の公民権運動が成功するまでは、彼らは苦難の連続だった。一九六三年に、公民権運動の指導者のマーティン・ルーサー・キングが「私には夢がある」という有名なスピーチをした。その中で、「私の四人の子供たちが、いつの日か、肌の色ではなく、人格の中身によって判断される国に生きることを」と述べたとき、キングにとってもそれがいつなのか想像もつかない夢の夢だったに違いない。

その後四十年余りで、一九六四年の公民権法成立後、アファーマティブ・アクションと呼ばれる優遇措置制度などにより、教育や雇用の機会が増えたことは事実だが、彼らを取り巻く環境は依然厳しいものがある。二〇〇五年八月にニューオーリンズを襲ったハリケーン・カトリーナはこのようなアメリカの暗部をあぶりだした。テレビは、貧困ゆえに自然の脅威から身を守ることもできず、救援の手もなかなか差し伸べられない無力なアフリカ系アメリカ人の姿を連日映し出した。これにより、アメリカが物質的繁栄を謳歌する豊かな国であるというのは幻想にすぎないということを露呈したのである。また、二〇〇九年七月の人種別失業率をみると、白人八・八％に対し、アフリカ系は一五・九％である。[1]この結果をみても、差別が是正されたとはいえないだろう。

ソ連崩壊後は唯一の超大国として、軍事的かつ経済的に存在感を示していたアメリカだが、二〇〇八年の経済危機は、もはやアメリカ主導の世界経済は成り立たないことを証明した。無論、この経済危機が起きたのは、二〇〇一年九月十一日の同時テロや、ブッシュの失政が影響したといえるだろうが、いずれにせよアメリカは再生を迫られている。

そして、この危機の時期に、国家再生のために、アメリカ国民がアフリカ系アメリカ人のオバマを大統領に選んだ事は意義深い。オバマを勝利に導いたのは、彼のカリスマ的魅力だけでなく、インターネットを使った地道な選挙活動や、妻ミッシェルの支えがあったからだが、何よりもアメリカ国民の心をとらえたのは、「一つのアメリカの家族」というイメージを描いたからではないだろうか。これまで、アメリカは白人対黒人の構図でとらえられ、分断、対立というイメージが強調されることが多かった。しかし、彼はそのイメージを切り捨て、「黒人のアメリカも、白人のアメリカもない。あるのはアメリカ合衆国」ということを明言した。アフリカ人の父と、白人の母親を持ち、母親の祖父母に育てられたオバマならではの言葉である。彼は、「人種」を超えた統合こそが、アメリカ再生への道であるということを訴えたのだ。逆にいえば、「人種」という概念こそが、アメリカの統合を阻んできたのである。

アフリカから黒人が初めて強制移送されたのは、一六〇九年だが、その後一八六五年まで続いた奴隷制は、白人黒人それぞれのアイデンティティ形成に深く影響を与えた。「一滴の血」の混入で黒人とみなされるアメリカでは、「人種」は強迫観念になっていたといえる。実際、「一つの国民」を謳ったオバマも人種の壁に直面した。オバマが師と仰ぐジェレマイア・ライト師が、白人に対し差別的な発言をしたのである。オバマはこれに対し、祖母が通り過ぎるときに黒人に対して感じた恐怖感について言及した。そして、「彼らは自分の一部」と認めたうえで、ライト師の発言を否定した。

長らく影の存在としてアメリカを支えてきたアフリカ系アメリカ人が、国家再生の鍵を握る大統領に選出されたことで、アメリカが転換期を迎えたと考えることができる。

ところで、文学の世界で、これまで「人種」を主要テーマとして創作活動をしてきたトニ・モリスンが、大統領選に合わせたかのように、二〇〇八年十一月に建国前のアメリカを描いた九作目の作品『マーシィ』(2)（二〇〇八）を発表したのは全くの偶然とは思えない。モリスンは、大統領選が始まった当初は、ヒラリー・クリントンを支持していた。初めてオバマから支持を求められたとき、いったんは断った。しかし、オバマと話をし、彼の年齢や経験によらない、「分別に匹敵する明敏さと対になった創造的な想像力」に惹かれてオバマを支持することを決めた(3)。

モリスンは、一作目の『青い目がほしい』（一九七〇）と、二作目の『スーラ』（一九七三）では、独特の美的世界を描きながら、差別的な白人中心社会に対する怒りを表明した。三作目の『ソロモンの歌』（一九七七）以降の作品には、アフリカ系アメリカ人文化とその歴史について読者を再認識に導くことを目的とする傾向が見られた。約四十年で八作品の発表と、ノーベル文学賞受賞で、モリスンは、アフリカ系アメリカ人のグリオとしての使命はほぼ達成したと感じているのではないか。そして、オバマのスピーチに触発されたのではないかと思われるほど、『マーシィ』におけるモリスンの視点は一致するのである。

モリスンは、アメリカ人が奴隷制に対して「国民的健忘症」[4]になっていると述べたことがある。それは、黒人だけでなく白人も忌避する負の記憶である。しかし、『マーシィ』についてのインタビューで、ドン・ジョーダンとマイケル・ウォルシュの『白い積荷』（二〇〇七）を読んで、多くの白人アメリカ人の出自が奴隷であることを知って驚いたことや、過去に奴隷制や農奴制に依存した社会が多く存在したことに触れている。[5]これまで、アメリカの奴隷制に関しては、一方的に白人の非として論じられることが多かったが、近年の研究で、アフリカ人自身も奴隷貿易に加担していたことは周知の事実である。

モリスンは、『マーシィ』を著わした理由について、「人種と奴隷制を切り離すため」[6]と述べている。奴隷制を描いた作品は、実際に起きた女奴隷の子殺しを基にした『ビラヴド』（一九八七）がある。『マーシィ』は建国前の一六八〇年代と一六九〇年代、『ビラヴド』では、一八五〇年から五五年と奴隷解放後の一八七三年から七四年を描いている。二つの作品が記憶と母と子の愛をテーマとしているという点でも、『マーシィ』は『ビラヴド』のプレリュードともいえる作品である。『マーシィ』は、黒人奴隷の少女フローレンスの自己発見の過程を描いている。『ビラヴド』と比較して約二百年の差がある時代背景を考察しながら、フローレンスの自己発見の過程をみたい。

二　ヴァーク家の孤児たち

『マーシィ』に描かれているヴァージニアについて、ナショナル・パブリック・ラジオのリン・ニーリィとのインタビューでモリスンは「流動的」[7]な社会であると述べている。この時代には奴隷制は法的に整備されておらず、労働力は黒人奴隷より、白人の年季契約奉公人に依存していた。一六八〇年にはヴァージニアに一万一〇〇〇人の白人年季契約奉公人に対し、黒人は三〇〇〇人にすぎなかった[8]。労働力の供給源を黒人に依存するようになった原因の一つには、作品にも描かれている一六七六年のベイコンの反乱がある。これは、資産家のフランシス・ベイコンが、総督の独占する事業に参入できないことを不満に思い、ネイティブ・アメリカンの紛争を利用して、農民らを武装させて、ヴァージニアを攻撃したものである。ベイコンは、年季契約奉公人や奴隷を組織したが、急死して、目的を遂げることができなかった。この「人民の戦争」で、多くのネイティブ・アメリカンが虐殺されただけでなく、白人の年季契約奉公人制度の代わりに黒人奴隷制度が根付く契機となった[9]。この戦争をみてもわかるように、ヴァージニアは「まだ混乱状態だった」(一二)のである。つまり、この時期は、本格的奴隷制度が導入される前の揺籃期である。

この作品の主人公は、奴隷の黒人少女フローレンスである。作品は、彼女の告白で始まり、母親の告白で終わる。フローレンスは母親のことを「ミーニャ・マンイ」と呼び(「ミィーニャ・マンイ」はポルトガル語で、「私のお母さん」という意味)、最終章は、フローレンスの母親が「トゥア・マンイ」(おまえのお母さん)の言うことを聞いて」という言葉で終わる。読者は作品のタイトルの意味を最後に理解する。フローレンスの所有者は、ポルトガル人プランターのオルテガだった。オルテガは、英国系オランダ人のジェイコブ・ヴァークに金を借りたが、返却不可能になったので、負債返済の一部として、ジェイコブにフローレンスを売り渡す。フローレンスの名前はポルトガル語で小銭という意味である。ジェイコブにとって、「人間は取引対象商品」(二二)ではなかったが、フローレンスの母親から「彼女を連れて行ってください」(二六)と懇願されて、取引に応じたのである。

ジェイコブの家には、妻のレベッカ、使用人のネイティブ・アメリカンのリナと、捨て子だったのを引き取った白人と黒人の混血のソローがいる。それに年季契約奉公人のウィラードとスカリーが働きにきていた。ジェイコブは、ドルテガのように大きな屋敷に住みたいと考え、家を建設するが、完成間近で天然痘に倒れる。続いて、女主人のレベッカも天然痘にかかり、フローレンスは、家の建設を手伝った医学の知識を持つ「鍛冶屋」の自由黒人を呼びに、彼の家に向かう。「鍛冶屋」に夢中になっていたフローレンスは、レベッカの治療を終えて帰ってきた彼に胸中を告白するが、拒絶される。フローレンスは「鍛冶屋」の家を飛び出し、レベッカの家に戻る。フローレンスが「鍛冶屋」を探しにいく過程は「旅」と表現されている。モリスンの作品では、旅は登場人物の自己発見へとつながることが多いが、フローレンスの場合も同様である。

作品は、十二章から成り、奇数章はフローレンスの内的独白、偶数章は三人称で登場人物について語られる。作品の冒頭で、フローレンスは母親について語るが、母親がなぜ自分をジェイコブに連れていってもらう子供として選んだのか理解できず、この記憶は彼女の脳裏を離れない。結果として、母親の愛に飢えているフローレンスは、ジェイコブの家に移ってからは年上のリナに、そして、「鍛冶屋」に会ってからは彼に愛を求めるようになる。作品に反響するのは、愛を求めるフローレンスの呻吟である。

　フローレンスは孤児となるが、これは他の登場人物にも共通する。アメリカという国は、ネイティブ・アメリカンを除き、もともとはヨーロッパという旧世界を捨てた人々によって作られた。彼らの多くは、本国での生活の向上を望めないことから、見切りをつけ、家族と別れることを決意したのである。つまり、過去を捨てた人々に建設された国であることを考えるなら、登場人物が孤児でも不思議ではない。

　ジェイコブの母は彼の出産時に亡くなり、父親は彼を捨てたので、ジェイコブは救貧院で育った。アメリカに渡った後、地主になろうとしたが、そのためには妻がいることが条件だったので、ジェイコブは妻募集の広告を出した。

　そして、イギリスから海を渡ってきてジェイコブの妻になったのがレベッカである。レベッカの母親は反対したが、父親が「売却」に応じたのである。レベッカは自分の将来の見込みを「使用人か、売春婦か妻」（七七）と考えていたが、その中で一番安全そうな「妻」を選んだのだった。当時のロンドンは、騒然としており、宗教的不寛容な町だったので、レベッカは新世界に対する不安を感じることはなく、「けんかや刺殺や誘拐は、自分の生まれた町ではとても一般的だったので、新しい見たこともない世界で虐殺されるかもしれないという予告は、悪天候の凶兆のようなもの」と考えていたからだ（七五）。自分の将来がどんなものになるかは夫の性格しだいであるということは知っていたが、遠く隔たった土地での生活が現在の状況より悪くなることは考えられなかった。アメリカへの航海は奴隷船を想像させるような厳しいものだったが、同時に、新しい始まりでもあった。「彼女らがかがんでいた空間は悲惨だったが、にもかかわらず、それは過去がつきまとうところでも招きよせるところでもなく、がらんとしていた」(八五)。新世界は新しい自分を創ることを可能にする世界なのだ。レベッカとジェイコブの結婚生活は順調だったが、三人の息子と娘を失ってしまう。

リナは、レベッカが来る前にジェイコブが広告を出して購入した使用人である。リナが子供の頃、村の住民たちは伝染病に感染し、そのニュースを聞きつけた青い制服を着た男たちがやってきて、村を焼き払った。リナは家族を失って、長老派の信徒に育てられたが、十四歳のとき、ジェイコブに買い取られたのである。リナは家族を失って、長老派の信徒に育てられたが、十四歳のとき、ジェイコブに買い取られたのである。リナは生き残ったということに対し恥を感じていたが、その思いは自分が慈しむものは決して裏切ったり捨てないという誓いにかわる。リナはフローレンスに母親的感情をもって彼女を守りたいと考えるようになる。こうして、リナは、フローレンスに母親的な愛情を注ぎ、フローレンスもリナを母親の代替的存在として慕うようになる。二人は、「マザーハンガー――母親になりたいか母親がほしいという欲望」(六三)を共有する。

この「マザーハンガー」という言葉は、モリスンの六作目の『ジャズ』(一九九二)にもあらわれる。『ジャズ』は、北部移住をしたジョーとヴァイオレットが、自分たちを捨てた母の記憶をもちながら、辛い過去に向き合う物語である。ヴァイオレットは、子供を持たないと決めていたが、五十歳になって激しい「マザーハンガー」を経験する。モリスンの作品に登場する人物は、おしなべて母との別離を経験するが、リナもその一人である。しかし、リナは過去の耐え難い記憶に押しつぶされるというより、たくましく大地と調和し、薬草の知識を持つ誇り高い女性である。スカリーはリナの中に純粋さを見る。

彼は、彼女の忠誠心が、女主人やフローレンスに対する服従ではないと信じていた。むしろ、それは彼女自身の自尊心のしるしであること、約束を守るというようなものであることを。あるいは、道義心というものかもしれない。(二五一)

ネイティブ・アメリカンは、独自の宇宙観を持ち、誇り高い人々であるが、そのことが彼らを奴隷として労働させせることを困難にした一つであることはよく知られている。ヨーロッパから移民が殺到し、土地をめぐって抗争が起きるまでは、部族間の対立は時折あったものの、彼らは自然と調和し、平和的な生活をしていた。リナの態度は、先住民としてのプライドは捨てないという強い意志を感じさせるものである。

ソローは、過去の記憶がないので素性がはっきりしないが、浸水した船に一人取り残されていたのを木挽き人に拾われソローと名づけられた。年中ほっつき歩き仕事においても役にたたないので、木挽き人の妻が厄介払いしようとしたのをジェイコブが引き取ったのだ。

ウィラードとスカリーは、家畜小屋で寝起きする奴隷とさほど変わらない生活をしていた。ウィラードはまだ渡航費の支払いを終えていなかった。もともとは七年間労働の予定だったが、悪さをしたせいで二十何年かに延長された。スカリーの母親は「無節操と不服従」により植民地に送られた。母親の死により彼女の労働契約がスカリーに移行したのだった。スカリーは、ウィラードやリナと違って、奴隷状態が一生続くことはないと知っていた。二人は同性愛者なので、ジェイコブは自分が仕事で家をあけることがあっても心配ないと考えて、二人を雇ったのである。

このように、ヴァーク家の人々は皆孤児で、彼らは家族のように暮らしていた。次に、フローレンスの自己発見の過程をみる。

三　フローレンスの自己発見

母親と暮らしていたときのフローレンスは、常に靴をはかずにはいられない少女だった。その習慣は、ジェイコブの家に移ってからも続く。リナは、フローレンスの足が「役に立たない。いつだって、生きていくのにきゃしゃすぎて、決して強い足裏にならない。なめし皮より硬くて、ポルトガル人女性の足を持っているのなのに」（四）と言って、フローレンスに対し、「奴隷の手をして、ポルトガル人女性の足を持っている人が、この時代、他にいるかしら」（四）という。奴隷は裸足で歩くのが普通なので、靴は、自由を表すと考えられる。(10) フローレンスは、八歳か九歳の頃にジェイコブに引き取られたが、その頃の彼女は奴隷というものを理解していなかったので、プランターの女主人が履いている靴を欲しがったのだ。ジェイコブがフローレンスを引き取ったのは、労働力を期待してというよりも、長女パトリシアの死をまだひきずっているレベッカの慰めになると考えたからだ。

ジェイコブは、アメリカの良心を象徴するような善意ある人物として描かれている。ドルテガの屋敷に向かう途中、罠にかかったアライグマの脚を罠からはずしてやる。また、屋敷を出て宿屋に行く途中、馬を打っている男に出会う。ジェイコブは、馬が負った痛みだけでなく、口もきけず、なすすべもない屈服に対し、激怒を感じる。ソローを引き取ったのも、自分が孤児だったこともあり、家無し子になるということがどんなに悲惨な状況になるかを知っていたからだ。ジェイコブは、弱者の立場を理解している人間である。

ジェイコブは、ドルテガとの取引を終えて立ち寄った酒場で、周囲の客たちが砂糖について話をしているのを耳にする。そして、彼らの会話に加わったことで、バルバドスの砂糖プランテーションに投資して一財産築くことを夢見るようになる。そして、「鍛冶屋」の助けを借りて、ドルテガのような立派な屋敷を建て始める。ジェイコブの家が完成する前に、門には、「鍛冶屋」が鉄で作ったコブラが飾られる。蛇は、誘惑やこの世のあらゆるものに内在する悪を象徴するが、これはそれまでつつましい生活をしていたジェイコブが富への欲望を持ち始めたことを象徴すると考えられる。また、対になった二匹の蛇は、死を表すことから、ジェイコブの死を暗示しているといえよう(11)。

デヴィッド・ゲイツが指摘するように、この作品はアメリカのエデンの園を描いているともいえる。ゲイツは、ヨーロッパ人がもたらした二つの罪は、原住民を絶滅しかけたことと、アフリカからの奴隷の輸入だと指摘している(12)。アダムとイブが、蛇に誘惑されてリンゴを食べ、罪を犯して楽園を追放されたように、ジェイコブが砂糖プランテーションに投資することで、富を築く夢の象徴としての家を建て始めたときに、彼の楽園追放は始まったといえるのである。ネイティブ・アメリカンのリナは、ジェイコブが家を建て始めたときに、悪い予感がする。「木々の許可も求めずにあんな数の木を切り倒すなら、彼の努力はもちろん不運を引き起こすだろう」(四四)。ジェイコブは、自分らがもたらした天然痘で、あっけなく息を引き取る。

平穏に生活していた彼らだったが、ジェイコブが亡くなってから状況は一変する。ジェイコブの生前は、家族のようにまとまっていた彼らが、彼の死により自分たちの存在についての真実を認識する。「だんな様が生きている間は、真実を隠すのは簡単だった、つまり彼らが家族ではないということを、同じ目的を持ったグループでさえなかったということを。彼らは、それぞれ皆孤児だったのだ」(五九)。レベッカも病気になり、万一レベッカがジェイコブの後を追うような事態になれば、リナやソローの「主人のいない女たち」(五八)は、家にそのまま残るなら「侵入者や無断居住者」(五八)になってしまうのだ。「私たちは決して世界を作る事はないとリナは言う。世界が私たちを作るのだから」(七一)。モリスンの作品には、『スーラ』(一九七三)や『ビラヴド』にみるように、圧倒的存在感のある家母長を中心に、男性の存在を必要としないような女性三人でなる家族がたびたび描かれている。『青い目がほしい』(一九七〇)では、家族ではないが、三人の娼婦が社会の規範にとらわれない自由な楽園的世界を作り出している。『マーシィ』には、それらの家族に見られる強い絆は見られない。これは、互いが対等ではないことによるものだろう。リナの言葉は、白人の男性中心社会で、白人以外の女性が自分の意志を持って人生を生きるということは不可能であるということを示している。

フローレンスは、レベッカに命じられて「鍛冶屋」を呼びに彼の家に向かう途中、未亡人のイーリングの家に泊めてもらう。翌朝、何人かの白人がやってくるが、彼らは魔女狩りをしていた。フローレンスをみて驚く彼らに、フローレンスはレベッカが書いた手紙を見せる。彼らは、フローレンスに服を脱ぐように命じ、彼女の体を調べる。フローレンスは家に残るように言われるが、イーリングの娘のジェーンが案内してくれて、フローレンスはその場を立ち去る。この出来事は、当時の宗教の不寛容さを示す証左となるが、同時にフローレンスが社会における自分の立場を認識したことを示している。白人たちは、彼女の黒さにまず驚くが、一緒に連れてきた幼い少女がフローレンスを見ておびえる様子に、フローレンスと悪魔との関係を疑う。アメリカ社会では、白が善や美といった肯定的なものと結び付けられているのに対し、黒は悪や醜悪という否定的なものと結び付けられている。フローレンスは黒さが自分の存在を否定するものであると気づく。

何か大事なものが、私から離れていく。私はばらばらのもの。手紙があれば、いるべきところにいて、法律が認めるもの。手紙がなければ、群れから見捨てられた弱い子牛で、甲羅のない亀。（一一五）

この経験はフローレンスにとって決定的である。ジェイコブがフローレンスをドルテガから引き取ることを決めたのも、労働をあてにするというより、亡くなった娘の代わりとしてレベッカの慰めになると考えたからであった。母親代わりのリナの存在もあり、ヴァーク家を離れるまでは、自分が白人とはまったく別個の存在であると感じたことはなかった。しかし、フローレンスは、白人の庇護があってはじめて存在する自分というものを認識するのだ。このような認識を得て、フローレンスはやっと「鍛冶屋」の家にたどり着く。「鍛冶屋」は作品の中で名前が与えられていない。この点について、ヒラリー・マンテルは、「鍛冶屋」は作品のアウトラインであると述べている。[13]「鍛冶屋」は自由黒人で、リナは、彼がレベッカの目を見て話す姿に、彼がジェイコブのように権利や特権を持っていることに気づく。彼は、医学の知識を持っていて、ソローやレベッカの病気を治したところから、「救い主」であり、「医者」であった。「鍛冶屋」は、金属や火という重要なものと関連があるので、昔から造物主や創造とかかわる特別な位置を占めているとされる。[14]それゆえ、その仕事に対する多大な尊敬が皆を「鍛冶屋」と呼ばせると考えられる。モリスンの作品では、薬草の知識を持っていて、病気を治す役割を持つのは女性が多い。代表的なのは、『ソロモンの歌』のパイラトである。『マーシイ』でその役割を果たすのは男性であるというのは興味深い。女性の自我を育むのを阻むような時代では、その役割は男性に与えるほうが自然だということを、モリスンが強調しているのではないだろうか。

フローレンスは、「鍛冶屋」を送り出し、彼が預かっている子供マライクと留守番をする。マライクがフローレンスの靴を隠したことで、フローレンスは彼の腕をつかんで怪我をさせてしまう。そこに、「鍛冶屋」が帰宅して、傷ついたマライクを見て驚愕する。自分の言い分を聞こうとせず、子供の名前を呼ぶ「鍛冶屋」にフローレンスはショックを受ける。フローレンスは「鍛冶屋」に自分の思いを告白するが、彼は強く拒否し、フレーレンスに「おまえは奴隷になった」（一四一）と言う。そして、意味が理解できないフローレンスに、「おまえの頭はからっぽで、体はワイルドだ」（一四一）と言う。さらに、「私はあなただけのもの」（一四一）と言うフローレンスに、「女よ、自分を持て。俺たちにはかかわるな」（一四一）と言う。フローレンスは、「鍛冶屋」の言葉に衝撃を受ける。二人はもみ合った後、フローレンスは彼の家を飛び出す。

「鍛冶屋」は、フローレンスが自分に対する熱情からその奴隷になり理性を失った行動をとったことに対し、これらの言葉を発したのだろう。母親に捨てられたと思ったことから、フローレンスは人一倍愛情に飢えていた。フローレンスが、「鍛冶屋」の言葉に興奮し、ハンマーを振り回すのは愛を求めての行為なのだ。この「ワイルド」な愛は、『ビラヴド』で、子供を守るために子殺しをするセサの愛情に通じるし、セサが殺した子供の幽霊が、母親の愛情を食いつくすかのように、攻撃的になるのを彷彿とさせる。さらに、自分の味方である白人のボドウィンを子供を奪いに来たと勘違いして、セサがわが子を守ろうとアイスピックを手に持って彼に向かって走っていく姿とも重なる。「ワイルド」とは、荒々しい行動を意味するだけでなく、精神的な飢餓をも表しているといえる。しかし、度を失った愛が破滅を招くのは、セサの子殺しに示されている。

モリスンは、『ソロモンの歌』では、ミルクマンに対する過度の愛から自分自身を愛せずに、最後には病気で命を落とすヘイガーを描いた。また、『ジャズ』では、その名も「ワイルド」という野生の女性がジョーの母親である。モリスンの作品において、「ワイルド」とは、極限的状況に置かれる登場人物の描写と、彼らの充足することのない精神的な飢餓を表している。

しかし、『ビラヴド』では、共同体と新しいパートナーの存在により、セサが自分を取り戻し再生する可能性を描いた。モリスンは、奴隷制という極限的状況でも、黒人たちが独自のアフリカ系アメリカ文化を創造したのは、自分を失わなかったからだと考えているといえよう。たとえ身分は奴隷でも、精神的には隷属せずに正気を保った強靭な精神力があったからだといえるだろう。しかし、フローレンスは十六歳という若さで、同じ人種で同じ境遇の奴隷は誰一人知らない。このような状況では、肯定的な自我を育むのは困難であるとモリスンは示唆しているのだろう。

四　フローレンスの母親の告白

最終章は、フローレンスの母親の告白である。母親は、アフリカで捕獲され、中間航路を経て、カリブ海のバルバドスに強制移送されたことを回想する。捕獲されたものは自分の部族だけでなく、他の部族もいたこと、白人を初めてみたとき、彼らが「病気か死んでいる」と思ったこと、檻に入れられてから見たのは、白人だけでなく、「自分たちを監視していたのも、売っていたのも黒人」だったこと、捕獲された者の中には海に飛び込んだものもいたこと（一六四）。回想の合間に、「身を守るすべがなかった」という言葉が過去形で二回、「身を守るすべはないんだよ」と現在形で一回語られる。フローレンスの母親はこの言葉をブルースを唄うように繰り返す。

そして、フローレンスの父親が誰なのか知らずに出産したことから、「この場所で女でいることは、癒えることのないむき出しの傷なんだよ」と語る（一六三）。奴隷が女性の場合、肉体的搾取は性的搾取をも含むことが多い。『ビラヴド』では、セサが被った苦難は背中に受けた鞭の傷に象徴されている。セサは、奴隷監督の部下に凌辱されたうえにそれを女主人に言いつけたことで、鞭打ちの罰を受けたのである。フローレンスの母親の言葉は、女性の奴隷の状況を端的に表現している。

フローレンスの母親が、バルバドスの砂糖黍プランテーションと、ドルテガのタバコプランテーションで知った事は、自分を売り買いしたものは自分たちを人間とは考えていないということだった。しかし、フローレンスの母親は、「他の人が何と言おうと、私は魂のない動物ではなかった」と語る（一六六）。これは、奴隷制に関わった全てのものに対する黒人の叫びである。白人の誘いにのって同胞の捕獲と売買で利益を手にしたアフリカ人は、これほどの過酷な運命が彼らに待ち受けている事を予測しただろうか。否、であろう。

それでも、親切な牧師にフローレンスに読み書きを教えてくれるように頼んだのは、読み書きができればなんとかフローレンスが生きる道を見出せるのではないかと考えたからである。「学ぶことには魔法のような力があるということを知っているんだよ」（一六三）。奴隷には、読み書きを教えることが禁じられていた。無知なままにしておくのが、奴隷を管理するには都合がよかったのである。自分にふりかかる危険を顧みず、フローレンスに読み書きを教えた牧師が真に神の愛を理解している人物として描かれている。

そして、最後に、ジェイコブがドルテガのプランテーションにやってきたとき、フローレンスを動物ではなく人間の子供として見たことから、ジェイコブにフローレンスを連れて行くように頼んだことが語られる。それまでの経験から、フローレンスが大人の女性に成長したとき、自分にふりかかった苦難を同じように味わうだろうということが推察されるからである。ジェイコブの家で生活するほうが、フローレンスの人生が少しはましなものになると考えたのだ。「身を守るすべはない」という言葉が、四回目には「好機だと思った」という言葉に続き「身を守るすべはないけど、違いはある」という表現になる（一六六）。この言葉から、ジェイコブに一縷の望みを託したことがわかる。子供を手放したのは、母親としての愛ゆえの行為だった。奇跡を期待しての選択だった。しかし、それは奇跡ではなく、親切な行為であり、幸運だったのだ。フローレンスの母親は、幼くして手放した娘に、自分の真意を知ってほしいと願う。「ほかのものに支配権をゆだねることはつらいこと。ほかのものに対し支配権をもぎとることは間違ったこと。自分の支配権をほかのものに与えることは邪悪なこと」（一六七）。この言葉は、奴隷制の根元にある人間の所有が悪であるということを告発するものである。

フローレンスの母親は、娘の状況が少しでも良くなればとの思いから、ジェイコブにフローレンスを託したが、状況を完全に好転させることは奴隷にはかなわないのである。レベッカは未亡人になったあと、フローレンスを売ることを決める。また、ウィラードはレベッカがすぐ再婚するだろうと予想する。白人でも女性が一人で生きていくのは困難なのである。ウィラードとスカリーは片っ端からフローレンス売却の広告を探してはがすが、教会堂のポスターははがしそこなう。

五　終わりに

『マーシィ』は、奴隷制が本格化する前の時代に、黒人少女が母親との絆を引き裂かれて、自分の黒さ＝非人間性である社会で、自分は無力な存在であるということを認識する過程を描いた。それは、約二百五十年に及ぶアフリカ系アメリカ人の苦難の幕開けである。モリスンは、時代を掘り下げ、奴隷貿易をも描いて、記憶の風化に抗おうとした。

同時に、モリスンは、黒人だけでなく、過去を捨て海を渡ったヨーロッパ人と、白人から土地や家族を奪われ奴隷となったネイティブ・アメリカンと、借金返済のために奴隷と同じような生活をする年季契約奉公人も描いた。彼らは、アメリカの建国の物語には通常登場しなかった人々である。「一つの国民」のグリオとして、「見えない存在」に声を与えることで、アメリカはこうした人々の苦難のうえに誕生したのだということを訴えたかったのだと思う。モリスンは、彼らすべての苦難を記憶し思いを馳せることが、「一つのアメリカ」として再生することを可能にすると信じているではないだろうか。そしてモリスンが、「奴隷制」やそれ以前の歴史を作品の中で描くのは、無論自分らの歴史を伝えるという目的もあろうが、それだけではないだろう。「奴隷制」というトラウマ的記憶に押しつぶされることなく、独自の文化を育んできたアフリカ系アメリカ人が今日あるのは、苦難をものともしない希望を持っていたからである。その「不屈の希望」を伝えようとしているのではないか。『マーシィ』には、母親や「鍛冶屋」に捨てられたと思い、絶望感にとらわれるフローレンスが描かれている。ジェイコブの死により、奴隷として、新しい主人の手に渡る運命から逃れられないということも示唆されている。しかし、フローレンスの人生に全くの希望が感じられないわけではない。それは、フローレンスの母親が、牧師に頼んで、フローレンスに読み書きを教えてもらったことだ。『ビラヴド』でも、モリスンは、セサの娘デンヴァーを、勉強好きな利発な少女で、未来を切り開く可能性のある人物として描いた。この点から、フローレンスが読み書きできるということは、そのことにより、自分の人生を幾分でも変える可能性を持っているということだ。モリスンは、その希望を作品の中で読者に伝えようとしていると考えられる。

そして、初のアフリカ系アメリカ人大統領を迎えて、アメリカ人の「人種」に対する意識も変化している。大統領戦後のギャラップ社の調査では、国民の六七%が、オバマの勝利を誇りに思い、人種関係について楽観視している。反対に、否定的反応を示しているのは、十人に三人である[15]。

オバマ大統領政権によって、「人種」に関するすべての問題がすぐに解決するとはいえないだろうが、公民権運動時代に比較して、状況は格段に進歩している。いずれにせよ、アメリカは努力を続ける必要があろう。それにより、アメリカは危機を脱出し、再生することが可能になるだろう。「不屈の希望」がある限り、それは不可能ではないだろう。モリスンもそれを信じ、私たちに語りかけているのだろう。「そう、私たちはできるのです」ということを。

【註】

（1） Bureau of Labor Statistics. 〈http://www.bls.gov/news.release/empsit.t02.htm〉.

（2） Toni Morrison, *A Mercy* (Random House, 二〇〇八) をテクストとして用いた。本文中の引用は、特にことわりのない限り同書からとし、引用末尾のカッコ内にページ数を記した。訳は筆者。

(3) Tom McGeveran, "*Toni Morrison's Letter to Barack Obama.*" The New York Observer 28 Jan. 2008 〈http://www.observer.com/2008/toni-morrissons-letter-barack-obama〉.

(4) Daniel Taylor-Guthrie ed., *Conversations With Toni Morrison* (Jackson: University Press of Mississippi, 1994), 247.

(5) Michele Norris, "Toni Morrison Finds 'A Mercy' In Servitude" 〈http://www.npr.org/templates/story/story.php?storyId=96118766〉ここでの奴隷とは、年季契約奉公人のことを意味していると考えられる。

(6) Norris, http://www.npr.org/templates/story/story.php?storyId=96118766

(7) また、このインタビューで、「にわか仕立て」という表現もしている。

(8) 有賀貞・大下尚一・志邨晃佑・平野孝『世界歴史大系　アメリカ史1』山川出版社、二〇〇二年、五三頁。

(9) 有賀、四五～四七頁。

(10) J・ガライ／中村凪子訳『シンボル・イメージ事典』社会思想社、一九九三年、五七七頁。

(11) ガライ、五六二～六七頁。

(12) David Gates, "Original Sins" *The New York Times* 30 Nov. 2008 〈http://www.nytimes.com/2008/11/30/books/review/Gates-t.html?em〉

(13) Hilary Mantel, "How Sorrow become Camplete." *The Guardian* 8 Nov. 2008 〈http://www.lexisnexis.com/us/lnacademic/delivery/PrintDoc.do?fromCart=false&dnldFileP...〉

(14) ガライ、六六頁。

(15) Susan Dage, "Poll: Hopes are high for race race relations." *USA TODAY* 6 Nov. 2008 〈http://www.usatoday.com/news/politics/election2008/2008-11-06-poll_N.htm〉

【引用・参考文献】

Adams, Tim. "Return of the Visionary." *The Observer* Oct. 26. 2008 〈http://www.lexisnexis.com/us/Inacademic/delivery/PrintDoc.do?fromCart=false&dnldFileP...〉.

Bureau of Labor Statistics. 〈http://www.bls.gov/news.release/empsit.t02.htm〉.

Gates, David. "Original Sins." *The New York Times* 30 Nov. 2008 〈http://www.nytimes.com/2008/11/30/books/review/Gates-t.html?em〉.

Mantel, Hilary. "How Sorrow became Complete." *The Guardian* 8 Nov. 2008 〈http://www.lexisnexis.com/us/Inacademic/delivery/PrintDoc.do?fromCart=false&dnldFileP....〉.

McGeveran, Tom. "Toni Morrison's Letter to Barack Obama." *The New York Observer* 28 Jan. 2008 〈http://www.observer.com/2008/toni-morrisons-letter-barack-obama〉.

Morrison, Toni. A Mercy. New York: Random House, 2008.『マーシィ』大社淑子訳、早川、二〇一〇年。

Norris, Michele. "Toni Morrison Finds 'A Mercy' In Servitude." 〈http://www.npr.org/templates/story/story.php?storyId=96118766〉.

Page, Susan. "Poll: Hopes are high for race relations." *USA TODAY* 6 Nov. 2008 〈http://www.usatoday.com/news/politics/election2008/2008-11-06-poll_N.htm〉 .

Taylor-Guthrie, Daniel, ed. *Conversation with Toni Morrison*. Jackson : UP of Mississippi, 1964.

有賀貞・大下尚一・志邨康祐・平野孝『世界歴史体系　アメリカ史１』山川出版社、二〇〇二年。

J・ガライ／中村凪子訳『シンボル・イメージ事典』社会思想社、一九九三年。

第4章　セールスマン・ブッシュの勝利
――『地獄の神』（二〇〇四年初演）を中心に

古山みゆき

序

『衝撃状態』（一九九一年初演）に始まるシェパードの第三創作期の『地獄の神』の舞台は、家族の子殺しの事件でアメリカの家父長制的家族の崩壊をえがいた家族劇の代表作『埋められた子供』（一九七九年初演）と同じ中西部の「快適な」酪農地帯である。子供のいない酪農家の夫婦が、プルトニウムを生産している組織から逃亡してきた友人を匿い、友人を追ってきた組織の愛国的な男に、彼も夫も暴力的に脅され、組織命令に屈伏し、農場を失う。

二〇〇四年十一月二日に実施されたブッシュの大統領選の直前、十月二十八日に上演されたこの劇について、作者は英国の劇作家ジョー・オートン風の黒い喜劇を出発点に作品の構想を練ったという(1)。この作品は共和党のファシズム批判であり、パパ・ブッシュの湾岸戦争批判の『衝撃状態』と同じ、ポスト冷戦後の米国の愛国主義的政治状況に対する作者の嫌悪の反応であり、作品が示す政治批判の時事性は、実に観客にわかり易い。ニューヨークの劇場では十一月十六日から十二日間、翌年ロンドンでは六週間上演されている。大半の劇評は、この作品には大作『埋められた子供』のもつアメリカの夢の神話性、文化的な意味の深さ、歴史的な広がりはみられない、つまり劇テクストの深さはないが、パフォーマンスの迫力はあると評価している。ここではブッシュ政権、愛国法批判という直截的な政治劇としてではなく、この劇をポストモダニズム的挑戦とみなす可能性をさぐりたい。

共和党の侵略による農家の没収という事件を観客とともに体験する登場人物は、農家の妻、エマであり、作者は登場人物に観客が寄り添いやすい人物を投入している。これは劇の世界に観客を自然に導く手法で、作者は第二創作期の家族劇群からこれを用いている。逃亡者へインズをめぐり、農民エマと愛国的なセールスマンのウェルチが戦い、エマは敗れる。ある既成の価値観の解体、パロディ化を作者のポストモダニズム的なものの一つと仮定すると、舞台とされている中西部の酪農地帯の、「アメリカ人にふさわしい農耕社会」の神話がパロディ化され、それをパフォーマンスと劇テクストの融合体であるノヴァ・リアリズムという劇形式で、おこなっていると考えられないだろうか。この劇では、観客の目に見えて台詞の言葉で説明され、彼らが納得できる出来事の世界、つまり劇テクストの世界の中心がエマである。エマと観客に説明がなく、彼らが見ることも想像しにくいパフォーマンスの世界を背負う権力者のウェルチにより、彼女の世界が破壊されていく。この作品にみられるパフォーマンスの世界が劇テクストのそれを侵略していく過程を、論者が『シェパードの舞台』(二〇〇六年出版)中で示したような方法で考察したい。観客の視点を作品の全体構造の把握にもちい、最初に、各場面の概要を述べ、場面ごとの劇テクストのキーワードと、パフォーマンスをみながら、事件の展開と登場人物の関係を検討し、そして各場の最終場面を示す図を参照しながら、農耕社会の神話の解体過程をみる。

一　逃亡者

この劇の時間設定は、現在で、大統領予備選挙ための三月上旬に予定された「スーパー・チューズデイ」直前である。ある日の早朝から翌日の夕方までの二日間である。舞台はアメリカ中西部、ウィスコンシン州の酪農農家の屋内。質素な部屋はキッチン・カウンターで隔てられた二つの部屋。居間には小さなソファー、壁に沿って多くの植木鉢。台所は上手舞台前に地下室に続く階段があり、地下室の光がもれている。台所の上手の壁には別の部屋へのアーチ型の入り口。家具、台所用具などは全て五〇年代もの。台所の下手奥のドアはポーチに出るドア。窓は凍りポーチの様子がぼんやり見え、雪の牧草地が広がる。ポーチには学校にあるような黒い鐘があり、それは妻が牧場にいる夫を呼ぶときにだけ使われる。ドアベルはセールスマン・ウェルチだけが鳴らす。

はじめに作品分析の手がかりである各場の最終場面をあらわした表1と表2の全体的な説明をする。表1は劇テクストの項目とパフォーマンスの項目数であり、それらを比較すると、一場では両者の数はほぼ同じであるが、劇の進行につれて、パフォーマンスの項目が多くなっている。それは不条理性の強いパフォーマンスが劇テクストより強調され、劇は台詞ではじまり、アクションで終わるという演劇上演の慣習でもあるが、作者の示すアクションは一義的言語の理論では説明できない不条理性の強いパフォーマンスである。

表2では観客が見ることのできる可視領域は二重線で囲まれた部分であり、舞台環境と舞台上の主な事件を示しており、この領域は登場人物の対話、おもに言葉で描かれる劇テクストの世界、物語の

表1

場	劇テクストのキーワード	パフォーマンス
第一場 朝 逃亡者	1　デアリランド 2　セールスマンの国 3　ロッキー・ビュート プルトニウム：地獄の神 （劇の題）	1　エマ：過剰な植物への水やり 2　フランク：　牛の餌やり 3　エマとヘインズの握手での発光
第二場 翌朝 占領	1　オープン・ドア 2　バンカスター爆弾 3　スーパー・テューズデイ 4　真珠湾攻撃	1　エマ：過剰な植物への水やり 2　フランク：　牛の餌やり 3　エマとヘインズ：握手での発光 4　ウェルチ：星条旗の飾りつけ 5　ヘインズ：ウェルチの脅迫で変身、性器の発光
第三場 夕方 敗北	1　冷戦期への郷愁 2　ロッキー・ビュートへ向かう明白な運命 3　民主主義のただ乗り	1　フランク：突然の変身 2　エマ：ウェルチの侵入を防ぐため鉢植えをドアに並べる ヘインズに水を飲ませる 3　ウェルチ：電気コードによるヘインズへの拷問 4　フランクとヘインスの行進：ウェルチの扇動によりロッキー・ビュートへ向かう

表2

場	舞台環境	舞台上の事件	地下室	屋外
第一場 朝 逃亡者	植物のプルトニウム汚染 水滴の音	エマとヘインズの対話 エマ：ヘインズをみている ヘインズ：鉢植えを触ると彼の指が発光		ウエルチとフランクの長話：仔牛の囲いのなかで
第二場 翌朝 占領	ホッチキスの音 音楽（幕間）	ウェルチ：星条旗を部屋に張り巡らす	ヘインズ：ウェルチの命に従い地下室へ退却	フランク：行方不明 エマ：夫フランクを捜す
第三場 夕方 敗北	植物の発光 鐘の連続音	エマ：夫の名を呼ぶ		ヘインズ、ウェルチはウェルチと一体

それである。観客が見ることのできない外部は点線で囲まれており、ヘインズが隠れている地下室、フランクの納屋や牧場、そして二台の政府の車でやってきたらしいウェルチのいる屋外であり、ここは言葉で説明されない、論理でそれができない演劇テクストである不条理なパフォーマンスの世界である。登場人物の言葉で表され、観客が見ることのできる劇テクストの世界と、登場人物の体の突然の発光や、地下室で起こっているらしい拷問で表されるパフォーマンスの世界との、二つの世界の力関係の変化は、すなわち劇テクストの世界の敗退は、この表からおおむね明らかである。演劇という表現形式の核である登場人物の動きに注目すると、この農家へ逃亡してきて、そこを占領してしまう侵入者ヘインズは重要な登場人物であるが、各場での彼の所在位置の変化が、大きな意味を持つ。主人公である農民エマと愛国的なセールスマンであるウェルチとの戦場である農家で、彼は、第一場の最終では農家のリビングルームにエマといるが、第二場のその時には、ヘインズの命令で地下室におりて観客から姿を隠す。劇の最終場面では屋外へ向かい、農家からでてしまう。ヘインズは、劇テクストの世界である舞台上から次第に退き、エマを舞台に置き去りにして点線の現すパフォーマンスの世界に敗退していく。

ここからは、まず各場面の概要を述べ、表2の場面の劇テクストのキー・ワードと、パフォーマンスに注目し、事件の展開と登場人物の関係をより詳細に検討し、表1の最終場面での二つの世界の力関係を確認しながら、いかに農耕社会の神話が解体されているかを、即ちノヴァ・リアリズムで描かれた規制価値のパロディ化を探る。

一場

雌の仔牛の世話に夢中な農夫フランクの友人が、コロラドの組織から何か事情があり逃げてきたらしい。動揺した友人をフランクは地下室に匿っている。子供のいない妻エマは過剰なほど植木に水遣りをした後、朝食の準備をする。夫が牛の餌やりに外にいくと、ブッシュ大統領とそっくりのスーツを着て、アタッシュ・ケースをもったセールスマン風のウェルチが来る。彼は名前を名乗らず、クッキーや愛国グッズを売りつけるがエマは断る。ウェルチは部屋数を聞いて退場。夫にエマの名を知っていた怪しいセールスマンの話をして、彼は友人へインズを起こす。エマはヘインズを歓待し握手すると、彼の指先から青白い光がでる。ヘインズの名を憶えない妻に癇癪をおこして、エマは別の部屋にいき、ここから夫婦の対話や交流はなくなる。

フランクはセールスマンのことをヘインズに話し、ヘインズは彼がいたプルトニウムの製造地であるロッキー・ビュートのことを極秘にするようにフランクに言う。ヘインズが窓から仔牛の囲い中にいるウェルチを発見すると、フランクは牛を見に外に行く。エマがヘインズの様子を見に居間に現れ、ヘインズは鉢植えの一つに触り、彼の指から光がでる。

劇テクストのキーワード

デアリランド　家を詮索するウェルチに、エマが彼女の農場の場所を説明するさいに使ったことばである。エマと夫、エマとウェルチ、フランクとヘインズの会話で描かれるのは、セールスマンしか訪れることのない、平穏だが寂しい子供のいない酪農家の家庭と、核兵器開発の仕事に関わる組織から逃れ、素朴な農家の夫婦を頼ってきた男を、セールスマンを装う男が追ってきたらしいことである。

ウェルチは、酪農に夢中のフランクを、冷笑的に「大地の子」と呼び、それは広大な土地をもとにした機会均等というデモクラシーを支える独立自営農民をアメリカ人の理想とするジェファーソンの農本主義の典型である。だが、フランクの生活実態は、家父長家族の、牧歌的で、自給自足のエデンの楽園ではなく、彼は、資本主義下の市場経済にくみいれられた競争的で個人主義的営利を求める企業家にはなれない「開拓時代の道徳に閉じ込められた田舎の無知な」農夫であろう。十九世紀後半から工業国となったアメリカは、一九二〇年代には都市人口が農村のそれを超え、都市化が決定的となり、大量生産と大衆消費時代が始まる。現在、アメリカの農地は国土の四三%、農業人口は三%であり、農業従事者は農作物を商品とし、同種類の作物を大量生産する企業的農業に携わり、大型農業機械を使用する。アメリカの心臓地帯、「デアリランド」といわれるこの地域の人々は、妻エマの言葉のように、農業関連の大企業に関わるため西部にいくか、政府に土地を売却し、農業を放棄してしまっている。ただ酪農が好きで、客などない静かで穏やかな生活をおくり、細々と酪農をしているこの夫は、ほんとうに土地を完璧な状態で保っている堅実な市民であり、アメリカ・デモクラシーを支えているのだろうか。

セールスマン　フランクがヘインズに、アメリカはなんでも売る「セールスマン」の国、消費大国だという。ブッシュ大統領そっくりのセールスマンのウェルチはエマには名乗らず、国産クッキーや愛国グッズを売り込む。西部に行き独立自営農民になることをやめた都市の大衆にとってのデモクラシーは権力自体や、その決定への参加よりも、権力による配分への参加を意味して、大衆はデモクラシーの受益者としての市民になる。この市民に政党はその理念を商品化してセールスする。笑劇風に描かれるウェルチは、初めは笑顔の愛国セールスマンだが、後に恐ろしい拷問や軍事力をもちいる権力者となって、素朴な農夫と友人を彼の陣営に取り込む。郵便配達かプロパンガスの供給車の他は外部の人が訪れない田舎のこの農家でさえ、健康食品から薬品、生活必需品のセールスマンが訪れる。そして共和党員は、強引な政党セールスマンになっている。

ロッキー・ビュートのプルトニウム　フランクが、ヘインズが逃れてきた場所として言及するのがロッキー・ビュートという地名で、プルトニウムがそこと深く関係しているとヘインズがほのめかす。史実によれば、西部のロッキー・ビュートはロッキー・フラッツと呼ばれているところで、コロラド州、デンバー市から北西二五キロにある広大な平原である。そこに、一九五〇年、プルトニウムを加工してつくるプルトニウム・ピットの生産工場が作られた。プルトニウム・ピットは水爆の核融合に必要な、「起爆装置」である。一九五九年と一九六九年の二度の火災と敷地内の放射性廃液のたれ流しにより、工場内と周辺の土壌、水が汚染され、一九八九年には生産中止となる。二〇〇七年末までに施設の解体、除染作業が完了した。[2] フランクは最も発ガン性が強く生殖細胞を壊し、五十万年も生態系を破壊するプルトニウムを、劇の題にもなっている「地獄の神」といい、トルーマン大統領時代に、水爆開発からできたこの施設は産軍複合体の権力の一つの象徴としてもみることができるだろう。このような現代的な軍事的組織で働く友人が、厳しい冬にはひたすら春をまつような田舎暮らしに満足するフランクところになぜ逃亡してきたのだろうか。ヘインズのような組織の中の人間の郷愁をかきたてた夫婦の生活は、エマ達のそれとはあまりにもかけはなれているようにみえる。だが、彼は潜在的に「アメリカ的美徳は農村に存在している」という農村神話にとらわれたのではないだろうか。作者シェパードはこの劇は「夫婦とフランクからはじまった」と言っているが、この三人の心には農村神話が生きのびている。

パフォーマンス

エマの水遣り　夫婦の不条理なパフォーマンスは彼らの有り様のそれでもある。エマの植物への水遣りは二場まで絶え間なく続く。孤独な冬、自然に命の息吹きのかんじられないその時期に、ひたすら植物の命に生きがいを求めるのは、子供のいない彼女が自然、生命、生殖に飢えていて、彼女のそれらへの渇望感は、ポタポタという水滴の音で表されている。その水は次第に、この農家を腐らせ壊していく。外部の人間、フランクも異様な「鉢植えの水」の音に気づき、二場ではフランクは植物が「溺れてしまう」と言っている。

夫の牛の世話　始終牛の世話で家をあけるフランクは、酪農に執着し、餌やりは「彼の時間を止め、自分と牛以外はみえなくなる」らしく、この農場には跡継ぎもなく、未来がない。妻は植木鉢の植物が腐るほど水をやり、夫フランクも度が過ぎるほど牛の世話をする。夫婦の農業や自然への思いは強いが、彼らは社会の動きからとりのこされたこの農家の状況になど頓着していない。夫婦の会話は、夫の癇癪で簡単にとぎれ、ただポーチの鐘だけが妻が彼を呼ぶ手段になっている。当然のことながら、この二人は携帯電話やインターネットなどの現代の通信手段を使わない。

エマとヘインズの握手による発光　エマがヘインズを歓待し、握手しようとすると彼の指先から青白い稲妻がでて、おどろいて体をひく。彼は冬にある静電気だと言うが、彼女は驚く。社会の状況の変化に全く無関心な夫は、プルトニウムのことをヘインズから聞いても、その光がプルトニウムであり、ヘインズがそれに汚染されていることには気づかない。

一場の終わりではエマと逃亡者ヘインズだけが会話を交わす。妻との交流をなくしたフランクと、やがては家を占領するウェルチは舞台外のパフォーマンスの世界にいる。ヘインズは匿ってくれている夫婦に感謝しており、子供もいない寂しい田舎の生活をおくっているエマは彼を歓待する。素朴な農家の夫婦を頼ってきたヘインズと、生まれたときからここにいるエマとの交流が一場の最後にしめされている。植物に触るヘインズの動作はエマへの接近を暗示し、二人の交流を妨げるのが、この家を壊す力の象徴プルトニウムなのである。

二　占領

第二場はエマとヘインズの会話で始まるが、ウェルチのエマとヘインズへの脅迫が対話で行われ、言葉の暴力の世界が舞台を覆う。エマの夫フランクは早朝に牛の餌やりに外に出て行ったまま、三場の夕方まで戻らない。水遣りを続けるエマは夫からロッキー・ビュートでヘインズが脅迫され拷問にあったらしい事を聞いたらしい。だが、ヘインズ逃亡の詳しい事情は友人フランクにも、妻にも明かされず、観客も劇の最後までわからない。

ヘインズは、友人フランクがロッキー・ビュートの件を妻に話したことは、フランクの裏切りだと怒り、地下室に戻ろうとすると、彼に好意をもつエマは彼を引きとめ、彼の肘に触ると発光。けれども、エマは彼を怪しいセールスマンの追跡から守ろうとする。

前日に夫の承諾をとりつけたウェルチは強引に家に入ってくる。彼はエマに対して、ヘインズを突き出さなければ、彼女の家を爆弾で吹き飛ばし、水、ガス攻めをすると脅迫し、逃亡者を地下室からあぶりだすと言う。エマは夫に助けをもとめて外に行く。その後、ウェルチはこの家を火曜日の会議場にするためにひも付き星条旗を部屋全体にステープル・ガンで留めていく。初めは、ヘインズは組織に戻ることを拒否するが、ウェルチに過去に受けた拷問を思いださせられて、股間を掴むと発光する。屈服して、地下室へ戻るヘインズにウェルチは報酬として、彼の好物の菓子、音楽などを与えること、汚染の治療を約束する。

劇テクストのキーワード

第二場の以後、劇テクストのキーワードはウェルチの言葉の暴力を表すものが大半となり、この家が彼の世界に占領される過程が見える。

オープン・ドア　エマは農民どうしの信頼感から生まれたウィスコンシンの従来からある習慣がオープン・ドアだと、鍵のかかっていないドアから侵入してきたウェルチに言う。その習慣は近所隣りが仲良く気軽に、塩などを借りることのできる間柄、助け合う地域共同体を意味している。だが、現実には農家はなく、冬は凍てつく寒さで、このあたりに住む人々は、夏はクーラーで家にひきこもり、近所付き合いは殆どなく、農業共同体は壊れている。皮肉にも、このオープン・ドアから、彼女の敵であるウェルチが農家に侵入する。古き良き農民の習慣はウェルチの侵略を容易にしている。

バンカスター爆弾　ウェルチがエマにヘインズを突き出すように脅迫する時、この爆弾を家に落とすと言う。これは、アメリカ空軍が開発した特殊貫通爆弾のことで、地下にいるヘインズがフセインであるかのような言葉である。この小さな農家の攻撃を、あたかもイラクに対するそれのような大げさな彼の表現に、すっかりエマは恐怖する。

火曜の会議　作者が「共和党の侵略」の象徴といったウェルチは、ヘインズにこの家を占領し、

「スーパー・テューズデイ」の会場とするという。大統領予備選が集中する、三月初旬の一つの火曜に各党が代議員を選出するこの日のために、ウェルチは二場の初めから終わりまで、星条旗をこの農家の屋内に飾り続けるのである。

真珠湾攻撃　ウェルチはヘインズの国家への忠誠心、愛国心に訴えようと、愛国的なアメリカの歴史的事件を羅列する。一九四一年十二月七日に日本海軍が米国に仕掛けた真珠湾攻撃、テキサス独立戦争（一八三六年）のアラモ砦の戦い、第二次大戦のフィリピンの激戦地であるバターンの日本の侵攻作戦（一九四一年）をウェルチは例にあげる。彼は歴史の栄光の記憶を強調するが、南北戦争やベトナム戦争などについては語らない。彼にとって不都合な過去の白紙化は、シェパードの第三期の作品のパロディの対象なっており、彼は『衝撃状態』の大佐の姿に重なっている。ヘインズが屈服したのは脅迫や拷問であり、ヘインズは肉体的に敗北をしたのであり、愛国心に目覚めたかは極めて疑わしい。

パフォーマンス

エマの水遣り　エマは、ウェルチに脅迫され、夫に助けをもとめて彼を探しに外にいくまで、孤独な生活の単調さや希望のなさを、水遣りを続けることで紛らわす。衰弱する自然の象徴である植木に執着するように、彼女が共感したヘインズをウェルチから匿う決意は固い。

夫は、鹿狩りの男がこの農場に侵入したら、発砲して追い出したことがあるらしいが、彼女はこのような夫の強さを頼る。ウェルチに家を占領されると、彼女は玄関の鐘をならして夫の名を呼ぶが、答はなく、外に彼を探しに行くが、彼には会えない。

夫の不在　牛の餌やりにでているはずのフランクはウェルチの訪問を許したらしい。彼は家に戻らず、家やエマを捨てたのだろうか。観客には彼の行動は説明されない。

ヘインズの腕の発光　エマが地下室に戻ろうとするヘインズを引きとめようと、肘にさわると発光する。光が静電気であることを疑っているエマに、彼はそれがプルトニウムであることは明かさない。だが、光がエマとヘインズの関わりを阻害しても、彼らは互いに好意を感じているから、話を続ける。

ウェルチの星条旗の飾りつけ　エマを家から追い出した彼は、言葉でヘインズを脅迫しながら、「狂った」室内装飾家のように旗をステープル・ガンで飾り続ける。このステープル・ガンの無機的な冷たい音は、彼の言葉の暴力性だけでなく、ヘインズも家も支配する行動を表し、二場の終わりまで続く。

ヘインズの変身　ウェルチはヘインズに、過去の過酷な拷問を思い出させ、彼を脅迫し、組織への連れ戻しを図る。ヘインズは、「ペニスの痛み」というウェルチの言葉に反応し、突然股間を両手で摑む。すると、そこから青い光が出る。ここから、彼はウェルチの言葉に従いおとなしく地下に行き、ウェルチは彼を完全に支配する。観客には、ヘインズの過去や逃亡の経緯は知らされない。ウェルチの言葉の脅かしだけで、彼は突然に変身して、言葉をもたないパフォーマンスの世界の人になり、ウェルチの命令に従う兵隊になる。彼は去勢により生殖能力を破壊され、言葉のない軍隊という暴力の世界のロボットになっている。発光は死の神、地獄の神の支配を表している。

二場の終わりでは、劇テクストの世界の主人公、エマがいなくなる。舞台は完全にウェルチが支配し、彼に服従したヘインズが降りた地下は、いまでは刑務所となる。この家に響きわたるステープル・ガンの音はウェルチの占領を、観客に強烈に知らせる。

三　敗北

二場と同日の夕方、エマが星条旗をはずしているとフランクがウェルチと同じ姿に変身して、ウェルチからもらったというスーツにアタッシュ・ケースで帰宅。股間に負傷して蟹股で歩く彼は、彼の変化に驚く妻に、変身や洗脳の詳細は語らない。彼は、政府の役人で「正義の人」ウェルチに、国家の未来の安全保障のために牛を売り、火曜の会議場としてこの家を提供し、その会議に出るつもりだ、そして、友人であったはずのヘインズがこの家に侵入し、彼に怪しい静電気をうつしたテロリストだと言い、彼の行方を妻に尋ねる。妻は夫の傷に気づき、心配して彼の肩に触れると発光する。彼女は、夫婦の現状の生活を壊すウェルチの悪意を警戒して、ドアに鉢植えで防壁をつくろうとする。夫婦の対話の最中に地下から鋭い叫び声が聞こえ、二人は凍りつく。

地下でヘインズを組織に戻す虐待と拷問をしていたウェルチが現れ、彼はフランクに、人々を絶滅させる計画者のヘインズへの拷問を終了し、彼の計画を白状させたと言う。ウェルチのもつ電気コードの先はヘインズの性器につながり、電流で彼を虐待している。ヘインズの叫び声に、同じ虐待を受けたらしいフランクは反応し、観客に向かってソファーの上に股間をおさえながら立つ。

地下のヘインズの有様を目撃したエマは、拷問をやめるようにウェルチに訴えるが、彼は彼女を無視して虐待をつづけ、フランクに妻に事情を説明するように命令する。フランクは妻にもウェルチにも無反応で、エマの孤立が決定的なものになる。エマは突然起こった過激な事態の変化に衝撃をうける。

ウェルチの命令で舞台に現れたヘインズは、完全にウェルチのロボットになり、犬のように跪づいている。彼は黒い頭巾を被り、はだしで、Tシャツを着ていて、カーキーのズボン姿で、アブグレイブ刑務所の捕虜そっくりである。ヘインズの姿は、作者の家庭劇の集大成である『心の嘘』(一九八五年初演)に出てきた主人公の夫ジェイクのそれも連想させる。ジェイクは義理の兄に銃で殴られ、衰弱し、アメリカ国旗を口に銜え膝まづいて、年老いた馬のようになっている。ヘインズもジェイクも兇暴な力の犠牲者である。エマはフランクを目覚めさせ、夫にウェルチの拷問をやめさせようとするが、彼は観客に向かい冷戦下のころの平穏な酪農生活を懐かしむ。エマは、彼女の愛の対象である植物に対するようにヘインズに水を与えると、彼はそれを飲む。ヘインズはフランクに、彼と同じく囚われの身となり、牛とともにロッキー・ビュートに連行され、核兵器開発に加わることになると言う。ウェルチにだまされたことに気づいたフランクは、牛の売却金を返そうとするが手遅れである。ウェルチの扇動で、彼もヘインズと同じく、ロッキー・ビュートに向かう行進を始める。エマがフランクの腕を摑み制止しようとすると、彼の腕から発光。エマを無視したフランクは、ウェルチの命令にしたがって、植木鉢を倒しながら、ドアから退場する。

ウェルチは、エマが自由で幸福な田舎者で民主主義のただ乗りをしているから、それを保障している国家への責任として、会議の用意をするように命令して退場。彼女は絶望の渕にたたずみ夫の名を呼び、ポーチに出て鐘を鳴らし続け、幕となる。

劇テクストのキーワード

冷戦期への郷愁　ウェルチに洗脳されたフランクは、観客に向かって、冷戦期の頃の平和な酪農生活の日々への郷愁を語る。第二次大戦後、一九四五年から四十年ほど続いた冷戦期には、米ソの対立は資本主義と共産主義の核兵器を背後に抱えての対立があり、世界は恐怖の均衡を保っていた。ポスト冷戦期に表面化した人種、民族の対立抗争、格差社会の世界化、テロの過激化のみられる不安定な世界、そして現在の不況を考えれば、その時期はよりましに思えるかもしれない。だが、フランクを取り巻く世界の変化への彼の理解はあまりにも浅い。彼が愛する自然は、農地がまだ容易に入手できる植民地末期の中産階級の自営農民を取り囲んでいたそれである。その自営農民と同じように、彼は善良で農業に労苦を惜しまないが、近隣の農民生活の都市化や、時代の激変を無視して、冷戦後も、開拓民時代という古き良き時代の農民生活を享受しようとしている。このフランクの時代錯誤がウェルチ支配の的となってしまう。

明白な運命　ウェルチはヘインズとフランクの行進の行先、ロッキー・ビュートを「明白なる天命」という。これは一八四五年にコラムニスト、ジョン・オサリバンがテキサス共和国の併合を支持し、アメリカ西部の領土拡大は「明白なる天命」だと言い、領土拡大を正当化した標語である。この言葉は、一八九〇年のフロンティア消滅後は、合衆国の汎アメリカ主義の領土拡大の米西戦争や、ハワイ侵略の根拠に使われた。一八六九年の大陸横断鉄道の開通で発展し、アメリカの進歩の象徴であった西部には、いまでは核兵器開発施設さえ存在している。

民主主義に対するただ乗り　この舞台になっている都市化を免れていない田舎は、勤勉で素朴なエマにとっては楽園でないが、のんびり暮らすことはできた。ウェルチは、エマは国家の安全に責任を果たさず、政治権力に頼った民主主義にただ乗りをしていると非難する。彼は、彼女に国家の方針に対して能動的に参加協力する愛国的な市民になるように言う。彼の言葉にしたがうことが、本当に市民参加型の、アメリカ建国以来の民主主義の実現になるのだろうか。

現在も政治への参加を万人に求める民主主義の建前は変わっていないが、独立自営、機会均等、自由競争が成功を保証するというアメリカ資本主義の夢は素朴すぎるものになっている。成功の夢を与える農本主義の民主主義は、高度に情報化した消費社会の大衆にとっての民主主義と同じものであるはずがない。大衆の政治権力への直接参加の機会はより少なくなり、彼らは権力に幸福の保証を求め、権力による配分への参加にたずさわる。国に何をするかでなく、国が何をしてくれるか期待するだけの受身の市民となっている。ウェルチは、このような大衆は民主主義に対してただ乗りをしていると言うが、単純な愛国心の強制が、本来の民主主義の礎の再生になるかは極めて疑わしい。

パフォーマンス

フランクの変身　牧畜業に熱心だった彼は、いとも容易に、生業のもとの仔牛をウェルチに売却してしまい、それは彼自身をウェルチの組織に身売りしたことを意味している。一場で作業服を着てブーツを履いていた彼は、ネクタイをしたスーツ姿でウェルチのようなセールスマンの姿になっている。精神的にも肉体的にも去勢された彼は、牛を売ったお金の入ったアタッシュケースをさげ、性器の痛みでガニ股になり、足を引きずりながら歩いている。彼は妻には、ウェルチにどのように説得されたのか、なぜヘインズのように体に傷を負い、プルトニウムに汚染されたかは語らないから、観客にはこの変身の過程は劇の最後まで不明のままである。彼の歩く姿はみじめだが滑稽である。彼がエマと語っている時、地下でヘインズがウェルチに拷問を受けているらしいことが、叫び声で想像できるから、フランクも似たような暴力を受けたのだろう。彼の変身の劇的効果は大きい。

エマの抵抗　フランクの変身に動揺した彼女は、ウェルチを排除するために、植木鉢を防壁としてならべるが、直後に地下でヘインズがウェルチに拷問されている叫び声がする。すでに家はウェルチに占領され、彼女の抵抗は無駄だが、彼女は心の支えである植木で家を守ろうとする。その植木も、大地に根をもたない人工的なもので、エマの過剰な水遣りで腐ってしまう。厳寒のこの農家には、子どもはなく、未来がない。酪農もやめた夫も、ヘインズも囚われ、この家にはエマが守るものはない。ここは、もはや生命にあふれた自然に恵まれた「大草原の幸福な家」でなく、「地獄の家」になってしまっている。彼女は、植物に対してのように微かな希望を持って、水をヘインズに飲ませるが、彼も植物も彼女の味方にはなれない。

ヘインズの拷問　地下から現れるヘインズの姿はフセインやイラク戦争で戦争捕虜となったイラク兵士の姿を連想させる。アブグレイブはバクダッドから西方三〇キロにあり、フセイン政権時代に反政府勢力が収容された。イラク戦争で米軍の関係者が捕虜を虐待している姿が報道されたが、その捕虜の姿に似ている[3]。権力者が交代しても、強圧的な支配の構造、刑務所、虐待は存在しつづけるのだろうか。体につけられた電気コードの拷問は、フランクもおそらく受けたもので、性器を破壊された男達は生殖能力を奪われ、ウェルチの兵士となっている。

ヘインズとフランクの行進　プルトニウムに汚染されウェルチの兵士となった二人は、エマの制止を無視して植木鉢を倒して行進して家を去る。フロンティアの終わりから百年後の現在、二人は死の世界となった西部に向い家に残されたエマは完全に孤立する。

劇の終わりには、この家で生まれ育った大地の子エマがポーチで、空しく鐘を鳴らし続ける。その音は時代の流れに取り残された農家の夫婦への挽歌にも聞こえる。彼らの生活は、植木鉢の植物の根のようにいつの間にか腐食してしまっている。だから、それは僅か二日で簡単に暴力的に壊されるが、それはのどかな自由な農耕生活に憧れる西部開拓神話の崩壊を表す。強大な権力を持つウェルチにエマの農家はたやすく壊され、彼の号令に従う男達は死の世界に向かい兵士となって行進する。舞台では農耕神話の残滓であろう植木鉢の植物は汚染され、死の光を発している。作者がパロディ化したものは、あまりに楽天的な農民神話ではないだろうか。

結び

彼のパートナーであるジェシカ・ラングがシェパードは「政治に巻き込まれはしないが、それを常に追いかけている」と言っている(4)。この作品には確かに、イラク戦争に現れた愛国主義批判はあるが、主人公エマと夫フランクの生業である素朴すぎる農耕生活への信頼のパロディともみなすこともできる。ウェルチという悪意ある道化を使い、観客に分かりやすい笑劇的要素を用いて、彼らしい劇作法で、崩れている農業生活への警告、怒りを発しているのではないだろか。それは劇の終りの鐘の音に現れている。

『地獄の神』後、現在まで上演された二作品は、ベケットの生誕の地ダブリンで発表されたが、それらは、シェパードにも二十世紀後半の劇作家にも多大な影響与えた不条理演劇の作家ベケットの表現に近いもので表されている。まず、『無駄な骨折り』（二〇〇七年初演）という一人芝居で、作者はアメリカ西部の夢、アメリカ西部の農耕生活の脱神話化をしている。道化のように表現された主人公は如何様の元美術商で、彼の都会での生活は、事業では成功しているが結婚生活は壊れている。彼は故郷の西部に戻り、自己を見つめ再生しようと思うが、その旅で乗っていた馬が急死する。彼は『ゴドーを待ちながら』の舞台のような砂漠で、掘った穴に馬の死体を埋めようとするが、穴が小さすぎて埋められない。西部神話との決別である馬の埋葬は、滑稽なことに「無駄な骨折り」に終わり、主人公は穴に放り込んだカーボーイ・ハットを悲しげに見る。アメリカの古き西部への憧れと、今の西部の有様への怒りは、この作品でも、彼の他の代表作のすべてに通底している。

次に、最新作『月の年』（二〇〇八年初演）という二人芝居は、脚本が未出版のため劇評でしか内容を知ることができないが、六十代の二人の老人が皆既月食を待ちながら、彼らの加齢と人生の喪失感を友情で癒している風景が悲喜劇風に表される。ここでは『地獄の神』の強烈な農耕神話崩壊や合衆国への怒りどころかアメリカの西部は全く存在しない[5]。二作品の作風はベケット風かもしれないが、その題材は全く異なっている。「過去の罪と対決する物語」を創り生き延びる『シンパティコ』の探偵ヴィニーのように、今後も、作者は人間の関わりを扱うポストモダンな物語を創り続けることだけは確かだろう。

【注】

（1） Sam Shepard interviewed by Don Shewey, "Patriot Acts." Village Voice, 16 November 2004, www.Donshewey.com/theater_articles/sam_shepard_vv.html. (online). (accessed 2007.10.18)

（2）「二十一世紀核時代　負の遺産」中国新聞、二〇〇二年十二月十日。（オンライン）入手先 <http://www.chugoku-np.co.jp/abom/nuclear_age/us/020324.html>, 入手（二〇〇九年八月五日）

（3） アブグレイブ刑務所再開。ＭＮＳ産経ニュース。二〇〇九年二月二十日。（オンライン）入手先

<http://sankei.jp.msm.com/world/mideast/090222/mds090222005500_ni.html>, 入手（二千九年八月二十日）
（4） "Lange hospitalized in Minnesota." Latest News on Sam, 18 March 2009,www.sam-shepard.com/news.html. (online), (accessed 2009.3.30).
（5） Meany, Hellen. Ages of the Moon. The Guradian, 7 March 2009, www.guardian.co.uk/stage/2009/mar/09/ages-of -the-moon. (online), (accessed 2009.08.20).

【出版物】

Sam Shepard. *Sam Shepard Plays 3*. London : Methuen, 1996.
Sam Shepard. *The God of Hell*. New York : Dramatic Play Service Inc., 2005.
Sam Shepard. *Kicking a Dead Horse*. London : faber and faber, 2007.

【作者と作品についての参考文献】

Bottoms, Stephen J. *The Theatre of Sam Shepard : States of Crisis*. Cambridge : Cambrige University Press, 1998.
Rosen, Carol. *Sam Sheprd*. Houndmills : Palgrave Macmillan, 2004
古山みゆき『シェパードの舞台』近代文芸社、二〇〇六年。
斎藤真編著『講座アメリカの文化　三』南雲堂、一九六七年。
坂本和男・来住正三編著『イギリス・アメリカ演劇辞典』親水社、一九九九年。

【Websites】

www.Donmarhouse.com/p118info.html
www.sam-shepard.com/news.html
www.Department.bucknell.edu/theatre_dance/Separd/index.html

Ⅲ 文体論、言語学、英語教育

第1章　「能弁」と「おしゃべり」はどうちがうのか

──チョーサー『鳥の議会』のはなしことば(1)

狩野晃一

一　はじめに

『カンタベリー物語』の作者ジェフリー・チョーサー（一三四〇〜一四〇〇）は一三八五年前後にフランスの夢物語形式に則って『鳥の議会』という作品を書いた。これはダンテの『神曲』をはじめ多くのヨーロッパ大陸文学の影響を強く受けた『名声の館』の後に書かれたものであると考えられている。『名声の館』は多種多様なソースを取り込んで書かれたが、その分消化不良気味で全体としての統一感もない。これは未完によるところも大きいが、積極的に大陸の伝統を吸収しようとした結果であろう(2)。一方でこの後に書かれた『鳥の議会』は完成度も高く、詩形を変えたことも幸いして伸びやかで自由な雰囲気を醸し出している。ここには帝王韻（ライム・ロイヤル）が用いられており、この詩形をイングランドで初めて使用したのはチョーサーである。それまでの弱強四歩格と比べ、一行あたりの音節数が増えることによって、口語的な文体とうまく合うしなやかさがあり、表現の幅が広がった。種々の鳥たちが自由闊達な議論をすすめるにはふさわしい形式といってよい。

中英語期を通して最大の語彙借入源は古フランス語からで、宮廷、法廷、軍事、宗教など各方面に大きな影響を与えた。一〇六六年のノルマン・コンクエスト以降イングランドを支配したノルマン貴族たちはノルマンディー地方のフランス語と土着の英語の二つの言語、もしくはラテン語を含めた三つの言語を話していたと一般的に考えられている。しかし上流階級に属するノルマン貴族は階層の低い人々――かれらは英語を用いていた――とは生活を異にしていた。そのためノルマン貴族が英語を話すようになったのは十二世紀も後半になってからで、英語で書かれた文学が現われるのはノルマン・コンクエストから約百年後のことである。

実際の社会の構造と同様に『鳥の議会』に登場する鳥たちもそれぞれの階層に分かれて描かれている。議論の始まる三八三行目から六六五行目まではおおむね自然な会話体で書かれている。そのスピーチに用いられた語を古フランス語起源の機能語に限定して概観する。前提としては、属する社会階級が高ければ高いほど、そのレジスターはフランス語やラテン語要素が強まるであろうし、その反対に階級が低くなれば土着の古英語起源の語彙を多く使用するのではないかという考え方がある。だがチョーサーが『鳥の議会』というユーモアに満ちた作品を手がけるとき、この考え方をそのまま当てはめることができるのだろうか。

二　語彙の語源別分類

議会に集まった鳥たちの会話部分は三八三～六六五行にあらわれる。総使用語彙数は四五七語であり、内容語は四〇三語用いられている。語源別に内容語を分類してみると古英語起源が二四五語、古ノルド語起源が一三語、そして古フランス語起源は一二一語となっている。古フランス語の語彙全体に占める割合は三五%である。古フランス語を起源にもつ借入語は『鳥の議会』にふさわしい語彙の選択であることが一目で分かる。というのもそれらは実際に議会や法廷で用いられていた諸々の用語であるからだ(3)。

三　階級とことば使い

鳥たちの「秩序」を無視した勝手な発言に業を煮やした自然の女神は「お黙りなさい」と制したのちに、「わたくしが裁決いたします。あらゆる鳥の種族から一羽ずつよび、おまえたち鳥のために答申を述べてもらおう」(五二四〜二五)と語る(4)。このことばをもって議長然と鳥たちの集会において采配を揮う。「判決・評決・答申」という法的な意味合いを持つ語が用いられている(5)。本作品の設定は「議会」であるから勿論手続きは法廷のそれとは異なる。しかしベネットは「議会は当時、未だにその多くの機能において法廷と同じであった」と述べており、鳥たちの議会においても法律用語を使用するのはおかしなことではない(6)。この語はまた自然の女神のみならず「私の意見を公正にしてそして即座に申し述べましょう」という鵞鳥の発言にもあらわれる(7)。この箇所においては「意見・判断」として用いられており、法律的な意味合いは含まれていない。エリオットは「この語に『意見・判断』という拡張された意味を盛り込んだのはチョーサーであるようだ」と述べている(8)。同じ言葉を用いても話者によってその言葉の印象が異なって聴衆の耳にとどくのがチョーサーのうまさである。鵞鳥のような位の低い鳥が「意見」を「公正に」申し述べようと言うのは余計に滑稽である。

自然の女神がいう「(正義の)布告」もまさに議会もしくは法廷において使用される言葉であるが、自然の女神の性質をよくあらわしている。

わたくしの法令と支配のもとに
おまえたちは伴侶を選ぶべく集まったのです
そして飛び去るのですよ、おまえたちの情に火がついたらね。
けれど、最もふさわしいものから始めるべきであるという
わたくしの正義の布告を
どうしてもはずすことはできません。[9](三八七〜九二)

自然の女神自身の言葉から、彼女は宇宙を創造し自由意志を尊重する存在で、キリスト教の神に近い。その代理人といってもよいかも知れぬが、秩序と調和を大切にする存在であることがわかる。これは自然の女神につくエピセットをみても明らかだ。たとえば「全能の」や「正義の」といったもの。これらの形容詞は本来、(キリスト教の)神に付けられるものであると『オックスフォード英語辞典』(第二版。以降 *OED*)にはある。チョーサーはボエティウスの『哲学の慰め』を翻訳した際にさかんに「慣習・布告」ということばを取り入れている。[10]『鳥の議会』に登場する自然の女神は『哲学の慰め』の運命の女神と類似点が多く見られ、ここからチョーサーは議会において采配を揮う自然の女神の着想をえたのだろう。

最初の雄鷲における(求愛の)スピーチは宮廷風恋愛の作法に則った形式ですすめられる。彼は必

ずしも法律用語を積極的に使用しておらず、むしろ平易で一般的な類いの語彙を用いているようだ。そのなかで「手続き」や「判決」など議会・法廷を連想させる語も散見される[11]。

また、上流階級の愛の作法を全く解さない家鴨のことばをうけて、上品な雄鷲は次のように家鴨もしくは下級な鳥一般のことをののしっている。

「ちぇ、下衆な野郎め」と上品な雄鷲は言いました。
「そのせりふは糞の山からでてきたようなもんだ。
おまえはことがどちらにふさわしいか理解できないのだ。
昼は目が見えなくて、夜になるとよく目の利く梟が
光の助けでふるまうように、おまえは愛を扱っている。
おまえの性質は全く下劣だから、愛がなんであるか
おまえは理解することも思いめぐらすこともできんのだ」(五九六〜六〇二)

ここで注目すべきは「ちぇ」に使われている語[12]を除き、すべて古英語由来の語彙であるということだ。このことはどう考えるべきであろうか。上流階級の恋愛作法を理解せず、「訳もなく雄が永遠に愛さなければならないってことを、誰がそれに道理や良識を見出せようか」とか「星は一つでなくもっとたくさんあるってことを知らないのか」――つまりは星の数ほど女はいる――といった作法を無視した階級の低い家鴨の発言に向けられた科白だ。「下衆な野郎」や「糞の山」など古英語起源語の強い響きでもって一喝している雰囲気がよくでている。

階級の低い鳥たち（鷲鳥、郭公、家鴨など）の使用する古フランス語由来のレジスターをその借入時期に関して*OED*、『中英語辞典』（以降*MED*）をもとに調査した。いずれの語も十二世紀から十三世紀の早いうちに初出が認められる。法廷や議会などで使用される語彙も早い段階で借入されていたようで、そのために既に浸透していた言葉であったと考えられる。したがって古フランス語から借入された語[13]であっても身分の低い鳥たちによって運用される可能性は十分にある。水鳥たちの代表として能弁家の鵞鳥が選出される場面は次のように描写されている。

「われらの要求を述べたいと思っている、
洗練された能弁家の鵞鳥さんが
われらの意見を述べます」（五五七〜六〇）

身分の低い水鳥たちが「要求を述べたいと思っている」とセリフを発する時には、フランス語起源の難語を用いて公の場で気取って話している。[14]チョーサーはラテン語またはフランス語で「能弁」を表す語を「話し方」という意味で使ったと*MED*では定義しているが、これを「適切な話し方」[15]と言い換えられる。階級が高く、生まれの良い者（真の意味で高貴な者）は適切なことばを正しい場面で使うことができるが、そうでない者はあべこべな話し方をする。「能弁である」ことと「よく喋る」こととは全く違うことなのだ。べらべらとまくしたてる鵞鳥に「能弁家の」という形容詞が与えられているのは大変な皮肉だ。

郭公が「この短い教訓は記録に残す必要はありません」と言うとき、「記録する」という動詞が使われていたりして、この発言は法廷での一場面を想像させる。しかし郭公が発言した内容はたいしたものではなかったために、自分の言葉が「教訓」として「記録される」ものと思い込んでいる郭公という低い身分の鳥も嘲笑の対象となる。家鴨は「俺の帽子にかけて、そいつはいいお笑いだ」と五八九行目で誓言をするが、これも誓いを立てるものがあべこべである。[16]「いいお笑いだ」にはあまり馴染みのない「ふざける」という意味の古フランス語を起源に持つ語が用いられている。これと「帽子」という即物的なイメージを持つ語[17]を並べて用いるのは「能弁」ではなく、これでは「下衆なやつ」なのである。

まじめな雰囲気を有する格調高い語彙が階級の低い鳥たちによってものものしく用いられることにより、議会の活発な様子が現出し、議会における郭公や家鴨たちの身分と発言内容のずれの滑稽さが生み出されてくる。

四　結論

チョーサーは『鳥の議会』という作品において数多くの議会または法廷で用いられる術語、その他の専門的な用語を各所にちりばめながら、同時にそれらの専門用語における意味を拡大し、また転換したりして様々な用途で用いている。当然のことながら、チョーサーは専門的な知識を要する語を熟知していただけでなく、語の持つ複層的な意味、用法、含みなどにも精通していたことを示している。上流社会において通用する言語であるフランス語起源の借入語や専門用語を数多く並べたとしても、それらを用いる方法が不適当あるいは不自然であったならば、それは威厳や品格、きちんとした話し方をすることから遠く離れ、話者の下等な性質をあらわにしてしまう。チョーサーは語彙の面からだけでは切ることのできない文体上の問題をも十分に認識していたと思われる。

高貴な身分の鶖が身分の低く無学である鳥たちを前に話すことばにおいて土着の古英語を起源にもつ語彙を多用していることが指摘される。これは聴衆に粗野な印象を与えるものではなく、実は正しいスピーチのあり方なのではなかろうか。社会言語学的観点からすれば、階級が上昇するに従ってフランス語、ラテン語、もしくはギリシア語を起源にもつ語彙を積極的に自らのスピーチに取り入れようとする態度が顕著である、と考えるのが一般的だ。しかし『鳥の議会』の鳥たちの議論に用いられた言語の分析はこれとは反対の結果を示している。見識豊かなものは話し相手によって語彙や文体を変換することができる。したがって鶖が低い身分の鳥たちと話す部分で古英語由来の語彙を用いて話すことこそ「きちんとした話し方」の観点からすれば正解なのである。種々の鳥たちによる議論の描写は、当時の宮廷や社会の反映であり、身分と話し方によって発言するものの内面・本性を浮き彫りにする。ここにチョーサーの鋭い批判精神の表れをみてとることもできよう。『鳥の議会』の前に書かれたとされる『名声の館』には「どうだね、このようにおれは学のない者には学のない者のためのことばで話すことができるのだ」というガイド役の鷲のセリフに通じるものがある。[18]『哲学の慰め』からとった「ことばは行動の従兄弟でなければいけない」という一文が『カンタベリー物語』の「総序の歌」中にでてくる。[19]チョーサーは自ら『哲学の慰め』を（おそらくフランス語訳から）中英語へ翻訳しているから、そのときに学んだのだろう。このフレーズにはチョーサーの言動に対する重要な考え方が象徴されているが、その思想につながることばの捉え方、つまり「どのような状況で、どのような相手に向かって、いかに話すか」という、言語とそれを操る者の間にある微妙なバランス感覚に対する見識の萌芽が『鳥の議会』なる初期作品において確かに観察される。

【注】

（1）ここでは『鳥の議会』*The Parliament of Fouls* における "*facounde*" という語について論究する。D. Burnley はもともと *facounde* とは、ラテン語 *facundia* に由来し（修辞学者のキリウス・フォルトゥナティアーヌスによればガリア地方においてローマの facetia という語に相当するもので）、ローマ社会での洗練された人間を識別するための能弁の基準であったと述べている。See, David Burnley, *A Guide to Chaucer's Language*（University of Oklahoma Press, 1984）, p. 180. チョーサー作品の引用はすべて Larry D. Benson (ed.), *The Riverside Chaucer*, 3rd ed.（OUP, 2008）による。

（2）『名声の館』に作品を貫く統一感を求めることは無意味であるとする見解もある。詳しくは Wolfgang Clemen, *Chaucer's Early Poetry*（Methuen, 1963）を参照。

（3）『鳥の議会』において議会もしくは法廷で用いられる語彙は sentence / statut / governance/ ordenaunce / choys / condition / electioun / agree / usage / counseyle / juge / verdit / comaunde / opinioun / discusse / graunte / pleding /juge（n.）/ preve など挙げることができる。

（4）原文は、

I Iuge, of every folk men shal oon calle
To seyn the verdit for you foules alle.

（5）原文では *verdit*（現代英語の verdict に相当。注（4）を参照）が用いられている。

（6）J.A. Bennett, *The Parliament of Foules : An Interpretation*（Oxford, 1957）, p. 168.

（7）'And I wol sey my verdit faire and swythe

For water-foul, who-so be wrooth or blythe（l. 503）

（8）W. V. R. Elliott, *Chaucer's English*（Andre Deutch, 1970）, p. 361

（9）以下原文をのせるが、ここには多くの議会用語が使われている。

By my statut and thorgh my governaunce,
Ye come for to cheese-and fle youre wey-
Youre make, as I prike yow with plesaunce;
But natheles, my ryghtful ordenauce
My I nat lete for al this world to wynne,
That he that most is worthi shal begynne.（387–92）

（10）たとえば、ラテン語の temporalis ordinis を中英語 temporel ordenaunce と訳すがごとくである。

（11）一方で三番目の雄鷲は jugement（古フランス語 Old French ＝ OF 起源）のかわりに古英語（Old English ＝ OE）起源の *dom* 'doom'（四八〇）を使っている。

（12）「ちぇ」という間投詞には古フランス語起源の *fy*（< Latin fi）が用いられている。

（13）「能弁家」は原文において *facounde gent* となっている。

（14）要求を述べるには *pronounce*（OF pronuncier-Latin pronuntiare）を、「思っている」、または「考えている」という語には *desyreth*（< OF desirer-Latin desiderare）をもちている。

（15）「適切な話し方」は 'faire speche'

（16）原文は、

"Wel bourded," quod the doke, "by myn hat!
Bourded（< OF borden, bourden）

（17）「帽子」*hat* は古英語起源（< OE hætt）である。

（18）..."lo, so I can
Lewedly to a lewed man
Speke, ..."（The House of Fame. ll. 865-67）

（19）プラトンの『ティマイオス』が原典であるが、チョーサーは『哲学の慰め』から引用したと考えられている。ボエティウスの原文は'cum Platone sanciente didiceris cognatos de quibus loquuntur rebus oportere esse sermons'（Boethius, *The Consolation of Philosophy*（Loeb, 1973）, Book III, prose xii, 110-12）であり、チョーサーの翻訳は'...Plato that nedes te wordis moot be cosynes to the thinges of whiche thei speken.'となっている。『カンタベリー物語』の総序では'Eek Plato seith, whoso kan hym rede, The wordes moote be cosyn to the dede.'（741-42）となっており、ほぼ原文に忠実な訳と考えてよい。

第2章　ハリデーの機能文法を用いたハーディの『妻ゆえに』の文体

鈴木理枝

一　はじめに

トマス・ハーディという詩人であり、作家である彼の作品は、長年多くの研究者によって様々な視点から研究がなされてきている。彼の思想の根幹を成している盲目意思に関しても、一九二八年没以来、今でも数多くの研究者が語り続けている。彼の詩や小説が研究され続けられる魅力とはいったい何であろうか。『日陰者ジュード』の痛烈な批判にさらされて以降、繊細であったハーディは非常に傷つき、小説家としての執筆を止め、詩人としての人生を最後まで全うした。

ここでは文学的視点から離れて、言語学的見地から、トマス・ハーディの『妻ゆえに』における動詞の過程構成の分析をマイケル・ハリデーの機能文法の観点から分析する。動詞の過程構成の分析結果を数量的に示し、意味解釈との関連性を考察して、ハーディの文体の特徴を検証する。ハリデーの機能文法を用いた分析は、英語教育や新聞の社説の分析などに多く使われている。ここでは、文学作品の過程構成の分析の試みを通して、意味解釈との関連性について考察する。ハリデーは談話分析の達成されるべき目標について、「テクストの理解への貢献とテクストの評価への貢献」と明言している。言語学的分析が即文学的解釈に結びつくとは考えにくいが、少なくとも、機能文法分析がハーディ作品の意味解釈理解への貢献になりうると確信している。

二　先行研究　マイケル・ハリデーの機能文法理論

この分析において、ハリデーの機能文法理論を適用する。ハリデーは、言語とは意味の体系であって、テクストの意味の体系を機能で解釈すると述べている。選択体系機能文とは、これまでの伝統文法と違って、品詞の分類化ではなく、言葉の記号化を検証して、意味がどのように構造化しているか見ていくのである。

選択体系についての解釈

言語の三つの機能的領域（選択体系機能理論）では「メタ機能」について概略を引用する。観念構成的機能は人の内外的な環境を理解することである。

ハリデーは、節をその経験（観念）構成的機能、経験のパターンを提示する方法として見ており、言語は、人が現実についての心臓を築くことによって、自分の内的世界と外的世界で起こっていることを理解するのを可能にし、節が中心的な役割を果たしていると述べている。また節は、経験を解釈構築するための基本的仕組み、すなわち現実というものが諸過程から成り立っているという仕組みを具現しているといっている。

節の文法において構築される過程は原理的に三つの構成要素、過程中核部—動詞群、過程への参与要素—名詞群、過程の関わる状況要素—副詞群、前置詞句で構成されている。

対人的機能は交換としての節、その環境において他の人に働きかけることである。節は話し手と聞き手との間の交換（やりとり）としてはたす役割の観点からみる。発話の役割のうち最も基本的なものは、与えると要求するの二つのタイプがあり、この二つの役割は、情報を与えているのか、聞き手に何か要求しているのである。与えると要求するという交換における役割と、品物、行為、情報といった、交換されるものを組み合わせると、提供、命令、陳述、質問といった、四つの基本的な発話機能が規定される。期待される応答として、需要、遂行、承認、答えの応答があり、自由裁量による別の応答として、拒絶、拒否、否認、忌避といった応答がなされる。

テクスト形成的機能は言語的コンテクストへの関連性の構築、メッセージとしての節である。

ハリデーはあらゆる言語において、節はメッセージとしての性格を持つものであり、伝達するための組織立てを持っていると述べている。主題は節の中の最初の位置に来る要素であり、メッセージの起点としての役割を果たす要素であり、その節が語ろうとするものである。プラーグ言語学派（一九二六年にプラーグ言語学団が結成されて始まった言語学の伝統）用語法では主題という。メッセージの残りの部分は、その主題を展開するもので、題述と呼ばれている。メッセージ構造として、節は主題と題述で構成されている。

三　研究方法　言語構造の要素についての解釈

表1　過程型：その意味とその主要な参与要素（ハリデー〔二〇〇一年〕五章一六三頁）

過程型	範疇の意味	参与要素
物質的	する	行為者
行為	する	対象
出来事	生じる	
行動的	心身活動する 心理過程に近い 行動という形で 提示される意識 の過程	行動者
心理的	感覚する	感覚者
知覚	見る	現象
感情	感じる	
認識	思う	
発言的	言う	発言者 言対象
関係的	（で）ある	体現者、属性
属性付与	属性を与える	同定する
同定	同定する	
存在的	存在する	存在者

言語におけるどの要素も、それが言語体系全体の中ではたす機能との関連において説明される。本研究において、ハリデーの機能主義文法理論の中の、三つの意味機能の中の一つの観念構成的意味機能に焦点をあて、動詞の過程構成の分析をして、ハーディの作品の過程構成が、どのプロセスによって構成されているかを調べ、数量的に示した。

動詞の過程構成という用語は、ハリデーの選択体系機能理論においては、節における自動詞と他動詞というような動詞の特性としてとらえるのではなく、意味的な範疇である過程が、関係する要素によってどのように構成されるかをとらえる概念を示すので、「他動性」ではなく「過程構成」という日本語訳が使用されている。

表1において、ハリデーは過程型を六つに分類している。

過程構成体系が、経験世界を処理可能な数の「過程型に解釈構築しており、外的世界の諸過程である外的経験と、意識の諸過程である内的経験をかなり明確に区別しており、これが物質過程と心理過程に分類される。英語の文法では、分類したり同定したりするという第三の過程型が認められ、これを関係過程という。

ハリデーは、表現が抽象化、一般化してしまうような名詞化表現になると、関係過程が多く使用されていると述べている。

ハリデーは、物質過程、心理過程、関係過程を三つの主要な過程型に分類している。この三つの過程型の境界には三つの過程型が存在し、物質過程と心理過程の境界に行動過程がある。内的作用の外的表出、内的な意識と生理的状態の諸過程を外的な行動として表すものである。心理過程と関係過程の境界に位置するのは、発言過程であり、人間の意識の中で構築され、言うとか意味するといった「ことば」という形をとって遂行される記号的な関係を示す。関係過程と物質過程の境界に位置するのは、存在過程である。事物の存在にかかわる過程である。あらゆる種類の現象が単純にある、存在する、生じると意味するものであると論じている。

四　テクストの概要

この小説における主な登場人物は、主人公のジョアンナ、親友のエミリー、そして船乗りのシェィドラックである。ジョアンナとエミリーは、性格、体格、あらゆる点において対照的に人物像が描写されている。ジョアンナは、大柄な体格をしており、美しく経済的にも恵まれた生活をしている。一方エミリーは小柄な体格で、父と二人で細々と小さな文具店を営んでいる。二人の生活環境は性格、体格同様に異なっている。

エミリーとシェィドラックはお互いに惹かれあい、愛し合っていたが、ある夜、運命のいたずらから、ジョアンナとシェィドラックの偶然の出会いによって、その夜以来二人は恋人関係に陥るという意外な展開を起こす。一度はシェィドラックをエミリーに返そうとするが、偶然の成り行きによって、エミリーとシェィドラックの会話を聞いてしまったジョアンナは、その気持ちを覆してしまう。ジョアンナはシェイドラックを心から愛していないにもかかわらず、友人のエミリーへの嫉妬心から、シェイドラックをエミリーから奪い取り、彼と結婚するのである。しかし、運命はこの結婚によって、皮肉にもこの二人の女性に経済的に大きな差をつけていく。結婚による経済的な逆転が生じた。ジョアンナの性格からその現実に耐え切れず、その突きつけられた社会的格差を縮めようとするが、妻のジョアンナと対比されて描かれている正直で人柄の良い夫は、貧しいながらも今の生活に満足している。シェィドラックのエミリーへの思いも完全に忘れさられており、ジョアンナの苛立ちと怒りは頂点に達する。妻の気持ちを理解したシェィドラックは、妻の経済的充足のために、航海に出て、お金を持って帰ってくる。喜びもつかの間、金額を聞いたジョアンナは、無邪気に喜ぶ夫に対して、またもやエミリーの家庭と比較してしまう。冷淡な妻の言動と態度にもかかわらず、どこまでも人のいいシェィドラックは妻を喜ばせようと、二人の息子を連れてニューファンドランドへの航海に旅立つ。到着予定の日が来ても彼らは姿を見せない。帰らぬ三人を、ジョアンナは毎日待ち続け、自らの罪によって引き起こされたことへの自責の念に駆られ、ついには幻影までも見るようになる。

五　ハーディの文体

ハーディの文体についても数多くの研究者や批評家たちによって様々な解釈や批評がなされている。常に両極端になされてきたのである。「ハーディの文体は、本質からいえば哲学的である。ハーディは厭世主義であるかもしれないし、ないかもしれない。しかしこの世界についての彼の見方が灰色であることは否定できない。しかも彼の文体は灰色――十一月の空かオデュッセウスの陰気な海のような灰色である」（ダフィン、一九七八）。ダフィンが語っているように、ハーディの文体は非常に哲学的である。その中心は彼の思想の根底に流れている盲目意思という哲学あるいは宗教観からきている所以であろう。ハーディの思想そのもの、つまり盲目意思が彼の文体を形成していると考えられる。ハーディ自身が文体について、「文体とは題材、人物などの配置および性格づけであり、作家の心的態度」と明言しているように、彼の文体にはハーディ自身の心的態度が言語を通して書き記されているのである。すなわち盲目意思が、ハーディの文体上に脈々と表現されている。特に最初の語りの部分の出だしの文体は、これからの登場人物の運命を暗示するかのように描かれている。場面は教会の主日礼拝がちょうど終わった場面から始まるのである。それはハーディの日常の出来事の描写である。教会の内部の静けさと海から聞こえる波の音が絡まりあいながら、荘厳な雰囲気とこれから起きるであろう運命的な出来事の暗示を感じさせられる文体である。詩人でもあるハーディの小説は、常に音楽的であり、絵画的な描写方法をとっている。

また、一方では、批評家たちに、「不道徳で、田舎者の無神論者」と批評されてきた。ハインズはハーディの文体と題して、モーガンの引用をしている。「彼は長い間非常にひどい英語を書いていると考えられていた。実に先が短くとがっていない鉛筆を使って書いているという印象を与えていた。彼の文体は不必要に長々と述べられ、古典と俗語の不自然な混合である。彼の対話部分は人間の口から発したものとは思えないものである」。現代においては、ハーディの小説は不道徳で田舎者の無神論者という厳しい言葉は当てはまらない。むしろ今世紀になってもハーディの小説は読み継がれているのである。その魅力とはやはり彼の独特な雰囲気を醸し出す文体である。リズムが単調でいて、単調でないその独特なリズムが小説の場面場面を整えている。ハーディの目を通して、教会内部の様子を淡々と克明に描写しているが、現代においても彼の文体は古さを感じさせないのである。それがハーディのもつ魅力の所以でもあろう。

六　ハーディの性格描写

瀧山がハーディ小説の性格描写について次のように分析している。「人物の描き方で、ハーディが最も早く学んだのは、読者の感覚、特に視覚や聴覚に訴えて、性格や気質をわからせる身体的或いは外面的描写法であった。ハーディの女性人物は、絵画的な風情を持ち、外面の描写は、その時、その場所においての人物の心の動きを、表面のしぐさを通して捉えたものに過ぎないから、内部の観察ほどの深刻さを持ってはいないが、簡潔的確に、人物の動的な映像を伝えている。読者は舞台の上の人物を眺めているような錯覚をさえ覚えるものである。ハーディはまず人物の何気ない動作を重要視して、それに人目を誘い、そこから性格の一端を覗かせるといった描写に巧みであった」。

ジョアンナとエミリーの性格描写においても、ハーディは外面的描写法を用い、われわれ読者の感覚に深いインスピレーションを与えている。外面的描写法から二人の内面の性格まで映し出しているのである。ジョアンナとエミリーの性格描写は非常に単純明確に対比されて描かれている。ジョアンナは体型と容貌は完璧に近く立派で、内面は外面同様にプライドが高く強さの象徴として登場する。一方、エミリーはジョアンナと対極的に描かれている。小柄で、控えめ、やさしさの象徴として描かれている。一見単純に描かれているようで、実は外見的描写が登場人物の内面を複雑に映しだしている。

ジョアンナとシェィドラックの性格の対比も興味深い。「総じてハーディの人物は、宇宙、社会、個人の性格といったような、ハーディのいわゆるどうにもできないものに対して二つの態度を見せる。一つは、こうした内外からの圧迫に無益に抵抗して、自我を押し通そうとするものであり、今一つは、どうにもできないものを受け入れて、適当に善処すれば、人生にも幸福がなくはない、という諦観を体得するものである」（瀧山、1960）。前者の性格はジョアンナを示しており、後者はシェィドラックとエミリーを指している。後者のシェィドラックとエミリーの性格は非常に似通っている。ハーディの性格描写がこの小説の根底を支え、盲目意思の渦へと三者三様巻き込まれていくのである。

七　仮説

動詞の過程構成の分析をする上で、次の仮説を立てた。

①語りの部分において、より多くの物質過程の動詞が使用されている。

②三人の登場人物、ジョアンナとシェィドラックとエミリーの会話においてより多くの心理過程の動詞が使用されている。

八　分析結果と考察

大島が、ハリデーの過程について詳細に述べている。「六種類の過程は、それ独自の統語的特徴を持っている。たとえば、関係過程は伝統文法でいう補語として形容詞、名詞、形容詞句、名詞句をとる。心理過程は伝統文法でいう名詞節、変形文法でいう埋め込み文を通例とる。しかし物質過程と同じような統語性を示さない。物質過程のとる典型的な構造はSVOである。そしてこの場合の目的語は名詞または名詞句であっても名詞節をとるということはない。言動過程はそれに続くものとして三つの選択がある。名詞、名詞句、名詞節である。存在過程はそれに続く要素として意味的に特定化されない不定の意味の名詞、名詞句がくる。この六種類の過程は言葉を記述する際に別の利点もある。それは個々のテクストがどのジャンルに属するかを過程によって示しやすい。たとえば物質過程を多用するジャンルはストーリーであり、レストランで客にどのように対応するかといったマニュアル的な手順文なのである。新聞社説は典型的な啓蒙的説明文のスタイルを持っているが、関係過程を多用するという特徴がある」。

ハリデーの過程構成の特徴を踏まえたうえで、選択体系機能文法の経験的メタ機能の要素を分析した。合計八三六個の動詞の過程構成の分析を、次頁の表に表示している。圧倒的に多く全体の四三％を物質過程が占めている。大島が明示している特徴として、物質過程の使われるジャンルはストーリ

物質的過程 三六〇語 四三%	行為 三四三語 四一%	出来事 一七語 二%	
心理的過程 一八三語 二二%	認識 九三語 一一%	知覚 二二語 三%	感情 六八語 八%
関係的過程 一八〇語 二二%	同定 七八語 九%	属性付与 一〇二語 一二%	
発言的過程 九八語 一二%			
存在的過程 一〇語 一%			
行動的過程 五語 〇%	感情 四語 〇%	知覚 一語 〇%	
合計 八三六語 一〇〇%			

ーである。特に物質過程の中で、行為を表示する動詞が三四三個とダントツに多い。これは人間社会の言語活動の中で人間が行動し動いているさまが判る。次に心理的過程が一八三個と二位に使用されている。特に細かく分析すると、認識を表示する動詞が最も多く使用されている。認識を示す語として、「考える、思い出す、知る」などである。次に感情の表示が使われている。これらは特に、登場人物であるジョアンナ、エミリー、シェイドラックの会話部分である。会話の中に蔓延する怒り、悲しみ、嫉妬などの精神的、感情的な心情が表現されているからである。感情を表示する動詞として、「憎む、愛する、欲しい、希望する」などである。第三位に関係的過程の動詞が使われている。関係的過程の使用は言葉の意味の関係性をより発展させる機能を持っている。またジャンルとしては説明文や新聞の社説などに多用されている。

　過程構成の分析を通して感じたことは、ある程度は言語から意味を推察することはできるが、文学的解釈と完全に一致することは非常に困難である。観念構成的比喩について分析することがこれからの課題であると感じた。

九　部分別分析結果

①（語り）一三二ページ一行目～二〇行目
②（シェィドラックとエミリーの会話）一四二ページ一四行目～一四六ページ三行目
③（シェィドラックとジョアンナの会話）一五四ページ一七行目～一五八ページ一行目
④（ジョアンナとエミリーの会話）一七〇ページ一三行目～三〇行目

ここでは、部分別に特徴のある四箇所の分析結果を出した。語りの部分、シェィドラックとエミリーの会話、シェィドラックとジョアンナの会話、最後にジョアンナとエミリーの会話である。四箇所の分析結果を見て、それぞれの特徴を考察する。

まず、語りの部分では、仮説でも提示したように、物質過程が七八％と一番多く使われている。小説の冒頭で、小さな港町であるヘイヴンプールにある聖ジェイムズ教会の内部が絵画のごとくに描かれている。日曜日の午後の礼拝が終わったばかりであった。祈りの後の静けさの中に、港から聞こえる冬の海の波のうねる音が聞こえていた。美しい音楽的リズムを取りながら、語り手は淡々と教会の内部の様子を伝えている。突然その静けさを破った人間がいた。船乗りの姿であった。語りは、物質過程の「破る、届く、閉める、現れる」などの過去形を用いて美しく小説の冒頭を神秘的に描いている。これから起こる出来事を暗示するかのように、教会という神秘的な場所を背景に波の音が効果音

	①	②	③	④
物質的過程				
行為	一二（六七％）	二〇（三八％）	一五（三五％）	一（四％）
出来事	二（一一％）	〇（〇％）	一（二％）	〇（〇％）
心理的過程				
認識	〇（〇％）	六（一一％）	三（七％）	五（二一％）
知覚	二（一一％）	三（六％）	一（二％）	一（四％）
感情	〇（〇％）	七（一三％）	五（一二％）	五（二一％）
関係的過程				
同定	一（五％）	六（一一％）	七（一六％）	五（二一％）
属性付与	一（五％）	三（六％）	三（七％）	二（八％）
発言的過程	〇（〇％）	七（一三％）	七（一六％）	五（二一％）
存在的過程	〇（〇％）	一（二％）	一（二％）	〇（〇％）
合計	一八語（一〇〇％）	五三語（一〇〇％）	四三語（一〇〇％）	二四語（一〇〇％）

を醸し出している。物質過程によってドラマが展開し始める。心理過程が少ないため、読者は絵画を見ているような錯覚に陥る。場面は物質過程によって淡々と語られている。

次に、シェイドラックとエミリーの会話を見てみる。この場面は、シェイドラックがエミリーに愛の告白をするシーンである。このシーンの前の状況は、シェイドラックを愛していないジョアンナが、悲しみに打ちひしがれているエミリーの噂を聞いて、シェイドラックとの婚約を破棄して、エミリーに返そうと決心してきたところだった。シェイドラックに気づいたジョアンナは、陰で二人の会話を聞いていた。外出から戻ってきたエミリーは、シェイドラックの存在に気づき後ずさりした。平静を装おうとするエミリーだったが、シェイドラックとの会話がぎこちなく感情的になるのである。このような状況において、シェイドラックはエミリーに妻になって欲しいと告白するのである。ジョアンナとの経緯について説明が続く。二人の気持ちがぶつかり合い、心理過程の認識「知る、意味する」など、知覚「見る」、感情「愛する、欲しい」などを表示する動詞が混在して続く。告白のシーンであるので、発言的過程の意味を表示する動詞「尋ねる、言う」などが現在形と過去形が混在して多く使われている。シェイドラックのエミリーへの激しい愛の告白によって、お互いに持ち合わせていた誤解が解け、二人の関係が和解へと導かれた。心理過程の動詞の使用の混在からも、ハーディはシェイドラックとエミリーの心理描写を、心理過程の動詞の選択によって緻密に表現している。

夫婦となったシェイドラックとジョアンナの会話を見てみよう。二人の結婚はハーディの偶然の成り行きとジョアンナのジェラシーの原因によって執り行われた。ジョアンナの母親の死後、二人は現実に直面して、二人自身の経済的自立をしなければならなかった。二人は小さな食料雑貨店を営むが、船乗りしか経験のないシェイドラックとお嬢様育ちのジョアンナでは、経営は思うように成り立たなかった。真向かいでは、これもある偶然によって、裕福な商人に嫁いだエミリーが、経済的に恵まれた生活をしている。結婚後の二人の社会的、経済的立場が完全に逆転してしまった。プライドの高いジョアンナにとってこの状況は耐えられないほどの屈辱的出来事であった。しかしこれが現実であった。たえずエミリーと自分自身を比較するジョアンナの弱さと惨めさが垣間見える。このような環境の中で、シェイドラックの無欲で善良な人柄は、ますますジョアンナの感情を逆なでし、エミリーへの嫉妬を深めていくのである。経済的裕福さを求めている妻の心情を知ったシェイドラックは海へ出る決心を伝える。ここでの夫婦の会話も心理過程、特に感情を表す「懇願する、好き、信頼する」などを表示する動詞が使用されている。発言過程も多く使用されている。夫婦間の会話が、感情を表示する心理過程の動詞によって成り立っており、シェィドラックとジョアンナの気持ちの行き違いが、示されている。二人のあまりにも釣り合わない結婚によって起こった感情的なぶつかりあいが、心理過程と発言過程の使用によって示されている。

最後に、ジョアンナとエミリーの会話を見てみる。この場面は、シェィドラックが二度目の航海に二人の息子を連れて出たが、航海からなかなか帰らず、エミリーが心配してジョアンナを訪ねてくる。しかし、心配してくれる親友にこれまでいえなかった本心を告白してしまう。経済的不満をエミリーにぶつけるジョアンナであった。シェィドラックを航海に行かせたのは自分自身で、その理由はエミリーが経済的に優位にいるせいだと言った。どこまでも善良で親切なエミリーは、ジョアンナの不満を受けとめるのである。ハーディは二人の女性の外見と性格描写を非常に対極に描いている。同様にここでの会話も心理過程の認識を表示する動詞、「考える、聞く」など、感情を示す「報いる、憎む」などが混在している。同様に発言過程と関係過程も多く使用されている。ここは、ジョアンナとエミリーの真実の気持ちがぶつかり合うシーンである。非常に感情的な部分で、心理過程の認識と感情が混在してジョアンナの心理的描写が詳細に綴られている。二人が始めてお互いの本心を認識する場面である。

十　おわりに

今回、ハーディの短編小説『妻ゆえに』を取り扱い、ハリデーの選択体系機能分析の動詞の過程構成の分析を通して、構成要素の確認ができた。選択体系機能分析の中の観念構成的機能の分析を行い、動詞の過程構成の要素を検証して、三人の登場人物の関わりの中で語られた言語、語りと会話の基本的仕組みについて考察した。

動詞の過程構成の分析を試みて、仮説に基づき、語りの部分で物質過程と関係過程が非常に多く使用されていたことが立証できた。登場人物の経験が言語によって表示され、物質過程を表す構成要素が人間の関わり合いを示し、関係過程の構成要素が意味の繋がりをより一層発展させる要素となっている。また、ジョアンナ、エミリー、シェィドラックの三人の登場人物のそれぞれの会話部分で、仮説で明示したように、心理過程の意味要素を含む動詞と発言過程の動詞が多く使用されていた。心理過程と発言過程の構成要素を分析することにより、登場人物の内面的な確信や感情を理解する手助けとなり、意味の解釈と言語の要素が結合していることが実証された。

文学的解釈の仕方とは異なるが、J・ウイリアムズは、「体系機能文法は、意味志向の文法であり、異なる社会的コンテクストにおける文法的関係を通し、意味がどのように構築されるかを調査するようにできている。また、書き言葉と同様、話し言葉の文法形式を説明するのに十分包括的なものとなっている。機能文法における要となる一つの想定は、その名称自体が示唆するように、言語学的意味を理解するためには、構造における項目の機能が正しく認識されなくてはならないということである」。

ハーディ作品が大学教育で読まれる場合、文学的視点より分析され、読まれることが圧倒的に多かったが、言語学的視点に立って、意味志向の動詞の過程構成の分析を行い、意味を解釈することでまた違った見方ができるのではないかと思う。分析結果をそのまま文学的解釈と結びつけることは困難であるが、今回は動詞に焦点を当てることにより、語り手と会話の内容の解釈に、より深い洞察が得られたのではないかと思う。また、ハリデーの他の二つの観点、対人的機能とテクスト形成的機能の分析を行うことにより、より一層文学的解釈に貢献できると考える。ハリデーの体系機能文法分析によって、学生がより深く言語を理解して、文学作品への理解の助けになるのではないかと考える。

【日本語参考文献】

大島眞『日英両語の談話分析』リーベル出版、二〇〇〇年。
瀧山季乃『ハーディ小説の鑑賞』篠崎書林、一九六〇年。
マイケル・アレクサンダー、カークウッド・ハリデー／山口昇・筧寿雄訳『機能文法概説――ハリデー理論への誘い』くろしお出版、二〇〇一年。
ジェフ・ウィリアムズ／田中美津子・塚田浩恭訳『英語教師のための機能文法入門』リーベル出版、二〇〇二年。

【英語参考文献】

Abrams Meyer Howard, ed. *The Norton Anthology of English Literature*. New York・London : W. W. Norton & Company, 1993.
Butt, David. Fahey, Rhondda. Feez, Susan. Spinks, Sue. Yallop, Colin. *Using Functional Grammar An Explorer's* Guide, 2nd edition National Center for English Language Teaching and Research Macquarie University, Sydney, 2001
Hynes, Samuel. *The Pattern of Hardy's Poetry*. The University of North Carolina Press, 1956

Halliday, Michael Alexander Kirkwood. *An Introduction to Functional Grammar*. 2nd edition. London : Arnold, 1994.

Hardy, Thomas. *To Please His Wife & The Son's* Veto. 英光社、2003.

Martin, Jim R., Mattthiessen M. I. M., Painter, Clare. *Working with Functional Grammar*. New York : Arnold, 1887.

【テクスト分析】

1　The interior of St. James、s Church, in Havenpool Town, was slowly darkening under the close clouds of a winter afternoon.

2-1 It was Sunday:

2-2 service had just ended,

2-3 the face of the parson in the pulpit was buried in his hands,

2-4 and the congregation, with a cheerful sigh of release, were rising from their knees to depart.

3-1 For the moment the stillness was so complete

3-2 That the surging of the sea could be heard outside the harbourbar.

4.　Then it was broken by the footsteps of the clerk going towards the west door to open it in the usual manner for the exit of the assembly.

5-1 Before, however, he had reached the doorway,

5-2 the latch was lifted from without,

5-3 and the dark figure of a man in a sailor's garb appeared against the light.

6-1 The clerk stepped aside,

6－2 the sailor closed the door gently behind him,
6－3 and advanced up the nave
6－4 till he stood at the chancel-step.
7－1 The parson looked up from the private little prayer which, after so many for the parish,
7－2 he quite fairly took for himself,
7－3 rose to his feet,
7－4 and stared at the intruder.

【分析例『妻ゆえに』】

1－1

The interior of St James's Church, in Havenpool Town,	was slowly darkening	under the close clouds of a winter afternoon.
行為者 Actor	物質過程 material process 出来事 event	状況要素 Circumstance

2－1

It	was	Sunday:
体現者 Carrier	関係過程 relational process 属性 Attributive	属性 Attribute

2－2

service	had just ended,
行為者 Actor	物質過程 material process 出来事 event

2－3

the face of the parson in the pulpit	was buried	in his hands,
行為者 Actor	物質過程 material process 出来事 event	対象 Goal

2－4

and the congregation, with a cheerful sign of release, were rising	
行為者 Actor	物質過程 material process 行為 Action

from their knees to depart.
状況要素 Circumstance

3－1

For the moment the stillness	was so complete
体現者 Carrier	関係過程 relational process 属性 Attributive

3－2

That the surging of the sea	could be heard	outside the harbourbar
現象 Phenomenon	心理過程 mental process 知覚 perception	状況要素 Circumstance

4.

Then it	was broken	by the footsteps of the clerk ……
対象 Goal	物質過程 material process 行為 Action	行為者 Actor

5－1

Before, however, he	had reached	the doorway,
行為者 Actor	物質過程 material process 行為 Action	対象 Goal

5－2

the latch	was lifted	from without,
行為者 Actor	物質過程 material process 行為 Action	状況要素 Circumstance

5－3

and the dark figure of a man in a sailor's garb appeared		against the light.
行為者 Actor	物質過程 material process 行為 Action	状況要素 Circumstance

6－1

The clerk	stepped aside,
行為者 Actor	物質過程 material process 行為 Action

6－2

the sailor	closed	the door	gently behind him,
行為者 Actor	物質過程 material process 行為 Action	対象 Goal	状況要素 Circumstance

6－3

and advanced up	the nave
物質過程 material process 行為 Action	対象 Goal

6－4

till he	stood at	the chancel-step.
行為者 Actor	物質過程 material process 行為 Action	対象 Goal

7－1

The parson	looked up	from the private little prayer which,……
行為者 Actor	物質過程 material process 行為 Action	状況要素 Circumstance

7－2

he quite fairly	took for himself,
行為者 Actor	物質過程 material process 行為 Action

7－3

rose	to his feet,
物質過程 material process	対象 Goal

7－4

and stared at	the intruder.
心理過程 mental process 知覚 Perception	現象 Phenomenon

第3章　見えない妻と見ない夫

――「雨のなかの猫」の文体と閉塞感

松本由美

一　はじめに

アーネスト・ヘミングウェイによる「雨のなかの猫」は、つとに知られた短編で、舞台はイタリアのホテル、主な登場人物は恐らくここに長期滞在しているアメリカ人夫妻、ある雨の日妻が窓の外に見つけた雨宿りをする猫を助けたいと外に出るが、猫の姿はすでにそこにない。それをきっかけに不満や不安な気持ちを垣間見せる妻と、それに対する夫の反応を描いている。最後に妻が探していた猫とは違うと思われる猫がホテルのメイドの手によって届けられるところで暗示的に終わる。物語の中心を成すアメリカ人夫妻の関係について、また妻の置かれた立場や心情について多くの研究者が様々な立場から取り上げ検討を加えてきた。しかし二人の関係がいかなるものであろうとも、また妻の心情や立場がいかなるものであろうとも、それを提示しているのはテクストであり[1]、そのテクストを構成している言語である。そこで文体論の立場からテクストの言語特徴を分析し、テーマを提示している文体特徴を採り出したいと考えた。

本章の構成は以下のとおりである。第二節では、文体の構成要素を斎藤（二〇〇〇）に従って概観し、一般的に文体を作り出す指標になる言語特徴について共通認識を構築しておく。第三節では、本稿の分析方法を説明し、分析結果を概観する。第四節では分析結果から分かった、「雨のなかの猫」の文体特徴について、語彙の繰り返しと配置にあり、名詞・名詞句では物語のキーワード、動詞・動詞句では、特に視線の移動を表現する語彙の繰り返しが特徴的であることを述べる。また冒頭パラグラフにおける冠詞の用法にも特徴があることを紹介し、文体論の立場から「雨のなかの猫」を論じてみたい。第五節では結論が述べられる。

二　文体の構成要素

1　文体の概念――文体とは何か？

まず文体の概念を特定しておきたい。大修館英語学事典（一九八九、八〇九頁）によれば文体の一つの定義は、「可変で、偶有的な個性『何を』ではなくて『いかに』表現するかに関わるさまざまの特徴」である。換言すれば、テクストのテーマを提示するために選択された言語の特徴といえよう。テクストとは書かれた文のみならず実に広範に及ぶが、本稿のテクストは書かれた文で、ジャンルは物語文であるアーネスト・ヘミングウェイの短編「雨のなかの猫」であるが、文体を作り出している言語特徴を明らかにするため、時代背景や作家の作風などのコンテクストから出来る限り切り離し、作品の言語をデータとして分析してみたい。

2　文体指標——何が文体を作り出すのか？

テクストの文体を分析するとは、具体的に何を分析すべきなのか、つまり文体指標となり得る言語特徴を考えねばならない。まず書かれたテクストの物語文の文体指標となることが多い、語彙の選択、意味論、文・統語法、語りの構造、視点、話法、時間の移動・時制について、どのように言語特徴たり得るのかを見ていく。

㈠　**語彙選択——単語レベル**　「偶有的な個性『何を』ではなくて『いかに』表現するかに関わるさまざまの特徴」という文体の定義に則っていえば、同じ意味を表すことのできる語彙の中から、どの語彙を選ぶかという語彙選択が文体の指標となることは言うまでもない。ここで脇山（一九九〇、一七六〜一七八頁）に紹介されている新聞記事を実例に語彙選択とはどんなものか見てみよう。

（1）次期大統領夫人であるバーバラ・ブッシュ夫人は、自らがふくよかな白髪の女性たちのお手本になるだろうと語った。日曜日のワシントンポストのインタビューで、ブッシュ次期大統領夫人はぽっちゃり体型の女性の代表者になるのが楽しみだと次のように語った。未だに鏡を見るとき、十六歳の自分を期待してしまいますが、でもそうではないでしょう？　国中の女性たちが白髪で豊かな体型を否定せず、多少のしわも気にせずゆったりと成熟した女性らしくなった自分を受けとめるようになってほしいと話した。

（「英語表現のトレーニング」脇山怜。日本語訳は筆者による試訳）

第四十一代ジョージ・ブッシュ大統領夫人がそのふくよかな体型が故に国民に親しまれているという内容なので、夫人の「ふくよかさ」に言及しないわけにはいかない。そこで様々な「ふくよかさ」を表現する語彙が駆使されている。

公共の文書であり、描写されているのは大統領夫人であるから「彼女は太っている」というあからさまな言い方が選択されていないのは勿論であるが、その他の語彙選択から、新聞社も品位を保ちつつ、教養ある言葉使いができる読者に、ブッシュ大統領夫人を好ましく捉えた内容を伝えようとしていることが分かる。また、どの言葉をどの位置に持ってくるかという語彙の配置も重要な役割を果たす。例（1）では、「太っている」に代わる語彙のうちで最も一般的な「ふくよかな」を最初に持ってきて婉曲ながらも伝えたい内容を確実に伝達している。一旦夫人の体型に言及していると分かれば後は誤解なく伝わるので、以降は「ぽっちゃり、豊かな、ゆったり」とさらに婉曲的な表現も取り入れ、同じ語彙を繰り返し使ってその語彙が強調されないように、周到に他の表現でさらに婉曲的なものが使用されている。こうして、どのような語彙を選択し、どの順で配置するかが文の意匠となり、文体指標になる。[2]

㈡　**意味・意味論——句レベル**　語彙が文法規則により他の語彙と結合され、句が生成されるが、それは文法規則に従いさえすれば良い訳ではなく、意味を成す結びつきであることが求められる。結合が期待される語彙項目同士の結びつきを連語関係といい、一つの文体指標となる。またこの連語関係を故意に逸脱することにより、連語衝突が起き、読者の注意を惹くので、広告の見出し文や、曲名や歌詞などにも散見される手法である。ドレッシングの広告見出し文を見よう。

（2）夏は涼しいサラダ！（キユーピーノンオイルドレッシング。二〇〇七）

右記はキユーピーノンオイルドレッシングの商品広告であるが、「涼しい」と「サラダ」の組合せが、耳慣れず注意を惹く。國廣（一九八二、一四九頁）によると「涼しい」は、「体が直接に固体・液体に触れない場合の体全体の感覚である」一方「冷たい」は「体が固体・液体に触れた場合の体の表面の感覚であると分析される」から、本来ならここで「サラダ」と共起すると期待される温度形容詞は「冷たい」であろう。「冷たい手」とはいうが「涼しい手」とは言わないし、「涼しい部屋」は可能だが、「冷たい部屋」とはいわない。しかし、そこを敢えて「涼しい」と「サラダ」を組合せ、目新しさを狙うと同時に「涼しい」が連想させる体全体の感覚、サラダを食べて涼しくなった様を連想させる効果を狙ったものと考えられる。こうした語彙項目同士の結びつきが文体をつくりだす。

㈢　**文・統語論——文レベル**　単語が統語規則つまり、文法規則によってまとめられたものが文である。文法規則の複雑さは表面上の文構造の複雑さに反映され、文体指標となり得る。本稿では表面上の文構造を伝統分法に従って単文、重文、複文とする分類を採用した。まず、単文は一つの主語・述語の組み合わせである。重文は主語述語の組み合わせが、等位接続詞によって二つ以上結びつけられた構造で、従って重文の主語述語の組み合わせは、切り離した二つの単文でも同じ内容を表すことが可能である。ここに単文の連続にするか、接続詞でつないで一つの重文にするか選択の余地が生まれる。また複文は、文中で名詞、あるいは副詞の役割を果たす部分が節になっている主語述語の中に、主語述語が埋め込まれた階層構造であり、三つの中では、最も複雑な文構造である。

ただし、文構造が平易だからといって、読者のレベルを複雑な文を理解しないと想定しているわけではないことを言い添える。あくまで、読み物のジャンル、表したい内容や、その主題に合った文体になるように文構造を選ぶのである。確かに複雑な文構造は、物語において事件、思考、人間関係などの複雑さを表すのに適しているが、単文にも、またその平易な構造ゆえに創出する文体的効果がある。本稿の分析文はまさに単文の文体的効果を利用していて、その効果は第四節に詳述する。ここでは、物語文とは違うジャンルのテクストで単文の効果を確認しておこう。

（3）カラメルをつくる。なべにカッコ内の材料を入れて火にかける。グラニュー糖が溶けて沸騰してきたら、なべのサイドについたシロップを、水でぬらしたはけで洗い落としながら煮、きつね色になったらすぐに水をはったボウルになべ底をつけて、カラメルの沸騰を止める。

（「藤野真紀子のとっておきのお菓子」藤野真紀子）

単文―単文―長い重文という構成で調理の手順を示したものである。重文は句点を上手く利用し、単文の連続ほど区切らず、一連の作業を説明している。単文の連続は規則的なリズムを作り出し、一つ一つの段階を客観的にまた正確に情報を順を追って伝えるのに適している。従って作業手順や段取りを伝える（3）のようなテクスト等に用いられることが多い。

㈣　語りの構造――テクストレベル　ここまで、語彙レベル、句レベル、文レベルの順で文体指標を考察してきたが、ここからはテクストレベルの指標を考察する。テクストでは、作者とは別の語り手の存在を想定し、この語り手の視点を通して語られていると考える。語り手には登場人物とは異なる立場の全知の語り手または三人称の語り手と呼ばれる、そして登場人物の一人が語り手としての役割も果たす一人称の語り手の二種類があり、それぞれ特色があるので、作者は作品を語るのにふさわしい語り手を設定する。また、語り手は一つの作品の中でも一定である必要はなく、その場にふさわしい語り手を設定することもできる。即ち、語り手の設定の仕方は語りの構造をつくり文体指標となる。まず語り手とはどんなものか具体例で見てみよう。

（4）誰か慌ただしく門前を馳けてゆく足音がした時、代助の頭の中には、大きな俎下駄が空から、ぶら下がっていた。けれども、その俎下駄は足音の遠退くに従って、すうと頭から抜け出して消えてしまった。そうして眼が覚めた。（中略）ぼんやりして少時、赤ん坊の頭程もある大きな花の色を見詰めていた彼は、急に思い出した様に、寝ながら胸の上に手を当てて、又心臓の鼓動を検し始めた。寝ながら胸の脈を聴いてみるのは彼の近来の癖になっている。

（「それから」夏目漱石）

この文章は、全知の語り手によって語られている。登場人物である代助の名前、夢、近来の癖、知るのは他の登場人物ではあり得ないからである。全知の語り手の長所はこのように、登場人物の内面や事件など全てのことを知りながら、物語を効果的な順序や形式で読者に伝えることができることである。複数の出来事を同時進行的に伝えたり順序を変えて伝えられるのは勿論、出来事の進行を伝えないことすらできる。しかし、物語全体をいわば一段高いところから眺めている全知の語り手は、読者を物語に引き込むという点では登場人物の語り手に一歩譲る。次に実例を見てみよう。

（5）おやじはちっともおれを可愛がってくれなかった。母は兄ばかりひいきにしていた。この兄はいやに色が白くって芝居のまねをして女形になるのが好きだった。おれを見るたびにこいつはどうせろくなものにはならないと、おやじが言った。

（「坊ちゃん」夏目漱石）

登場人物である坊ちゃんが「おれ」と称して自分の目を通して語っていることが、他の登場人物である家族に対する呼称から分かる。登場人物が語り手も兼ねる場合は、物語の渦中にある語り手の気持ちに読者を引き込みやすいのが長所である。しかし、他の登場人物の内面を伝えることや、また自らが体験していない出来事を伝えることはできない。読者に全てを伝えることができないことが語り手としての限界である。ただ限界即ち短所という訳ではなく、この全てを知ることができない限界こそが向いているジャンルもある。読者の共感を呼びつつ全てを知ることができない体験を共有できる語り手は、例えばミステリー等には実にふさわしいのである。一つ実例を見ておこう。

（6）コーヒーショップに入ってリディアは紅茶を飲み、全ては平常に戻った。ただし、洗面所で手を洗って――クロロックスはあったのだろうか――戻った彼女が指摘したように、『芳しくないニュース』ではある。

ボックス席で先にコーヒーを飲んでいたわたしも、店内をぼんやり見ながら同じことを考えていた。

（「冬そして夜」S・J・ローザン／直良和美訳）

ここで探偵ビルこと「わたし」は語り手であり、読者とともに今はわからない謎を解いていくのである。こうして作者は語り手の可能性と限界を考量しながら自分の物語にふさわしいものを選び、考案するのである。

㈤ **視点**　物語の視点とは、一つ一つの文や、場面が誰の視点から語られているかということである。多くの場合は語り手の視点から語られることになるが、実は視点はいつも一定な訳ではない。例えば（5）で取り上げた「坊ちゃん」では、物語全体は坊ちゃんという登場人物によって語られているのだが、視点は坊ちゃんのものばかりではない。（5）の一部をもう一度みてみよう。

（7）おれを見るたびにこいつはどうせろくなものにはならないと、おやじが言った。

（「坊ちゃん」夏目漱石）

この内「こいつはどうせろくなものにはならない」の部分は「こいつ」という坊ちゃんに対する呼称から、視点は「おやじ」のものであると分かる。しかしあくまで語っているのは坊ちゃんである。「坊ちゃん」の語りのなかに、他者の視点を入れることで単調さをさけることができ、読者は語り手以外の視点を感じることで物語を多角的に見ることができる。語り手を変えず他者の視点を取り入れることは、実は実生活の中で我々も日常的に行っていることで、例えば次のような具合である。

（8）あなたは、そんなことないって言うけれど。彼は嘘つきだと思うわ。

一回の発言なので、勿論語り手は話者一人であるが、「そんなことない」の部分は語り手の視点ではないことが分かるであろう。ここでは相手の見方、考え方を取り入れることによって自分の意見の信ぴょう性を高めようとはしていないだろうか。物語の語り手もまた、他者の視点を取り入れることでより信頼度を高めようと考える。視点の選択も意匠の一つとなり、文体指標であり得る。

㈥ **話法** 物語における話法とは、語り手が登場人物の声をどのような形で伝えるか、その伝え方のことである。主要なものは五種類で、間接話法、直接話法、自由直接話法、自由間接話法、語り手による発話や思考報告であり、どれを選ぶかにより文体が変わる。実例とともに話法の形を紹介しておきたい。まず「彼が『東京が好きだ』と言った」を五種類の話法で表すとどのようになるか見てみよう。

（9）①彼は東京が好きだと（彼は）言った。（間接話法）
②「僕は東京が好きだ」と彼は言った（直接話法）
③僕は東京が好きだ（自由直接話法）
④彼は東京が好きだ（自由間接話法）
⑤彼は東京が好きだと自分の気持ちを語った。（語り手による発話／思考報告）

①、②は伝統文法でもおなじみの形。③は直接話法の伝達部分と引用符を外した形である。従来の形である直接話法より、登場人物の発言が直接的な形で物語に入れ込まれているが、それは取りも直さず登場人物の声をより直接的に物語に反映し読者に伝えるという文体的効果を生み出し、②より登場人物自身の声が読者に届きやすい。視点の見地から考えると、自由直接話法の部分は登場人物「僕」の視点になることが分かる。次に④は自由間接話法と呼ばれる①の間接話法から伝達節を外したもの。主語が三人称で語り手の視点を通して言うことには変わりないが、間接話法より、彼が発言したことが直接的に感じられるであろう。⑤は、まさに語り手の視点を通してみた彼の気持ちの報告である。登場人物の生の声はほぼ反映されず、語り手の視点を通して彼が発話したという事実が報告される。しかし、語り手による報告は発言内容を凝縮した形で情報を読者に伝達できる。発言内容や登場人物の視点が直接的に反映されれば良いというものではなく、これもあくまで場面や状況に合わせた文体としての選択である。

また、語り手が伝えるものは、実際声に出して発話したものだけではない。登場人物が心の中で考えていることもやはり、話法と同じように五種類の方法で描写されるが、[3] 話法の種類も登場人物の思考の表現方法も登場人物そのものの声をどの程度反映するのか、またしないのかという選択になる。[4] 作者がその効果を考量し、その作品、場面、人物にあった話法や思考の表現方法を選択していく中で話法が一つの文体指標となる。

(七) **時間の移動と時制**　物語の世界の時間は、日常世界の時間表現と次の二点において大きく異なる。まず第一点は、日常世界では、現在が基本であるのに対し、物語では過去が基本であること。物語では（物語世界の中で）すでに起きた出来事を中心に語られるので、時間軸の中心は過去になり、地の文では過去、それ以前の出来事は過去完了形で語られる。現在時制や、未来時制が使われない訳ではないのだが、それには読者の注意を惹く意匠が施されていると考えられる。従って現実世界よりも時制の選択の余地が少なくなる。対して現実世界の時制は勿論現在を基軸として動いている。現在もしくは、現在進行形を使用し、過去に言及する場合は過去形・過去進行形、さらに過去より前の出来事には大過去として過去完了を使い、さらに未来のことに言及することも可能である。二点目は、現実世界では過去現在未来と一定方向で時間が流れていくのに対し、物語世界では、時間の行き来が自由なことである。語り手を使って時間の流れを自由に操作できる。現実世界では時間の流れに沿って物事の起きるまま、考えの浮かぶまま時制が決まっていくが、物語世界では例えば語り手を通じていくつかの場面を同時進行的に語ったり、過去の回想場面を入れ込んだり、そこから空想に思いを馳せ未来形を使用したり、突然現実世界に引き戻すかのように現在形を使用して読者に直接訴えかけるような手法を取ることもでき、必ずしも時系列に物語る必要はない。そして、こうした時制の選択が文体になる。昨今では現在時制を基軸とした物語も登場しているそうで、まだ新しい試みが登場し、文体の選択が増えそうである。

三　分析方法とその結果

1　分析方法

さて、ここまで文体を作り出す文体指標となる項目を概観してきたが、本節では分析文をこの指標に関して分析した方法とその結果を報告したい。

まず第二節でみた文体指標に従って、分析文を以下の項目に分け分析した。①単語レベルでは使用語彙を抽出、語彙選択に特徴が見られるかどうかを検討した。②句レベルでは連語関係を、（名詞・名詞句）（動詞・動詞句）に分けて連語として抽出、言語特徴の有無を検討した。文レベルの文法関係はまず③文構造（単文・重文・複文）、さらに④（肯定文／否定文）、⑤（平叙文／疑問文／命令文）の別に文数を集計した。次に時間の移動に関して、各文の⑥時制（過去／現在／未来）を集計し、⑦相（進行相／完了相）⑧態（能動態／受動態）にあてはまるかどうかも一文ごとに検討した。先行研究では、テクスト全体を俯瞰し、結束性や一貫性あるいはその逸脱を見いだしつつ詳細を検討することが多いが、本稿では敢えてテクストを構成する文を一つ一つの言語データとして個別に扱い、文と文の有機的なつながりを一旦取り外して考えた。一文ごとの特徴から共通項や分布特性を見出し、その中で有機的つながりをもう一度検討してみたいと考えたからである。

2　分析結果

ここで分析の結果明らかになった分析文の文体特徴をまとめておく。一点目は名詞に関して語彙選択をせずに同一語彙を繰り返し用いていること。次に二点目は冒頭のパラグラフでは定冠詞と名詞の組み合わせが多用され、その冠詞の用法に特徴があること。また三点目は動詞に関しても同一語彙の繰り返しがあり、その多くは単文でもあること。従って動詞の繰り返しが単文の繰り返しにもなっていること。さらに四点目は動詞句では視線の移動の様態を表す動詞が頻繁に用いられているが、繰り返し同じ語が用いられ、英語には豊富に存在するはずの様態動詞のヴァリエーションは利用されていないことであった。次節で結果を順に解説していく。

四　文体分析各論

1　語彙――同一語彙の繰り返し使用

英語のテクストにおいて、狭い範囲で同じ語彙を繰り返し使うことは避けられるべきことであり、不格好で時に読者に対して攻撃的になると、スワン（一九八〇、四九八～五〇〇頁）は注意を促している。[5]従って、通常作者は様々な語彙を駆使してテクストを構成するので、その語彙選択に作者の意匠が生まれ、その多彩な語彙選択によって語彙レベルにおける文体が構成されることになる。[6]実例（1）の多様な婉曲語を思い出して欲しい、「ふくよかな」に始まり次々と同じ意味をもつ違った語彙に変化させていた。意味を取り違えないように分かりやすいものから始まり順に婉曲度の高いものになるリレーのように配置し、このヴァリエーションこそが単調さを防ぎつつテクストの結束性も生み出していた。同一語彙の繰り返しを避けることで、読む者に不快感を与える執拗さや執着を巧みに避けることができた。ところが、分析文はこれとは全く逆の手法が採られ、繰り返し同じ語彙を配置し、また配置の工夫によりそれらを指す代名詞の使用を極端に少なくし、ぶつ切りの連続のような文体をつくり出し結束性とは逆の効果を持たせている。まず物語のキーワードとなる名詞がどのように繰り返されているか調べてみよう。

㈠「**猫**」（cat）「猫（cat）」は、タイトルを含め一五回、また「子猫（kitty）」は七回使用されている。しかも、テキスト全体に分散されているのではなく、特定の場面に集中して、非常に接近して使われている。接近している場合、代名詞で置き換えられても良さそうだが、それは巧みな配置で避けられている。猫を探しに外に出た妻と傘をさしかけたメイドの会話を見てみよう。

（10）メイドのさしかける傘に守られながら彼女は砂利道を進んでいって、自分たちの部屋の窓の下まできた。テーブルがあった。雨に濡れて鮮やかな緑色に映えていたが、猫の姿は消えていた。急に失望感に襲われた。メイドが彼女を見あげた。
「ア・ペルドゥト・カルケ・コサ・シニョーラ（何かおなくしになったんですか、奥さま）？」

「猫がいたのよ」若いアメリカ娘は言った。

「猫が？」

「シ、イル・ガット（ええ、猫が）」

「猫がですか？」メイドは笑った。「この雨のなかに猫が？」

「ええ、そうなの。このテーブルの下にね」言ってから、「ああ、ほしかったわ、あの猫。あたし子猫がほしかった」

（「雨のなかの猫」アーネスト・ヘミングウェイ／高見浩訳）[7]

ここではメイドと妻がお互いに「猫（cat）」という単語を繰り返し使うよう巧みに設定されている。さらに物語の終盤では妻と夫のやりとりの場面で、妻の発言の中に連呼するように猫という単語が登場する。

(11)「とにかく、猫がほしいわ」彼女は言った。「猫がほしい。今すぐに猫がほしい。髪をのばして楽しめないなら、せめて猫を飼ったっていいじゃない」
(前掲書)

この猫がこの作品の中で何を象徴しているかはここでは問わないが、妻の発言の中に執拗に繰り返されているところをみると、妻が求めているものであることは確かであろう。そして、それに象徴されるものを手に入れられないもどかしさや、苛立った様子がこの単語の巧みな配置による繰り返しで読者にも伝わってくる。

(二)「雨」(rain) 「雨(rain)」は名詞として七回、また英語では動詞として使うこともできるので、「雨が降る」という動詞の意味でさらに三回使用されている。七回使用されている名詞のうち四回は非常に近い位置に配置されている。まず、初めて「雨」という単語が登場する直前の場面を見てみよう。

(12)公園には大きなパームツリーが生えていて、緑色のベンチがあった。晴れた日には、いつも絵描きたちが画架を立てていた。絵描きたちは、パームツリーのたたずまいや、公園と海に面したホテルの明るい色彩が気に入っていたのだ。かなり遠くからやってきて、戦争記念碑を見あげるイタリア人たちもいる。
(前掲書)

そしてこの直後に「雨」という単語が登場する。

(13) 青銅製の記念碑は、雨に濡れて光っていた。その日は雨だった。雨がパームツリーから滴り、砂利道に水たまりが生じていた。雨の下で波が横一文字に砕け、浜辺をすべるように後退したと思うとまた押し寄せてきて、雨の下で横一文字に砕けた。

(前掲書)

(12)で描かれている状況は実は雨の中なのであるが、寧ろ晴れを想像させる言葉使いではなかろうか。「パームツリー」や「晴れた日には」「明るい色彩」など、読者に明るい日差しの中の情景を想像させるように語彙が選択されている。それと対比をなすように「雨」という言葉が五回繰り返されている(13)の部分が続く。また動詞としての「雨」は(13)の「その日は雨だった」を含めて三箇所に使用されている。(8) この三文はそれぞれパラグラフの冒頭ではない位置に配置され、前文との対比が気がつくと雨がさらに激しくなっていた、という流れを作り出している。文の配置の仕方が繰り返し効果を強めているといえよう。

㈢「夫(husband)」と「妻(wife)」 次に夫と妻に対する呼称も、二人が主要な登場人物であるが故、数多く言及されるだろうと予測された。まず使用語彙とその回数を調べると、「夫」は二回、その後固有名詞「ジョージ(George)」に切り替わり八回、そして代名詞「彼」で八回言及されている。対する妻は「妻」で七回、途中「娘(girl)」として四回言及されているが、その後また「妻」に戻り固有名詞は出てこない。夫はすぐに、固有名詞で言及されたのに、妻は物語の最後まで名前の無いままで終わることは、勿論意匠である。日常生活で面前の相手に固有名詞で言及しないことは失礼とされているし、物語の中で主要な登場人物の固有名詞が出てこないことは読む側にとって不自然で、ある種落ち着かない不安な気持ちを起こさせる。読み手は物語を読みながら、無意識のうちに固有名詞に伴うイメージを個々に描いて頭の中に人物像を描くものだが、固有名詞がなく、人物像の想像を禁じられているように感じるから不安を覚えるのであろう。

2　冒頭パラグラフにおける定冠詞の文体的効果

さて分析文では物語の舞台を説明する冒頭のパラグラフにおいて、初出の名詞に定冠詞が用いられていることが分かる。通常初出のものは不定冠詞で言及されるので、冠詞用法の逸脱であるが、前節の繰り返し用法などとは異なり、読む者を不安にしたり落ち着かない感じを与えたりはせず、寧ろ安心感を覚えさせるようなパラグラフである。この定冠詞の文体効果を見てみよう。

㈠　**定冠詞の一般的用法と文体効果**　基本的な定冠詞の用法は、クワーク編著（一九八五、二六五頁）によると「定冠詞（the）はそれがある特定のもの、つまり、文脈や常識からそれが話し手と聞き手双方に同定された一つのものに言及するとき、使用される」である。[9] 即ち、物語の中では、「作者自身と読者の了解の元に同一事物・事象を念頭に置ける」と判断した段階で定冠詞を使用するのであり、原則的には、まず不定冠詞で言及し、何らかの説明を加え共通認識を構築し、次に定冠詞で言及するという順序になる。定冠詞は即ち「双方に了解されている特定のもの」であることを含意し、了解済みであることを示す効果を持つ。

㈡　**定冠詞の用法　イン・メディア・レス**　次に初出から定冠詞で言及する冒頭のパラグラフをみよ

う。

（14）そのホテルに泊まっているアメリカ人は彼ら二人だけであった。[10]

物語の舞台となるホテルが初出にもかかわらず定冠詞を付されて説明されている。文脈からはどのホテルなのか同定できないが、定冠詞が使用された段階で名詞は「双方に了解されている特定のもの」であるはずだから、読者は何とかして作者の示している「そのホテル」を想像し同定しなければならない。まさしくそれが作者の意図である。これは、イン・メディア・レスといって、例えばいきなり会話の途中から物語を始めたり、背景を説明せず事件の結論から始めたり、前置きや説明無しに、いきなり「渦中」から始める技法である。読者にインパクトを与え物語に引き込むのに有効で、作者が主導権を持って物語を進めることができる。[11] 文字数の限られた短編小説や時間制限のあるテレビドラマなどでもよく用いられる。ここでは「よくあるようなホテルで、そんなホテルにある階段を行き来し、」と作者は読者の中に物語の背景や世界を構築させ物語に慣れ親しませていく。慣れ親しんだところで（13）の例にあるとおり「青銅製の記念碑は、雨に濡れて光っていた。その日は雨だった」と読者の意表をつく場面に続け、その後の物語を効果的に運んでいる。

3　動詞・動詞句の繰り返し

分析の結果、繰り返されている語句は、名詞・名詞句だけではなく、動詞・動詞句にもあることが分かった。ここでは「本を読む（read）」「見る（look）」を取り上げてみよう。

㈠「本を読む（read）」　夫であるジョージが物語の間中ベッドで本を読んでいるという設定で、彼の動作を描写する動詞として本をよむ描写が繰り返されている。[12]ジョージが本を読んでいることを描写する文は短く平易な単文である。二―2―㈢で触れたように、単文の繰り返しは情報を客観的に伝えるのに適していて、手順を示すようなテクストに多用される。その反面情感豊かに伝えるのには適さず、どこか無機的な文体になる。ここでは使用されている語彙全体が文の繰り返しになっていて、何が起きようと態度を変えないとりつく島のない頑固さを感じさせる。また進行形を用いることによって動作が継続中であり何が起きても本を読み続けていることを表すのに成功している。

㈡「見る（look）」　次に、繰り返しの多い動詞として、「見る（look）」を検討したい。

まず「見る（look）」の意味特性を検討してみよう。「見る（look）」は「主語が何かを見る」という動作だが、認知的には「主語の視線が移動する」と考えられ、[13]様態動詞の一つに分類される。人や物の空間移動の表し方は言語により類型が異なり、英語は何がどの様に移動するか表す様態部分を動詞で表し、その移動の経路を不変化詞で表すというのが一般的である。視線の移動の経路は不変化詞で表されるが、「見る（look）」は通常その視線の経路、到達点、経路と到達点の両方を示すことが多く様態動詞でのみ使われることは少ない。

さて、分析文では「見る」が一三回使われている。一三回の使用は確かに繰り返し効果を持つであろうが、今までの繰り返しの例と異なるところは、文の長さがそれぞれ異なり、繰り返しそのものが目立ちにくいことである。ところが妻が主語になるもののみ考察すると、[14]ほぼ同文の繰り返しが見られること、彼女自身を見ている文以外は視線の到達点が示されていないことがわかった。一方、妻以外を主語とする文では視線の到達点は何らかの形で示されている。英語における「見る」という意味を持つ様態動詞の多様性にもかかわらず同じ語彙を繰り返すことにより、まず妻の生活の単調さを読者に印象づける効果があるであろう。その上、妻以外の人々と対比させ妻には視線の到達点を特定していないことは、妻の行く先の定まらない不安定さを示すのに成功していると言えよう。

五　結論

文体は様々な言語特徴により構成されるが、本稿では語彙レベルの語彙選択、句レベルでの語彙の共起関係、文レベルでの文構造の選択、語り手と登場人物というレベルで、語りの構造、視点、話法の選択という観点から、「雨のなかの猫」を分析し、次のような結論を得た。まず名詞に関して語彙選択をせずに同一語彙、同一句を繰り返し用いて登場人物のもどかしさや苛立ちの感情を伝えていること。次に冒頭のパラグラフでは定冠詞と名詞の組み合わせが多用され、読者に慣れ親しんだ物語の背景をつくりあげていること。三点目は動詞に関しても同一語句の繰り返しがあり、また同一の動詞が使われている文の多くは単文でもあり、動詞の繰り返しが単文の繰り返しにもなり冒頭のパラグラフの心地よさと対比するような閉塞感を提示していること。最後には動詞句では視線の移動を表す表現が多く用いられているが、視線移動の様態を表す動詞は繰り返し同じ語彙「見る（look）」が用いられ、英語には豊富に存在するはずの移動を示唆する様態動詞のヴァリエーションは避けられていること、語彙選択、語彙の共起関係、文構造の選択、いずれにおいても平易なものが繰り返されて、登場人物の心の葛藤や不安や閉塞感を伝えるのに貢献していると考えられた。

【注】

（1）大修館英語学事典（七九七頁）によると「テキスト」には二つの見方が可能であり、まず一つは「既に成された言語活動、たとえば、書かれた文献や録音された談話など、すなわち、静的な言語活動とする見方」もう一つは、「現場の脈絡に応じて生み出される、音声あるいは文字による言語活動、すなわち、動的な言語活動とする見方」である。本稿では表記は「テクスト」を使用し、その概念は前者つまり静的言語活動と捉え、文法の結束性や意味の一貫性に結びつけられた文の集まりと考える。

（2）語彙選択とその効果について詳しくは四・1を参照のこと。

（3）斎藤（二〇〇〇、一二〇頁）によると「最近の文体論では、speech と thought の両方を同時にさし示す概念として、discourse という言葉を用います」とある。

（4）斎藤（二〇〇〇、一二〇頁）ではそれぞれの話法や思考の表現方法がどの程度登場人物の声を反映するか、次のような図にまとめられている。

語り手の声
→ 語り手による発話／思考報告
間接話法
自由間接話法
直接話法
自由直接話法 ←
登場人物の声

（5）日本語訳は本稿筆者による。原文は次のとおり。In writing repetitions is often considered clumsy even when it is not ungrammatical. (Swan 1980, 498-501)

（6） Toolan（一九八八・一六二）は、文体における語彙選択の重要性を作家の立場からコールリッジの弁を借りて以下のように紹介している。Of course word-choice (or lexis, or what used to be called 'diction') is central to whatever is distinctive about particular literary text.

（7） 分析文の訳は「ヘミングウェイ全短編1 高見浩訳」を採用した。以下断りのない限り同書による。

（8） 本来は動詞の節で分析すべきであるが、名詞・動詞を問わず"rain"という語彙が繰り返されることに特徴があると考え、ここでまとめて分析する。

（9） 日本語訳は本稿筆者による。原文は以下のとおり。The definite article the is used to mark the phrase it introduces as definite, as referring to something which can be identified uniquely in the contextual or general knowledge shared by speaker and hearer.

（10） （14）は本稿筆者の試薬である。原文は以下のとおり。There were only two Americans stopping at the hotel. They did not know any of the people they passed on the stairs on their way to and from their room.

（11） イン・メディア・レス（*in media res*）とは、Short（一九九六、三八）によると「中途から始める」の意味で、その用法は定冠詞に限らず会話の途中から物語を始めるなど作家により様々な工夫が試みられている。

（12） 具体的な原文分析箇所は以下のとおり。
The husband went on reading, lying propped up with the two pillows at the foot of the bed.
George was on the bed, reading.
George was reading again.
'Oh, shut up and get something to read,' George said.

He was reading again.
He was reading his book.

（13）　松本（二〇〇八）では「視覚的放射」と呼ばれている。

【分析作品】

Hemingway, Ernest. “Cat in the Rain” *In In Our Time*. 1925. New York : Macmillan.
日本語訳は断りのない限り、高見宏訳『ヘミングウェイ全短編1』一九九五年、新潮社による。

【参考文献】


池上嘉彦『「する」と「なる」の言語学』大修館書店、一九八一年。

小寺茂明監修／Chart Institute 編『デュアルスコープ総合英語』数研出版、一九九八年。

國廣哲彌『意味論の方法』大修館書店、一九八二年。

斉藤兆史『英語の作法』二〇〇〇年、東京大学出版会。

松浪有・他編『大修館英語学事典』大修館書店、一九八九年。

松本曜「空間移動の言語表現とその類型」『月刊　言語』二〇〇八、三七〜七、三六〜四三頁。

山梨正明新英文法選書・第一二巻『発話行為』大修館書店、一九八六年。

脇山怜『英語表現のトレーニング』一九九〇年、講談社。

Quirk et al（1985）*A Comprehensive Grammar of the English Language*, Longman.

Short, Mick（1996）*Exploring the Language of Poems, Plays and Prose*. Longman.

Toolan, Michael（1988）*Language in Literature*, Arnold.

【掲載資料出典】

（1） *The Japan Times*, Jan. 18 , 1989 から引用。日本語訳は本稿筆者による試訳。原文は次のとおり。

The new First Lady, Barbra Bush, promises to be a role model for lots of "plump, white-haired, wrinkled ladies."

In interviews published Sunday in The Washington Post, Bush expressed amusement at her role as advocate for the full-figured woman. "I still look in the mirror and see a young 16-year-old…, but that isn't the way it is really," she said, noting that women around the country identify with her matronly appearance-white-haired, full through the middle a few wrinkles.

（2） キューピーノンオイルドレッシング広告『きょうの料理』二〇〇七年七月号掲載。

（3） 藤野真紀子『ＮＨＫきょうの料理シリーズ　藤野真紀子のとっておきのお菓子』日本放送出版協会、一九九八年。

（4） 夏目漱石『それから』新潮社、一九八五年。

（5） 夏目漱石『坊ちゃん』角川書店、二〇〇五年。

（6） Ｓ・Ｊ・ローザン／直良和美訳『冬そして夜』東京創元社、二〇〇八年。

（7） 夏目漱石『坊ちゃん』二〇〇五、角川書店。

（11）～（14） アーネスト・ヘミングウェイ／高見浩訳『われらの時代の男だけの世界――ヘミングウェイ全短編編1』「雨のなかの猫」新潮社、一九九五年。

第4章　臨界期の存在否定

國府方麗夏

一　はじめに

ある一定の期間に言語を学ばないと、その言語は母語話者のレベルに達しないと信じられている。それが臨界期だ。臨界期の存在は、少なくとも半世紀前から信じられてきた。しかし、この臨界期の時期がいつなのかは未だに謎のままだ。更に不思議なことは、その時期が特定できていないのに、その存在が信じられているということだ。しかし、この臨界期は既に一人歩きをしてしまっている。しかも、それは社会にちょっとした混乱をもたらしているのだ。

日本では、小学校に英語教育が導入されることが決まった。これが導入された理由の一つに臨界期の存在がある。臨界期に対する幻想が生まれなければ、このような事態には陥っていなかっただろう。しかし、英語教育は小学校に持ち込まれることになり、それによって、いくつかの問題が発生しているのだ。

近年、幼児向けの英会話教室が盛況となっているらしい。もちろん、小学校で英語教育が導入されたことがその原因だ。しかし、ここに教育格差を生み出すかもしれない重要な問題がある。小学校に英語教育が入り込めば、当然、小学生の子どもを持つ家庭で、英語教育の過熱が予測しうることであった。過熱した親たちは、公教育だけでは満足できないから、幼児向けの一般的な英会話教室に自分の子どもを通わせることになる。こうした英会話教室は公教育ではないから、それにかかる費用は個人で負担しなくてはならない。経済的に余裕のある家庭にとって、それは大した問題にはならないかもしれないが、そうでない家庭にとっては、深刻な問題だろう。英会話教室に通えないことで、教育格差が拡大するかもしれないのだ。

また、そのための教員を新たに集める費用をどうするのか、といった問題もある。当然だが、そのための費用は国民の税金で賄われることになる。これまで小学校には英語の教員はいなかったのだから、全国で一斉にそのための莫大な予算が新たに生じることになる。しかし、小学校の英語教育が、そのような投資に見合った効果を得られるのかは不明確だ。もし、効果が得られなければ、それは税金の無駄遣いになるだろう。

また、たとえ小学校で英語教育に成功したとしても、その英語力が中学校・高等学校で維持されるのかという問題もある。せっかく多額の税金を投入して小学校の英語教育を実施したところで、その成果が中学校・高等学校で潰れてしまえば、それは無駄になってしまう。残念ながら、現行の語学教育プログラムには、まだ修正すべき点が多くある。英語力を育成するためには、小学校の英語教育よりも、中学校・高等学校の英語教育を見直した方がずっと効果があるのではないだろうか。

本稿では、こうした問題を解決するために、その根源である臨界期の否定を試みる。それと同時に、これまでの英語教育の問題点を指摘し、それをどのように修正していくべきか考察していく。

二　先行研究

多くの研究者によって、臨界期はその存在がこれまで肯定されてきた。例えば、アッシャーとガルシア（一九六九）はアメリカに居住しているキューバ移民七一名を対象に、発音テストを行っている。その結果、六歳以下だと母語話者並の発音能力が身につくが、それが十三歳以上になると難しくなるという結論を得た。これは臨界期の存在を肯定する典型的なものだ。

これとは他に、バーストール（一九七五）はフランス語話者を対象にテストを行い、臨界期についての調査を行っている。この研究もまた、他の研究と同様に、学習者の年齢が外国語の習得に影響を及ぼすとする、臨界期肯定の結論に至っている。しかし、学習効率に関しては、年齢が高い方が良いと考えた。また、臨界期に関する、直接的で実証的な証拠が確認されていないという極めて重要な指摘をしている。

また、オヤマ（一九七六）は英語話者一三一名を対象に、フランス語とアルメニア語の音声面の再生テストを行い、年齢の若い方が音声面での習得に優れた結果を残したと報告している。これもやはり臨界期を肯定する結論に至っている。しかし、被験者の学習期間が短かったようで、それが長期に及んだ場合は、その結果が変化する可能性があると指摘した。ここでもやはり臨界期に対する確固たる証拠が得られていない。

臨界期に関する研究はこれだけではないが、数多くの研究結果がありながら、なぜかその結論は完全一致に至らない。どうしてこのような現象が起こるのだろうか。自然界において普遍的な現象であるならば、常に同じ結果にならなければおかしい。しかし、実情は、研究者によって、その結果にはらつきがあるようだ。

多くの研究を見てみると、データ収集の方法にはそれほど違いがない。しかし、実験の前に、被験者がどのような語学教育を受けてきたのか、それが明らかになっているケースは見当たらない。被験者がどのような教授法によって、どれくらいの時間をかけ、どの言語スキルに重点が置かれたトレーニングを受けてきたのかについてはほとんど公開されていないのだ。つまり、データを収集する以前の条件が異なっている可能性があるのだ。こうした事実がその調査結果に違いをもたらしたと考えられる。

そもそも、子どもと成人の言語習得には大きな違いがある。教授法に関していえば、子どもは直説教授法で学習するしかないが、成人は様々な教授法を選択することができる。それは子どもの認知能力が成人に比べて未発達であることに起因する。また、学習時間に関しても、子どもと成人では全く異なる。子どもの場合は、生活の大部分を語学学習に費やすことが実質的に可能だ。しかし、成人の場合はそうではない。大抵の成人は家事や仕事に多くの時間を割かれるのが現実だ。そのため、成人が子どもと同じだけの語学学習時間を確保することは極めて困難となっているのだ。また、言語スキルに関しても大きな違いがある。例えば、語彙に関しては、子どもが習得するものは、自分の生活に密着した極めて狭い世界でのものに限られる。子どもにとって、それを学習するので精一杯で、それ以外の語彙は学習の対象になりにくいからだ。一方、成人の場合は、子どもが習得する語彙に加えて、より広い世界での語彙が習得の対象となる。例えば、敬語やビジネスで必要とされる専門用語のような社会的な語彙だ。いうまでもなく、成人の場合、子どもよりも広い社会で様々な人々と交流する必要があるため、必然的に求められる語彙の量が増えるのだ。また、子どもが必要とする言語スキルは基本的にリスニングとスピーキングだが、成人の場合はそこにリーディングとライティングが加わってくる。こうしたことを考えれば、子どもに比べて、成人の学習負担が圧倒的に大きいことが分かるだろう。そもそも、学習負担が異なる対象を、同じ土俵で比較すること自体が誤っているのだ。

臨界期の存在を証明するためには、子どもと成人の学習方法や学習内容などの条件を、完全に同一にする必要があるだろう。そうでなければ、比較をする意味がなく、臨界期の存在を証明したことにはならないからだ。しかし、子どもと成人の習得は明らかに異なっているから、両者に全く同じ条件で外国語を学ばせることは、極めて難しいだろう。ここに臨界期証明の難しさがある。

二 「文字」と言語習得

スタインバーグ（一九九五）によれば、成人の記憶力は年齢とともに衰退していくという。それは脳の発達の変化によるもので、八歳頃から始まるという。記憶力の衰退は、言語習得にとっては致命的で、これもまた、臨界期の存在を肯定する根拠の一つとなっている。

しかし、なぜ脳の発達に伴って、記憶力が衰退していかなければならないのか、その生物的メカニズムの説明は不十分だ。弱肉強食の自然界では、生物は進化をしていく、というのが一般的だろう。そうでなければ、生き抜いて子孫を残すことが困難となり、絶滅するリスクが高くなってしまうからだ。だとすれば、人類の発展に大きく貢献してきた記憶力が、八歳という、極めて若い時期から衰退するというのは、おかしくないだろうか。この点に関して、スタインバーグは明確な説明ができていない。

実は、この疑問を解くヒントが「道具」にある。人類が他の生物と異なる特徴の一つが、「道具」を使うということだ（ただし、最近は猿やチンパンジーも「道具」を使う）。人類は文明の進歩に伴い、自分たちが使う「道具」を進化させてきた。しかし、人類は「道具」を発展させると同時に、生得的に与えられ進化させてきた様々なものを、逆に退化させてきているという事実がある。

例えば、牙や爪がそれだ。人類の牙や爪は、他の肉食動物に比べて、著しく退化している。ペットとして飼われている猫や犬を見れば一目瞭然だが、牙や爪は狩猟や決闘などの道具として使われている。これらは、自然界の過酷な生存競争の中で、必要に迫られて進化を遂げてきたはずだ。しかし、人類がそうした目的のために、その牙や爪を使うことは、現代ではほとんどなくなった。人類は牙や爪の代わりに、弓や銃といった人工的な「道具」を使うようになったからだ。つまり、人類は人工的な「道具」を使う代わりに、牙や爪といった、生得的な「道具」を退化させてきたのだ。人類が裸で生活することが困難になったのも、これと同じ理由からだろう。衣服や家といった人工的な「道具」を手に入れたため、人類は体毛という生得的な「道具」を失い、裸では生活できなくなったと考えられるのだ。実は、こうしたことは記憶に関しても当てはまるのだ。記憶もまた、ある人工的な「道具」の登場によって、それが退化したと考えられる。

その「道具」として考えられるのが「文字」だ。オング（一九九一）は、「文字」の登場によって、「声の文化」にはなかった、「文字の文化」が生まれたと述べた。つまり、「文字」によって、人類の思考のシステムが変化したと考えたのだ。これは極めて重要な指摘だ。思考のシステムが変化したのであれば、それが記憶や言語習得に影響を及ぼす可能性は高い。問題は、それが記憶や言語習得にとって、利益と不利益のどちらをもたらしたのかということだ。

かつて、人類はあらゆる情報を、自分の脳に記憶してきた。しかし、それは「文字」という便利な道具の登場により、革命的に変わってしまった。「文字」の登場により、人類はそれまで自身の脳に記憶してきたものを、「文字」に残すようになったのだ。「文字」が登場するまでは、記憶の媒体は自身の脳しかなかった。脳に記憶された情報は、一度忘れてしまえば、それを思い出すことは極めて困難であった。だから、「文字」を持たない人類は、記憶を失わないように、それを何度も思い返すことで記憶の強化を習慣的に行ってきた。

しかし、「文字」という革命的な道具を手に入れた人類は、かつてのように自身の脳に記憶をしなくなってきた。記憶されるのは、特に使用頻度の高い情報だけであり、そうでない情報は「文字」に記録されるようになった。ここに、人類の記憶の衰退の原因があるのだ。

例えば、「昔話」を考えてみたい。「昔話」というものは、かつては人から人へ語り継がれるものであった。しかし、現代人は「昔話」を語り継がなくなってきた。なぜなら、もはや「昔話」を語り継ぐ必要がなくなったからだ。現代社会において、「昔話」は語り継がれるものではなく、「文字」によって受け継がれるものへと変化している。その結果、「昔話」を自らの脳に記憶する努力をしなくなったのだ。当然、使われなくなった能力は低下するから、かつては覚えることのできた長い物語が、現代では覚えることが困難になりつつあるのだ。

実は、こうした「文字」による思考のシステムの変化を用いて、スタインバーグ（既掲）が言及した、八歳から記憶力が衰退するという現象も説明ができるのだ。一般的に日本人の「文字」の学習が始まるのは、小学校に入学してからだ。基本的に小学校に入学する年齢は七歳だから、その年齢から

「文字」の学習が始まり、それから徐々に「文字」への依存度が高まってくると考えられる。だとすれば、「文字」による記憶への介入が七歳頃から始まり、それが徐々に記憶力の障害となっていくといえるのだ。そう考えれば、八歳頃に記憶の衰退が始まるという現象を合理的に説明できる。つまり、臨界期だと考えられていた記憶の衰退は、「文字」の登場による、思考のシステムの変化によって引き起こされていた可能性が出てくるのだ。

また、「文字」への依存は、記憶以外の部分にも影響を及ぼしている点に注意が必要だ。例えば、日本人大学生に英語の書き取りテストをすると、ほとんど書き取れないといったケースが大半を占める。学生の中には「難しすぎて書き取ることは不可能だ」と文句を言う者もいる。しかし、答え合わせで正解の文章を見せると、「こんなに簡単な文章だったのか」と驚くケースが珍しくない。これは、日本人大学生がいかに英語の音に慣れていないかを指し示す現象だ。この現象から、いかに音声面でのトレーニングが不足しているのかがうかがい知れる。その責任の大部分は中学校や高等学校の英語教育にあるのだろう。中学校や高等学校の授業では、音を聞き取る力よりも、文字を読むことに重点が置かれ過ぎているのだ。

これ以外にも、「文字」依存が引き起こしたであろうと思われる興味深い現象がある。英語の書き取りを終えた学習者に、後日、同じ内容で試験をすると、なぜか書き取れない部分が出てくるのだ。多くの学習者たちは、答え合わせをしたときに、書き取った英語が「簡単だ」と認識していた。それならば、再試験をしても全て書き取れるはずだ。しかし、現実はそうではなかった。これもやはり「文字」依存が引き起こした問題だろう。恐らく、学習者は書き取りをした英語を、「文字」で理解したのだ。答え合わせをするときは、「文字」を使う。だから、学習者は「文字」で正解を理解する。

そして、彼らは「文字」で正解を記憶したのだ。記憶された情報は「文字」なのだから、それで音を聞き取ることはできない。ここに「文字」依存の恐ろしさがある。

もし、日本人の成人の学習者に、「文字」を使わずに文法を学習するように要求したらどうなるだろうか。恐らく、たいていの者はそれが不可能だと断言するだろう。しかし、子どもは「文字」を一切使わずに文法を学習しているのだ。だから、理論上は「文字」がなくても文法を学習することはできるのだ。そして、日本人はみなそうやって日本語の文法を習得してきたのだ。しかし、成人になると、どういうわけか、それができないと言うのだ。これもまた、「文字」依存によって引き起こされた現象の一つだ。「文字」を持った大人は、無意識に「文字」に依存することで、幼少期に当たり前にできていたことが、いつの間にかできなくなってしまったのだ。

これまで臨界期として考えられてきた現象は、実は「文字」への依存によって引き起こされた、思考システムの変化によって引き起こされたものかもしれないのだ。これまで述べてきた様々な現象が、その可能性を示唆している。もし、成人の言語習得における学習障害が、臨界期のせいではなく、「文字」によってもたらされた思考の変化が原因なのであるならば、その思考システムを以前のシステムに戻してやることで、子どもと同じような学習効果を生み出すことができるかもしれない。あるいは、認知レベルが子どもより優れているのだから、子どもの学習効果を上回る可能性もあるのだ。

三　実際の授業への応用と将来の展望

これまで、子どもが成人よりも言語の習得に優れているとされてきた現象には、「文字」によって生じた、思考システムの変化が関係している可能性について論じてきた。そこで、そうした思考システムを元に戻すような英語教育を行うと、どのような効果が得られるのか、具体的な授業へ取り組みを紹介する。

大学のいくつかのクラスで、「文字」依存からの脱却を目指した英語学習プログラムを実施した。プログラムは、その学習方法が、「文字」よりも音声に意識が向くようなものになるようにデザインされた。これは学習者の思考システムを、できるだけ「文字」から切り離すために考えられたものだ。しかし、いきなり「文字」が全くない状況で外国語を学ぶという方法に対して、学習者が全く免疫を持たない危険性もあるから、完全に「文字」から切り離すことはしなかった。「文字」によって得られるメリットもあるし、むしろ、「文字」の利便性を生かして、適切な場面で最小限に「文字」を活用する方が、成人の外国語学習には適している可能性が高いからだ。だが、あくまでも音声が学習のベースでなければならない。だから、必ず学習は音声から始めさせ、学習者が音声を最初に学習するように徹底した。また、これらの授業は語学の初級者を対象としていたから、基本的にはリスニングとリーディングの受信型スキルの育成に限定した。つまり、スピーキングやライティングなどの発信型のスキルは学習者に求めなかったのだ。自然な言語習得のプロセスにおいても、その初期段階では、学習者が受信型の学習しかしないということが認められている。このとき、学習者はほとんど発話をしないことから、この期間は沈黙期と呼ばれている。このことからも、初級レベルの学習者が受信型の学習方法で英語を学ぶのは、無理のないプログラムであろう。

以上の条件を満たす方法として、「書き取り」がその主な学習構成要素として選ばれた。書き取りであれば、「文字」よりも先に音声に触れることになるから、音声をベースに言語を学ばせるという目的にかなっている。また、書き取りでは、自ら発話することは特に求められないから、受信型の学習方法としても適切であり、英語力の低い学習者でも無理なく適応できる。また、学習者が自ら書き取ることによって、自分がどの音を聞き取れていないのかを、明確に把握できるという利点もある。

また、このプログラムの目的は、学習者の意識を、「文字」から音声に移行させることにあるから、学習者が英語で単語を書けない場合には、カタカナで書き取ることも許した。あまり多くの期待をすると、学習者の心理に負担をかけることになるから、音声にだけ集中させることにした。もちろん、教養として綴りが正確に書けることが望ましいし、正確に綴りが書けるようになるべきだ。しかし、それはしっかりと聴き取る力が身についてからでも遅くないだろう。むしろ、学習内容をスリム化して、学習対象を明確にした方が、学習者が学習しやすくなる。

もちろん、書き取りだけでなく、文法のトレーニングも行った。しかし、文法はあくまで解説にとどめ、学習者にはそれを覚えることを要求しなかった。しかし、重要な文法事項は解説の際に何度も登場するから、学習者は授業を聴いているだけで、自然に覚えてしまったようだ。実際に、学習者からは「何度も同じ文法の説明を聞いていたから、いつの間にか覚えてしまった」という意見が多く出た。

学習者の大部分が英語の音声に慣れていなかったから、プログラムの初期段階では学生が混乱していた。しかし、プログラムが進むにつれて、徐々に学習者が音声に適応していき、三ヶ月たつころには、一部の学生の間で、その学習効果を実感する者が出てきた。面白いのは、そうした学生の存在によって、周囲の学生の学習意欲が高まったことだ。それまでは、半信半疑でなかなか本気でプログラムに取り組めていなかった学生が、学習効果を実感した学生に感化され、その意欲を高めたのだろう。

一年間このプログラムを続けると、書き取りの学習効果の高かった学習者は、学習意欲が更に高まり、もはや授業とは関係なく、自主的に語彙や文法を学習するようになった。英語を聞き取れるようになったことで、英語に対する自信が芽生えたのではないかと思われる。

また、学生の中には、「授業時間が短く感じる」といった意見も多く出された。書き取りの際にはCDを使用したのだが、流した文章は途中で止めることはしなかった。これは、聞いた英語をできるだけ多く、瞬間的に記憶させることを目的としたためだ。学生は早く文章を書き取りたいから、できるだけ文章を長く書き取ろうとする。そのためには、聞いた音をその場で記憶する必要がある。しかし、これは訓練しないとできないことだ。このプログラムではそうした能力の訓練も兼ねた。当然、一回聴いただけでは書き取れないから、同じ文章を何度も聴かせる事になる。およそ七回前後で学習者の書き取りの限界が訪れる。面白いことに、学習者からは「同じ音を何度も聴いたから、まだ音が頭の中で回っている」といったような意見が出た。これは音が「文字」に依存せずに記憶された証拠だ。通常、同じ文章を七回も聴かされるとうんざりするのだが、書き取ろうとして聴いていると、それが苦にならないようであった。こうしたことも言語の習得に良い影響を与えると考えられる。

このプログラムを通じて分かったことは、音声面の能力は時間をかければ、確実にその効果が得られるということだ。残念ながら、大学の授業は一年間で完結してしまうため、長期に渡った観察がまだ実現していない。しかし、一年間の書き取りプログラムによって、学習者の英語に対する自信は明らかに増していた。もし、これを長期に渡って継続できたのなら、きっと面白い結果が得られただろう。

四　おわりに

以上、様々な観点から臨界期の存在について論じてきた。そして、いかに成人の学習者が「文字」に依存しているかを訴えてきた。「文字」依存から脱却することで、語学学習の成果に大きな変化が起こる可能性が高い。その可能性はひょっとすると、臨界期の存在を打ち消すことになるかもしれない。それほど、「文字」が言語習得に与える影響が大きいということだ。実際の授業例からも、音声ベースの訓練を十分に行えば、学習者の語学学習効果に、大きな変化が生まれる可能性があることが分かる。

しかし、言語習得の全てのプロセスで「文字」を排除することはできない。いつかは「書き言葉」を学ばなくてはならない時が訪れる。しかし、それはすぐにはやってこない。十代や二十代であっても文章を読むのは苦手という大人は少なくない。しかし、それでもその社会でその一員として生活をしているのだ。母語話者でもそんな状態なのだから、わずか六年ほどしか学習していない外国人が、読み書きができなくても、大きな問題ではないだろう。

現行の語学教育プログラムにはまだまだ改良の余地がある。中学校や高等学校における英語の音声面におけるプログラムは、とても遅れているというのが現状だろう。文字言語による語彙や文法の必要性は認めるが、あまりにもそこに偏りすぎ、音声面のトレーニングがおろそかになっているのは問題だ。この点が改善されれば、中学校や高等学校のプログラムもより効果的なものになるだろう。「文字」による思考のシステムの変化によって、臨界期の存在が否定されれば、焦って小学校から英語教育を導入する必要はない。それを実証するためには、より厳密な証明を求められるのも事実だ。しかし、臨界期の存在はまだ完全に証明されていないから、その存在を否定することは多くの学習者に希望をもたらすだろう。

【参考文献】

オング『声の文化と文字の文化』藤原書店、一九九一年。

スタインバーグ、D・ダニー『心理言語学への招待』大修館書店、一九九五年。

Asher and Garcia. 1969. 'The optimal age to learn a foreign language' *Modern Language Journal* 53 : 334–41.

Burstall. 1975. 'Factors affecting foreign-language learning: a consideration of some relevant research findings' *Language Teaching and Linguistics Abstracts* 8 : 105–25.

Ellis, Rod. 1998. *Second Language Acquisition*. Oxford University Press.

Krashen, S and T. Terrell. 1983. *The Natural Approach*. Alemany Press.

Long. 1990. 'Maturational constraints on language development' *Studies in Second Language Acquisition* 12 : 251–86.

Oyama. 1976. 'A sensitive period in the acquisition of a non-native phonological system' *Journal of Psycolinguistic Research* 5 : 261–85.

Patknowski. 1990. 'Age and accent in a second language: a reply to James Emir Flege' *Applied Linguistics* 11 : 73–89.

Penfield, W. 1953. 'A consideration of the neuro-physiological mechanisms of speech and some educational consequences'. Proceeding of the American Academy of Arts and Sciences 82: 201–14.

Scovel. 1988. *A Time to Speak: a Psycholinguistic Enquiry into the Critical Period for Human Speech.* Newbury House.

Tahta, Wood, and Loewenthal. 1981. 'Age changes in the ability replicate foreign pronunciation and intonation' *Language and Speech* 24 : 363–72.

【執筆者略歴】

清水純子（しみず・じゅんこ）――法政大学兼任講師。筑波大学大学院博士課程修了（筑波大学文学博士）。日本英文学会会員。著書に『アメリカン・リビドー・シアター』（彩流社）、『様々なる欲望―フロイト理論で読むユージン・オニール』（彩流社）。

三瓶眞弘（さんぺい・もとひろ）――東京情報大学教授。一九四七年生まれ。カリフォルニア州立大学卒業。立教大学大学院博士課程を経て法政大学大学院博士後期課程満期退学。日本アメリカ演劇学会会員。著訳書に『アメリカの爵位権主張者』（彩流社）、『演劇につづり織られたアメリカ史』（鼎書房）、『世界児童・青少年文学情報大事典　1～15巻』（勉誠出版）、主論文として"Tennessee Williams in Search of Identity"（The East Review 第5号）、「ホログラフィックな世界観」（『アメリカ演劇』第6巻「アーサー・ミラー特集」）、「David Mamet : The Woods―ポリフォニックな価値空間」（『英文學誌』36号「アメリカ演劇特集」）など。

白鳥義博（しらとり・よしひろ）――駒澤大学専任講師。一九七二年生まれ。慶應義塾大学大学院博士課程単位取得退学。日本英文学会会員。著書に『Narrative and Nation in Henry Fielding's Later Writings』（雄松堂）。主要論文に「"He Was Certainly Born to Be Hanged"―トム・ジョーンズの隠された多面性について」（『18世紀イギリス文学研究』第4号）、"Reputation and Pride in Henry Fielding's Novels"（『駒澤大学外国語論集』第7号）、「ジェーン・コリアーと1750年代のイギリス小説」（『成城イングリッシュモノグラフ』第40号）、"Too Improbable to be Untrue: A Clear State of the Case of Elizabeth Canning and the End of Henry Fielding's Literary Career" (Poetica 68), "The Journal of a Voyage to Lisbon: Henry Fielding's Art of Tormenting" (Poetica 67) など。

吉岡栄一（よしおか・えいいち）――東京情報大学教授。一九五〇年生まれ。法政大学大学院英文学専攻博士課程修了。日本コンラッド協会顧問。著訳書に『亡命者ジョウゼフ・コンラッドの世界―コンラッドの中・短編小説論』（南雲堂フェニックス）、『青野聰論―海外放浪と帰還者の文学』（彩流社）、『文芸時評―現状と本当は恐いその歴史』（彩流社）、『英語の探検』（南雲堂フェニックス）、マーク・トウェイン『ハワイ通信』、『地中海遊覧記（上・下）』（彩流社）など。

川成　洋（かわなり・よう）――法政大学教授。一九四二年生まれ。北海道大学文学部英文科卒業。東京都立大学大学院人文科学研究科英文学専攻修士課程修了。社会学博士（一橋大学）。ロンドン大学英文科客員研究員。ケンブリッジ大学英文科客員研究員。マドリード大学史学科客員研究員。東京都立大学人文学部英文科助手、法政大学講師、同助教授を経て一九七七年に同教授就任、現在に至る。関係する学会――現代スペイン学会会長。京都セルバンテス懇話会理事。武道関係：合気道6段、居合道3段、杖道3段、空手道初段。法政大学合気道部部長、法政大学空手部部長。

山本長一（やまもと・ちょういち）――法政大学教授。一九四一年生まれ。法政大学大学院博士課程満期退学。訳書に『ミステリアス・ストレンジャー44号』（共訳、彩流社）、『ハックルベリィ・フィンの冒険』（彩流社）、『王子と乞食』（彩流社）、『ダライ・ラマXIV世法王の政治哲学（第1巻）』（万葉舎）、『アイリス・マードック読解』（彩流社）など。

狩野晃一（かのう・こういち）――駒澤大学等兼任講師。一九七六年生まれ。駒澤大学大学院博士課程修了。日本英文学会、日本中世英語英文学会会員。主要論文に「Dialectal Spellings and Pronunciation in Norfolk」（『言葉と文学―池上昌教授記念論文集』、英宝社）、『Phonological Studies in the History of English in Norfolk』（博士論文）、「The Sawles Warde: A Three-Manuscript Diplomatic Parallel Text,

Trial Version」（『駒澤大学外国語論集』第64号）、「On A Few Rhymes of The ME Physiologus-With a Diplomatic Parallel Text i the British Library, MS Arundel 292-」（『外国語論集』第2号）、「中英語期語彙分布と方言要素―ラテン語翻訳語彙を例に」（『栴檀の光―富士川義之教授・久保内端郎教授退官記念論文集』、金星堂）など。

竹中肇子（たけなか・はつこ）――法政大学兼任講師。千葉大学社会文化科学研究（博士課程後期）修了、文学博士（千葉大学）。中世英文学専攻。学位論文"Dreams Develop the Plot, Four Texts in Parallel-The Morte Arthur Episode of Layamon's Brut, Alliterative Morte Arthure, Stanzaic Le Morte Arthur and Malory's Le Morte Darthur"。共著に『Prepare Your Speech』（南雲堂フェニックス）、『SLIGHTLY OUT OF FOCUSキャパが見た激動の20世紀』（南雲堂フェニックス）、論文に「学生の意識変化に見る英語プレゼンテーション授業の有用性」『人文自然科学論集１２８号』（東京経済大学人文自然科学論集編集委員会）など。

須田篤也（すだ・あつや）――千葉大学講師。一九六三年生まれ。千葉大学大学院修了。文学博士。イギリス文学（エリザベス朝演劇）専攻。著作に『イギリス検定』（共著、南雲堂フェニックス、二〇一〇）、『英文学のディスコース』（北星堂書店、二〇〇四）、『SLIGHTLY OUT OF FOCUSキャパが見た激動の20世紀』（共著、南雲堂フェニックス、二〇〇六）、『ペンギン・リーダーズ　透明人間』（共著、南雲堂フェニックス、二〇〇八）論考Different Images of Queen Elizabeth in Campaspe and in Sapho and Phao (Chiba Review 21/22)

佐藤　豊（さとう・ゆたか）――青森大学教授。一九五二年生まれ。学習院大学大学院博士課程満期退学。日本英文学会、東北英文学会、日本比較文化学会、イギリス・ロマン派学会会員。訳書に『ミステリアス・ストレンジャー44号』（共訳、彩流社）、ジョン・ドライデン『平信徒の宗教』（一六八二年）（青森大学『研究紀要』）など。

岡崎真美（おかざき・まみ）——法政大学、学習院大学兼任講師。法政大学大学院修士課程修了。日本英語文化学会編集委員。共著に「永遠界、現象界、ブレイク」（日本英語文化学会編『異文化の諸相』朝日出版社）、「錬金術の『ニグレド』のパラドックスとブレイクの『ロンドン』の蛇——腐敗する受胎を象徴する蛇（その1）」（伊藤廣里教授傘寿記念論文集編集委員会編『伊藤廣里教授傘寿記念論集刊行会）、「錬金術の『ニグレド』のパラドックスとブレイクの『ロンドン』の蛇——腐敗する受胎を象徴する蛇（その2）」（Phoebus 第8号、法政英語英米文学研究会）、「美しきニュートンの謎——ブレイクは生涯の敵ニュートンを何故図像上美しく描いたのか」（青木敦男・古庄信共編『藤原 博先生追悼論文集——見よ 野のユリはいかに育つかを』英宝社）、「ウイリアム・ブレイクの文学と視覚芸術への誘い」（鏡味國彦・齊藤昇編著『英米文学への誘い』文化書房博文社）など。

木村聡雄（きむら・としお）——日本大学教授。一九五六年生まれ。明治学院大学博士前期課程修了。シルフェ英語英米文学会副会長。湘南英文学会副会長。国際俳句交流協会理事。著書に、『作家と生きた女たち』（金星堂）、『風雅の館』（学書房）、『21世紀俳句の時空』（永田書房）、『俳句夢一夜』（現代俳句協会）など。

チャールズ・W・R・D・モウズリー——(former) Fellow, Tutor and Director of Study in English, Hughes Hall, University of Cambridge. Fellow of Society of Antiquaries; Fellow of the English Association, Society of Nautical Research. (books) Reading Shakespeare's History Plays (Bloomsbury. Com, 2001) : A Very Brief Introduction to the Theatre and Theatres of Shakespeare's Time (Humanities ebook, 2007) : Shakespeare's Tempest (Humanities ebook, 2007), etc..

伊澤東一（いざわ・とういち）——拓殖大学商学部教授。一九四二年生まれ。明治大学大学院文学研究科修士課程修了。日本比較文学会、国際文化表現学会会員。共著書に立野正裕編『知の系譜：イギリス文学：名作と主人公』（自由国民社）。論文に 'Do You Know Anything of Shelley?; Adonais, a New Sorrow'（『文芸研究』一〇三号所収）など。

奥田穣一（おくだ・じょういち）——大東文化大学名誉教授、『九州文学』同人。一九三八年生まれ。法政大学大学院博士課程修了。文学博士。日本ソロー学会会員。著書に『ソーロウ文学における風土性—季節』（北星堂書店）、『「ウォールデン—森の生活」についての一考察』（桐原書店）、『結晶化するソロー—冬の視角から』（桐原書店）、『森と岬の旅人—H・D・ソロー研究』（桐原書店）、『反復するソロー—「コンコード川とメリマック川の一週間」』（桐原書店）、『H・D・ソロー研究—文体とイメージの分析』（桐原ユニ）、『H・D・ソローの「種子を信ずる」』（音羽書房鶴見書店）。創作に後銀作（うしろ・ぎんさく）のペンネームで「仙境の思い出」、「原風景への旅」など環境（自然）文学作品を、『九州文学』に発表。

本間章郎（ほんま・あきお）——東京情報大学兼任講師。一九六八年生まれ。法政大学大学院博士課程修了。日本アメリカ文学会会員。著訳書に『アメリカ文学の冒険—空間の想像力』（彩流社）、『文学的アメリカの闘い—多文化主義のポリティクス』（松柏社）、『英語文学事典』（ミネルヴァ書房）、『世界児童・青少年文学情報大事典』（勉誠出版）、「戦争の表象と人種問題の回避—『征服されざる人々』におけるベイヤードの『語り』」（『フォークナー』第2号）、「言葉／意味／〈外部〉—フォークナーの『蚊』考察」（『アメリカ文学研究』第38号）など。

磯部芳恵（いそべ・よしえ）——法政大学、国士舘大学、東京理科大学兼任講師。法政大学大学院博士課程修了。他民族研究学会会員。共訳書に『シグニファイング・モンキー—もの騙る猿／アフロ・アメリカン文学批評理論』（南雲堂フェニックス）。共著書に、『アフリカ系アメリカ人ハンディ事典』（南雲堂フェニックス）。論文に、「闇の記憶を求めて—『ビラブド』にみるトラウマと証言」（『黒人研究の世界』所収、青磁書房）、「祈りと切望—『スーラ』にみる循環性」（『構築』第16号、構築舎）など。

古山みゆき（こやま・みゆき）——共栄学園短期大学准教授。青山学院大学総合研究所客員研究員。日本女子大学大学院修士課程修了。日本アメリカ文学会、日本演劇学会、外国語教育メディア学会会員。著訳書に『シェパードの舞台』（近代文芸社）、『楽しく読める英米演劇』（ミネルヴァ書房）、サム・シェパード『一幕劇集』（親水社）、マーク・トゥエイン『人間とは何か』（彩流社）など。

鈴木理枝（すずき・りえ）——国際短期大学准教授。ノッティンガム大学大学院修士課程修了。大学英語教育学会、日本時事英語学会、ハーディ協会、英米文化学会、多民族研究学会、The Poetics and Linguistics Association 会員。著書に『アフリカ系アメリカ人ハンディ事典』（南雲堂フェニックス）、『現代の食を考える』テキスト（南雲堂）。主要論文に「Syntactical and Lexical Analyses and Interpretations in Thomas Hardy and D.H.Lawrences' Poetry」（『構築』）、「タブロイド紙とノンタブロイド紙の語彙、文法、表現の比較研究」（『構築』）、「Syntactical and Lexical Analyses and Interpretations in Thomas Hardy's Poetry」（『文京学院大学紀要』）、「国際短期大学児童英語インストラクターコースにおける児童英語教育」（『国際短期大学紀要』）など。

松本由美（まつもと・ゆみ）——東京情報大学兼任講師。津田塾大学大学院博士課程終了。日本リメディアル教育学会大学英語教育学会会員。主要論文に「単語テストの効果と誤答分析」（『リメディアル教育研究』第5巻第1号）、「日・英　広告見出し文の言語的特徴」（『駿河台大学論叢』第35号）、「Making Viewpoints: A Study of Prose Style with Reference to Raymond Carver's 'A Small, Good Thing'」（『津田塾大学言語文化研究所報』第14号）など。

国府方麗夏（こくふかた・れいか）——東京情報大学兼任講師。神奈川大学大学院博士課程終了。日本英語文化学会、法政英語英米文学研究会会員。著書に『イングリッシュ・ラボ』（成美堂）など。

山本長一（やまもと・ちょういち）
法政大学教授。1941 年生まれ。法政大学大学院博士課程満期退学。訳書に『ミステリアス・ストレンジャー 44 号』（共訳、彩流社）、『ハックルベリィ・フィンの冒険』（彩流社）、『王子と乞食』（彩流社）、『ダライ・ラマ XIV 世法王の政治哲学（第 1 巻）』（万葉舎）、『アイリス・マードック読解』（彩流社）など。

川成　洋（かわなり・よう）
法政大学教授。現代スペイン学会会長。京都セルバンテス懇話会理事。1942 年生まれ。北海道大学文学部英文科卒業。東京都立大学大学院修士課程修了。社会学博士（一橋大学）。ロンドン大学英文科客員研究員。ケンブリッジ大学英文科客員研究員。マドリード大学史学科客員研究員。著訳書『スペイン戦争青春の墓標』（東洋書林）他多数。

吉岡栄一（よしおか・えいいち）
東京情報大学教授。1950 年生まれ。法政大学大学院英文学専攻博士課程修了。日本コンラッド協会顧問。著訳書に『亡命者ジョウゼフ・コンラッドの世界―コンラッドの中・短編小説論』（南雲堂フェニックス）、『青野聰論―海外放浪と帰還者の文学』（彩流社）、『文芸時評―現状と本当は恐いその歴史』（彩流社）、『英語の探検』（南雲堂フェニックス）、マーク・トウェイン『ハワイ通信』、『地中海遊覧記（上・下）』（彩流社）など。

文学の万華鏡――英米文学とその周辺

発行日＊2010 年 11 月 20 日　初版発行

＊

編　者＊山本長一・川成洋・吉岡栄一 ©

装　幀＊狭山トオル

発行者＊鈴木　誠

発行所＊㈱れんが書房新社

〒 160-0008　東京都新宿区三栄町 10　日鉄四谷コーポ 106
TEL03-3358-7531　FAX03-3358-7532　振替 00170-4-130349

印刷・製本＊三秀舎

ISBN978-4-8462-0373-3　C0098